先秦文选读

中华诗文选读丛书

伍恒山 主编

余瑞思 编著

长江出版传媒 ｜ 崇文书局

中华诗文选读丛书
编著人员

主　编　　伍恒山

编著者　（姓氏笔画为序）

王滔滔　伍恒山　余瑞思

姜　焱　徐　全　唐　焱

出版说明

"中华诗文选读丛书"是一套实用的、系统的中国古代文学普及读本,面向初、中等文化程度以上的读者。

丛书所选诗文,从先秦至近代,按文学发展的时代脉络分若干段,每时段中,以诗、文、词、曲、联分列编选并加注释、解读,每一编内大致以作者生年先后为序。

一、选编原则

1.代表性。所选诗文以其思想性与艺术性在中国文学史上有相当代表性为原则。

2.普泛性。所选诗文涵盖古文献经、史、子、集四部,比较系统全面。

3.经典性。所选诗文注重质量,以经典美诗、美文为主,情、词、义并茂,有相当的文采和审美价值。

4.可读性。所选诗文和解读不为艰深,务求简约,雅俗共赏。

本编虽以短小隽永、内涵丰富、个性特出、意境较高的美文(诗、词、曲、联)为重,但仍收有一些篇幅较长的文章。如先秦庄周等人的散文,短章径自选入,长篇则择其重要片段;屈原的诗歌《离骚》,有二千余字,比较长,但因为它在文学史上有极为重要的地位,且其内容非常精彩,所以整篇收入。

又因为文学不是孤立的存在,与中国文化的发展有密不可分的关系,所以选诗选文有意作文化与文学的会通,采取了与以往选本不同的视角,适当选择在中国文化史上有重要作用和地位的篇目,以求尽可能反映中国文学或文化的面貌。如汉代董仲舒《粤有三仁对》,其中"正其谊不谋其利,明其道不计其功"的论点是后代儒者着力之处,并被朱熹列入《白鹿洞书院学规》;宋代周敦颐《太极图说》、张载《西铭》等,都是在文化思想史上具开辟性,产生过重要作用、影响和意义的文章。同时兼顾了艺术上的丰富多彩,收录了一般文学选本很少涉及的书、画以及音乐内容,如先秦的《乐记》、汉蔡邕的《笔论》、唐孙过庭的《书谱》、唐末五代荆浩的《画山水赋》等,这些文章既有精美的文采,又有艺术上的指导作用,对后世影响巨大。还有一些倾向于史论、政论、哲学类的文章,如唐慧能的《坛经·自序品》,刘知幾《答郑惟忠史才论》《直书》,明黄宗羲的《〈明儒学案〉序》,顾炎武的《正始论》《论廉耻》,近代陈寅恪的"看花愁近最高楼",等等,这些文章或诗歌要么从史学角度出发,要么从思想角度立论,要么因感时伤世抒情,都有如曹丕《典论·论文》中所说是"经国之大业,不朽之盛事",所以是必须让我们现代的读者约略了解的。这也是本套丛书一个重要的特色。

二、选编依据

1.总集(选集):刘义庆编《世说新语》,萧统编《文选》,洪兴祖《楚辞补注》,郭茂倩编《乐府诗集》,王霆震编《古文集成》,元好问编《中州集》,清高宗敕编《唐宋诗醇》《唐宋文醇》,吴之振编《宋诗钞》,沈德潜编《古诗源》《唐诗别裁集》《明诗别裁集》《清诗别裁集》,许梿编《六朝文絜》,董诰等编《全唐文》,彭定求等编《全唐诗》,阮元校刻《十三经注疏》,吴楚材、吴调侯编《古文观止》,严可均辑《全上古三代秦汉三国六朝文》,姚鼐编《古文辞类纂》,李兆洛编《骈体文钞》，蘅塘退士选编《唐诗三百首》，曾国藩编《经史百家杂钞》，黎庶昌编《续古文辞类纂》，陈衍编《近代诗钞》，卢前编《全元曲》，胡君复编《古今联语汇选》，黄涵林编《古今楹联名作选粹》，逯钦立编《先秦汉魏晋南北朝诗》，唐圭璋编《全宋词》，隋树森编《全元散曲》，钱仲联编《近代诗钞》，龚联寿编《联话丛编》，王重民校辑《敦煌曲子词集》，龙榆生编《唐宋名家词选》，任中敏编《名家散曲》，曾昭岷等编《全唐五代词》，张岱年主编《中国启蒙思想文库》，戴逸主编《近代文史名著选译丛书》，钟叔河主编《走向世界丛书》，以及明、清、近代多种诗文选集等。

2. 诸子、史、别集：《老子》《关尹子》《孙子》《列子》《墨子》《庄子》《荀子》《韩非子》《晏子春秋》《吕氏春秋》《国语》《战国策》及《史记》《汉书》《后汉书》《三国志》等，以及各大家如李白、杜甫、王维、苏轼等的别集。

三、选读内容

内文内容包含五项：（一）原文；（二）作者简介；（三）注释；（四）解读；（五）点评。其中，第二项，作者有多篇诗文的，"作者简介"就只放置在第一篇诗文的下面；第五项，"点评"是历代名家精到的"点睛"之语，有的点评较多，择优而选，有的没有点评，只能如孔子所说"君子于其所不知，盖阙如也"。注释和解读中，或释典故，或解词语，或点明主旨，或述其内容，或探讨源流，或普及知识，或介绍人物、背景及时代，有的还纠正通常的错误解读，如《明代散文选读》中高启的《游灵岩记》，解读中就纠正了历来以为作者"清高"、不屑与饶介等人为伍的"暗讽"主旨。

《历代名联选读》在体例上稍有例外，它不依上述五项的格式，因为很多名联的作者是佚名的，同时一联中大多上下联都有两位作者,所以"作者简介"不好固定位置,只得随文释义,将它和注释、解读融会在一起加以处理。又坊间对于名联的注释和解读向以道听途说或穿凿附会、习非成是者居多,本书力求破除牵合附会之习,以征信为原则,有理有据,几于每一联下均列出确切出典,以示体例的严谨。

全编搜罗较广,拣择精严,注释、解读务求精切、客观和通达,旨在令读者更好、更全面地了解中国古代文学和文化,并得到阅读的愉悦、知识的增进和身心的陶冶。

编　者

2022 年 5 月 31 日

前　言

　　《先秦文选读》这个"先秦"指秦朝建立前的时期,主要是春秋战国时期。"文",是广义的散文,包括文学的和文化的两义。

　　甲骨文中已有散文的雏形。较早的散文有些保存在神话里,后人辑的《列子》《山海经》就保留了许多先秦时期的神话故事,这些神话反映了古代人类的生活和愿望。

　　中国散文发展到先秦,特别是春秋战国,进入了一个辉煌时期,其产生的作用甚大,古人认为它能"经纬区宇,弥纶彝宪,发辉事业,彪炳辞义"(《文心雕龙·原道》)。

　　西周和春秋时期的散文,"自夫子删述,而大宝咸耀。于是《易》张'十翼',《书》标'七观'","《礼》正'五经',《春秋》'五例',义既极乎性情,辞亦匠于文理,故能开学养正,昭明有融"(《文心雕龙·宗经》)。《易经》讲谈自然之道,入神致用,它的《系辞》旨远辞文,言中事隐。《尚书》是一部古代文告和讲演录的综合集子,文诡旨恳,理畅义深。《礼》立体制范,章条详尽,其《礼记》包括《大学》《中庸》《学记》,为士君子励学立心。《春秋》是孔子依据鲁国历史编写的一部编年史大纲,惊天震鬼,婉章志晦,辞约旨丰,事近喻远。《论语》是孔子弟子及其再传弟子关于孔子言行的记录,仁德忠恕,义蕴丰富,问道解疑,情系家国。它们虽然称不上完整意义上的散文,但在中华文化史上具有重大的意义。

　　战国时期出现了成熟的历史散文和诸子散文。历史散文主要有《左传》《国语》《战国策》。《左传》是一部内容丰富、详细的编年史，描写了许多复杂的战争场面和栩栩如生的历史人物，具有很强的文学性。《国语》和《战国策》是分国别记载当时的历史事件和人物。尤其是《战国策》，记载当时策士的活动和言谈，语言绚丽多彩，辞令纵横，辩论精当，比《左传》更具有文学意味。这些历史散文的出现，说明叙事散文已经进入到了成熟阶段。

诸子散文有《墨子》《孟子》《庄子》《荀子》《韩非子》等重要著作，是战国百家争鸣的直接成果，由于他们的社会经历、政治主张以及思想性格不同，其散文内容宏博，篇章结构渐趋完整，表现手法多样，语言风格各异。《墨子》务实而富有知性，《孟子》雄辩而犀利，《庄子》汪洋恣肆、奇诡玄妙，《荀子》谨严生动、比喻丰赡，《韩非子》寓意深刻、峭拔幽邃。

战国后期，有名的散文家还有宋玉和李斯等。宋玉的赋针对性强，包含了丰厚的现实内容，以散文作为框架，描写细腻，铺陈华丽，句式整散结合，长短交错，出入战国诸子，很有创新意义。李斯的散文，笔力雄健，气象宏大：《谏逐客书》，论据充分而灵变，纵横开阖，逻辑性强，具有极强的说服力；《秦琅琊台刻石文》，文虽多献媚贡谀之词，但记事写真，辞采飞扬，铺张扬厉，仍具有穿越时空的文化意义。

这些都是先秦智者们殚精竭虑的结果，与先秦文化中所具有的理性精神有关。

李泽厚先生在他的著作《美的历程》之《先秦理性精神——儒道互补》中说："所谓'先秦'，一般指春秋战国而言。它以氏族公社基本结构解体为基础，是中国古代社会最大的急剧变革时期。在意识形态领域，也是最为活跃的开拓、创造时期，百家蜂起，诸子争鸣。其中所贯穿的一个总思潮、总倾向，便是理性主义。正是它承先启后，一方面摆脱原始巫术宗教的种种观念传统，另一方面开始奠定汉民族的文化—心理结构。"这种理性精神，把原始文化纳入实践理性的统辖之下。

本书的"古逸"部分里，这种实践理性精神也体现得非常充分，辞句出自雄才而多谨慎体恤。这些铭、辞、政语、禁、戒、诏、问、书，是用来宣示日常生活或政治生活中的原则和要求的，通过人们的自觉行动，将这些原来是外在性的强制性规范，改变成为主动性的内在欲求。

《诗》《书》《礼》《易》《春秋》，经过孔子的整理和后人的加工，成为了儒家的经典。这里面《书》《礼》《易》作为散文，最具孔子世界观中的怀疑论因素和积极进取的理性精神。

《尚书》记言求实，其中的《尧典》《舜典》《大禹谟》《洪范》，是上古三代的历史和文化汇编。这里面所讲的古代的典章制度和天文历法知识，是古代政治家和科学家不断观察思考的结果，最具理性精神，对中华民族的文化心理的形成和发展产生了重大影响。

《周易》"辩物正言，断辞则备"，强调理性思维，影响中华文化深远。《大象》《文言》和《系辞》，提出"刚健有为""敬以直内，义以方外""刚中""及时""通变"的思想，形成了一个以刚健为中心的宏大体系，这个体系在铸造中国文化理性精神方面起了决定性的作用。

《礼记》虽为后儒所辑，但它是对孔子精神的传承与发展，它把原始文化纳入实践理性统辖之下，把理性引导贯彻在日常现实教育生活、伦常感情和政治观念中。《学记》是中国古代的一篇教育论文，是中国也是世界上最早专论教育和教学问题的著作，它系统而全面地总结和概括了中国先秦时期的教育经验，对今天的教育仍具有借鉴和指导作用。《大学》是中国古代的教育方针，涉及知和行两个方面。"三纲八目"极大地影响了中国古代士人的人生理想和家国情怀。《乐记》是中国古代最早专门的美学文献,是中国古代思想家对于美学的独特思考,它对中国人的审美心理有很大影响。《中庸》涉及儒家学说的各个方面,对先秦儒家思想的基本内容从总体上做了系统化的概括和总结,其"中和"的原则及深刻而精微的思想内容,作为主体道德的追求,对后世影响很大。

《老子》五千言,是一部辞意锤炼的"哲学诗",充满了对人生和宇宙的理性思索之光。其中朴素的辩证法思想,引导人们从不同的角度深层次地看待事物的真相,具有超越时空的思辨价值。

《孙子兵法》是春秋时期长期战争经验的概括和总结,是中国古代军事思想的集大成者,它从许多方面揭示战争的特征和规律,它的思维方法已经超越军事范围,因此,它不仅是一部划时代的军事著作,也是一部划时代的哲学著作。

《晏子春秋》体现了民本思想,主张以礼治国,任贤去佞,反对穷奢极欲、横征暴敛,反对不义战争,是一部集政治理论和外交文化于一体的著作。

《吕氏春秋》鼓吹王霸,因时变法,网罗百家思想为我所用,博大精深,涉及的方面很多,是古代中国的政治经济和外交思想的荟萃。

先秦文化思想还有一个特点,就是儒道互补。

李泽厚说:"孔子世界观中的怀疑因素和积极的人生态度,一方面发展为荀子、《易传》的乐观进取的无神论,另一方面则演化为庄周的泛神论;孔子对氏族成员个体人格的尊重,一方面发展为孟子的伟大人格理想,另一方面也演化为庄子的遗世绝俗的独立人格理想。表面看来,儒道是离异而对立的,一个入世,一个出世;一个乐观进取,一个消极退避,但实际上它们刚好互相补充而协调。"

儒家强调的是官能、情感的正常满足和抒发,强调文章为社会政治服务;道家强调的是人与外界对象的超功利的无为关系,主张顺乎自然、逍遥自在。在文章方面前者强调内容,后者往往关注遵循艺术规律。因此一部《周易》,儒家看到的是它强调的社会功用,道家看到的是它与自然的和谐。

先秦散文是一个伟大的宝库,它的许多思想至今影响着中华民族的世界观、人生观、价值观和文学想象。基于上面的一些考量,我们选注"先秦文",有意识地打破了以往选文的一些做法,把儒道两家的一些重要文章完整地选了进来,如最能体现儒家思想的《系辞》《大学》《中庸》和体现道家思想的《逍遥游》等整体呈现,以期读者对中华文化的思想有一个完整的了解。

为了读者阅读方便,注解力求详尽,并尽量多译全句,同时对原文加以全面的解读,并选出一些名家的点评,帮助读者从不同的角度把握原文,加深读者对原文的理解。研究作者是研究作品的重要一环,因先秦作品流传太久,很多作品难以确定作者,因此本书所收文章大多只标书名,作品的来源和有关作者的情况在注释中加以说明。

由此可以看出选文的特色,也可以看出我们这次选文和释读的努力。由于时间的仓促,加上本人水平有限,错误之处一定不少,恳请大家批评指正。

余瑞思

2022 年 5 月

目　录

古　逸

黄帝金人铭 …………………………………………… 2

伊耆氏蜡辞 …………………………………………… 4

帝尧政语 ……………………………………………… 6

尧戒 …………………………………………………… 7

禹禁 …………………………………………………… 8

商汤政语 ……………………………………………… 9

商汤盘铭 ……………………………………………… 10

周武王席四端铭 ……………………………………… 11

盥盘铭 ………………………………………………… 12

杖铭 …………………………………………………… 13

衣铭 …………………………………………………… 14

书履 …………………………………………………… 15

书锋 …………………………………………………… 15

杖书 …………………………………………………… 15

户书 …………………………………………………… 16

砚书 …………………………………………………… 16

笔书 …………………………………………………… 17

齐太公政语 …………………………………………… 17

尹逸对成王问 ·········· 19

召将诏 ·········· 20

鼎铭 ·········· 21

经　籍

尚书·尧典 ·········· 24

尚书·舜典 ·········· 30

尚书·大禹谟 ·········· 41

尚书·洪范 ·········· 50

周易·乾·大象 ·········· 58

周易·坤·大象 ·········· 58

周易·乾·文言 ·········· 60

周易·坤·文言 ·········· 66

周易·系辞上 ·········· 70

周易·系辞下 ·········· 86

礼记·檀弓(节选) ·········· 102

　　哲人其萎 ·········· 102

　　苛政猛于虎 ·········· 104

礼记·礼运(节选) ·········· 106

礼记·学记 ·········· 108

礼记·乐记(节选) ·········· 117

礼记·中庸 ·········· 122

礼记·大学 ·········· 149

左传·齐鲁长勺之战 ·········· 163

左传·晋公子重耳之亡 ·········· 165

左传·介之推不言禄 ·········· 172

左传·范宣子(二章) ………………………………………………… 174

   一 …………………………………………………………………… 174

   二 …………………………………………………………………… 175

左传·叔向诒子产书 …………………………………………… 177

左传·子产论政宽猛 …………………………………………… 181

国语·邵公谏厉王止谤 ………………………………………… 183

国语·叔向贺贫 ………………………………………………… 186

国语·王孙圉论楚宝 …………………………………………… 189

战国策·靖郭君将城薛 ………………………………………… 192

战国策·邹忌讽齐王纳谏 ……………………………………… 193

战国策·齐宣王见颜斶 ………………………………………… 196

老子(节选) ……………………………………………………… 200

论语·侍坐 ……………………………………………………… 205

论语·正名 ……………………………………………………… 209

论语·益者三友 ………………………………………………… 211

论语·遇隐士(节选) …………………………………………… 213

关尹子·九药(节选) …………………………………………… 217

孙子兵法·兵势篇 ……………………………………………… 220

孙子兵法·虚实篇 ……………………………………………… 221

孙子兵法·军争篇 ……………………………………………… 222

墨子·公孟(节选) ……………………………………………… 224

墨子·公输 ……………………………………………………… 229

列子·女娲补天 ………………………………………………… 234

列子·薛谭学讴 ………………………………………………… 235

列子·伯牙鼓琴 ………………………………………………… 236

列子·纪昌学射 ………………………………………………… 238

3

列子·多歧亡羊 ……………………………………… 240

孟子·公孙丑章句(三章) ……………………… 243

　　不动心 ……………………………………………… 243

　　养气 ………………………………………………… 246

　　知言 ………………………………………………… 248

孟子·告子章句(三章) …………………………… 250

　　鱼我所欲也章 …………………………………… 250

　　求放心章 ………………………………………… 252

　　舜发于畎亩章 …………………………………… 252

孟子·尽心章句(一章) …………………………… 255

　　孔子在陈 ………………………………………… 255

庄子·逍遥游 …………………………………………… 259

庄子·养生主 …………………………………………… 268

庄子·秋水(节选) …………………………………… 274

庄子·达生(节选) …………………………………… 280

庄子·山木(节选) …………………………………… 284

荀子·劝学篇(节选) ………………………………… 288

荀子·宥坐(节选) …………………………………… 293

晏子春秋·景公问善为国家者何如 …………… 298

晏子春秋·景公问古之莅国者任人如何 ……… 300

晏子春秋·晏子使楚(二章) …………………… 301

　　一 …………………………………………………… 301

　　二 …………………………………………………… 302

风赋 ……………………………………………………… 303

登徒子好色赋 ………………………………………… 308

对楚王问 ……………………………………………… 313

吕氏春秋·贵公 ……………………………………… 317

吕氏春秋·去私 ……………………………………… 322

吕氏春秋·察今 ……………………………………… 325

韩非子·和氏之璧 …………………………………… 328

韩非子·扁鹊见蔡桓公 ……………………………… 330

韩非子·一鸣惊人 …………………………………… 333

谏逐客书 ……………………………………………… 335

秦琅琊台刻石文 ……………………………………… 341

用笔法 ………………………………………………… 344

山海经·精卫填海 …………………………………… 346

山海经·夸父逐日 …………………………………… 347

山海经·鲧禹治水 …………………………………… 347

古逸

黄帝金人铭①

　　我,古之慎言人也,戒之哉! 戒之哉! 无多言,多言多败;无多事,多事多患。安乐必戒,无行所悔。勿谓何伤,其祸将长;勿谓何害,其祸将大;勿谓无残,其祸将然;勿谓莫闻,天妖②伺人。荧荧③不灭,炎炎奈何;涓涓不壅④,将成江河;绵绵⑤不绝,将成网罗;青青⑥不伐,将寻斧柯⑦。诚不能慎之,祸之根也。曰是何伤,祸之门也。强梁⑧者不得其死,好胜者必遇其敌。盗怨主人⑨,民害其贵。君子知天下之不可盖也,故后之下之,使人慕之。执雌持下⑩,莫能与之争者。人皆趋彼,我独守此。众人惑惑,我独不从。内藏我知⑪,不与人论技。我虽尊富,人莫害我。夫江河长百谷者,以其卑下也。天道无亲,常与善人⑫。戒之哉! 戒之哉!

【注释】

　　①黄帝:姬姓,号轩辕氏、有熊氏。传说中中原各族的共同祖先。刘向《说苑·敬慎》:"孔子之周,观于太庙。右陛之前,有金人焉。"金人上有铭文,后人因此认为孔子在太庙看到的就是这篇《金人铭》。铭,文体的一种,古代常刻铭于碑版或器物,或以称功德,或以申明鉴戒,后成为一种文体。

　　②天妖:上天。

　　③荧荧:《说文》:"荧,屋下灯烛之光。"这里指微弱的火。

　　④壅:塞。

　　⑤绵绵:细小而连续不断貌。绵,细小的丝线。

⑥青青:青青的小苗。

⑦将寻斧柯:将长成需用斧头才能砍倒的大树。

⑧强梁:强横,强暴。

⑨盗怨主人:奸恶的人怨恨正直的人。

⑩执雌持下:执守柔弱,保持低调。

⑪知:通"智"。

⑫天道无亲,常与善人:天对人没有亲疏厚薄,常常帮助行善的人。与,给予。

【解读】

本铭古籍多有提到,以《说苑》所载为较全,此用严可均辑《全上古三代秦汉三国六朝文》。这篇铭文对中国文化影响很大,受到了儒道两家的推崇。孔子说"此言虽鄙而中事情"。老子说:"人之所教,我亦教之。强梁者不得其死,吾将以为教父。"

那么它写了一些什么内容呢?

首先,强调说话做事要谨慎:一慎言,"我,古之慎言人也,戒之哉!戒之哉!无多言,多言多败"。二慎行,"无多事,多事多患。安乐必戒,无行所悔。勿谓何伤,其祸将长;勿谓何害,其祸将大;勿谓无残,其祸将然;勿谓莫闻,天妖伺人"。三慎微,"荧荧不灭,炎炎奈何;涓涓不壅,将成江河;绵绵不绝,将成网罗;青青不伐,将寻斧柯。诚不能慎之,祸之根也。曰是何伤,祸之门也"。

其次,强调人生要力戒争强好胜,从而说明不谨慎产生的后果:"强梁者不得其死,好胜者必遇其敌。"

再次,主张执雌持下,阐述做到谨慎的方法:"盗怨主人,民害其贵。君子知天下之不可盖也,故后之下之,使人慕之。执雌持下,莫能与之争者。人皆趋彼,我独守此。众人惑惑,我独不从。内藏我知,不与人论技。我虽尊富,人莫害我。夫江河长百谷者,以其卑下也。"

最后,揭示要谨慎的道理:"天道无亲,常与善人。"即做到上面三方面才符合天道,天道是不以人的意志为转移的,只有那些懂得天道顺应天道的人,才能得到上天的眷顾。

文章至此,逻辑严密,理直气壮,道理深刻,令人警醒。

铭文做到了言近旨远。借助排比,形成一种内在的气势;运用比喻,浅显易懂,生动形象。

【点评】

"金人铭曰:周太庙右阶之前,有金人焉,三缄其口,而铭其背曰:我,古之慎言人也,戒之焉。毋多言,毋多事。多言多败,多事多害。"([周]吕尚《太公金匮》)

"孔子观周,遂入太祖后稷之庙,庙堂右阶之前,有金人焉,三缄其口,而铭其背曰(中略)。孔子既读斯文也,顾谓弟子曰:'小子识之!此言实而中,情而信。《诗》曰:战战兢兢,如临深渊,如履薄冰。'行身如此,岂以口过患哉?"([魏]王肃注《孔子家语·观周》)

"孔子之周,观于大庙右阶之前,有金人焉,三缄其口,而铭其背曰云云。愚曰:此以慎言为主,而有谨防之意焉,有自下之意焉,持身之法也。"([元]陈仁子《文选补遗》)

"范注:'周公《金人铭》无可考。案严可均(《全上古文》卷一《金人铭》注)云:《金人铭》,旧无撰人名。据《太公阴谋》《太公金匮》,知即黄帝六铭之一。《金匮》仅载铭首二十余字。《说苑·敬慎》篇载其全文。"(詹锳《文心雕龙义证》)

伊耆氏①蜡②辞

土反其宅③,水归其壑。昆虫毋作④,草木归其泽⑤。

【注释】

①伊耆氏:古帝号,即神农。一说即帝尧。《礼记·郊特牲》:"伊

4

耆氏始为蜡。"郑玄注:"伊耆氏,古天子号。"也有说是周代官名,《周礼》谓秋官司寇所属有伊耆氏,设下士一人及徒二人。

②蜡(zhà):古代年终大祭万物。

③宅:指原来的地方。

④作:兴起。

⑤泽:沼泽地。

【解读】

这首上古歌谣见于《礼记·郊特牲》。这是一个叫作伊耆氏的古代部落首领蜡祭时的祝词,充满了理想主义的色彩。这篇祝词从农业生产的角度分别对土、水、昆虫、草木四种事物提出要求,每一句都很具体:"土反其宅",希望田土不流失,或者是祈求用于蓄水和挡水的堤防安稳牢固;"水归其壑",是希望水不要泛滥成灾;"昆虫毋作",是希望螟、蝗等害虫不要生长;"草木归其泽",是希望危害庄稼的稗草、荆榛等植物返回沼泽地带,不影响庄稼生长。四句祝词,铿锵有力,既是呼喊,又是祈祷。读它,我们能感觉得到原始人心灵深处的焦急、无奈以及征服自然改造自然的强烈愿望。句式一三、一三、二二、二三,铺陈布政,整饬有致,技巧娴熟。

【点评】

"《礼记·郊特牲》曰:天子大蜡八,伊耆氏始为蜡。蜡也者,索也。岁十二月合聚万物而索飨之也。炎帝神农氏,其初国伊,继国者,合而称之,故又号曰伊耆氏。或曰尧也。《文心雕龙》曰:昔伊祈氏始蜡,以祭八神,其辞云云,则上皇祝文,爰在兹矣。舜之祠田云云,利民之志,颇形于言矣。"([明]冯惟讷《古诗纪》)

帝尧①政语

　　帝尧曰:吾存心于千古,加志于穷民。痛万姓之罹②罪,忧众生之不遂③也。故一民或饥,曰此我饥之也。一民或寒,曰此我寒之也。一民有罪,曰此我陷④之也。

【注释】

　　①帝尧:传说中父系氏族社会后期部落联盟领袖。姓伊祁,名放勋,号陶唐氏,五帝之一。为了管治天下,尧制定法度,禁止欺诈;大力提倡道德与和顺,使天下百姓能融洽相处,使天下万国和谐一致。

　　②罹(lí):遭遇。

　　③遂:养育。

　　④陷:陷害。

【解读】

　　《帝尧政语》见于汉代所辑贾谊的政论著作《新书·修政语上》。"存心于千古,加志于穷民",说出了古代帝王治国平天下的志向和对天下苍生的关切。痛万姓,忧众生,与民休戚与共,对饥寒者体贴入微,由此可以看出帝尧执政的清醒和对天下的担当。

【点评】

　　"帝尧者,放勋。其仁如天,其知如神。就之如日,望之如云。富而不骄,贵而不舒。黄收纯衣,彤车乘白马。能明驯德,以亲九族。九族既睦,便章百姓。百姓昭明,合和万国。"([汉]司马迁《史记·五帝本纪》)

　　"《书》曰:'不偏不党,王道荡荡。'言至公也。古有行大公者,帝尧是也。贵为天子,富有天下,得舜而传之,不私于其子孙也。去天下若遗屦,于天下犹然,况其细于天下乎? 非帝尧孰能行之? 孔子曰:'巍巍乎! 惟天为大,惟尧则之。'"([汉]刘向《说苑》)

尧　戒

战战栗栗,日慎一日。人莫蹪^①于山,而蹪于垤^②。

【注释】

①蹪(tuí):颠仆、跌倒。

②垤(dié):小土堆。

【解读】

《尧戒》见于《淮南子·人间训》,是唐尧提醒自己的话,从政须小心谨慎,要时时刻刻提醒自己,特别是在小事情上不能马虎。一座山是不会绊倒人的,一个小土堆,一不小心就会把人绊倒。说理形象,要求严格。

【点评】

"荀卿子曰:'君,舟也,民,水也。水所以载舟,亦所以覆舟。'故孔子曰:'鱼失水则死,水失鱼犹为水也。'故唐、虞战战栗栗,日慎一日。安可不深思之乎? 安可不熟虑之乎?"([唐]吴兢《贞观政要·君臣鉴戒第六》)

"《淮南·人间训》引尧戒曰:'战战栗栗,日慎一日。人莫蹪于山,而蹪于垤。'此帝王大训之存于汉者。若高帝能除挟书之律,萧相能收博士官之书,则倚相所读者必不坠矣。幸而绪言尚在,知者鲜焉,好古之士,盍玩绎于斯?"([宋]王应麟《困学纪闻》)

"大圣人忧勤惕厉语。"([清]沈德潜《古诗源》)

禹　禁①

春三月，山林不登②斧，以成草木之长；夏三月，川泽不入网罟③，以成鱼鳖之长；且以并农力，执④成男女之功。

【注释】

①《禹禁》选自《周书》。《周书》又名《逸周书》《汲冢周书》，今本十卷，正文七十篇，其中十一篇有目无文，四十二篇有晋五经博士孔晁注。

②登：进入。

③网罟(gǔ)：捕鱼的细网。

④执：治理，经营，从事。

【解读】

《禹禁》讲农业渔猎生产要和保护山林水产资源相结合。按时采伐森林，不竭泽而渔，要给生物以休养的时间。体现了上古圣王高瞻远瞩，居安思危，维护生态平衡的思想。句式一整一散，气脉中贯，颇具魄力。

【点评】

"禹乃遂与益、后稷奉帝命，命诸侯百姓兴人徒以傅土，行山表木，定高山大川。禹伤先人父鲧功之不成受诛，乃劳身焦思，居外十三年，过家门不敢入。薄衣食，致孝于鬼神。卑宫室，致费于沟淢。陆行乘车，水行乘船，泥行乘橇，山行乘檋。左准绳，右规矩，载四时，以开九州，通九道，陂九泽，度九山。令益予众庶稻，可种卑湿。命后稷予众庶难得之食。食少，调有余相给，以均诸侯。禹乃行相地宜所有以贡，及山川之便利。"（[汉]司马迁《史记·夏本纪》）

"旦闻禹之禁：（中略）。夫然则有生而不失其宜，万物不失其性，人不失其序，天不失其时，以成万财。万财既成，放此为人，此谓正德。泉深而鱼鳖归之，草木茂而禽兽归之，称贤使能，官有材而归之，关市平，商贾归之，分地薄敛，农民归之。水性归下，农民归利。王若欲来天下民，先设其利，而民自至。譬之若冬日之阳、夏日之阴，不召而民自来。此谓归德。五德既明，民乃知常。"（[清]马骕《绎史》）

"不违农时，谷不可胜食也；数罟不入洿池，鱼鳖不可胜食也；斧斤以时入山林，材木不可胜用也。"（《孟子·梁惠王上》）

商汤政语①

汤曰：学圣王之道②者，譬如其日；静思而独居，譬其若火。夫舍学圣之道，而静居独思，譬其若去③日之明于庭，而就火之光于室也。然可以小见，而不可以大知。

【注释】

①《商汤政语》见于汉贾谊《新书》。商汤（？—前1588）姓子，名履，一名天乙，谥曰汤，一曰成汤，一曰武汤。商朝的创建者。汤建立商朝以后，对内减轻征敛，鼓励生产，安抚民心，从而扩展了统治区域，影响远至黄河上游，氐、羌部落都来纳贡归附。

②圣王之道：孟子说："汤之于伊尹，学焉而后臣之，故不劳而王。"伊尹是商汤的老师。《孟子·万章》说伊尹"以尧舜之道要汤""而说之以伐夏救民"。伊尹教汤效法尧舜以德治天下，救民伐夏。可见商汤讲的圣王之道，就是尧舜之道。

③去：离开。

【解读】

《商汤政语》强调了学习圣王之道的重要性。学习圣王之道就像沐浴太阳的光辉可以有远见卓识(大知),而静居独思就像在室内点灯就火目光短浅(小见)。比喻生动,说理形象。

【点评】

"汤出,见野张网四面,祝曰:'自天下四方皆入吾网。'汤曰:'嘻,尽之矣!'乃去其三面,祝曰:'欲左,左。欲右,右。不用命,乃入吾网。'诸侯闻之,曰:'汤德至矣,及禽兽。'"([汉]司马迁《史记·殷本纪》)

商汤盘铭①

苟②日新,日日新,又日新。

【注释】

①《商汤盘铭》见于《礼记·大学》。
②苟:表示期望,尚、且的意思。

【解读】

《商汤盘铭》上说:"洗去污垢,成为新人,日日更新,还要更新。"强调要不断革新自己的思想,跟上时代发展的步伐。这铭刻在洗澡盆上,说的是洗澡的问题,引申出来指精神上的洗礼、品德上的修炼,取譬含蓄、生动。

【点评】

"盘,沐浴之盘也。铭,名其器以自警之辞也。苟,诚也。汤以人之洗濯其心以去恶,如沐浴其身以去垢。故铭其盘,言诚能一日有以涤其旧染之污而自新,则当因其已新者,而日日新之,又日新之,不可略有间断也。"([宋]朱熹《四书章句集注·大学章句》)

"诸铭中,有切者,有不必切者,无非借器自儆,若句句黏著,便类后人咏物。"([清]沈德潜《古诗源》)

周武王席四端铭①

安乐必敬②。(席前左端)

无行可悔③。(前右端)

一反一侧,亦不可以忘④。(后左端)

所监不远,视迩所代⑤。(后右端)

【注释】

①此文见于《大戴礼记·武王践阼篇》,原共有十七铭。周武王(?—前1043),姓姬,名发。周文王次子,他继承父亲遗志,于公元前11世纪灭纣,夺取殷商政权,建立西周王朝,从灭商算起在位三年,被后世尊为明王。

②安乐必敬:即便是身处安乐之中也一定要恭敬谨慎。

③无行可悔:没有让人后悔的行为。

④一反一侧,亦不可以忘:一翻身一侧卧,也不能忘记。

⑤所监不远,视迩所代:借鉴的不用太远,看看你所取代的人就知道了。监:看见,借鉴。

【解读】

本文是武王听了姜尚的话后,"惕若恐惧",勒铭告诫自己要恭敬谨慎处理军国大事,处处严格要求,检点自己的行为,时刻不忘前朝覆灭的教训。

【点评】

"(武)王闻(丹)书之言,惕若恐惧,退而为戒书。于席之四端为铭焉,于机为铭焉,于鉴为铭焉,于盥盘为铭焉,于楹为铭焉,于杖为铭焉,于带为铭焉,于履屦为铭焉,于觞豆为铭焉,于户为铭焉,于牖为铭焉,于剑为铭焉,于弓为铭焉,于矛为铭焉。"([汉]戴德《大戴礼记·武王践阼篇》)

盥盘铭①

与其溺于人②也,宁溺于渊。溺于渊,犹可游也;溺于人,不可救也。

【注释】

①此铭见于《周武王席四端铭》。盥盘,洗手洗脸的器皿。

②人:人欲。

【解读】

《盥盘铭》是刻在脸盆上的铭文。其中的深意是说人类在与自然的抗争中还有取胜的可能,但在与自身欲望的抗争中却往往难以取胜。

【点评】

"《大戴礼》本文多错,注尤舛误。武王诸铭,有直做得巧了切题者,如鉴铭是也,亦有绝不可晓者。想古人只是述戒惧之意,而随所在写记以自警省尔,不似今人为此铭,便要就此物上说得亲切,然其间亦有切题者,如《汤盘铭》之类,至于武王《盥盘铭》则又似个船铭,想只是因水起意,然恐亦有错杂处。"([宋]朱熹《朱子语类》)

"武王就水取义,言溺于深渊,犹可以浮游而出,一为奸邪小人所惑,则陷于危亡而不自知,故不可救。圣王因物自警,每每如此,燕闲之际,取汤武诸铭及凡古人自警之语,书而揭之座右,则所益非浅。"

"武王《盥盘铭》：'溺于渊，犹可援也；溺于人，不可救也。'按武王《笔书》亦云：'陷水可脱，陷文不活。'以人欲世事，比于'渊'、'水'之足以沉没丧生，后来踵增胎衍，如'祸水灭火'、'宦海风波'等语，不可胜稽。《盥盘铭》'借器自警'，对后世影响很大。"（钱锺书《管锥编》）

杖　铭^①

　　恶^②乎危？于忿懥^③。恶乎失道？于嗜欲。恶乎相忘？于富贵。

【注释】
　　①此铭见于《周武王席四端铭》。
　　②恶（wū）：疑问词，"什么"。
　　③忿懥（zhì）：生气发怒。

【解读】
　　什么时候危险？在生气发怒时。什么时候会偏离正道？在嗜欲无厌时。什么时候忘掉根本？在暴富大贵时。这里借杖写人：人若情绪激动，就会进退失度，使自己处于危险境地；人若欲望太过，就会迷失前进的方向，有杖扶持也无济于事；人若富贵，出则驷马高车，趾高气扬，就会忘掉自己是什么，杖则无所用处。

【点评】
　　"愚谓此铭盖因杖以自警。杖，所以扶危者也，忿懥违不戒，亦能危身，犹舍杖而倾跌也。杖，遵道而行者也，嗜欲不戒，违背正理，犹行道而迷错也。杖，徒行所用，富贵而车马，则忘乎杖矣，犹贫贱而戒惧，富贵而骄肆，则忘乎戒惧矣。"（[宋]真德秀《西山读书记》）

"杖之铭曰:'恶乎危,于忿愫。'恶乎,何也。忿者,危之道,怒甲及乙,又危之甚。杖危,故以危戒也。'恶乎失道,于嗜欲。'杖依道而行之。'恶乎相忘,于富贵。'言身杖相资也,因失道相忘,乃嗜欲安乐之戒也。"([清]江永《礼书纲目》)

"君人者,诚能见可欲,则思知足以自戒;将有作,则思知止以安人;念高危,则思谦冲而自牧。"([唐]魏徵《谏太宗疏》)

衣　铭①

桑蚕苦,女工难,得新捐②故后必寒。

【注释】
①见于《后汉书·朱穆传》注引《太公阴谋》。
②捐:抛弃。

【解读】
《衣铭》是说采桑养蚕辛苦,妇女织作艰难,做了新衣抛弃旧衣以后必定遭遇寒冷。述说从采桑、养蚕、织作、裁剪、缝纫到一件衣服的做成要经过艰辛的劳动,因此告诫穿衣人要珍惜农人的劳动成果,保持俭约的习惯,不能喜新厌旧,否则寒冷来袭时会因缺少衣服而受冻。

【点评】
"读此者,以周公故旧无大故不弃之说充而拓之,可。"([元]陈仁子《文选补遗》)

书　履①

行必虑正,无怀侥幸。

【注释】

①见于《太平御览》引《太公金匮》。

【解读】

《书履》是写在鞋子上的文字。借履的作用说人做事的原则:行事要从正道出发,不能怀侥幸心理去干不正当的事。

书　锋①

忍之须臾,乃全汝躯。

【注释】

①见于《意林》引《太公金匮》。

【解读】

刀锋一出,关乎性命,不能随意。执刀者需要学会忍耐,不然伤人害己,悔之晚矣。

杖　书①

辅人无苟②,扶人无咎。

①见于《后汉书·崔骃传》注引《太公金匮》。

②苟:随便。

【解读】

此文借杖说人,辅佐别人要尽心尽力,不能随随便便;扶持别人不能有小的疏忽。

户　书①

出畏之,入惧之。

【注释】

①见于《太平御览》引《太公金匮》。户,门户。

【解读】

户是人们进出室内的必由之所,借此说明人们行事都要走正道。此两句,一语双关。看似平淡,却暗含深意。

砚　书①

石墨相着②而黑,邪心谗言,无得污白。

【注释】

①见于《艺文类聚》引《太公金匮》。

②着:接触。

石头一沾墨就黑了，但是邪心谗言不能污人清白。借砚说人，借此说彼。

笔　书①

毫毛茂茂②，陷水可脱，陷文不活。

【注释】

①见于《困学纪闻》引《太公阴谋》。
②茂茂：丰满。

【解读】

这是写在笔上的文字，明是说笔，其实也是用笔喻人。笔毫可以从水中提脱出来，但是如果拿去陷害人，别人就可能丢掉性命。

【点评】

"《太公阴谋》有《笔铭》云：'毫毛茂茂，陷水可脱，陷文不活。'于鳞取之。余谓其言精而辞甚美，然是邓析以后语也。'毫毛茂茂'，是蒙恬以后事也，必非太公作。"（[明]王世贞《艺苑卮言》）

"《太公笔铭》云：'毫毛茂茂，陷水可脱，陷文不活。'则周初已有笔矣。"（[明]谢肇淛《五杂俎》）

齐太公政语①

师尚父曰："吾闻之于政也，曰：'天下圹圹②，一人有之；万民蓁蓁③，一人理之。'故夫天下者，非一家之有也，有道者之有也；故天下者，唯有道者理之，唯有道者纪④之，唯有道者使之，唯有道者宜处而久之。故天下者，难得而易失也，难常而易亡也。故守天下者，非以道则弗得而长也。故夫道者，万世之宝也。"周武王曰："受命矣。"

尹逸对成王问①

成王问政于尹逸,曰:"吾何德之行,而民亲其上②?"对曰:"使之以时,而敬顺之,忠而爱之。布令,信而不食言。"王曰:"其度③安至?"对曰:"如临深渊,如履薄冰。"王曰:"惧哉!"对曰:"天地之间,四海之内,善之则畜④之,不善则雠⑤也。夏殷之臣,反雠桀纣而臣汤武,夙沙之民,自攻其主而归神农氏。此君之所明知也,若何其无惧也?"

【注释】

①此文见于汉刘向《说苑·政理》。尹逸,即史佚,西周初年太史,事周武王、周成王、周康王。他博学多闻,德高望重,深得周武王赏识,凡有大事多与之磋商。《大戴礼记·保傅》有史佚的记载。

②吾何德之行,而民亲其上:我有什么样的德行,老百姓才能听从我。

③度:态度,胸襟。

④畜(xù):培养,培植。

⑤雠:同"仇",仇怨,仇恨。

【解读】

成王问政于尹逸,尹逸告诉他要使民以时,要敬顺、忠、爱、讲信用,特别强调要有敬畏之心。治理国家要有"如临深渊,如履薄冰"的态度。天地之间,做了好事人们就会扶持他,培植他,做了坏事人们就会仇恨他。夏殷之臣仇桀纣而臣汤武,夙沙之民攻其主而归神农氏,就是因为这个缘故。言之凿凿,干脆有力。

【点评】

"尹佚,周史也,而为墨家之首。今书亡,不可考。按《吕氏春秋》

19

鲁惠公使宰让请郊庙之礼于天子,天子使史角往,惠公止之。其后在于鲁,墨子学焉,意者史角之后托于佚欤?"([宋]王应麟《汉艺文志考证》)

召将诏①

武王问太公曰:"欲与兵深谋,进必斩敌,退必克全,其略云何?"太公曰:"主以礼使将,将以忠受命,国有难,君召将而诏曰:'见其虚则进,见其实则避,勿以三军为众而轻敌,勿以授命为重而苟②进,勿以贵而贱人,勿以独见而违众,勿以辩士为必然,勿以谋简③于人,勿以谋后于人,士未坐勿坐,士未食勿食,寒暑必同,敌可胜矣。'"

【注释】

①见于《群书治要》,《六韬·龙韬》也有类似的话。诏:古文体名,教导、告诫的意思。

②苟:随便。

③简:简单,简略。

【解读】

这是姜子牙告诉武王要怎样教导将领的话。打仗要根据敌情避实就虚,不能因为兵士众多而轻敌,也不要因为使命重大而急于进攻;不能因为自己身份高贵而看不起人家,也不要独断专行违背众人的意志;不能把诡辩之说当作必然;不能简单谋划一下就去对付敌人,不能谋略计划在敌人之后;(作为将领要以身作则),士兵没有休息将领不能休息,士兵没有吃饭将领不能吃饭,严寒酷暑要与士兵同甘共苦,这样才能战胜敌人。

"夫将者,国之辅也。辅周则国必强,辅隙则国弱。"(《孙子兵法·谋攻篇》)

"凡国有难,君自宫召将,诏之曰:'社稷之命,在将军。即今国有难,愿请子将而应之。'将军受命,乃令祝史太卜斋宿三日,之太庙,钻灵龟,卜吉日以受鼓旗。君入庙门,西面而立。将入庙门,趋至堂下,北面而立。主亲操钺,持头,授将军其柄,曰:'从此上至天者,将军制之。'复操斧,持头,授将军其柄,曰:'从此下至渊者,将军制之。'"([汉]《淮南子·兵略训》)

"太公曰:为将,冬日不衣裘,夏日不操扇,天雨不张盖。""《三略》曰:军井未达,将不言渴;军灶未炊,将不言饥;军幕未办,时不言倦;冬不服裘,夏不操扇,是谓礼也。"([宋]李昉等《太平御览·兵部·将帅下》)

鼎　铭①

及正考父②,佐戴、武、宣,三命兹益共③,故其鼎铭云:

一命而偻④,再命而伛⑤,三命而俯。循墙而走,亦莫余敢侮。饘⑥于是,鬻于是,以糊余口。

【注释】

①见《左传·昭公七年》。

②正考父:春秋时期宋国大夫,他是孔子的七世祖。辅佐戴、武、宣三公。他要求自己非常严格,地位愈高愈为检点。正考父生孔嘉父。孔嘉父为宋国大司马,后为太宰华督所害。孔嘉父之子木金父为避祸而迁居鲁国。木金父生祁父,祁父生防叔,防叔生伯夏,伯夏生叔

梁纥,叔梁纥生孔子。

③共:通"恭",恭敬。

④偻(lǚ):弯曲(指身体)。

⑤伛(yǔ):曲(背);弯(腰)。

⑥饘(zhān):稠粥。

【解读】

此鼎文意思是说:春秋时期,宋国上卿正考父三次受到重用,但一次比一次诚惶诚恐:第一次是弯腰受命,第二次是鞠躬受命,第三次是俯下身子受命。平时我总是顺着墙根走,生怕别人说我傲慢。尽管这样,也没有人看不起我或胆敢侮辱我。不管是煮稠粥还是稀粥,都是在这个鼎里,只要能糊口度日就行。立身、行事、日常生活都小心恭谨,要求自己很严。

【点评】

"九月,公至自楚。孟僖子病不能相礼,乃讲学之,苟能礼者从之。及其将死也,召其大夫曰:'礼,人之干也。无礼,无以立。吾闻将有达者曰孔丘,圣人之后也,而灭于宋。其祖弗父何,以有宋而授厉公。及正考父,佐戴、武、宣,三命兹益共(恭)。故其鼎铭云:一命而偻,再命而伛,三命而俯。循墙而走,亦莫余敢侮。饘于是,鬻于是,以糊余口。其共(恭)也如是。臧孙纥有言曰:圣人有明德者,若不当世,其后必有达人。今其将在孔丘乎? 若我获没,必属说与何忌于夫子,使事之,而学礼焉,以定其位。'故孟懿子与南宫敬叔师事仲尼。"([春秋]左丘明《春秋左传·昭公七年》)

"人有卑屈而召侮者。莫余敢侮,方是主敬之验。孔子亦云恭近于礼,远耻辱也。"([清]沈德潜《古诗源》)

经籍

尚书^①·尧典^②

曰若稽古^③，帝尧曰放勋。钦明文思^④安安^⑤，允恭克让^⑥，光被四表^⑦，格于上下^⑧。克明俊德^⑨，以亲九族。九族既睦，平章百姓^⑩。百姓昭明，协和万邦^⑪。黎民于变时雍^⑫。

【注释】

①《尚书》：儒家经典之一，是我国现存最古的一部历史文献。它又称为《书》《书经》。

②《尧典》：是后人追述尧舜事迹的重要典籍，大约是周初人所作，流传中经后人润色。朱熹说："《尧典》虽记唐尧之事，然本虞史所作，故曰虞书。"

③曰若稽古：考察古代史事。曰若，又作"越若""粤若"，发语词，表示追述往事的语气，本身无义。稽，考察。

④钦明文思：做事严谨，心明眼亮，文质彬彬，善于思考。钦，治事专注审慎。明，明达，通达。文，有文采。思，善思虑。

⑤安安：温和宽厚。

⑥允恭克让：诚信恭谨能谦让。允，诚信。恭，恭谨不懈怠。克，能。让，谦让。

⑦四表：四方。

⑧格于上下：能影响上上下下。格，达到。上下，天地。

⑨克明俊德：能光大才智美德。俊德，才智美德。

⑩平章百姓：能分辨百官优劣。平，辨别，分辨。章，彰明。百姓，百官，古代贵族百官才有族姓，平民没有族姓。

⑪协和万邦：协调好各部族的关系。

⑫黎民于变时雍:民众因教化而改变,显得很和谐。雍,和谐,和悦。时,是。

乃命羲和①,钦若昊天②,历象日月星辰③,敬授民时④。分命羲仲⑤,宅嵎夷⑥,曰旸谷⑦。寅宾出日,平秩东作⑧。日中⑨、星鸟⑩,以殷仲春⑪。厥民析,鸟兽孳尾⑫。申命羲叔,宅南交⑬。平秩南讹,敬致⑭。日永、星火,以正仲夏⑮。厥民因,鸟兽希革⑯。分命和仲,宅西,曰昧谷。寅饯纳日,平秩西成⑰。宵中、星虚,以殷仲秋⑱。厥民夷,鸟兽毛毨⑲。申命和叔,宅朔方,曰幽都。平在朔易⑳。日短、星昴㉑,以正仲冬。厥民隩,鸟兽氄毛㉒。帝曰:"咨!汝羲暨和。期三百有六旬有六日,以闰月定四时,成岁。允厘百工,庶绩咸熙㉓。"

【注释】

①羲和:羲氏、和氏,为重黎氏后代,传说为世代掌管天地四时之官。

②钦若昊天:谨慎地顺应上天。钦,敬。若,顺从。

③历象日月星辰:推算观测日月星辰的运行。历,计算,观测。象,观测天象。

④敬授民时:恭敬地教授人民按时从事农业活动。

⑤羲仲:人名,指羲氏家族中任职的官员。

⑥嵎(yú)夷:《史记·五帝本纪》作"郁夷",地名,在东方。

⑦旸(yáng)谷:又作"阳谷""汤谷",传说为日出之地。

⑧寅宾出日,平秩东作:恭敬地迎接日出,分辨时序安排春天农耕之事。寅,恭敬。宾,宾客,这里作动词。平秩,分辨次序。东作,指春

天耕作之事。

⑨日中:昼夜时间相等,指一年中春分这一天。

⑩鸟:星名,即南方朱雀七宿。春分之黄昏,鸟星(朱雀)出现在南天的正南方。

⑪以殷仲春:来确定仲春。殷,正,确定之意。仲春,春季三个月中的第二个月。

⑫厥民析,鸟兽孳尾:民众分散在田野从事耕种,鸟兽牝牡交配,繁育后代。厥,其。析,分开、分散。

⑬申命羲叔,宅南交:再命羲叔,住在南方交趾。羲叔,人名,羲氏家族的另一成员。南交,南方交趾之地。

⑭平秩南讹,敬致:分辨安排夏季应从事的农作,测定并致敬夏至的到达。讹,动。南讹指夏季应从事之农作。致,到达。

⑮日永,星火,以正仲夏:白昼最长,火星出现在天的正南方,将此时定为仲夏(夏至日)。火,指大火星,为东方青龙七星之一。

⑯厥民因,鸟兽希革:这时人们到高处居住,鸟兽羽毛变得稀疏。因,依。革,鸟类羽毛。

⑰寅饯纳日,平秩西成:恭敬地为落日送行,分辨安排秋季收获次序。饯,送行。纳日,日落。西成,秋天收获之事。

⑱宵中,星虚,以殷仲秋:昼夜平分,虚星出现在南方,将此定位仲秋(秋分)。宵中,宵为夜,秋分时节,夜与昼等长各占一半,故称宵中。虚:北方玄武七星之一,秋分日之黄昏,虚星出现在天的正南方。

⑲毛毨(xiǎn):毛重生。

⑳平在朔易:分辨观察冬季改岁更新情形。易,改变更新。

㉑星昴(mǎo):昴,西方白虎七星之一,冬至黄昏,昴星见于天的正南方。

㉒厥民隩(yù),鸟兽氄(rǒng)毛:这时人们在室内活动,鸟兽长出绒毛。隩,同"奥",室内之深处。氄毛,柔软细密的绒毛。

㉓允厘百工,庶绩咸熙:用以指定百官的职守,众多事情就可以兴办起来了。允,用;厘,治理,制定;庶,众;绩,事绩,功绩;熙,兴。

　　帝曰:"畴,咨,若时登庸①?"放齐曰:"胤子朱启明②。"帝曰:"吁! 嚚讼,可乎③?"

　　帝曰:"畴,咨,若予采④?"驩兜曰:"都⑤! 共工方鸠僝功⑥。"帝曰:"吁! 静言庸违,象恭滔天⑦。"

　　帝曰:"咨! 四岳⑧。汤汤洪水方割,荡荡怀山襄陵,浩浩滔天⑨。下民其咨,有能俾乂⑩?"佥⑪曰:"于,鲧哉!"帝曰:"吁! 咈哉! 方命圮族⑫。"岳曰:"异哉! 试可乃已⑬。"帝曰:"往,钦哉⑭!"九载,绩用弗成⑮。

【注释】

　　①畴,咨,若时登庸:谁能顺应天时提拔运用? 畴,谁;咨,语气助词;若时,顺时;登,升;庸,用。

　　②胤(yìn)子朱启明:您的儿子丹朱通达事理。胤,后代,后嗣;朱,丹朱,尧的儿子;启明,开明,通达事理。

　　③嚚(yín)讼,可乎:愚顽而又好争辩可以吗? 嚚,愚顽;讼,好争辩。

　　④畴,咨,若予采:谁能帮我处理政事呢? 若予,顺我,帮我;采,事。

　　⑤都:语气词,表示赞美。

　　⑥共工方鸠僝(zhuàn)功:共工已经具有显著的功绩。共工,和前面的驩兜都是尧臣,后都为舜流放;方,读为旁,广大,周遍之意;鸠,同"纠",聚集之意;僝,见,显现。

　　⑦静言庸违,象恭滔天:言行不一,表面恭敬,内心却连天都怠慢。

27

静言，美言；巧言，庸，实行；象恭，表面恭敬；滔，怠慢、轻慢。

⑧四岳：官名，四方诸侯之长。

⑨汤汤（shāng shāng）洪水方割，荡荡怀山襄陵，浩浩滔天：汹涌的洪水到处为害，大水包围了高山，淹没了丘陵，盛大无边，漫过高天。割，害；怀，包围；襄，上、淹没；滔，漫过。

⑩下民其咨，有能俾乂（yì）：天下民众都在哀叹，有谁能使洪水得到治理。咨，语气词，表哀叹；俾，使；乂，治理。

⑪佥（qiān）：都，全。

⑫咈（fú）哉！方命圮（pǐ）族：（这个人）违背天意，不听劝告，危害族人。咈，违背；方命，不遵守命令；圮，毁坏。

⑬试可乃已：试试才可以（下结论）。

⑭钦哉：谨慎专心去干吧。

⑮绩用弗成：（鲧）最终没有取得成绩。用，于是。

帝曰："咨！四岳。朕在位七十载，汝能庸命，巽朕位①？"岳曰："否德忝帝位②。"曰："明明扬侧陋③。"师锡帝曰④："有鳏⑤在下，曰虞舜。"帝曰："俞⑥！予闻，如何？"岳曰："瞽子⑦。父顽，母嚚，象傲⑧。克谐，以孝烝烝⑨，乂不格奸⑩。"帝曰："我其试哉⑪！"女于时，观厥刑于二女⑫。厘降二女于妫汭⑬，嫔于虞⑭。帝曰："钦哉⑮！"

【注释】

①汝能庸命，巽朕位：你们谁能顺应天命，接替我的职位？汝，你们；庸，用、遵照；巽，践、接替。

②否（pǐ）德忝帝位：德行鄙陋会辱没帝位。否，鄙陋不通达；忝，辱没。

③明明扬侧陋：选拔贤明的人，举荐隐匿在民间的人。扬，推举、

举荐;侧陋,侧身民间的微贱的人。

④师锡帝曰:众人进言于尧帝说。师,众人。锡,同"赐",进言。

⑤鳏:无妻曰鳏。

⑥俞:然,表示肯定语气。

⑦瞽(gǔ)子:盲人的儿子。

⑧父顽,母嚚(yín),象傲:父亲愚蠢顽固、母亲虚妄狠毒、弟象傲慢骄横。

⑨克谐,以孝烝烝:凭着孝顺淳厚能够与他们和谐相处。克,能够。烝烝,厚美。

⑩乂不格奸:治理家庭,使他们不至于陷入奸邪。乂,治理。格,至。

⑪我其试哉:我就试试吧。其,表语气。

⑫女于时,观厥刑于二女:把女儿嫁给舜,观察他在两个女儿面前怎样表现。女,以女嫁人。时,通"是",指代舜。

⑬厘降二女于妫汭(guī ruì):命令两个女儿驾临妫水的转弯处。妫,水名;汭,河流转弯处。

⑭嫔于虞:嫁给虞舜。嫔,嫁人为妇;虞,舜之姓。

⑮钦哉:敬慎吧。(尧对女儿说的话)

【解读】

尧是儒家创立的圣王典范之一,他具有高贵的品格,广阔的胸襟,治国平天下的才能,知能善任的本领。

《尧典》第一段高度赞扬尧具有高贵的品德,并能将这种品德由自身推广到家庭进而推广到国家和天下。第二段详细叙述尧帝派遣羲氏与和氏到东南西北四方观测记录日月星辰的运行规律、制定历法、指导农业生产的情况。第三、四、五段讲尧善于识别人才,广泛听取意见,任人唯贤,不任人唯亲。第六段写尧听从众人建议,觉得舜孝悌,善于治家,准备让舜继承帝位,并把两个女儿嫁给他,对他进行严格的考察。

"昔在帝尧,聪明文思,光宅天下。将逊于位,让于虞舜,作《尧典》。"(《尚书·虞书》)

"宰我曰:请问帝尧。孔子曰:高辛氏之子,曰陶唐。其仁如天,其智如神。就之如日,望之如云。富而不骄,贵而能降。伯夷典礼,夔龙典乐。舜时而仕,趋视四时,务先民使之。流四凶而天下服。其言不忒,其德不回。四海之内,舟舆所及,莫不夷说。"([魏]王肃注《孔子家语·五帝德》)

"近代人严复,译西方哲学书,有《群己权界论》。群与己亦相对立。然依中国人观念,中外古今,群中只有己,群为其大共相,己为其小别相,大共中有小别,仍为一体,非对立,则何权界可言?中国人一切学术思想行为只一道。尧舜之禅让,禹之治水,稷之教稼,契之司教,夔之司乐,皋陶之司法,盛德大业,其道则同,皆本于天,此亦可谓乃中国之宗教。"(钱穆《现代中国学术论衡·略论中国哲学》)

尚书·舜典①

曰若稽古,帝舜曰重华,协于帝②。浚哲文明③,温恭允塞④,玄德升闻⑤,乃命以位。

【注释】

①《舜典》今文古文都有,今文《尚书》中没有这篇首的二十八字。

②协于帝:和尧帝光华相合。

③浚哲文明:眼光深远充满智慧,文理通达。浚,深。哲,智慧。

④温恭允塞:温和而恭敬,诚信而笃实。允,诚信。塞,实也。

⑤玄德升闻:幽潜之德上闻于尧。玄,幽潜。升,上也。

慎徽五典,五典克从①;纳于百揆,百揆时叙②;宾于四门,四门穆穆③;纳于大麓,烈风雷雨弗迷④。

【注释】

①慎徽五典,五典克从:尧命舜谨慎地完善好五典,五典得到人们的遵从。徽,美,善。五典,五常,指父义、母慈、兄友、弟恭、子孝五种道德伦常之教。

②纳于百揆,百揆是叙:选派他管理国家的日常事务,各种事情都管理得井井有条。纳,选派。百揆:揆度庶政之官。是,事。叙,序,秩序,有条理。

③宾于四门,四门穆穆:在明堂的四门迎接四方来访的宾客,四方宾客无不肃然起敬。穆穆,仪态庄严肃穆。

④纳于大麓,烈风雷雨弗迷:把他选派到深山丛林之中,他在暴风雷雨中不会迷失方向。大麓,大山丛林深处。

帝曰:"格①!汝舜。询事考言②,乃言底可绩③,三载,汝陟④帝位。"舜让于德,弗嗣。

【注释】

①格:来,呼唤语。

②询事考言:询问你所行之事,考察你的言论。

③乃言底(zhǐ)可绩:汝所获得的功绩。乃,汝,你。底,致,获得。可,所。

④陟(zhì):登上。

正月上日①,受终于文祖②。在璇玑玉衡,以齐七政③。肆类于上帝,禋于六宗,望于山川,遍于群神④。辑五瑞⑤,

既月乃日⑥,觐四岳群牧⑦,班瑞于群后⑧。

【注释】

①正月上日:正月初一。上日,朔日,即初一。一说为上旬吉日。

②受终于文祖:在尧太祖庙中接受尧禅让帝位。文祖,尧太祖。

③在璇玑玉衡,以齐七政:观察北斗七星,规范七项政事。在,观察。璇玑玉衡:指北斗七星。齐,齐一,规范。七政:七项政事,当时指祭祀、班瑞、东巡、南巡、西巡、北巡、归格艺祖七项。

④肆类于上帝,禋于六宗,望于山川,遍于群神:于是类祀上帝,禋祀六宗,望祀山川,遍祀群神。类、禋、望、遍都是祭祀名。宗,尊也。

⑤辑五瑞:收集五种玉圭。辑,收集。五瑞,诸侯执为符信的五种玉圭。

⑥既月乃日:既选定吉月,又选定吉日。

⑦觐(jìn)四岳群牧:接受四方首领及百官的朝拜。觐,诸侯朝见天子。

⑧班瑞于群后:把玉圭颁发给各诸侯、部族君长。后,君长。

岁二月,东巡守,至于岱宗①,柴②,望秩于山川③。肆觐东后④。协时月正日⑤,同律度量衡⑥。修五礼、五玉、三帛、二生、一死贽⑦。如五器,卒乃复⑧。五月南巡守,至于南岳,如岱礼。八月西巡守,至于西岳,如初。十有一月朔⑨巡守,至于北岳,如西礼。归,格于艺祖,用特⑩。五载一巡守,群后四朝⑪,敷奏以言,明试以功,车服以庸⑫。

肇十有二州,封十有二山,浚川⑬。

【注释】

①岱宗:泰山之称。

②柴:祭祀名。祭祀时,加牲于积柴之上,引火焚烧。亦为祭山川之礼节。

③望秩于山川:对山川进行遥祭。望,遥。秩,祭祀。

④肆觐东后:于是接受东方部落首领朝见。肆,于是。后,部落首领。

⑤协时月正日:使四时与月同天道运行相合,确定日之干支。协,符合。正,确定。

⑥同律度量衡:统一音律和度量衡。律,古音之十二律。

⑦修五礼、五玉、三帛、二生、一死贽:修定公侯伯子男五等礼制,以及相应的五种玉圭、赤黑白三色丝织品、活羊羔活雁以及一只死野鸡的贡品。二生,卿大夫相互聘问所执的礼品,卿执生羊羔,大夫执雁(鹅)。一死,士在聘问时所执之礼品,一只死野鸡。贽,贽见之礼。

⑧如五器,卒乃复:至于五礼之器,祭祀之后返还给诸侯。卒,终,完事。

⑨朔:北方。

⑩格于艺祖,用特:到文祖之庙,以一头公牛告祖。特,公牛,祭品。

⑪群后四朝:各部落诸侯来四岳朝见。

⑫敷奏以言,明试以功,车服以庸:诸侯用言来全面述职,帝以功劳的大小来分别考察,以功劳大小来赏赐车马服饰。敷,普遍。明试,分别考察。庸,功劳,功勋。

⑬肇十有二州,封十有二山,浚川:开始设天下为十二州,封十二座名山为祭祀之山,疏通河道。肇,开始。十二州,尧时设冀、兖、青、徐、扬、荆、豫、梁、雍九州,舜时增加并、幽、营三州,共十二州。

象以典刑①,流宥五刑②,鞭作官刑,扑作教刑③,金作赎刑。眚灾肆赦,怙终贼刑④。钦哉,钦哉,惟刑之恤哉⑤!

流共工于幽州,放驩兜于崇山,窜三苗于三危,殛鲧于羽山⑥,四罪而天下咸服。

【注释】

①象以典刑:把五种常用刑罚的形状刻在器物上来警示世人。象,显示。典刑,常用的刑罚,指墨、劓、刖、宫、大辟五种常用的刑罚。

②流宥五刑:对犯有五刑的罪人,加以流放,以宽宥之。宥,宽宥。

③鞭作官刑,扑作教刑,金作赎刑:用鞭者作为对官吏的刑罚,用棒打作为对不服教化者的刑罚,用钱币抵罪作为对赎罪者的刑罚。扑,木条,藤条之类。

④眚(shěng)灾肆赦,怙(hù)终贼刑:过失犯罪则可赦免,怙恶不改则严惩。眚灾,过失犯罪。怙终,有所依仗而顽固到底。贼,同"则"。

⑤钦哉,钦哉,惟刑之恤哉:慎之、慎之,惟用刑非常慎重啊。恤,慎重。

⑥流共工于幽州,放驩兜于崇山,窜三苗于三危,殛鲧于羽山:把共工流放到幽州,把驩兜放逐到崇山,把三苗驱逐到三危,把鲧拘囚在羽山。流,遣之远去。放,置之于此。窜,驱逐而禁锢之。殛,拘囚困苦之。共工、驩兜、三苗、鲧,尧时四凶。

二十有八载,帝乃殂落①。百姓如丧考妣②,三载,四海遏密八音③。月正元日④,舜格于文祖,询于四岳,辟四门,明四目,达四聪⑤。"咨,十有二牧⑥!"曰:"食哉惟时⑦! 柔远能迩⑧,惇德允元⑨,而难任人⑩,蛮夷率服。"

【注释】

①帝乃殂落:帝,尧帝。殂落,死亡。

②考妣:已故父母。

③四海遏密八音：四海之内断绝音乐之声。遏，阻断。密，寂静无声。八音，用金石丝竹匏土革木八种材料制成乐器发出的声音。

④月正元日：正月初一。

⑤舜格于文祖，询于四岳，辟四门，明四目，达四聪：舜到尧的祖庙，向四方首领询问国事，打开明堂之四门，（颁布政令），使四方之人看得明白，听得清楚。

⑥咨，十有二牧：啊，十二州的长官们。

⑦食哉惟时：足食之道惟在不违农时。

⑧柔远能迩：安抚远方亲厚近邻。能，善，亲厚。

⑨惇德允元：亲厚有德之人，信任善良之人。惇，厚。允，信。元，善。

⑩而难任人：而拒绝奸佞之人。难，拒绝。任人，奸佞之人。

舜曰："咨！四岳。有能奋庸熙帝之载，使宅百揆，亮采惠畴①？"佥②曰："伯禹作司空。"帝曰："俞！咨③禹，汝平水土，惟时懋哉④！"禹拜稽首，让⑤于稷、契暨皋陶。帝曰："俞！汝往哉⑥！"

【注释】

①有能奋庸熙帝之载，使宅百揆，亮采惠畴：有谁能奋发努力以光大帝尧的事业，担任百揆的官职，辅佐政事，顺成庶类。庸，用，努力。熙，广，发扬光大。载，事业。宅，居，担当。亮，相，辅佐。采，事。惠，柔顺。畴，类。

②佥：皆，咸，众。

③俞！咨：好啊。俞，然其举，同意的意思。咨，语气词。

④汝平水土，惟时懋（mào）哉：汝平治水土（有功），（你担任百揆），继续努力吧。时，是，此。懋，勉励。

⑤让:谦让,让职位。

⑥俞!汝往哉:好,你去吧!

　　帝曰:"弃,黎民阻饥,汝后稷,播时百谷①。"

　　帝曰:"契,百姓不亲,五品不逊②,汝作司徒,敬敷五教③,在宽。"

　　帝曰:"皋陶,蛮夷猾夏,寇贼奸宄④。汝作士,五刑有服,五服三就⑤。五流有宅,五宅三居⑥。惟明克允⑦。"

【注释】

　　①弃,黎民阻饥,汝后稷,播时百谷:弃呀,民众为饥饿所困,你去担任主管农事的官,教人们按时播种各种作物。弃,人名。后稷,官名。

　　②契,百姓不亲,五品不逊:百姓之间不亲睦,父母兄弟子女不和顺。五品,父母兄弟子。

　　③敬敷五教:谨慎传播父义、母慈、兄友、弟恭、子孝这五常之教。敷,不散,传播。

　　④皋陶,蛮夷滑夏,寇贼奸宄(guǐ):皋陶,周边蛮夷侵扰华夏,抢劫杀人造成内忧外患。滑,乱,侵扰。贼,杀人曰贼。寇,劫人曰寇。奸,乱由外起曰奸,内部作乱为宄。

　　⑤汝作士,五刑有服,五服三就:你作刑狱长官,五种刑罚各有其用,判决按五种刑罚的不同性质分别在野外、市场和朝廷三个地方执行。士,主管刑狱的官。五刑,墨、劓(yì)、刖、宫、大辟。服,用。三就,大罪在原野,大夫于朝,士于市。

　　⑥五流有宅,五宅三居:五种流刑各有处所,分别安置三处地方。三居,大罪居于四裔,次则九州之外,再次千里之外。

　　⑦惟明克允:只有明察,才能使人信服。允,信服。

帝曰："畴若予工①？"佥曰："垂②哉！"帝曰："俞！咨垂，汝共工③。"垂拜稽首，让于殳、斨暨伯与④。帝曰："俞！往哉，汝谐⑤。"

帝曰："畴若予上下草木鸟兽⑥？"佥曰："益哉！"帝曰："俞！咨益，汝作朕虞⑦。"益拜稽首，让于朱虎熊罴⑧。帝曰："俞！往哉，汝谐。"

帝曰："咨！四岳。有能典朕三礼⑨？"佥曰："伯夷。"帝曰："俞！咨伯，汝作秩宗⑩。夙夜惟寅，直哉惟清⑪。"伯拜稽首，让于夔、龙。帝曰："俞，往，钦哉⑫！"

帝曰："夔！命汝典乐，教胄子⑬。直而温，宽而栗⑭，刚而无虐，简⑮而无傲。诗言志，歌永言，声依永，律和声。八音克谐，无相夺伦，神人以和⑯。"夔曰："于！予击石拊石，百兽率舞⑰。"

帝曰："龙！朕堲谗说殄行，震惊朕师⑱。命汝作纳言⑲，夙夜出纳朕命，惟允⑳。"

【注释】

①畴若予工：谁善于管理百工。畴，谁。若，善于。

②垂：人名，古代的能工巧匠。

③俞！咨垂，汝共工：好啊，垂，你去掌管百工之事。

④让于殳(shū)、斨(qiāng)暨伯与：谦让给殳、斨和伯与。殳、斨、伯与，工匠，都是舜臣。

⑤俞！往哉，汝谐：好了，你去吧！你适合担当此任。谐，和，适合。

⑥畴若予上下草木鸟兽：谁适合做主管山林草泽鸟兽的官职。上，山陵高地。下，低洼草泽。

⑦汝作朕虞:你做我的虞官吧。虞,掌管山林草泽之官。

⑧让于朱虎熊罴:让位给朱、虎、熊、罴。朱、虎、熊、罴,舜四臣,高辛氏之子。

⑨有能典朕三礼:有谁能为我主持天、地、宗庙三礼祭祀的吗?典,主持,掌管。

⑩伯,汝作秩宗:伯夷,你去做秩宗之官。秩宗,主序次百神之官。秩,序。

⑪夙夜惟寅,直哉惟清:日夜敬肃,正直清明。寅,敬畏。

⑫钦哉:谨慎啊。

⑬胄子:长子。此处指天子及卿大夫之长子。

⑭栗:庄重威严。

⑮简:简约。

⑯八音克谐,无相夺伦,神人以和:八类乐器声音能相和谐,不要乱了次序,神与人就和谐了。

⑰于! 予击石拊石,百兽率舞:啊,我击打石磬,扮演百兽的舞蹈就都跳起来。

⑱朕塈谗说殄行,震惊朕师:我憎恶谗言恶行,(它们)惊扰我的百姓。塈,憎恶。师,众,百姓。

⑲纳言:官名,主管宣达帝命。

⑳夙夜出纳朕命,惟允:日夜收集意见,发布我的命令,诚信不欺。

帝曰:"咨! 汝二十有二人①,钦哉,惟时亮天功②。"三载考绩。三考③黜陟幽明,庶绩咸熙④,分北三苗⑤。舜生三十征庸,三十在位,五十载陟方乃死⑥。

【注释】

①二十有二人:据郑玄说,指十二牧与禹、垂、益、伯夷、夔、龙、殳

斯、伯与、朱虎、熊罴共二十二人。

②惟时亮天功：要时时想着上天的旨意，帮助成就天下大事。时，时时。亮，辅助、辅导。天功，天下大事。

③三考：三次考核。

④黜陟幽明，庶绩咸熙：罢黜昏庸者，提拔贤明者，各项事业都兴旺起来。黜，罢免。陟，提升。庶，众。熙，兴旺。

⑤分北三苗：命令三苗离开。北，古与"背"同字。

⑥舜生三十征庸，三十在位，五十载陟方乃死：舜三十岁被征召，试用三十年，居帝位五十年，在巡守南方时死去。庸，用。陟方，巡守，巡视。

【解读】

虞舜的王位是唐尧禅让的，人们尊称尧和舜为上古先王。虞舜为人处世、治国理政，皆以德为先导，以和谐为依归。他是中华道德的高标。

《舜典》载虞舜"浚德文明，温恭允塞"。尧时奉命摄天子之政，管理国家日常事务，从事内政外交。他完善五典，以璇玑玉衡正天文、齐七政。他修订历法，协时正历，祭祀山川鬼神。他接受百官朝拜，把诸侯的信圭收集起来，再择吉日重新颁发信圭"班瑞于群后"。他定时巡守天下四方，考察民情。他统一音律和度量衡，修礼明敬，封山浚川，设天下为十二州。他制五刑，明法度，"象以典刑，流宥五刑"。他流共工，放驩兜，窜三苗，殛伯鲧。舜继位二十八年后，尧帝死，舜孝化天下，百姓如丧考妣，三年，四海遏密八音，停止一切娱乐活动。舜独立处理政事后，政治上又来了一番兴革，他广开言路，选贤授能：命禹担任司空，治理水土；命弃担任后稷，掌管农业；命契担任司徒，推行教化；命皋陶担任士，执掌刑罚；命垂担任共工，掌管百工；命益担任虞，掌管山林；命伯夷担任秩宗，主持礼仪；命夔担任乐官，掌管音乐和教育；命龙担任纳言，负责发布命令，收集意见。建立严格的考核官吏制度,三年考察一次政绩,由三次考察结果决定提升和罢免。舜统治时期,"庶绩咸熙",政治清明,各项事业兴旺发达。

【点评】

"虞舜侧微,尧闻之聪明,将使嗣位,历试诸难,作《舜典》。"(《尚书·舜典》)

"舜典自'浚哲文明'以至终篇,无非事君之事,然亦是治民之事。不成说只是事君了便了,只是大概言观书之法如此。"([宋]朱熹《朱子语类》)

"舜是儒家树立的道德典范。《尚书》云:'德自舜明。'《史记·五帝本纪》载'天下明德皆自虞帝始'。《中庸》子曰:'舜其大知也与!舜好问而好察迩言,隐恶而扬善,执其两端,用其中于民。其斯以为舜乎!'南齐明帝建武中,姚方兴分《尧典》'慎徽五典'以下为《舜典》,伪造'曰若稽古帝舜,曰重华,协于帝,濬哲文明,温恭允塞,玄德升闻,乃命以位'二十八字,加于篇首。这二十八字不但今文没有,就是梅赜也未看见。"([近代]梁启超《古书真伪常识》)

"今姑从中国历代政治史言之,庖牺神农黄帝,邃古不论。试言尧舜,其时以氏族社会行封建制度,各部落各酋长即各为一国之主。尧则为天下共主,为天子,然亦仅管理其国内事。洪水为灾,尧非有权力责任,必以治水为务。而尧使鲧治之,灾益厉。尧乃访用舜,并使摄政。舜改任鲧子禹治水有效。就鲧禹两人之名推测言之,盖亦一氏族,以治水为业。则尧之用鲧,非其罪。舜之用禹,亦非其功。水患既减,尧亦老,其子丹朱亦非有恶名。使尧告其子继位后仍当任用舜,丹朱亦非决不听。而尧竟舍其子而让位于舜,非出外力所逼,乃尧之内心自愿如此。洪水既平,亦舜任用禹之功,舜子商均亦非有罪恶,舜乃亦让位于禹。此亦非外力所逼,亦出自舜之内心。实则尧舜之为君,亦并无其他功绩可言,故孔子曰:'荡荡乎民无能名焉。'但此禅让一德,则永为后世尊崇,其影响于此下四千年中国传统政治心理者至深且大，难以详阐。但尧舜以前，亦非先有此一套政治哲学之提倡，故陆象山言：'尧舜以前曾读何书来。'孟子则曰：'尧舜性之也。'盖尧舜此一禅让之美德，乃纯出自尧舜之内心。而此心则由天所赋，乃人性之本有。纵其为天子，为天下之共主，亦非有一套预定学说可为其作一切行事之张本，亦惟依照其内心天赋，亦可胜其任而得其道矣。"（钱穆《现代中国学术论衡·略论中国政治学》）

尚书·大禹谟①

曰若稽古，大禹②曰："文命敷于四海，祗承于帝③。"曰："后克艰厥后，臣克艰厥臣，政乃乂，黎民敏德④。"

帝曰："俞！允若兹⑤，嘉言罔攸伏⑥，野无遗贤，万邦咸宁。稽于众，舍己从人，不虐无告，不废困穷，惟帝时克⑦。"

益曰："都！帝德广运⑧，乃圣乃神，乃武乃文。皇天眷命，奄有四海为天下君⑨。"

禹曰："惠迪吉，从逆凶，惟影响⑩。"

益曰："吁！戒哉！儆戒无虞，罔失法度⑪，罔游于逸，罔淫于乐。任贤勿贰，去邪勿疑。疑谋勿成，百志惟熙⑫。罔违道以干百姓之誉，罔咈百姓以从己之欲⑬。无怠无荒，四夷来王⑭。"

禹曰："于！帝念哉！德惟善政，政在养民⑮。水、火、金、木、土、谷，惟修⑯；正德、利用、厚生，惟和⑰。九功惟叙，九叙惟歌。戒之用休，董之用威⑱，劝之以九歌，俾勿坏。"

帝曰："俞！地平天成，六府三事允治，万世永赖，时乃功⑲。"

【注释】

①大禹谟：为舜、禹、皋陶、益谋划国事的对话。传统看法认为，虞夏书虽有《尧典》《舜典》，但记叙尚未完备，故又作《大禹谟》《皋陶谟》《益稷》三篇，叙君臣之间嘉言善政，以补充之。谟，古代臣下为君主就国家大事进行谋划称之为谟。典者，道之常行者也；谟者，言之至嘉者也。

②大禹：传说我国上古时期夏后氏部落领袖，鲧之子，姒姓。他因治水有功，被舜帝选为帝位继承者。禹死后，传位给儿子启，启是夏朝的开创者。

③文命敷于四海，祇（zhī）承于帝：将文德教命传布到天下，敬承帝舜的教诲。敷，布、扩展。祇，敬。

④后克艰厥后，臣克艰厥臣，政乃乂（yì），黎民敏德：如果君主能够把为君看得很难，臣能把为臣看得很难，政事就会得到治理，民众也会努力修养德行。后，君主。克，能。乂，治理、修治。敏德，勉励修德。

⑤俞！允若兹：对，确实如此。这是舜帝肯定禹说的话。允，信、确实。若兹：如此。

⑥嘉言罔攸伏：善言不会被埋没。罔，无。攸，所。

⑦稽于众，舍己从人，不虐无告，不废困穷，惟帝时克：采纳众人意见，放弃己见而听从众人，不虐待无依无靠无告之人，不抛弃处于困境、无路可走之人，只有帝尧能够做到这样。稽，考察。无告，无依无靠的人。《礼记·王制》："少而无父谓之孤，老而无子谓之独，老而无妻谓之鳏，老而无夫谓之寡，此四者天民之穷而无告者。"

⑧都！帝德广运：是啊！帝尧之德广大深远。都，表赞叹。运，运行辽远，无所不及。

⑨皇天眷命，奄有四海为天下君：上天眷爱他而赋以重任，使他尽有四海，成为天下的君王。奄，覆盖，引申为尽，包括。

⑩惠迪吉，从逆凶，惟影响：顺道则吉，从逆则凶，如影随形，如响

应声。惠,顺。迪,道也。

⑪儆戒无虞,罔失法度:警戒考虑不周,不要违背法度。虞,猜度,料想,考虑。罔,不要。

⑫疑谋勿成,百志惟熙:对谋划之事心存疑虑就不能成功,考虑问题思路要开阔明晰。志,心志。熙,宽广明晰。

⑬罔违道以干百姓之誉,罔咈(fú)百姓以从己之欲:不要违背正道去求得百姓的赞誉,不要违背百姓的意愿来顺从自己的欲望。干,求。咈,违背。

⑭四夷来王:四方各国就会前来朝见。

⑮帝念哉! 德惟善政,政在养民:帝舜你要深思! 德就在善政,政事就在教养民众。

⑯水、火、金、木、土、谷,惟修:水、火、金、木、土、谷要治理好。水,指修堤灌溉之类;火,防火用火之类;金,指制作兵器农具之类;木,指入山伐木之类;土,指建筑之类;谷,指播植五谷之类;六者,皆为民生所依赖,为政之本。

⑰正德、利用、厚生,惟和:正德、利用、厚生三事和谐得当。正德,端正品德。利用,制作工具器物,交流财货,以利民用。厚生,关注民生问题,使人民生活充裕。正德、利用、厚生和水、火、金、木、土、谷为九功之事。

⑱戒之用休,董之用威:用修美的政事劝解人,用威严的刑罚督责人。休,美,指修美之政。董,督察,督责。

⑲地平天成,六府三事允治,万世永赖,时乃功:水土得到治理,万物得以成长,六府三事得到整治,千秋万世有了保障,这是你的功劳。六府三事,金、木、水、火、土、谷是民生所需,是财货所聚,故称六府;正德、利用、厚生三者为人所作之事,故称三事。允,确实,确信。乃,你。

帝曰:"格,汝禹!朕宅^①帝位三十有三载,耄期^②倦于勤。汝惟不怠,总朕师^③!"

禹曰:"朕德罔克,民不依。皋陶迈种德,德乃降,黎民怀之^④。帝念哉!念兹在兹,释兹在兹。名言兹在兹,允出兹在兹^⑤,惟帝念功!"

帝曰:"皋陶,惟兹臣庶,罔或干予正^⑥。汝作士,明于五刑,以弼五教,期于予治^⑦。刑期于无刑,民协于中,时乃功,懋哉^⑧。"

皋陶曰:"帝德罔愆^⑨,临下以简,御众以宽;罚弗及嗣,赏延于世。宥过无大,刑故无小;罪疑惟轻,功疑惟重^⑩;与其杀不辜,宁失不经^⑪;好生之德,洽^⑫于民心。兹用不犯于有司^⑬。"

帝曰:"俾予从欲以治,四方风动,惟乃之休^⑭。"

【注释】

①宅:居。

②耄期:八九十岁称耄,百岁称期。这里是年高的意思。

③师:众,指舜属下的众多臣民。

④皋陶迈种(zhòng)德,德乃降,黎民怀之:皋陶勉力施行德政,德泽就下降于民众,民众都归顺他。迈,努力。种,布,施行。

⑤念兹在兹,释兹在兹。名言兹在兹,允出兹在兹:想念德德就在皋陶这,放弃德德还在皋陶这,口里称述德德就在皋陶这,诚实发现德德就在皋陶这。兹,此,这。前一兹代表德,后一兹代表皋陶。

⑥惟兹臣庶,罔或干予正:这些臣民,没有人敢干预我的政令。或,有人。干,干犯,冒犯。正,政。

⑦以弼五教,期于予治:用来辅佐五常之教,达到我所期待的治

世。弼,辅佐。五教,即父义、母慈、兄友、弟恭、子孝五种教化。

⑧刑期于无刑,民协于中,时乃功,懋哉:用刑是希望不用刑,使民合于中正之道,这是你的功劳,继续努力吧。期,希望。协,相合、相同。中,中正之道。时,是。懋,勉励。

⑨帝德罔愆:帝的品德没有过错。

⑩宥过无大,刑故无小;罪疑惟轻,功疑惟重:过失犯罪不管多大都能宽恕,故意犯罪不管多小都要处罚;处罚可轻可重的从轻处罚,赏赐可轻可重的从重赏赐。宥,宽恕。

⑪与其杀不辜,宁失不经:与其错杀无辜,宁愿违背常法。经,常。

⑫洽:合。融洽。

⑬兹用不犯于有司:因此人民不会冒犯官长。兹用,因此。

⑭俾予从欲以治,四方风动,惟乃之休:使我按照意愿治理国家,四方闻风响应,这是你的美德。

帝曰:"来,禹! 降水儆予,成允成功①,惟汝贤。克勤于邦,克俭于家,不自满假②,惟汝贤。汝惟不矜,天下莫与汝争能;汝惟不伐,天下莫与汝争功。予懋乃德,嘉乃丕绩,天之历数在汝躬,汝终陟元后③。人心惟危,道心惟微,惟精惟一,允执厥中④。无稽之言勿听,弗询之谋勿庸。可爱非君? 可畏非民? 众非元后,何戴? 后非众,罔与守邦⑤。钦哉! 慎乃有位,敬修其可愿。四海困穷,天禄永终⑥。惟口出好兴戎,朕言不再⑦。"

禹曰:"枚卜功臣,惟吉之从⑧。"

帝曰:"禹! 官占惟先蔽志,昆命于元龟⑨。朕志先定,询谋佥同,鬼神其依,龟筮协从,卜不习吉⑩。"

禹拜稽首,固辞⑪。帝曰:"毋! 惟汝谐⑫。"

正月朔旦，受命于神宗，率百官若帝之初^⑬。

【注释】

①成允成功：信守诺言，完成治水功业。

②假：大也，夸大之意。

③予懋乃德，嘉乃丕绩，天之历数在汝躬，汝终陟元后：我褒美你的品德，嘉奖你的功绩，天道的次序轮到了你身上，你最终要登上大君之位。丕，大。历数，天道，指朝代更替帝王相继的次序。元，大。后，君。

④人心惟危，道心惟微，惟精惟一，允执厥中：人心危险，道心精微，要精心体察分辨二者，又要始终如一坚守道心，信守中正之道。人心惟危，人心易私而难公，不加约束就会背离正道，流于邪恶，所以比较危险。道心惟微，道心微妙难识，易被忽略，故称精微。

⑤可爱非君？可畏非民？众非元后，何戴？后非众，罔与守邦：民众所爱戴的不是君主吗？君主所畏惧的不是民众吗？民众不拥戴君主又拥戴谁？君主不依靠民众就没有谁来替他守卫国家。何戴，拥戴何人，"何"，宾语前置。

⑥慎乃有位，敬修其可愿。四海困穷，天禄永终：慎重才能有位，恭敬做事才能实现愿望，如果天下困苦不堪，天赐的禄命就会永远终止。

⑦惟口出好兴戎，朕言不再：因为口能出善言嘉奖，也能动甲兵以伐恶，我的话就不重复了。

⑧枚卜功臣，惟吉之从：用枚卜法从功臣中选拔，那个最吉的入选。枚卜，古代一种占卜的方法。禹提出用此法，用意在再次推辞即帝位。

⑨官占惟先蔽志，昆命于元龟：卜筮之官占卜，先要确定大家对占筮之事的看法，然后再用元龟占卜。蔽志，确定意愿。昆，后也。

⑩朕志先定,询谋佥同,鬼神其依,龟筮协从,卜不习吉:我的主意已定,征询大家意见也与我相同,鬼神依从,龟筮符合,占卜不会重复出现吉祥。

⑪固辞:坚决推辞。

⑫毋！惟汝谐:不要推辞,只有你合适。

⑬正月朔旦,受命于神宗,率百官若帝之初:正月初一清晨,在帝尧之庙接受帝命,率领百官像当初舜接受禅让一样。

帝曰:"咨,禹！惟时有苗弗率,汝徂征①。"

禹乃会群后,誓于师曰:"济济有众,咸听朕命。蠢兹有苗,昏迷不恭,侮慢自贤②,反道败德。君子在野,小人在位。民弃不保③,天降之咎④。肆予以尔众士⑤,奉辞伐罪。尔尚一乃心力⑥,其克有勋⑦。"

三旬,苗民逆命⑧。益赞⑨于禹曰:"惟德动天,无远弗届⑩。满招损,谦受益,时乃天道⑪。帝初于历山,往于田,日号泣于旻天⑫,于父母,负罪引慝⑬。祗载见瞽瞍,夔夔斋栗,瞽亦允若⑭。至诚感神,矧兹有苗⑮。"

禹拜昌言⑯曰:"俞！"班师振旅⑰。

帝乃诞敷文德,舞干羽于两阶⑱,七旬有苗格⑲。

【注释】

①惟时有苗弗率,汝徂(cú)征:这些三苗不遵教化,你去征伐他们。有苗,我国古代部族名,又称三苗。有作名词词头,无义。三苗原在江淮、荆州一带,相当于现在河南南部、江西西部、湖南北部一带地区。弗率,不遵教化。

②侮慢自贤:轻侮傲慢,自以为贤。

③民弃不保:民众被抛弃,不得安生。

④天降之咎:上天给他们降下灾祸。咎,灾祸。

⑤肆予以尔众士:所以我带领你们众位将士。肆,故、所以。

⑥尔尚一乃心力:我希望齐心合力。一,专一。乃,你们。

⑦其克有勋:将能建功立业。

⑧三旬,苗民逆命:(军到)三十天后,三苗还是违抗命令。

⑨赞:辅佐、赞助。

⑩惟德动天,无远弗届:只有德行能感动上天,没有远人不来归附的。届,至。

⑪时乃天道:这是自然规律。

⑫旻(mín)天:上天。

⑬于父母,负罪引慝(tè):对待父母,自愿承担罪责,揽下恶名。引慝,招来邪恶名声。

⑭祗载见瞽瞍,夔夔斋栗,瞽亦允若:见父亲瞽瞍表现出敬畏庄重战战兢兢的样子,瞽瞍也(对舜)逐渐信任和顺了。祗载,恭敬行事。夔夔,敬惧的样子。斋栗:庄敬战栗。允若,信任和顺。

⑮至诚(xián)感神,矧(shěn)兹有苗:至和可以感动神灵,何况这些苗人。诚,和,和谐、和顺。矧,况且、何况。

⑯昌言:善言、美言。

⑰班师振旅:整正军旅班师而回。

⑱帝乃诞敷文德,舞干羽于两阶:帝舜就广施文教德化,让人手执盾牌和羽毛在宫廷两阶跳舞。诞,大,广。敷,布,施。干,盾牌。

⑲格:至,前来归顺。

【解读】

《大禹谟》讲了三方面的意思:开始讲舜、禹、益盛赞尧之德政、功业,并阐述勤劳政事、治理国家要努力抓好的一些大事。接着讲舜年事已高,要禅让于禹,禹推荐皋陶,舜称赞皋陶任刑官之重要贡献。皋陶称述舜赏罚臣民、实施刑罚等方面的做法和功绩。舜称赞禹治水的丰功伟绩和高尚品德，并执意将帝位传让给禹。最后禹受命征伐三苗，先以武力威慑，三苗不服。禹接受益的建议，撤军而广施文德，用德治感化三苗，七十天后，三苗归附。由此可以看出舜时君臣和谐，齐心协力，德化天下的祥和局面。

本文的"人心惟危，道心惟微，惟精惟一，允执厥中"、"六府三事"这些重要思想逐渐被后世儒家所认同和发挥，并被封建统治阶级所接受，成为中国古代重要的道德伦理原则和推行德治的方法。

【点评】

"子曰：禹，吾无间然矣。菲饮食而致孝乎鬼神，恶衣服而致美乎黻冕，卑宫室而尽力乎沟洫。禹，吾无间然矣。"(《论语·泰伯》)

"宰我曰：'请问禹。'孔子曰：'高阳之孙，鲧之子也，曰文命。敏给克济，其德不回，其仁可亲，其言可信。声为律，身为度，亹亹穆穆，为纪为纲。巡九州，通九道，陂九泽，度九山。为神主，为民父母，左准绳，右规矩，履四时，据四海，平九州，戴九天，明耳目，治天下。举皋陶与益以赞其身，举干戈以征不享不庭无道之民，四海之内，舟车所至，莫不宾服。'([汉]戴德《大戴礼记·五帝德》)

"自宋儒程朱以来，所认最可贵的十六字'人心惟危，道心惟微，惟精惟一，允执厥中'，据他们说，真是五千年前唯一的文化渊源了。但我们若寻他的出处，便知是从《荀子·解蔽篇》、《论语·尧曰篇》的几句话凑缀而成。《解蔽篇》引《道经》曰：'人心之危，道心之微。'《尧曰篇》述尧命舜之言曰：'允执其中。'伪造者把二处的话连缀在一起，把之字改为惟字，加上一句'惟精惟一'便成了十六字传心秘诀，其实哪里真有这回事呢！"(梁启超《古书真伪常识》)

尚书·洪范^①

武王胜殷，杀受，立武庚，以箕子归。作《洪范》。

惟十有三祀^②，王访于箕子。王乃言曰："呜呼！箕子。惟天阴骘^③下民，相协厥居^④，我不知其彝伦攸叙^⑤。"

箕子乃言曰："我闻在昔，鲧陻洪水，汩陈^⑥其五行。帝乃震怒，不畀洪范九畴，彝伦攸斁^⑦。鲧则殛死，禹乃嗣兴，天乃锡禹洪范九畴，彝伦攸叙。初一^⑧曰五行，次二曰敬用五事^⑨，次三曰农用八政^⑩，次四曰协用五纪^⑪，次五曰建用皇极^⑫，次六曰乂用三德^⑬，次七曰明用稽疑^⑭，次八曰念用庶征^⑮，次九曰向用五福，威用六极^⑯。

【注释】

①洪范：洪，大也。范，法也。洪范即大法。相传周武王灭商后第二年，访问前朝遗老箕子，征询治国方略，箕子陈述了"九种天地之大法"作为帝王治国安邦必须遵循的基本法则，史官把他的话加以整理，即成《洪范》。《洪范》为《尚书》中重要篇目之一，全篇贯穿了系统的宗教神权思想，还包括朴素唯物论因素，是研究上古政治、哲学和文化的重要文献。

②惟十有三祀：周文王建国后的第十三年。祀：商曰祀，周曰年。此曰祀是因箕子而言。

③阴骘（zhì）：默默地暗中保护。

④相协厥居：彼此和睦地住在一起。协，和。

⑤我不知其彝伦攸叙：我不懂得这治理天下道理由何所定。彝伦，常理、常道。叙，定，规定。

⑥汩(gǔ)陈:胡乱排列。汩,乱。

⑦不畀(bì)洪范九畴,彝伦攸斁(dù):不赐给他九种治国大法,治理的常道被破坏。斁,破坏。

⑧初一:第一。

⑨敬用五事:谨慎地做好五事。五事,貌言视听思五件关于人自身修养、自身完善的五件事。

⑩农用八政:着意做好八个方面的政事。农,通"醲",厚。八政,食、货、祀、司徒、司空、司寇、宾、师为八政。

⑪协用五纪:协调使用五种计时方法。五纪,岁、日、月、星辰、历数,五种记录天时之法。

⑫建用皇极:建立君主的至上法则。极,至极的标准、法则。

⑬乂用三德:推行治民的三种品德。三德,刚、柔、正直三种品德。

⑭明用稽疑:透彻考察疑难之事,做出正确判断。

⑮念用庶征:思考问题要利用各种征兆。念,思考。庶征,各种征兆。

⑯向用五福,威用六极:奖励用五福,惩戒用六极。向,飨,引申为奖。威,惩戒。五福,寿、富、康宁、攸好德,考终命五种人生之福。六极,凶短折、疾、忧、贫、恶、弱。

"一,五行①:一曰水,二曰火,三曰木,四曰金,五曰土。水曰润下,火曰炎上,木曰曲直,金曰从革,土爰稼穑②。润下作咸,炎上作苦,曲直作酸,从革作辛,稼穑作甘。

"二,五事:一曰貌,二曰言,三曰视,四曰听,五曰思。貌曰恭,言曰从,视曰明,听曰聪,思曰睿。恭作肃,从作乂,明作哲,聪作谋,睿作圣③。

"三,八政:一曰食,二曰货,三曰祀,四曰司空,五曰司徒，六曰司寇，七曰宾，八曰师④。

"四，五纪：一曰岁，二曰月，三曰日，四曰星辰，五曰历数。

【注释】

①五行：孔颖达说："五行先后以微著为次，五行之体，水最微为一，火渐著为二，木形实为三，金体固为四，土质大为五。润下、炎上、曲直、从革以性言也，稼穑以德言也。"

②木曰曲直，金曰从革，土爱稼穑：木可使其弯曲或伸直，金属可顺从人意志改变，土为种植收获百谷。爰，为，称为。

③从作乂，明作哲，聪作谋，睿作圣：言论合乎道理则能治事，视力明晰则看得清楚明白，听力聪敏则善于谋划，思维通达则达到圣明。乂，治理。哲，明白，明智。睿，通达而精微。

④一曰食，二曰货，三曰祀，四曰司空，五曰司徒，六曰司寇，七曰宾，八曰师：一位主管饮食，二为掌管财货，三为主持祭祀，四为主管土地民居，五为主管教化，六为主管刑法缉拿盗贼，七为掌管诸侯朝觐，八为掌管军事。

"五，皇极：皇建其有极。敛时五福，用敷锡厥庶民①。惟时厥庶民于汝极，锡汝保极②。凡厥庶民，无有淫朋，人无有比德，惟皇作极③。凡厥庶民，有猷有为有守，汝则念之④。不协于极，不罹于咎，皇则受之⑤。而康而色，曰'予攸好德'⑥，汝则锡之福。时人斯其惟皇之极。无虐茕独，而畏高明，人之有能有为，使羞其行，而邦其昌⑦。凡厥正人，既富方榖，汝弗能使有好于而家，时人斯其辜⑧。于其无好德，汝虽锡之福，其作汝用咎⑨。无偏无陂，遵王之义；

无有作好⑩，遵王之道；无有作恶，遵王之路。无偏无党，王道荡荡；无党无偏，王道平平；无反无侧，王道正直。会其有极，归其有极⑪。曰皇极之敷言，是彝是训，于帝其训⑫。凡厥庶民，极之敷言，是训是行，以近天子之光⑬。曰天子作民父母，以为天下王。

【注释】

①敛时五福，用敷锡厥庶民：聚合五种幸福，用以普遍赐予你的民众。敛，聚。时，是，此。敷，普遍。

②惟时厥庶民于汝极，锡汝保极：这时你的民众才会看重你的至上法则，进献给你保持至上法则的方法。于，通"迂"，广，大，引申为看重。

③凡厥庶民，无有淫朋，人无有比德，惟皇作极：凡君之民，不能结为邪党，百官不能有私相亲附的行为，只有君主是最高准则。人，指百官。比，为私相亲附。德，行为。

④有猷有为有守，汝则念之：有谋略、有作为、有操守的，君主就要想到他们。

⑤不协于极，不罹于咎，皇则受之：虽不合乎最高法则，不陷于罪恶，君主就要宽容他们。受，不拒之。

⑥而康而色，曰'予攸好德'：你要态度和悦地说："我所喜好的是美德。"

⑦无虐茕独，而畏高明，人之有能有为，使羞其行，而邦其昌：不要虐待那些无依无靠的人、畏惧那些地位尊显的人，只要一个人有才能、有作为，就应当让他贡献其才能，这样国家就会昌盛。羞，进，进献。

⑧凡厥正人，既富方穀，汝弗能使有好于而家，时人斯其辜：凡做官长的人，既要使其富贵又要引导他们向善，你如果不能使他们对你的国家有好处，这些人就会怪罪你。正人，在位之官员。方，并。穀，

53

善。斯,就,则。

⑨其作汝用咎:他们使你受到危害。作,使。用咎,受到危害。

⑩无有作好:没有私心偏好。

⑪会其有极,归其有极:一切集中于至上法则,一切归向至上法则。会,会聚。

⑫皇极之敷言,是彝是训,于帝其训:至上法则所陈述之言,是法则,是导训,是顺从上帝意志。

⑬凡厥庶民,极之敷言,是训是行,以近天子之光:凡是民众,至上法则陈述之言,遵守实行,便能靠近天子的光辉。

"六,三德:一曰正直,二曰刚克①,三曰柔克。平康正直,强弗友刚克,燮友柔克②;沈潜刚克,高明柔克。惟辟作福,惟辟作威,惟辟玉食③。臣无有作福作威玉食,臣之有作福作威玉食,其害于而家,凶于而国。人用侧颇僻,民用僭忒④。

"七,稽疑:择建立卜筮人,乃命卜筮,曰雨,曰霁,曰圉,曰髦,曰克⑤,曰贞,曰悔⑥。凡七,卜五,占用二,衍忒⑦。立时人作卜筮,三人占,则从二人之言。汝则有大疑,谋及乃心⑧,谋及卿士,谋及庶人,谋及卜筮。汝则从⑨、龟从、筮从、卿士从、庶民从,是之谓大同;身其康强,子孙其逢⑩:吉。汝则从、龟从、筮从、卿士逆、庶民逆:吉。卿士从、龟从、筮从、汝则逆、庶民逆:吉。庶民从、龟从、筮从、汝则逆、卿士逆:吉。汝则从、龟从、筮逆、卿士逆、庶民逆:作内,吉;作外,凶⑪。龟筮共违于人:用静,吉;用作,凶⑫。

54

【注释】

①克:胜。

②强弗友刚克,燮(xiè)友柔克:强硬不顺从刚胜,和柔委顺则柔胜。

③惟辟作福,惟辟作威,惟辟玉食:只有君子作赏庆,只有君主能制刑罚,只有君主能作美食。辟,君。作,造作。

④人用侧颇僻,民用僭忒:百官因此倾斜偏斜,民众因此犯上作乱。人,指百官。僭,僭越。忒,恶。

⑤曰雨,曰霁,曰圛(yì),曰雺(máo),曰克:为灼龟时出现的五种征兆。雨为雨形,霁为雨后晴空,圛为云气稀疏的样子,雺为阴暗不明,克为成功与否。

⑥曰贞,曰悔:贞指内卦,一卦六爻之下三爻。悔指外卦,一卦六爻之上三爻。

⑦凡七,卜五,占用二,衍忒:共有七种,兆象五种,占筮二种(内外卦),推衍卦象变化趋向,以占吉凶。忒,更,变化。

⑧汝则有大疑,谋及乃心:你如果有重大疑难,先要自己考虑。乃,你的。

⑨汝则从:你如果赞同。从,赞同。

⑩子孙其逢:子孙将兴旺发达。逢,大,兴旺。

⑪作内,吉;作外,凶:做内部事吉祥,做外部事凶险。作,做事。

⑫用静,吉;用作,凶:如果静止不动就吉,有所举动就凶险。

"八,庶征①:曰雨,曰旸,曰燠②,曰寒,曰风。曰时五者来备,各以其叙,庶草蕃庑③。一极备④,凶;一极无,凶。曰休征⑤:曰肃,时雨若⑥;曰乂⑦,时旸若;曰哲⑧,时燠若;曰谋,时寒若;曰圣,时风若。曰咎征⑨:曰狂⑩,恒雨若;曰僭⑪,恒旸若;曰豫⑫,恒燠若;曰急⑬,恒寒若;曰雺⑭,恒风若。曰,王省惟岁,卿士惟月,师尹惟日⑮。岁月日时无易,百谷用成⑯,乂用明,俊民用章,家用平康⑰。日月岁时既易,百谷用不成,乂用昏不明,俊民用微⑱,家用不宁。庶民惟星,星有好风,星有好雨⑲。日月之行,则有冬有夏。月之从星,则以风雨⑳。

"九,五福:一曰寿,二曰富,三曰康宁,四曰攸好德,五曰考终命㉑。六极:一曰凶短折㉒,二曰疾,三曰忧,四曰贫,五曰恶,六曰弱㉓。"

【注释】

①庶征:各种征兆。

②曰旸(yáng)、曰燠(yù):旸,日出,晴天。燠,温暖。

③各以其叙,庶草蕃庑:各按其时序发生,百草就繁茂丛生。

④极备:过量。

⑤休征:好兆头。

⑥曰肃,时雨若:君王严肃庄重,雨水按时降下。若,然。

⑦乂:治,治理得好。

⑧哲:明智。

⑨咎征:坏的征兆。

⑩狂:狂妄傲慢。

⑪僭(jiàn):差错。

⑫豫:逸乐。

⑬急:急躁寡谋,轻举妄动。

⑭雺:暗,意谓办事不明白。

⑮王省惟岁,卿士惟月,师尹惟日:君王有过失会影响一年,卿士

有过失影响一月,执事百官有过失会影响一天。省,通"眚",过失。

⑯岁月日时无易,百谷用成:年月日风调雨顺,百谷因此成熟。无易,不改变常规。用,因。

⑰乂用明,俊民用章,家用平康:政治因而清明,有才能的人因而显达,国家因而和平安乐。

⑱俊民用微:有才能的人得不到任用。

⑲庶民惟星,星有好风,星有好雨:民众如同众星,有的星喜好风,有的星喜好雨。

⑳月之从星,则以风雨:月亮运行转向不同星宿界域,则有风有雨发生。月比喻百官,星比喻民众。

㉑考命终:老而善终。考,老。

㉒凶短折:指早死。未换牙而死叫凶,未满二十而死叫短,未结婚而死,叫折。

㉓弱:懦弱。

【解读】

《洪范》相传是商朝遗老向周武王陈述的治国方略。全文分两大部分,第一部分概述了九畴的产生、传授情况及其纲目。第二部分具体介绍九畴的具体内容:第一畴五行,是讲治国的物质基础,水火木金土五行的性能和作用;第二畴五事,讲君主的威仪以及要具备的基本素养;第三畴八政,讲重要政务及其分工;第四畴五纪,讲遵循天时以处理政纪;第五畴皇极,讲要突出中央权威,有意神化君权,是全部统治大权的中心;第六畴三德,讲君主要中正平和,刚柔互济、御臣有术;第七畴稽疑,讲怎样解决实际工作中的疑难问题;第八畴庶征,讲要以上天的修咎征兆来考量君主治理能力,警示君权;第九畴五福,讲什么是幸福和困厄,指明了治国者最终要达到的目标。这是一篇君主治国的纲领性文件。

"禹治洪水,赐洛书,法而陈之,《洪范》是也。""昔殷道弛,文王演《周易》;周道敝,孔子述《春秋》,则《乾》《坤》之阴阳,效《洪范》之咎征,天人之道粲然著矣。"([汉]班固《汉书·五行志》)

"正义曰:武王伐殷,既胜,杀受,立其子武庚为殷后,以箕子归镐京,访以天道,箕子为陈天地之大法,叙述其事,作《洪范》。"([唐]孔颖达《尚书正义》)

"《汉书·律历志》曰:历数之起上矣,传述颛顼命南正重司天,火正黎司地,其后三苗乱德,二官咸废,而闰余乖次,孟陬殄灭,摄提失方。尧复育重黎之后,使纂其业,后以授舜,舜亦以命禹。至周武王,访箕子,箕子言大法九章而五纪明历法。"([宋]李昉等《太平御览·时序部·律历》)

"箕子为武王陈洪范,先言五行,次言五事。盖在天则为五行,在人则为五事。"([宋]朱熹《朱子语类》)

周易①·乾·大象②

《象》曰:天行健,君子以自强不息。

周易·坤·大象

《象》曰:地势坤,君子以厚德载物。

【注释】

①《周易》:是儒家五经之一,为群经之首。体例特别,分为《经》《传》两部分:卦辞(包括卦图、卦名)、爻辞(包括爻题)为《经》;彖、象

（包括大象、小象）、文言、系辞、说卦、序卦、杂卦为《传》。

②象：《周易》的《传》的一部分，解释卦名、卦义和爻辞，有描写万物之意，分"大象""小象"两种。总的解释一卦的为"大象"，解释每卦各爻的为"小象"。本书中所选的两篇均为"大象"，历来为人所传诵，因此放在一起解读。

【解读】

天行有二解。孔颖达曰："行者运动之称。"王引之曰："行，道也。天行谓天道也。"两解皆通，以王说为长。《易传》中之君子，乃有才有德之人之称，无论其有爵位与无爵位。乾，两乾卦相重，在八卦里为天，在六十四卦里也是天。天道刚强，君子观此卦象，以天为法，从而自强不息，故曰："天行健，君子以自强不息。"

《说卦》曰："坤，顺也。""地势坤"犹言地势顺。本卦是两坤卦相重，坤为地，本卦卦象仍为地。地顺承天道，其势顺于天，其体厚，能载万物。君子观此卦象，从而取法于地，以厚德载物，即以厚德育人，故曰："地势坤，君子以厚德载物。"

【点评】

"正义曰：此大象也。十翼之中第三翼，总象一卦，故谓之大象。但万物之体，自然各有形象，圣人设卦以写万物之象。今夫子释此卦之所象，故言象曰。天有纯刚，故有健用。今画纯阳之卦以比拟之，故谓之象。象在象后者，象详而象略也。是以过半之义，思在象而不在象，有由而然也。天行健者，行者运动之称，健者强壮之名，乾是众健之训。今大象不取众健为释，偏说天者，万物壮健，皆有衰息，唯天运动日过一度，盖运转混没，未曾休息，故云天行健。健是乾之训也。顺者坤之训也。坤则云地势坤。此不言天行乾而言健者，刘表云：详其名也。然则天是体名，乾则用名，健是其训，三者并见，最为详悉，所以尊乾异于他卦。"（[唐]孔颖达《周易正义·上经乾传》）

"气与气相感召,由极微处开始,而可以扭转大世运。但正因为气极微而能动,又易于互相感召,所以少数能转动了多数。但一到多数势长,淹没了少数,此少数人便失却其主宰与斡旋之势,而气运又另向反面转。若我们认以少数转动多数者为一种斡旋,为一种逆转,则由多数来淹没少数者乃一种堕退,乃一种顺转。堕退是一种随顺,为阴柔之气,斡旋是一种健进,为阳刚之气。但物极必反,贞下可以起元,而亢阳必然有悔。如是则一阴一阳,运转不已。天道无终极,而人道也永不能懈怠。所以说:'天行健,君子以自强不息。'"(钱穆《中国思想通俗讲话》)

"《周易大传》把自强不息、厚德载物、刚中、及时、通变有机结合起来,形成了一个以刚健为中心的宏大的生活原则体系。由于《周易大传》在古代一直被视为孔子所作,这些思想的影响很大,在铸造中国文化基本精神方面起了决定性的作用,对推动中国文化的发展也起了很大作用。""再看厚德载物精神。它和刚健有为、自强不息一样,也是中国文学艺术的重要主题。中国古代的骚人墨客用大量的笔墨篇幅赞美祖国的大好河山,描绘在这大好河山中生长成遂的花鸟虫鱼、一草一木。他们的寄托虽各有不同,但有一点是共同的,即在其中渗透着对普载万物的大地母亲的情感,体现了中国人'天地以生物为心'、'天地以大德曰生'的意识,寄托着'民胞物与'的感情与理想。"(张岱年、程宜山《中国文化精神·导论》)

周易·乾·文言①

　　元者,善之长也;亨者,嘉之会也;利者,义之和也;贞者,事之干也②。君子体仁足以长人,嘉会足以合礼,利物足以合义,贞固足以干事。君子行此四德者,故曰:"乾元亨利贞③。"

初九曰"潜龙勿用",何谓也? 子曰:"龙德而隐者也。不易乎世④,不成乎名,遁世无闷,不见是而无闷。乐则行之,忧则违之⑤,确乎其不可拔⑥,'潜龙'也。"

九二曰"见龙在田,利见大人",何谓也? 子曰:"龙德而正中者也。庸言之信,庸行之谨;闲邪存其诚,善世而不伐,德博而化⑦。易曰:'见龙在田,利见大人',君德也。"

九三曰"君子终日乾乾,夕惕若,厉无咎",何谓也? 子曰:"君子进德修业。忠信,所以进德也;修辞立其诚,所以居业也。知至至之,可与言几也⑧;知终终之,可与存义也⑨。是故居上位而不骄,在下位而不忧。故乾乾因其时而惕,虽危无咎矣。"

九四曰"或跃在渊,无咎",何谓也? 子曰:"上下无常,非为邪也;进退无恒,非离群也。君子进德修业,欲及时也,故'无咎'。"

九五曰"飞龙在天,利见大人",何谓也? 子曰:"同声相应,同气相求;水流湿,火就燥:云从龙,风从虎;圣人作而万物睹。本乎天者亲上,本乎地者亲下,则各从其类也。"

上九曰"亢龙有悔",何谓也? 子曰:"贵而无位,高而无民,贤人在下位而无辅,是以动而'有悔'也。"

【注释】

①文言:《周易》的《传》的一部分,在《周易》六十四卦中只有乾坤两卦才有。

②元者,善之长也……贞者,事之干也:元是善之首,亨是美之集合,利是义之和,贞是百事之主干。

③君子体仁足以长人……故曰:"乾元亨利贞":君子践行仁德足以为人之首,君子有亨德足以合礼,君子利人足以和义,君子有贞德足以干事。君子行此仁、礼、义、贞四德(君子行仁始能善,是为元;行礼始为美,是为亨;行义始能利物,是为利;行正始能干事,是为贞),君子法天以行此四德,因此说乾元亨利贞。《周易·乾·彖》以天德释乾之"元亨利贞"属于天道观之范围。《文言》以君子之德释乾之"元亨利贞"属于人生观范围。

④不易乎世:君子不为世人所转移。易,移,改变。

⑤忧则违之:于其所忧之事则避之。

⑥确乎其不可拔也:坚定不可改变。确,坚定。拔,移。

⑦庸言之信……德博而化:信于中正之言,谨于中正之言。防止邪念存其诚心,使世人归于善而不自夸,道德广大教化人民。庸,常,中正。闲,防。

⑧可与言几也:可以谈事业之几微。几,动之微,吉凶之先见者也。

⑨可与存义也:可以保有事业之正义。

"潜龙勿用",下也。见龙在田,时舍也①。终日乾乾,行事也;或跃在渊,自试也;飞龙在天,上治也②;亢龙有悔,穷之灾也;乾元"用九",天下治也③。

【注释】

此以人事释各爻爻辞。

①时舍也:是君子居住在民间。舍,居也。

②上治也:君子在上位治国。

62

③乾元"用九",天下治也：秉天之元德,天下亦能治安。乾用九爻辞云"见群龙无首吉",比喻诸侯分国而治,其中无天子,然各秉天之元德,天下亦能治安。

"潜龙勿用",阳气潜藏①；见龙在田,天下文明②；终日乾乾,与时偕行③；或跃在渊,乾道乃革④；飞龙在天,乃位乎天德⑤；亢龙有悔,与时偕极⑥；乾元"用九",乃见天则⑦。

【注释】

此以天道四时变化释各爻爻辞。

①"潜龙勿用",阳气潜藏："潜龙勿用",是阳气藏于地下。此时当周历正月二月、夏历十一月十二月。

②见龙在田,天下文明：见龙在田,草木始生,大地成文秀而光明。此当周历三月四月,夏历正月二月(以下各爻类推)。

③与时偕行：草木与时偕长。

④乾道乃革：天道就要变化。此当周历七月八月,夏历五月六月,天气变热。

⑤位乎天德：(阳气大盛,草木长成)天德之功已成。立,成也。

⑥偕极：都达到最高点。阳气极盛,盛极而衰,亢而有悔。

⑦乃见天则：可以看到天的运行法则。用九是《乾卦》六个阳爻的综合,六个爻循位次上升,象阳气循时序上升,故用九可以体现天则。

"乾,元"者,始而亨者也①；"利,贞"者,性情也②。乾始能以美利利天下,不言所利,大矣哉！大哉乾乎！刚健中正,纯粹精也③；六爻发挥,旁通情也④；时乘六龙,以御天也⑤；云行雨施,天下平也。

【注释】

以上以天德释《乾》之卦辞卦义。

①"乾,元"者,始而亨者也:乾卦卦辞说元亨者,言天始生万物,是其元德,又有亨德也。王念孙说:"乾元下亦当有亨字。"即乾元者应为"乾元亨者"。

②"利,贞"者,性情也:利贞是天之性情。卦辞说"利,贞"者,天之利德是利物;天之贞德是有其规律之正。

③大哉乾乎!刚健中正,纯粹精也:大啊乾德!刚健中正之德达到了纯粹而精的地步。色不杂曰纯,米不杂曰粹,米至碎曰精。

④六爻发挥,旁通情也:六爻发动,广通于天道、物类、人事之情状。挥,动也。旁,广也。

⑤时乘六龙,以御天也:日乘六龙以行于天空。"时"当作"明",明即日。

君子以成德为行,日可见之行也。潜之为言也,隐而未见,行而未成,是以君子弗用也。

君子学以聚之,问以辨之,宽以居之,仁以行之①。《易》曰"见龙在田,利见大人",君德也。

九三重刚而不中,上不在天,下不在田,故乾乾因其时而惕,虽危无咎矣②。

九四重刚而不中,上不在天,下不在田,中不在人,故"或"之。"或"之者,疑之也,故无咎。

夫"大人"者,与天地合其德,与日月合其明,与四时合其序,与鬼神合其吉凶。先天而天弗违,后天而奉天时。天且弗违,而况于人乎?况于鬼神乎③?

"亢"之为言也,知进而不知退,知存而不知亡,知得而不知丧。其唯圣人乎? 知进退存亡,而不失其正者,其唯圣人乎④?

【注释】

以上六段又以人事释各爻爻辞。

①君子学以聚之,问以辨之,宽以居之,仁以行之:君子学以聚积知识,问以辨明是非,宽以处世,仁以行事。居,处也。

②九三重刚而不中,上不在天,下不在田,故乾乾因其时而惕,虽危无咎矣:九三(在六爻之中)上不在天位,下不在地位,乃在人位,象人上不在朝,下不在野,而在小官之位。君子做小官,不得行中正之道,只乾乾然而奋勉,因其时而警惕,虽处危境,亦无咎矣。六爻卦五爻为天位,二爻为地位(田位),三爻在人位。

③夫"大人"者,与天地合其德,与日月合其明,与四时合其序,与鬼神合其吉凶。先天而天弗违,后天而奉天时。天且弗违,而况于人乎? 况于鬼神乎:大人,与天地之德符合(使人安其生、得其养),与日月一样明察普照一切事物,其政令与四时顺序符合,其赏恶罚善与鬼神祸福一致。在天象之前而不违反其运行规律,行动起来尊奉天时。(这样的人)天道都不违背,更何况人道呢? 更何况于鬼神之道呢?

④其唯圣人乎? 知进退存亡,而不失其正者,其唯圣人乎:他能算作圣人吗? 懂得进退存亡而又不失其中正平和者,这才是真正的圣明之人。前一"圣人"其实是愚人。

【解读】

乾的《文言》,原是接在乾卦的卦辞、爻辞、彖辞、象辞之后的文字。它从君子之道、天德方面解说卦辞,从天道四时和人事方面解说爻辞,把原属于天道的卦爻辞推向社会和人生,丰富了卦爻辞的意义,拓展了它的社会功能,使《易经》更加具有社会哲理价值。

【点评】

"此篇申象传、象传之意,以尽乾坤二卦之蕴。而余卦之说,因可以例推云乃文言条下义,今乃削去文言二字,而附于'元者善之长也'之下。"([宋]朱熹《周易本义·文言传第七》)

"'先天'指在自然变化之前对自然加以引导,'后天'指遵循自然的变化。'先天而天弗违,后天而奉天时',即天、人协调一致。"(张岱年、程宜山《中国文化精神》)

周易·坤·文言

坤至柔而动也刚①,至静而德方②。后得主而有常③,含万物而化光④。坤道其顺乎! 承天而时行。

【注释】

以上四句以地德释坤之卦义。

①至柔而动也刚:地顺天其德至柔,其性动故刚。

②至静而德方:地相对天来讲是静的,它的德性方正。

③后得主而有常:地先天而动就会迷失正道,地后天而动自能得主,以天为主,得其规律因而有常。

④含万物而化光:地包万物而能化生之,甚广大。光,皆为"广"。

积善之家,必有余庆;积不善之家,必有余殃。臣弑①其君,子弑其父,非一朝一夕之故,其所由来者渐②矣! 由辩③之不早辩也。易曰"履霜坚冰至",盖言顺④也。

"直"其正也,"方"其义也①。君子敬以直内,义以方外。敬义立而德不孤②。直方大,不习无不利,则不疑其所行也③。

阴虽有美含之,以从王事,弗敢成也。地道也,妻道也,臣道也。地道无成,而代有终也。

67

和贞正之美,以此含蓄之义来替王干事,不能自夸功劳。地道就是妻道,就是臣道,地道无成,成在于天,推之,臣道亦无成,成在于君,臣顺承君命,代表君王最终干成事业。

天地变化,草木蕃;天地闭,贤人隐①。《易》曰:"括囊,无咎无誉。"盖言谨也②。

【注释】

以上四句以贤人隐居来释坤卦六四爻辞。

①天地变化,草木蕃;天地闭,贤人隐:天地变化,阴阳相交,君臣同心,草木繁盛,百业兴盛;天地闭合,阴阳不交,君臣乖背,上下隔阂,贤人隐居。蕃,茂也。

②《易》曰:"括囊,无咎无誉",盖言谨也:六四爻辞说:把口袋扎好,没有指责也没有赞扬。讲的是贤人隐居于乱世,言行要谨慎。

君子黄中通理,正位居体①,美在其中,而畅于四支,发于事业:美之至也②!

【注释】

以上以君子之美德居位释坤卦六五爻辞。

①君子黄中通理,正位居体:君子将黄色的衣服穿其其中,美其内心,通达事理,以正道居其位。黄,黄为美丽之色,故黄裳比喻人美其内心,此是德之黄中。正位,以正道居其位,如居君位尽君道,居臣位尽臣道。体,借为"礼",居体即居礼,犹言守礼。

②美在其中,而畅于四支,发于事业,美之至也:君子美德存于内心,表现于行动,发挥于事业,是为极美。畅于四肢,表现于行动。畅,达也。支,通"肢"。四肢,手足也。

阴疑于阳必战。为其嫌于无阳也，故称"龙"焉^①。犹未离其类也，故称"血"焉^②。夫玄黄者，天地之杂也，天玄而地黄^③。

【注释】

以上数句具体解释坤卦上六"龙战于野，其血玄黄"爻辞，阳亢转阴，阴极则阳，大变革的前夜，非常混乱，险象环生。

①阴疑于阳必战。为其嫌于无阳也，故称"龙"焉：阴比于阳，势均力敌则必相斗争，极盛之阴它的势力等于阳，龙为阳物，所以阴也称龙。疑，拟，比也。嫌，两物相似谓嫌。无阳，"无"字为衍字，《周易集解》无"无"字。

②犹未离其类也，故称"血"焉：还没有离开他的阴类，所以称血。朱熹曰："血"，阴属。

③夫玄黄者，天地之杂也，天玄而地黄：玄黄是天地之色相杂，天色玄，地色黄。

【解读】

坤卦《文言》主要从君德、臣德、贤人隐居、君臣各居其位几个方面阐释坤卦卦辞和爻辞的含义，同时也强调事物的发展都有一个渐变的过程，要从一开始就把握好事物发展的方向，要防微杜渐。阳亢转阴，阴极则阳，变革之时，阴阳混战，险象环生。

【点评】

"坤为地。地，底也。其体底下，载万物也。《易·坤卦·大象》曰：'地势坤，君子以厚德载物。'言人君度量当如广厚之地，无所不包容，则人循依之而不得其端涯也。谓无憎爱之限，至宽至贞也。"（［唐］李世民《帝范·建亲第二》）

周易·系辞①上

天尊地卑,乾坤定矣。卑高以陈,贵贱位矣②。动静有常,刚柔断矣③。方以类聚,物以群分,吉凶生矣④。在天成象,在地成形,变化见矣。是故刚柔相摩,八卦相荡⑤。鼓之以雷霆,润之以风雨;日月运行,一寒一暑。乾道成男,坤道成女⑥。乾知大始,坤作成物⑦。乾以易知,坤以简能⑧;易则易知,简则易从⑨;易知则有亲,易从则有功;有亲则可久,有功则可大;可久则贤人之德,可大则贤人之业。易简,而天下之理得矣;天下之理得,而成位乎其中矣⑩。

【注释】

①《系辞》一般认为是孔子所述,通论《周易》一经之大体义蕴与功用。这一章,首言天地及万物之矛盾对立与运动变化,用八卦可以象之;次言天道平常,地道简单,贤人之德在适应天道之规律,贤人之业在利用地道之功能。

②卑高以陈,贵贱位矣:天高为贵,地卑为贱,天高地卑之势既陈,则天贵地贱之位因之以立。以,已。陈,列。位,立。

③动静有常,刚柔断矣:天动地静既各有常,则天刚地柔因之以分。断,分也。

④方以类聚,物以群分,吉凶生矣:人以其类相聚,物以其群相分,类群相异,矛盾对立,于是吉凶生。方,由"人"的篆文衍来,形似而误。

⑤是故刚柔相摩,八卦相荡:因此刚柔两类物质相交错,八卦所说的八种物质相冲击。八卦,指天地雷风水火山泽及其所属的八种物质。

⑥乾道成男,坤道成女:天道为男,地道为女。成,为。

⑦乾知大始,坤作成物:天之所为是创始万物,地之所作是养成万物。知,为,作。

⑧乾以易知,坤以简能:天以平常成其巧,地以简单成其能。易,平易,平常。知,智,巧也。

⑨易则易知,简则易从:天道平易故容易认识;地道简约,故易于遵从。

⑩天下之理得,而成位乎其中矣:既得天下万物之理,则能定其阳阴刚柔上下贵贱之分而立位于其中了。

　　圣人设卦观象,系辞焉而明吉凶,刚柔相推而生变化①。是故吉凶者,失得之象也②;悔吝者,忧虞之象也③;变化者,进退之象也④;刚柔者,昼夜之象也。六爻之动,三极之道也⑤。是故君子所居而安者,《易》之序也⑥;所乐而玩者,爻之辞也。是故君子居则观其象而玩其辞,动则观其变而玩其占,是以"自天佑之,吉无不利"。

【注释】

此章论述《易经》以卦爻及其变化来象征宇宙事物及其运动变化,卦爻辞说明人事得失进退,因此君子学易,以它作为行动指南。

①圣人设卦观象……刚柔相推而生变化:圣人创设八卦及六十四卦,观察卦爻之象,系卦爻辞于其下来说明吉凶,阴阳爻变,由此卦变成彼卦,《易经》以此来象征事物之矛盾相推而生变化。刚柔,阳爻为刚,阴爻为柔。

②是故吉凶者,失得之象也:因此吉凶是人事失得之象。

③悔吝者,忧虞之象也:悔吝是人遇悔吝之事而心中忧惊之象。悔,小不幸也。吝,难也。虞,惊也。

④变化者,进退之象也:卦爻变化是事物进退之象。进退,指事物

变化旧者退而去,新者进而来。

⑤六爻之动,三极之道也:卦六爻刚柔之变化象征天道地道人道之变化。极,至,高。天地人是宇宙万物之至高者,故曰三极。

⑥是故君子所居而安者,《易》之序也:因此君子平居而观察者,是《易》的卦象爻象。安,按,观察。序,《集解》本作"象"。

象者,言乎象者也①;爻者,言乎变者也②。吉凶者,言乎其失得也;悔吝者,言乎其小疵也。无咎者,善补过也。是故列贵贱者存乎位③,齐小大者存乎卦④,辩吉凶者存乎辞,忧悔吝者存乎介⑤,震无咎者存乎悔⑥。是故卦有小大,辞有险易,辞也者,各指其所之。

【注释】

此章论述《易经》对人事的指导意义。

①象者,言乎象者也;爻者,言乎变者也:卦辞是根据卦象来判断吉凶,爻辞是根据变爻来判断吉凶。象,《系辞》作者称卦辞为"象",象,断也。

②吉凶者,言乎其失得也;悔吝者,言乎其小疵也。无咎者,善补过也:《易经》所谓吉凶出于人行事之得失,悔吝出于德行之有小疵,无咎出于人善补救其过失。

③是故列贵贱者存乎位:所以排列贵贱在于爻位。《易经》以爻位象征人的社会地位,如初爻为卑位,上爻为高位,二爻为臣位,五爻为君位。

④齐小大者存乎卦:排列大小在于卦。阳卦大,阴卦小。阳卦象君,象男,象君子,故为大;阴卦象臣民,象女,象小人,故为小。齐,排列。

⑤忧悔吝者存乎介:人们遇悔吝而忧,在于忽略而不警惕。介,忽

略,遗忘。

　　⑥震无咎者存乎悔:人动而无咎者,在于追悔往事之过失,惩前毖后。

　　《易》与天地准,故能弥纶天地之道①。仰以观于天文,俯以察于地理,是故知幽明之故②;原始反终,故知死生之说;精气为物,游魂为变,是故知鬼神之情状③。与天地相似,故不违④;知周乎万物,而道济天下,故不过⑤;旁行而不流,乐天知命,故不忧⑥;安土敦乎仁,故能爱⑦。范围天地之化而不过⑧,曲成万物而不遗⑨,通乎昼夜之道而知⑩,故神无方而《易》无体⑪。

【注释】

　　此章首言《易经》包括天地万物之理,次言善于学习《易经》之人能深通天地万物之理,并以此普济天下,成就万物。

　　①《易》与天地准,故能弥纶天地之道:《周易》所说之道与天地符合,包罗天地之道。

　　②仰以观于天文,俯以察于地理,是故知幽明之故:圣人观天察地,因此知道天上光明、地下幽隐之故。

　　③精气为物,游魂为变,是故知鬼神之情状:精气成为灵物,是为神;游魂离开人身而变化,是为鬼。圣人明乎此,故知鬼神的情状。

　　④与天地相似,故不违:圣人之德与万物相似,因此不会违背天地之道。

　　⑤知周乎万物,而道济天下,故不过:圣人在万物中智慧广大突出,就能以他的学问广济天下,因此不会有过失。乎,于,在。知,智。

　　⑥旁行而不流,乐天知命,故不忧:行正道而不放纵,乐天安命,因

此没有忧虑。旁,通"方"。

⑦安土敦乎仁,故能爱:安于所居之土而厚施仁义,因此懂得爱人。

⑧范围天地之化而不过:掌握天地变化的规律而不违背。范围,包括,掌握。

⑨曲成万物而不遗:周全万物成长而不放弃。

⑩通乎昼夜之道而知:通晓昼夜变化的规律而预知。

⑪故神无方而《易》无体:玄妙之道没有定方而易也没有固定的形体。

　　一阴一阳之谓道。继之者善也,成之者性也①。仁者见之谓之仁,知者见之谓之知,百姓日用而不知,故君子之道鲜矣②。显诸仁,藏诸用③,鼓万物而不与圣人同忧④,盛德大业至矣哉!富有之谓大业,日新之谓盛德。生生之谓易,成象之谓乾,效法之谓坤⑤,极数知来之谓占⑥,通变之谓事⑦,阴阳不测之谓神。

【注释】

这章主要论述天地间阴阳之道。

①一阴一阳之谓道,继之者善也,成之者性也:一阴一阳,矛盾对立,互相转化,是谓规律;来继往,后继前,是谓善;阴成为阴,阳成为阳是其本性。

②故君子之道鲜矣:因此君子之道懂得的人少。君子之道认识全面,仁者智者之道认识片面,百姓日用不明道。

③显诸仁,藏诸用:道从生育万物之仁中显示出来,隐藏在生养万物的功用之中。

④鼓万物而不与圣人同忧:鼓动万物,但无所用心,不与圣人同其

忧虑。

⑤成象之谓乾,效法之谓坤:成象的是天,呈法的是地。

⑥极数知来之谓占:尽蓍策之数以成一卦,观象玩辞以知来事谓之占筮。

⑦通变之谓事:通事物之变化,采取行动,是谓事。

夫《易》广矣大矣,以言乎远则不御①,以言乎迩则静而正②,以言乎天地之间则备矣。夫乾,其静也专,其动也直,是以大生焉③。夫坤,其静也翕,其动也辟,是以广生焉④。广大配天地,变通配四时,阴阳之义配日月,易简之善配至德⑤。

【注释】

此章说易道广大。

①以言乎远则不御:以《易经》论远处之事物,则通而无阻。

②以言乎迩则静而正:以《易经》论近处的事物则精审而正确。迩,近。静,审也。

③夫乾,其静也专,其动也直,是以大生焉:乾,天静而晴明,其形为圆;天动而降雨雪,其势直下,圆形无不包,直下则无不至,是以能大生。专,通"团",圆。

④夫坤,其静也翕,其动也辟,是以广生焉:坤,地静则不生草木,则土闭;地动则生草木,则土开,唯其能闭能开,是以能广生。

⑤易简之善配至德:平易简单的好处在于可配天地之至德。

子曰:"《易》其至矣乎! 夫《易》,圣人所以崇德而广业也①。知崇礼卑,崇效天,卑法地②。天地设位,而《易》行乎其中矣③。成性存存，道义之门④。"

【注释】

此章写圣人借《易》行道。

①夫《易》，圣人所以崇德而广业也：《易经》是圣人用来推崇他的道德扩展他的事业的。

②知崇礼卑，崇效天，卑法地：智崇高，礼谦卑，崇高效法天，谦卑仿效地。

③天地设位，而《易》行乎其中矣：天地确立上下之位，易道就运行于天地之间。

④成性存存，道义之门：以《易》道论万物之性，则能成其性不伤其性；以《易》道论万物之存，则能存其存而不毁其存。道义出于此。

　　圣人有以见天下之赜，而拟诸其形容，象其物宜，是故谓之象①。圣人有以见天下之动，而观其会通，以行其典礼②，系辞焉以断其吉凶，是故谓之爻。言天下之至赜，而不可恶也；言天下之至动，而不可乱也③。拟之而后言，议之而后动，拟议以成其变化④。

【注释】

此章讲圣人作《易》在于用它象征天下最微妙复杂的事物和运动。

①圣人有以见天下之赜(zé)，而拟诸其形容，象其物宜，是故谓之象：圣人见到天下的事物精微，从而用《易》卦比拟其形态，象征其物宜，所以谓卦体叫象。赜，精微，深奥。

②而观其会通，以行其典礼：观察其会合贯通之处，从而推行社会典章制度。

③言天下之至赜，而不可恶也；言天下之至动，而不可乱也：论说

天下事物之至微,不可妄谈也。论述天下事物之至动,不可乱说也。恶,诋毁,妄谈。

④拟之而后言,议之而后动,拟议以成其变化:用《易经》比拟天下至微妙至动之事物而后谈说,加以讨论而后行动,通过比拟讨论,以定事物的变化。

"鸣鹤在阴,其子和之;我有好爵,吾与尔靡之①。"子曰:"君子居其室,出其言善,则千里之外应之,况其迩者乎? 居其室,出其言不善,则千里之外违之,况其迩者乎?"言出乎身,加乎民;行发乎迩,见乎远:言行,君子之枢机。枢机之发,荣辱之主也②;言行,君子之所以动天地也,可不慎乎?

【注释】

此章解释发挥中孚卦九二爻辞,讲要慎言。

①我有好爵,吾与尔靡之:我有好酒,吾与你共同享有。爵,饮酒器,形制如雀。靡,共也。

②言行,君子之枢机。枢机之发,荣辱之主也:言行是君子之枢机,枢机之发或中否,犹言行之善与不善,善则荣至,不善则辱来,故为荣辱之主。枢机,弩之枢柱与机件。

"同人,先号咷而后笑①。"子曰:"君子之道,或出或处②,或默或语。二人同心,其利断金,同心之言,其臭如兰③。"

【注释】

此章解释发挥同人卦九五爻辞,讲同心同德之重要。

①同人,先号咷而后笑:与人同心,先号啕后大笑。

②或出或处:或出仕或居家。

③同心之言,其臭如兰:同心之言,其气味如兰花之香。

"初六,藉用白茅,无咎①。"子曰:"苟错诸地而可矣,藉之用茅,何咎之有②? 慎之至也。夫茅之为物薄,而用可重也。慎斯术也以往,其无所失矣③。"

【注释】

此章解释发挥大过初六爻辞,讲谨慎。

①藉用白茅,无咎:用白茅垫祭品,不会有过错。藉,垫也。

②苟错诸地而可矣,藉之用茅,何咎之有:只要放置到地上就可以了,又垫上了白茅,还有什么过错呢?

③慎斯术也以往,其无所失矣:遵循慎重之道以行事,那么就不会有什么过失了。

"劳谦,君子有终,吉①。"子曰:"劳而不伐,有功而不德,厚之至也②。"语以其功下人者也③。德言盛,礼言恭,谦也者,致恭以存其位者也④。

【注释】

此章引谦卦九三爻辞,说谦虚。

①劳谦,君子有终,吉:有功劳而谦虚,君子会有好的结果。

②劳而不伐,有功而不德,厚之至也:有功劳而不自夸,有功而不以为有德,这是忠厚之至。

③语以其功下人者也:这是讲以有功劳而甘居人下。

④德言盛,礼言恭,谦也者,致恭以存其位者也:德盛,礼恭,是为

谦,谦是致力于恭敬以保其位。言,助词。存,保。

"亢龙有悔。"子曰:"贵而无位,高而无民,贤人在下位而无辅,是以动而有悔也。"

【注释】

此章引乾卦上九爻辞,说位高之尴尬。

"不出户庭,无咎①。"子曰:"乱之所生也,则言语以为阶。君不密则失臣,臣不密则失身,几事不密则害成②。是以君子慎密而不出也。"

【注释】

此章引节卦初九爻辞谈保密。

①不出户庭,无咎:不出户庭,可以保密,因此不会出是非。

②几事不密则害成:谋事不能保密就会影响成功。

子曰:"作《易》者,其知盗乎?《易》曰:'负且乘,致寇至①。'负也者,小人之事也;乘也者,君子之器也。小人而乘君子之器,盗思夺之矣;上慢下暴,盗思伐之矣②。慢藏诲盗,冶容诲淫③。《易》曰:'负且乘,致寇至。'盗之招也。"

【注释】

此章引解卦九三爻辞讲致淫致盗的原因。

①负且乘,致寇至:人负物而乘车,是以其物之珍贵示人,将招贼寇来劫。

②上慢下暴,盗思伐之矣:君上骄惰,下民强暴,则盗寇思伐之。

③慢藏诲盗,冶容诲淫:懒于收藏是教人来盗,打扮得妖冶,是引诱人来奸淫。

　　大衍①之数五十,其用四十有九。分而为二,以象两②,挂一以象三③,揲之以四,以象四时④,归奇于扐,以象闰⑤;五岁再闰,故再扐而后挂⑥。天一地二,天三地四,天五地六,天七地八,天九地十。天数五,地数五,五位相得而各有合。天数二十有五,地数三十,凡天地之数五十有五。此所以成变化而行鬼神也⑦。《乾》之策二百一十有六,《坤》之策百四十有四⑧,凡三百有六十,当期之日⑨。二篇之策⑩,万有一千五百二十,当万物之数也。是故四营⑪而成《易》,十有八变而成卦,八卦而小成。引而伸之,触类而长之,天下之能事毕矣⑫。显道神德行,是故可与酬酢,可与佑神矣⑬。子曰:"知变化之道者,其知神之所为乎?"

【注释】

此章论述《易经》的筮法。

①衍:演也。先秦人称算卦为衍。汉人称算卦为演。大衍之数五十,应为五十五。用《易经》演算,备蓍草五十五策,但只用四十九策,余六策标明六爻之数。

②分而为二,以象两:分而为二来象两仪。两仪即天地。筮时,将四十九策蓍草分为两部分,一部分横置于上方,以象天;一部分横置于下方,以象地。

③挂一以象三:从上方蓍草中抽出一策竖置于天地之间,象天地人三才。

④揲之以四,以象四时:将上方之策每四策为一组分数之,以象四

80

时。揲，手持而分数也。

⑤归奇于扐，以象闰：将等于或小于四策的蓍草置于所挂蓍草的左旁，来象征闰月。肋为胸之两旁，这里指所挂蓍草的两旁。

⑥五岁再闰，故再扐而后挂：历法中五年中有两个闰月，再取下方蓍草四策一组分数之，将余下的等于或小于四策的蓍草置于所挂蓍草右旁。最后将两次余下的蓍草并为一组竖置一起，是为后挂。

⑦此所以成变化而行鬼神也：这就是定变化而通鬼神的易数。

⑧《乾》之策二百一十有六，《坤》之策百四十有四：乾卦六爻都变成老阳，每爻蓍草九揲，每揲四策，六、九、四相乘得二百一十六策。坤卦六爻都变成老阴，每爻蓍草六揲，每揲四策，六、六、四相乘，得一百四十四策。

⑨当期之日：正好为一年。期，一年。

⑩二篇之策：《易经》六十四卦，分为上下两篇。

⑪四营：有两种说法，第一种指七、八、九、六。七为少阳，八为少阴，九为老阳，六为老阴。四营谓爻象的四个营区。四营即四象。第二种指"分而为二以象两"，一营也；"挂一以象三"，二营也；"揲之以四以象四时"，三营也；"归奇于扐以象闰"，四营也。四营是四次布策的方法。四次布策为一变，三变成一爻，六爻（三六一十八变）成一卦。

⑫引而伸之，触类而长之，天下之能事毕矣：重八卦为六十四卦，遇同类事物则扩大卦象来象之，天下能有的事都在《易经》中间了。伸，申也。触，遇也。长，增长。

⑬显道神德行，是故可与酬酢，可与佑神矣：《易经》能显示道、神、德、行，因此可以应付他人与事情，可以用它来助神。酬酢，宴会上，主人举酒敬客谓之酬，客回敬谓之酢。

　　《易》有圣人之道四焉：以言者尚其辞，以动者尚其变，以制器者尚其象，以卜筮尚其占①。是以君子将有为也，将有行也,问焉而以言,其受命也如响②。无有远近幽深,遂知来物③。非天下之至精,其孰能与于此？参伍以变,错综其数④。通其变,遂成天地之文;极其数,遂定天下之象⑤。非天下之至变,其孰能与于此？《易》无思也,无为也,寂然不动,感而遂通天下之故。非天下之至神,其孰能与于此？夫《易》,圣人之所以极深而研几也⑥。唯深也,故能通天下之志。唯几也,故能成天下之务。唯神也,故不疾而速,不行而至。子曰"《易》有圣人之道四焉"者,此之谓也。

【注释】

此章再次夸《易经》的作用。《易》有三至:至精、至变、至神。圣人于《易》有四尚:尚其辞、尚其变、尚其象、尚其占。

①以言者尚其辞,以动者尚其变,以制器者尚其象,以卜筮尚其占:用《易经》论事则尚其卦爻辞;以《易经》指导行动则尚其卦爻之变化,以决定进退;用《易经》指导制造器皿,则尚其卦象,以悟得方法,以《易经》卜筮,则尚其占得之结果,以预知吉凶。

②问焉而以言,其受命也如响:将所占之事告蓍而问之,蓍受人命,报人吉凶,如回响之应声也。

③无有远近幽深,遂知来物:不管远近幽深,都知道将有什么事发生。物,事也。

④参伍以变,错综其数:三五不定引起爻变从而卦变,六爻之数交错综合,形成爻位与爻位的关系。参伍,即三五,代表较小不定的数字。数,这里指爻的位次。

⑤通其变,遂成天地之文;极其数,遂定天下之象:通卦爻之变,则能定天下事物之文;尽卦爻之数,则能定天下事物之象。

⑥夫《易》，圣人之所以极深而研几也：易是圣人穷究极深奥，钻研极几微的成果。几，微也。

　　子曰："夫《易》何为者也？夫《易》开物成务，冒天下之道，如斯而已者也。"是故圣人以通天下之志，以定天下之业，以断天下之疑。是故蓍之德圆而神，卦之德方以知，六爻之义易以贡①。圣人以此洗心，退藏于密②，吉凶与民同患③；神以知来，知以藏往④。其孰能与于此哉？古之聪明睿知，神武而不杀者夫。是以明于天之道，而察于民之故，是兴神物以前民用⑤。圣人以此斋戒，以神明其德夫⑥。是故阖户谓之坤，辟户谓之乾，一阖一辟谓之变，往来不穷谓之通；见乃谓之象，形乃谓之器，制而用之谓之法⑦。利用出入⑧，民咸用之谓之神。

【注释】

此章言圣人用《易经》以启其智，以明其德，以决其疑，以成其业，以制其法，以利其民。论阴阳辟阖之道。

①是故蓍之德圆而神，卦之德方以知，六爻之义易以贡：因此蓍之形体则圆其性质则神，卦之形体则方其性质则智，六爻之义乃变化而告人也。德，形体性质谓德。易，变也。贡，告也。

②圣人以此洗心，退藏于密：圣人以《易经》来启发思维，占筮之后，记其事，退而藏之于密处。洗，先也，启发。

③吉凶与民同患：吉凶与民同。患，贯，事也。

④神以知来，知以藏往：圣人利用《易经》以成其神，以预知未来；又利用《易经》以成其智，以记藏往事。

⑤是兴神物以前民用：这是取此神物蓍草以占事，来作民用的

先导。

⑥圣人以此斋戒，以神明其德夫：圣人利用《易经》肃敬警惕，以神来明其德。斋，敬也。

⑦制而用之谓之法：裁制宇宙之象并利用他有所遵循谓之法。

⑧利用出入：人利用其法，或出或入，随时改进。

是故《易》有太极，是生两仪，两仪生四象，四象生八卦，八卦定吉凶，吉凶生大业。是故法象莫大乎天地；变通莫大乎四时；县象着明莫大乎日月[1]；崇高莫大乎富贵[2]；备物致用，立成器以为天下利[3]，莫大乎圣人；探赜索隐，钩深致远，以定天下之吉凶，成天下之亹亹者，莫大乎蓍龟[4]。是故天生神物，圣人则之[5]；天地变化，圣人效之[6]；天垂象，见吉凶，圣人象之；河出图，洛出书，圣人则之[7]。《易》有四象[8]，所以示也；系辞焉，所以告也；定之以吉凶，所以断也。

【注释】

此章讲圣人受河图洛书之启示，借蓍草之灵，制定筮法，创作《易经》，仿效宇宙形成过程，象征天地日月四时诸种现象变化，探求复杂隐晦深远之事物，定其吉凶，来指导人们的行动。

①县象着明莫大乎日月：悬象光明没有比日月大的。县，通"悬"。着，明也。

②富贵：指拥有天下登上帝位。

③备物致用，立成器以为天下利，莫大乎圣人：拥有万物能尽其所用，立功制器能为天下人谋利，没有人超过圣人的。立成器，是立功成器，原脱一"功"字。

④探赜索隐,钩深致远,以定天下之吉凶,成天下之亹亹(wěi)者,莫大乎蓍龟:探索幽深隐秘的事物,求取深奥推测久远道理,来确定天下的吉凶,促成天下人奋勉前进的,没有超过蓍草龟甲灵验的。赜,幽深,复杂。钩,取。致,推也。亹亹,奋勉前进。

⑤是故天生神物,圣人则之:因此天生了两种神物,圣人以此为法。则,法也。法,指筮法与卜法。

⑥天地变化,圣人效之:天地万物多变化,圣人作八卦、六十四卦来仿效。

⑦河出图,洛出书,圣人则之:伏羲时有龙马出于河,身有文如八卦,伏羲取法以画八卦;夏禹时有神龟出于洛,背上有文字,禹取法之以作书,即《尚书·洪范》之起源。

⑧四象:少阳、老阳、少阴、老阴四种爻象。

《易》曰:"自天祐之,吉无不利①。"子曰:"祐者,助也。天之所助者,顺也;人之所助者,信也。履信思乎顺,又以尚贤也。是以'自天祐之,吉无不利'也。"子曰:"书不尽言,言不尽意。然则圣人之意,其不可见乎?"子曰:"圣人立象以尽意,设卦以尽情伪②,系辞焉以尽其言。变而通之以尽利,鼓之舞之以尽神③。"乾坤,其《易》之缊邪④?乾坤成列,而《易》立乎其中矣。乾坤毁,则无以见《易》,《易》不可见,则乾坤或几乎息矣。是故形而上者谓之道,形而下者谓之器。化而裁之谓之变⑤,推而行之谓之通,举而错之天下之民谓之事业⑥。是故夫象⑦,圣人有以见天下之赜,而拟诸其形容,象其物宜,是故谓之象。圣人有以见天下之动,而观其会通,以行其典礼⑧,系辞焉以断其吉凶,是故谓之爻。极天下之赜者存乎卦,鼓天下之动者存乎辞;化而裁之存乎变；推而行之存乎通；神而明之存乎其人；默而成之，不言而信，存乎德行。

【注释】

此章讲《易经》能充分反映人们的思想、言论与活动，又能反映天地万物的变化，而人类事业在于利用道与器而加以变通，《易经》的卦爻辞能指导人们去从事此种事业。

①自天祐之，吉无不利：引大有卦上九爻辞。此句及其解释接上段意思，说的是得天助才有《易经》的产生。

②设卦以尽情伪：设卦以讲清情实虚伪的道理。

③鼓之舞之以尽神：鼓舞人以尽其智慧。神，最高智慧。

④乾坤，其《易》之缊邪：天地是阴阳矛盾对立与变化之《易》道之所蕴藏。缊，通"蕴"。

⑤化而裁之谓之变：将道器加以改制是谓之变。化，改也。裁，制也。

⑥举而错之天下之民谓之事业：取道与器施之于天下之民，是谓之事业。

⑦是故夫象：应为"是故爻象"。"夫""爻"形似而误。从下面先说象，再说爻可知。

⑧而观其会通，以行其典礼：观察它的错综复杂的变化，以及遵行它的运动规律。

周易·系辞下

八卦成列，象在其中矣；因而重之，爻在其中矣；刚柔相推，变在其中矣；系辞焉而命之，动在其中矣。吉凶悔吝者,生乎动者也;刚柔者,立本者也①;变通者,趣时者也②。吉凶者,贞胜者也③;天地之道,贞观者也④;日月之道,贞明者也;天下之动,贞夫一者也⑤。夫乾,确然示人易矣;夫坤,隤然示人简矣⑥。爻也者,效此者也;象也者,像此者也。爻象动乎内,吉凶见乎外;功业见乎变,圣人之情见乎辞。天地之大德曰生,圣人之大宝曰位。何以守位?曰仁。何以聚人?曰财。理财正辞、禁民为非曰义。

【注释】

此章论《易经》之义蕴与功用,次论圣人守位治民之要点。

①刚柔者,立本者也:爻之阴阳为六十四卦之本,事物之阴阳为天地万物之本。阳为刚,阴为柔。

②变通者,趣时者也:变通是为了适应时代的需要。趣,通"趋"。

③吉凶者,贞胜者也:明吉凶,是为了找到正确的途径取得胜利。贞,正也。

④天地之道,贞观者也:明天地之道,是为了看到正确的启示。

⑤天下之动,贞夫一者也:天下之变动,在于有统一的规律。

⑥夫乾,确然示人易矣;夫坤,隤(tuí)然示人简矣:天道刚健,示人以平易,地道柔顺,示人以简约。确,刚强。隤,柔顺。

古者包牺氏之王天下也,仰则观象于天,俯则观法于地,观鸟兽之文,与地之宜,近取诸身,远取诸物,于是始作八卦,以通神明之德,以类万物之情①。作结绳而为罔罟,以佃以渔,盖取诸《离》②。包牺氏没,神农氏作,斲木为耜,揉木为耒,耒耨之利,以教天下,盖取诸《益》③。日中为市,致天下之民,聚天下之货,交易而退,各得其所,盖取诸《噬嗑》④。神农氏没,黄帝、尧、舜氏作,通其变,使民不倦;神而化之⑤,使民宜之。《易》穷则变,变则通,通则久。是以"自天祐之,吉无不利"。黄帝、尧、舜垂衣裳⑥而天下治,盖取诸《乾》《坤》⑦。刳木为舟,剡木为楫,舟楫之利,以济不通,致远以利天下,盖取诸《涣》⑧。服牛乘马,引重致远,以利天下,盖取诸《随》⑨。重门击柝,以待暴客,盖取诸《豫》⑩。断木为杵,掘地为臼,臼杵之利,万民以济,盖取诸《小过》⑪。弦木为弧,剡木为矢,弧矢之利,以威天下,盖取诸《睽》⑫。上古穴居而野处,后世圣人易之以宫室,上栋下宇,以待风雨,盖取诸《大壮》⑬。古之葬者,厚衣之以薪,葬之中野,不封不树,丧期无数,后世圣人易之以棺椁,盖取诸《大过》⑭。上古结绳而治,后世圣人易之以书契,百官以治,万民以察,盖取诸《夬》⑮。

【注释】

此章论述包牺作八卦以及古人观象制器之事。

①以通神明之德,以类万物之情:以一卦之形会通天地万物之神妙明显之性质,以分别天地万物的情况。德,性质。类,分别。

②盖取诸《离》:八卦之离象绳,六十四卦象绳重叠,因此包牺氏制造网罟,取象于离卦。

③斲(zhuó)木为耜(sì),揉木为耒,耒耨之利,以教天下,盖取诸《益》:砍木头作为锄头,弯曲木头为犁,以犁锄耕作收获得利来教育天下之人,大概是取法《益》卦。《益》卦上巽下震,巽为木,震为动,耒耜以木制成,动为耕田,神农创造耒耜盖取象《益》卦。

④《噬嗑(shì kē)》:《噬嗑》卦上离下震,离为日,震为动,人在日下

动,日中为市,众人在日下往来,神农创造市场,盖取象于《噬嗑》卦。

⑤神而化之:加以神妙改作。

⑥垂衣裳:制衣裳。垂,缀也。

⑦盖取诸《乾》《坤》:黄帝、尧、舜创制衣服取象于《乾》《坤》两卦。乾为天,坤为地。衣取象《乾》,居上覆物;裳取象《坤》,在下含物。

⑧《涣》:《涣》卦上巽下坎,巽为木,坎为水,木在水上,象舟楫,因此黄帝、尧、舜以木为舟楫,浮行于水上,盖取象于《涣》卦。

⑨《随》:《随》卦上兑下震,兑为羊为牲畜,震为车,牲畜在车之前,黄帝、尧、舜驾牛马以引车,盖取象于《随》卦。

⑩《豫》:《豫》卦上震下坤,震为雷,雷动有声,坤为地,人在地上动而有声,象人击柝巡行于地上。柝,更梆。暴客,指盗贼。

⑪《小过》:《小过》卦上震下艮,震为雷,动而有声,艮为果蓏(luǒ),为谷,动而有声之物在谷实之上,象置谷实于臼中,持杵捣之。黄帝、尧、舜创制杵臼,盖取象于《小过》卦。

⑫《睽》:《睽》卦上离下兑,离为绳,兑为小木或竹,绳在小木之上,正是弦木为弧,剡木为矢。黄帝、尧、舜创造弓矢,盖取象于《睽》卦。

⑬《大壮》:《大壮》卦上震下乾,震为雷雨,乾为圜、为穹隆。上有雷雨,下有穹隆遮风挡雨,古人创建宫殿,以御风雨,盖取象于《大壮》卦。

⑭《大过》:《大过》卦,上为兑下为巽,外兑内巽,兑为泽,为洼坑,巽为木。木在洼坑之内,象掘地为墓穴,纳棺椁于其中,古人始造棺椁,以葬死人,盖取象于《大过》卦。封,聚土为坟。树,植树。

⑮《夬》:《夬》卦上兑下乾,兑为小木为竹,乾为金为刀,夬卦卦象是竹与刀。古人创制文字,用刀刻于木简或竹简之上以记事,故作书契盖取象于《夬》卦。古代百官以书契治理其政,万民以书契明察其事。

是故《易》者，象也；象也者，像也。彖者，材也①；爻也者，效天下之动者也。是故吉凶生而悔吝著也。

阳卦多阴，阴卦多阳。其故何也？阳卦奇，阴卦耦。其德行何也？阳一君而二民，君子之道也；阴二君而一民，小人之道也②。

【注释】

上两章一讲《易经》之卦爻象及卦爻辞可以体现人事之吉凶悔吝，一解释阳卦阴卦。

①彖者，材也：彖，就是裁断。《系辞》称《卦》辞为彖。彖，断也。材读为裁，裁亦断也。

②阳一君而二民，君子之道也；阴二君而一民，小人之道也：一君统治多数老百姓，是统治之道，二君统治少数老百姓，是小人当道。阳指阳卦，阴指阴卦，阳爻为君，阴爻为民。震坎艮三阳卦皆是一阳爻两阴爻象征一君二民；巽离兑三阴卦皆两阳爻一阴爻象征二君一民。

《易》曰："憧憧往来，朋从尔思①。"子曰："天下何思何虑？天下同归而殊途，一致而百虑，天下何思何虑？日往则月来，月往则日来，日月相推而明生焉；寒往则暑来，暑往则寒来，寒暑相推而岁成焉。往者屈也，来者信也②，屈信相感而利生焉。尺蠖之屈，以求信也；龙蛇之蛰③，以存身也。精义入神，以致用也④；利用安身，以崇德也⑤。过此以往，未之或知也⑥；穷神知化，德之盛也⑦。"

【注释】

此章讲要穷神知化，崇尚道德。

①憧憧往来，朋从尔思：来来往往，大家都跟着你的思想走。这是引用了咸卦的九四爻辞。憧憧，往来的样子。

②来者信也：来者伸而进。信，伸。

③龙蛇之蛰：龙蛇潜藏。

④精义入神，以致用也：精于事物之理，进于神妙之境，这是要学以致用。

⑤利用安身，以崇德也：利于施用、安定自身，是要提高才德。

⑥过此以往，未之或知也：超出以上之事外，或许就未能有所知晓了。

⑦穷神知化，德之盛也：穷究事物的神妙，认识事物的变化，这是最盛大的道德。

《易》曰："困①于石，据②于蒺藜③，入于其宫，不见其妻，凶。"子曰："非所困而困焉，名必辱；非所据而据焉，身必危。既辱且危，死期将至，妻其可得见耶！"

【注释】

此引《困》卦九三爻辞。

①困：绊倒也。

②据：手抓也。

③蒺藜：刺木也。

《易》曰："公用射隼于高墉之上，获之，无不利。"子曰："隼者，禽也；弓矢者，器也；射之者，人也。君子藏器于身，待时而动，何不利之有？动而不括，是以出而有获，语成器而动者也①。"

【注释】

此引《解》卦上六爻辞。隼,鹰也。墉,城墙也。

①动而不括,是以出而有获,语成器而动者也:行动没有阻隔,因此出有所得。是讲准备了器具才行动。即行动有成功,是由于有才能。括,闭也,塞也。

子曰:"小人不耻不仁,不畏不义,不见利不劝,不威不惩①。小惩而大诫,此小人之福也②。《易》曰:'屦校灭趾,无咎③。'此之谓也。""善不积不足以成名,恶不积不足以灭身。小人以小善为无益而弗为也,以小恶为无伤而弗去也,故恶积而不可掩,罪大而不可解④。《易》曰:'何校灭耳,凶⑤。'"

【注释】

①小人不耻不仁,不畏不义,不见利不劝,不威不惩:小人没经历耻辱就不知道仁,没有畏惧就不知道义,不看到利就不知道努力,没看到威严就不懂得戒惕。

②小惩而大诫,此小人之福也:受个小的惩罚避免了犯大错,这是小人的福气。

③屦校灭趾,无咎:这是《噬嗑》卦初九爻辞。足上的刑具掩盖了脚指头。这是小的刑罚,是小惩。屦,曳也。屦校,加于足上的刑具。

④故恶积而不可掩,罪大而不可解:因此恶积多了不可能掩盖,罪犯大了不可能原谅。

⑤何校灭耳,凶:颈上的刑具把耳朵都掩盖了。此引《噬嗑》上九爻辞。何,通"荷"。荷校,加于颈上的刑具,这是重刑。

子曰："危者,安其位者也;亡者,保其存者也;乱者,有其治者也①。是故君子安而不忘危,存而不忘亡,治而不忘乱,是以身安而国家可保也。《易》曰:'其亡其亡,系于苞桑②。'"

【注释】

①危者,安其位者也;亡者,保其存者也;乱者,有其治者也:今日之危是昔日安于其位者;今日之亡者,是昔日保其存者;今日之乱者,是昔日有其治者。

②其亡其亡,系于苞桑:此引《否》卦九五爻辞。意思是:时常警惕曰:将亡! 将亡! 则固于茂盛的桑树,不能亡也。系,坚固。苞,茂也。

子曰："德薄而位尊,知小而谋大,力小而任重,鲜不及矣!《易》曰:'鼎折足,覆公𫗧,其形渥,凶①。'言不胜其任也。"

【注释】

①鼎折足,覆公𫗧,其形渥,凶:此引《鼎》九四爻辞。鼎足折断了,倾倒了公的汤水,汤液满地都是,凶险。覆,倾倒。𫗧,米粥或菜汤。渥,汁液濡地之貌。

子曰："知几其神乎? 君子上交不谄,下交不渎①,其知几乎? 几者,动之微,吉之先见者也。君子见几而作,不俟终日。《易》曰:'介于石,不终日,贞吉②。'介如石焉,宁用终日? 断可识矣! 君子知微知彰,知柔知刚,万夫之望。"

①下交不渎：和地位低的人交往不轻侮。渎通"嬻"，轻侮人曰嬻。

②介于石，不终日，贞吉：此引《豫》卦六二爻辞。人坚刚如石，但其坚刚不过一日，即变为柔和，则所占者吉。介，坚也。

子曰："颜氏之子，其殆庶几乎①？有不善未尝不知，知之未尝复行也②。《易》曰：'不远复，无祗悔，元吉③。'"

【注释】

①颜氏之子，其殆庶几乎：颜氏之子，大概差不多都知道吧。

②有不善未尝不知，知之未尝复行也：有过失没有不知道的，知道了有过失从此不会再犯。颜回有过必知，知过必改。

③不远复，无祗（zhǐ）悔，元吉：此引《复》卦初九爻辞。走得不远又回来，没有大的后悔，这是非常吉利的。祗，大也。

天地𬙊缊，万物化醇①；男女构精，万物化生。《易》曰："三人行，则损一人；一人行，则得其友。"言致一也②。

【注释】

①天地𬙊缊，万物化醇：天地阴阳之气交融，则万物之化均遍。𬙊缊，同"氤氲"，阴阳二气交融。醇，纯也，均也。

②言致一也：说的是合作，归于一。

子曰："君子安其身而后动，易其心而后语，定其交而后求，君子修此三者，故全也①。危以动，则民不与也；惧以语，则民不应也；无交而求，则民不与也：莫之与，则伤之者至矣②。《易》曰：'莫益之，或击之，立心勿恒，凶③。'"

【注释】

①君子安其身而后动，易其心而后语，定其交而后求，君子修此三者，故全也：君子安置好自身后才能采取行动，平心静气之后才能发表言论，确定关系后才能有所求，君子修养好这三个方面，才能做到安全。

②莫之与，则伤之者至矣：没有人帮助，孤立无援，伤害就到了。

③莫益之，或击之，立心勿恒，凶：没人助益之，有人攻击之，不能坚持自己的立场，就比较危险了。

以上几章都是孔子解说《易经》爻辞。

子曰："乾、坤，其《易》之门邪？"乾，阳物也；坤，阴物也。阴阳合德而刚柔有体，以体天地之撰，以通神明之德①。其称名也，杂而不越②。于稽其类，其衰世之意邪③？夫《易》，彰往而察来，而微显阐幽④，开而当名辨物，正言断辞则备矣⑤。其称名也小，其取类也大，其旨远，其辞文，其言曲而中，其事肆而隐⑥。因贰以济民行，以明失得之报⑦。

【注释】

此章讲乾坤为易之门户。

①以体天地之撰，以通神明之德：运用天地是阴阳两性之物，阴阳合德，刚柔有体的三大要点，去区别天地所具有的一切事物，会通其神妙而明显的性质。体，划分，区别。撰，具也。

②其称名也，杂而不越：《易经》它所说的，爻辞甚杂，然不相逾越。

③于稽其类，其衰世之意邪：考察《易经》卦爻辞所言之事实，大多

有衰世的意味。

④彰往而察来,而微显阐幽:易,表明往事,观察来事,显示微细之事,阐明幽隐之事。微显,即显微。

⑤开而当名辨物,正言断辞则备矣:打开《易经》读之,则正名辨物,正言断辞,皆已具备。

⑥其言曲而中,其事肆而隐:它的言语委婉而中肯,它举的事例直白而意义很深刻。

⑦因贰以济民行,以明失得之报:因怀疑而占筮,从而指导老百姓的行动,来明确回答失得的原因。贰,怀疑。

《易》之兴也,其于中古乎?作《易》者,其有忧患乎?是故《履》①,德之基也;《谦》,德之柄也;《复》,德之本也;《恒》,德之固也;《损》,德之修也;《益》,德之裕也;《困》,德之辨也②;《井》,德之地也③;《巽》,德之制也④。《履》,和而至;《谦》,尊而光⑤;《复》,小而辨于物⑥;《恒》,杂而不厌⑦;《损》,先难而后易;《益》,长裕而不设⑧;《困》,穷而通;《井》,居其所而迁;《巽》,称而隐。《履》以和行,《谦》以制礼,《复》以自知,《恒》以一德,《损》以远害,《益》以兴利,《困》以寡怨,《井》以辩义,《巽》以行权。

【注释】

此章言《易经》作者有忧患,以《履》等九卦之卦义说明其论点。

①《履》:《系辞》认为履之义为礼。德以礼为基础,仁义忠信都建筑在其上。

②《困》,德之辨也:《困》卦是检验道德的准绳。人处于困境可以看出有德无德。

③《井》，德之地也：《井》卦是实行道德的地方。井以水养人。

④《巽》，德之制也：巽是调节道德的规范。巽，通"逊"，退让必以德制裁之。

⑤《谦》，尊而光：《谦》教人自贬而发光。尊，通撙(zǔn)。

⑥《复》，小而辨于物：《复》卦教于小处辨别事物的善恶。返归善道，从小事做起，以遍及一切事物。辨，遍也。

⑦《恒》，杂而不厌：《恒》卦的道理可以用来始终不移地纯一守德，周而复始而不厌倦。杂，通"匝"。

⑧《益》，长裕而不设：《益》的道理可以用来增益善念与善行则长久宽裕而不困顿。设，合，围，困顿。

《易》之为书也，不可远。为道也屡迁，变动不居，周流六虚①，上下无常，刚柔相易，不可为典要，唯变所适②。其出入以度外内，使知惧③。又明于忧患与故④，无有师保，如临父母。初率其辞，而揆其方，既有典常⑤。苟非其人，道不虚行⑥。

【注释】

此章讲《易经》卦爻的变化无常，卦爻辞之义理有常，可以指导人事，但要人善于体会运用。

①变动不居，周流六虚：变动不停，周流六位。居，停。六虚，六位。

②不可为典要，唯变所适：不能作为常用的纲要，只有随机而变才能适应占卜的需要。

③其出入以度外内，使知惧：它以卦之出此入彼之变化来考虑内卦外卦的联系，定其吉凶，使人懂得畏惧。

④又明于忧患与故：《易经》又使人明白忧患与往昔的事态。

⑤初率其辞,而揆其方,既有典常:寻索《易经》卦爻辞而揣摩其义理,则有指导的根据。

⑥苟非其人,道不虚行:如果没有贤明的人研探阐述,《周易》的道理就不能施行。

　　《易》之为书也,原始要终以为质也①。六爻相杂,唯其时物也②。其初难知,其上易知,本末也③,初辞拟之,卒成之终④。若夫杂物撰德,辨是与非,则非其中爻不备⑤。噫!亦要存亡吉凶,则居可知矣⑥。知者观其彖辞,则思过半矣。二与四同功而异位,其善不同;二多誉,四多惧,近也⑦。柔之为道,不利远者;其要无咎,其用柔中也⑧。三与五同功而异位:三多凶,五多功,贵贱之等也。其柔危,其刚胜邪⑨?

【注释】

此章讲六爻的特点,但非通例。

①原始要终以为质也:观察事物之始,探求事物之终,来作为一卦之体。质,体。

②六爻相杂,唯其时物也:一卦六爻阴阳错杂,只是反映特定的时宜和阴阳物象。

③其初难知,其上易知,本末也:占筮时近得初爻,难知全卦,既得上爻,易知全卦。

④初辞拟之,卒成之终:初爻之辞乃拟事物之开端,上爻之辞乃定事物之结局。

⑤若夫杂物撰德,辨是与非,则非其中爻不备:如果要讲错杂其事物,具列其德性,辨别其是非,要是撇开中间四爻那就不能全面了解。

撰,具列。

⑥噫！亦要存亡吉凶,则居可知矣:是啊!（明白了中间四爻的意义),也就大致把握了人事之存亡吉凶,则安坐可知矣。噫,通"抑"。

⑦二多誉,四多惧,近也:二爻居内卦之近处,故多誉;四爻居外卦之边远处,故多惧。近也,应为"远近也"。

⑧其要无咎,其用柔中也:如要求无咎,则以柔顺从命居卦之中位。

⑨其柔危,其刚胜邪:第三爻和第五爻如过是柔爻,则其象危险,如果是刚爻,则其象胜利。

《易》之为书也,广大悉备:有天道焉,有人道焉,有地道焉。兼三才而两之,故六;六者,非它也,三才之道也。道有变动,故曰爻;爻有等,故曰物;物相杂,故曰文[①]。文不当,故吉凶生焉[②]。

【注释】

此章讲《易经》包括天地人之道,能示人以吉凶。

①爻有等,故曰物;物相杂,故曰文:爻有阴阳两类,象阴阳两类之物,因此称物。阴阳两类物相杂以成《易》卦之文,因此《易》卦亦称文。

②文不当,故吉凶生焉:文当与不当,吉凶就产生了。不,否。

《易》之兴也,其当殷之末世,周之盛德邪？当文王与纣之事邪？是故其辞危。危者使平,易者使倾;其道甚大,百物不废[①]。惧以终始,其要无咎,此之谓《易》之道也[②]。

【注释】

此章讲《易经》可能作于殷之末世,与文王之事有关,故多警惕自危之辞。

①危者使平，易者使倾；其道甚大，百物不废：自以为危险者，可以使人平安；自以为平安者，必将导致倾覆。其中的道理非常广大，一切事物不能除外。

②惧以终始，其要无咎，此之谓《易》之道也：警惧于事之始终，其概要是"无咎"，这就是《易经》要讲的道理。

夫乾，天下之至健也，德行恒易以知险①；夫坤，天下之至顺也，德行恒简以知阻②。能说诸心，能研诸侯之虑③，定天下之吉凶，成天下之亹亹者。是故变化云为，吉事有祥；象事知器，占事知来④。天地设位，圣人成能；人谋鬼谋，百姓与能⑤。八卦以象告，爻彖以情言⑥；刚柔杂居，而吉凶可见矣。变动以利言，吉凶以情迁⑦；是故爱恶相攻而吉凶生，远近相取而悔吝生，情伪相感而利害生⑧。凡易之情，近而不相得则凶；或害之，悔且吝⑨。将叛者其辞惭，中心疑者其辞枝⑩，吉人之辞寡，躁人之辞多，诬善之人其辞游，失其守者其辞屈⑪。

【注释】

此章讲天道易中有险，地道简中有阻，人们研究此种现象，方能占其吉凶。《易经》能告人以吉凶，但吉凶在于人之才德及人与人的关系。最后讲到从人的言语可以知道他是什么样的人。

①德行恒易以知险：德性永久平易却又要知道也会出现险难。

②德行恒简以知阻：德性永久简约却又要知道它也会有阻碍。

③能说诸心，能研诸侯之虑：（研究天地之道），能在心里产生愉悦，能研摩各种忧虑，占筮，能定天下的吉凶，以促成天下人奋勉前进。

"候之"为衍文。

④是故变化云为,吉事有祥;象事知器,占事知来:所以遵循《易经》的变化道理而有所作为,吉祥的事物就会出现;观察卦爻的象征,就能知晓制器的方法;占问事物的吉凶,就能预知未来的结果。

⑤天地设位,圣人成能;人谋鬼谋,百姓与能:天地确定位置,圣人成就化育万物的功能。圣人的谋略与卜筮结合,百姓就会赞助其行动。鬼谋,就是通过卜筮。

⑥八卦以象告,爻彖以情言:八卦以形象告诉结果,卦爻辞用事物情态表明道理。

⑦变动以利言,吉凶以情迁:爻象的变动以利害来说明,吉凶随情态不同来判断。

⑧情伪相感而利害生:人与人以感情与行为相感触,利害由此产生。伪,通"为"。

⑨凡易之情,近而不相得则凶;或害之,悔且吝:总之《易经》所说的情形,亲近而表里不一致就有凶险,有人害之,那么悔吝就来了。

⑩将叛者其辞惭,中心疑者其辞枝:将要叛变的人他的言辞诈伪,内心疑惑的人他的言辞模棱两可。惭,诈伪。枝,歧,分歧。

⑪诬善之人其辞游,失其守者其辞屈:污蔑善良人的人,他的言语就会游移不定;玩忽职守的人,他的言辞必然亏屈不畏。

【解读】

《系辞》上下两篇是《易经》之通论,以论述《易经》的义蕴与功用为主。其中心论点为:《易经》以阴阳两爻象征宇宙事物之刚柔两性,以八经卦象征宇宙之刚柔异性之八类事物,以六十四卦象征宇宙事物之关系,以爻与卦之变化象征宇宙事物之变化,以卦爻辞说明具体事物之旨趣与人类行动之吉、凶、悔、吝、厉、咎。所以《易经》包罗万象,能启示人们去认识宇宙事物的种种矛盾与发展,指出人事之是非、得失、利害、祸福之所在。人能善于运用,可以预见未来,趋吉避凶,兴利除

101

害,崇德广业,得天神之助。

【点评】

"圣人惧其道之废而天下复于乱也,然后作《易》。观天地之象以为爻,通阴阳之变以为卦,考鬼神之情以为辞,探之茫茫,索之冥冥,童而习之,白首而不得其源。故天下视圣人,如神之幽,如天之高。尊其人而其教亦随其尊,故其道之所以尊于天下而不敢废者,易为之幽也。"([宋]苏洵《易论》)

礼记^①·檀弓^②(节选)

哲人其萎

孔子蚤^③作,负手曳杖,消摇^④于门,歌曰:"泰山其颓^⑤乎?梁木其坏乎?哲人其萎乎?"既歌而入,当户而坐。子贡闻之曰:"泰山其颓,则吾将安仰?梁木其坏,哲人其萎,则吾将安放?夫子殆将病也。"遂趋而入。

夫子曰:"赐!尔来何迟也?夏后氏殡于东阶之上,则犹在阼也^⑥;殷人殡于两楹之间,则与宾主夹之也^⑦;周人殡于西阶之上,则犹宾之也^⑧。而丘也殷人也。予畴昔之夜,梦坐奠于两楹之间^⑨。夫明王不兴,而天下其孰能宗予?予殆将死也^⑩。"盖寝疾七日而没^⑪。

【注释】

①《礼》有"三礼"之说,即《周礼》《仪礼》《礼记》。《礼记》是《仪礼》的辅助资料,它的大部分内容与《仪礼》相配合,还有一部分综述各种

礼制，或补充《仪礼》未涉及的内容，也有少数与《仪礼》关系不大。《礼记》四十九篇不是一时一人所作。其中可考者，较多是孔子再传弟子所作，约在战国前期。

②《檀弓》分上下两篇，以阐述丧礼、丧服为主。《哲人其萎》选自《礼记·檀弓上》，《苛政猛于虎》选自《礼记·檀弓下》。

③蚤：通"早"。

④消摇：同"逍遥"，自由自在的样子。

⑤颓：坍塌。

⑥夏后氏殡于东阶之上，则犹在阼（zuò）也：夏代停枢在东阶之上，那还是在主位上。阼，东阶。阼阶为主人的位置。

⑦殷人殡于两楹之间，则与宾主夹之也：殷人停枢在东西两楹之间，那是处在宾主位之间。

⑧周人殡于西阶之上，则犹宾之也：周人停枢在西阶之上，那就像把他当作宾客一样。

⑨予畴昔之夜，梦坐奠于两楹之间：我前天夜里梦到自己安坐在东西两楹之间。奠，置放。丧祭曰奠。孔子这里用奠，说明梦是凶象。

⑩夫明王不兴，而天下其孰能宗予？予殆将死也：既然没有圣明的王者出世，天下又有谁尊崇我坐在两楹之间的位子上？这样看来，我大概是要死了。

⑪盖寝疾七日而没：孔子卧病七天以后就去世了。寝，卧室。

【解读】

孔子逝世是一个重要的文化事件。《礼记》所写，如释迦牟尼的涅槃，令人低回。孔子先有预感，因此很早就起来，背着手，拖着手杖，已失去先前的庄严；他逍遥自在地唱歌，失去先前的彬彬有礼，这是一种异常的情况。"泰山其颓乎？梁木其坏乎？哲人其萎乎"，这又是他急切地想告诉弟子们自己要与世长辞了。子贡听出来了，感觉要失去伟大的导师，赶快进去服侍。

孔子于是意味深长地说:子贡,你为何来得这么迟啊？夏代停枢在东阶之上,那是主人的位置;殷人停枢在两楹之间,那是处在宾主位之间;周人停枢在西阶之上,那还是宾客的位置。我是殷人之后,前夜我梦见自己坐在两楹之间,那是最尊贵的位置。如今不是圣王在世,有谁尊崇我孔子呢,我这是要死了,死后才能得到这样的祭奠啊! 这是孔子做的令人忧伤而又美妙的梦,也是他的临终的感慨。圣人先知,面对死亡孔子是理智而又清醒的。正如孔子所料,七天之后就离开了人世。

孔子的逝世,是一个时代的结束,是另一个时代的开始。他的思想将化育华夏民族,深深地影响他以后的每一个时代。

【点评】

"明圣人知命也。"([汉]郑玄《礼记正义》)

"王引之《经义述闻》认为两处'哲人其萎'都是后人据《孔子家语》增入的。"(钱玄等《礼记注》)

"孔子之胄,出于商国。弗父能让,正考铭勒。防叔来奔,邹人挎足。尼丘诞圣,阙里生德。七十升堂,四方取则。卯诛两观,摄相夹谷。歌凤遽衰,泣麟何促! 九流仰镜,万古钦躅。"([汉]司马迁《史记·孔子世家》)

苛政猛于虎

孔子过泰山侧,有妇人哭于墓者而哀,夫子式而听之①。使子路问之曰:"子之哭也,壹似重有忧者②。"而曰:"然,昔者吾舅③死于虎,吾夫又死焉,今吾子又死焉。"夫子曰:"何为不去也?"曰:"无苛政④。"夫子曰:"小子识之,苛政猛于虎也⑤。"

【注释】

①夫子式而听之:孔子靠在车前横木上听到她哭泣。式通"轼",车前横木。

②壹似重有忧者:实似很痛苦的样子。壹,诚,实。

③吾舅:我公公。舅,丈夫的父亲。

④苛政:繁重的赋税和徭役。

⑤小子识之,苛政猛于虎也:你们都记着,繁重的赋税和徭役比老虎还要可怕。

【解读】

孔子过泰山侧看到一妇人在墓前哭泣,一打听是她儿子被老虎咬死了,而且一家三代都是被老虎咬死的。奇怪的是三代人死于虎,而他们偏偏不离开这个地方,理由就一个,这个地方没有苛捐杂税。于是孔子得出"苛政猛于虎"的结论,并要求学生牢牢记住这件事反映的社会问题。这里不但表现出孔子对这位妇女不幸遭遇的深切同情,而且反映出孔子对广大人民的关切,又看出了孔子善于因时因地因人施教的特点。

【点评】

"正义曰:案郑《目录》云:'名曰《檀弓》者,以其记人善于礼,故著姓名以显之。姓檀名弓,今山阳有檀氏。此于《别录》属《通论》。'此《檀弓》在六国之时,知者,以仲梁子是六国时人,此篇载仲梁子,故知也。"([唐]孔颖达《礼记正义》)

"闻其哭,'式而听之',与'见齐衰者,虽狎必变'之意同。圣人敬心之所发,盖有不期然而然者。'壹似重有忧者',言甚似重叠有忧苦者也。'而曰',乃曰也。虎之杀人,出于仓卒之不免;苛政之害,虽未至死,而朝夕有愁思之苦,不如速死之为愈,此所以猛于虎也。为人上者,可不知此哉!"([元]陈澔《礼记集说》)

"《论语》之后，《小戴记》中的《檀弓》，也多文学小品。《檀弓》所讲，都与丧葬之礼有关。记礼的文字，必然是呆板的。而丧礼又太严肃，太枯槁，似乎皆非文学题材。但《檀弓》篇中，却不乏很多很好的小品文。这是难能可贵的。"(钱穆《中国文学论丛·中国文学中的散文小品》)

礼记·礼运(节选)

　　昔者仲尼与于蜡宾①，事毕，出游于观之上，喟然而叹。仲尼之叹，盖叹鲁也。

　　言偃②在侧曰："君子何叹?"孔子曰："大道之行也，与三代之英，丘未之逮也，而有志焉。大道之行也，天下为公。选贤与能，讲信修睦，故人不独亲其亲，不独子其子，使老有所终，壮有所用，幼有所长，矜③寡孤独废疾者皆有所养。男有分，女有归。货，恶其弃于地也，不必藏于己；力，恶其不出于身也，不必为己。是故，谋闭而不兴，盗窃乱贼而不作，故外户而不闭，是谓大同。今大道既隐，天下为家，各亲其亲，各子其子，货力为己，大人世及以为礼④。城郭沟池以为固，礼义以为纪；以正君臣，以笃父子，以睦兄弟，以和夫妇，以设制度，以立田里，以贤勇知⑤，以功为己⑥。故谋用是作，而兵由此起。禹汤文武成王周公，由此其选也⑦。此六君子者，未有不谨于礼者也。以著其义⑧，以考其信，著有过，刑仁讲让，示民有常。如有不由此者，在埶者去⑨，众以为殃，是谓小康。"

【注释】

①昔者仲尼与于蜡(zhà)宾：从前仲尼参与蜡祭并担任助祭。蜡，古代天子或诸侯于年终举行的一种祭祀鬼神的仪式。宾，指祭祀时由有贤德的人担任的助祭者。

②言偃：孔子弟子，姓言名偃，字子游。

③矜：同"鳏"，无妻或丧妻的。

④大人世及以为礼：诸侯以父子兄弟世代相传作为礼法。

⑤以贤勇知：以有勇气和智慧为贤能。

⑥以功为己：以为个人奋斗作为功劳。

⑦由此其选也：从这个时代中选拔出来的人物。

⑧以著其义：按礼来明确其大义。

⑨在埶者去：即使有权有势也要罢黜。埶，通"势"。

【解读】

《礼运》是论述礼之源头和礼之实的专论，他同后一篇《礼品》是姊妹篇，以《礼运》为篇名，正表明它的中心内容是记录帝王时代的礼乐之因革。节选的这一部分主要是写大同、小康思想，为后世描绘了一个民族理想中的世界图景，故后世有"礼运大同"的说法。大同和小康是两种相对的社会形态，在对立中，相得益彰。大道之行，天下为公。在大同社会，人们做事都是为公共利益着想，选贤授能，讲信修睦。人人是社会的一员，社会有每人的一份，衣食有着，地位平等，无胁迫，无依附，社会太平。小康社会则有别于大同社会，"大道既隐，天下为家，各亲其亲，各子其子，货力为己，大人世及以为礼"。以天下为家，有私心，有等级，生活较宽裕、殷实，以礼法来维持整个社会的运转。"大同"之说受墨家和道家的影响。

【点评】

"正义曰：按郑《目录》云：'名曰《礼运》者，以其记五帝三王相变易、阴阳转旋之道,此于《别录》属通论。'不以子游为篇目者,以曾子所问,事类既烦杂,不可以一理目篇;子游所问唯论礼之运转之事,故以《礼运》为标目耳。"([唐]孔颖达《礼记正义》)

"此篇记帝王礼乐之因革,及阴阳造化流通之理,疑出于子游门人之所记,间有格言,而篇首大同、小康之说,则非夫子之言也。"([元]陈澔《礼记集说》)

"儒家的理想,颇为高远。看第五章所述大同小康之说可见。《春秋》三世之义,据乱而作,进于升平,更进于大平,明是要将乱世逆挽到小康,再逆挽到大同。儒家所传的,多是小康之义。大同世之规模,从升平世进至大平世的方法,其详已不可得闻。几千年来,崇信儒家之学的,只认封建完整时代,即小康之世的治法,为最高之境,实堪惋惜。但儒家学术的规模,是大体尚可考见的。他有一种最高的理想,企图见之于人事。这种理想,是有其哲学上的立足点的。如何次第实行,亦定有一大体的方案。"(吕思勉《中国通史》第十七章《学术》)

"此谓一般儒家所殷殷提倡之政治社会,为仅小康之治,于其上另有大同之治。此采用道家学说之政治社会哲学也。此儒家之新政治社会哲学,最近人极力推崇之。"(冯友兰《中国哲学史》)

礼记·学记

发虑宪,求善良,足以谀闻,不足以动众[1];就贤体远,足以动众,未足以化民。君子如欲化民成俗,其必由学乎!

【注释】

①发虑宪,求善良,足以谀(xiǎo)闻,不足以动众:动脑思维,招求善良之人能够使自己小有名声,还不足以感动民众。宪,思虑。谀,小。

玉不琢，不成器；人不学，不知道。是故古之王者建国君民，教学为先。《兑命》曰："念终始典于学"①，其此之谓乎！

【注释】

①《兑命》曰："念终始典于学"：《尚书·兑命》说："要自始至终常常想着学习。"典，经常。

虽有嘉肴，弗食不知其旨也。虽有至道，弗学不知其善也。是故学然后知不足，教然后知困。知不足，然后能自反也。知困，然后能自强也。故曰：教学相长也。《兑命》曰："学学半。"①其此之谓乎！

【注释】

①学学半：教育别人，相当于自己学习功效的一半。前一个"学"字读"xiào"，同"教"。

古之教者，家有塾①，党有庠，术有序②，国有学。比年入学，中年考校③：一年视离经辨志④，三年视敬业乐群，五年视博习亲师，七年视论学取友，谓之小成；九年知类通达，强立而不反⑤，谓之大成。夫然后足以化民易俗，近者说服而远者怀之。此大学之道也。《记》曰："蛾子时术之。⑥"其此之谓乎！

【注释】

①家有塾：二十物家有私塾。塾，古时以二十五家为间，同在一

巷,巷首有门,门侧的堂叫作塾,百姓都在塾接受教育。

②党有庠,术有序:一党则有庠,一遂则有序。党,五百家,党的学校叫庠。术,一万二千五百家叫遂,遂的学校叫序。

③中年考校:每隔一年考核其学习情况。

④离经辨志:给经文断句,辨别经文主旨。

⑤强立而不反:能独立思考,不为外物所左右。

⑥蛾子时术之:小蚂蚁时时向大蚂蚁学习衔泥。蛾,蚂蚁。术,学习。

　　大学始教,皮弁祭菜,示敬道也①。《宵雅》肄三,官其始也②,入学鼓箧,孙其业也③;夏楚二物,收其威也。未卜禘④不视学,游其志也。时观而弗语,存其心也,幼者听而弗问,学不躐等也⑤。此七者,教之大伦也。《记》曰:"凡学,官先事,士先志。"其此之谓乎!

【注释】

①皮弁祭菜,示敬道也:派官员穿皮弁服以蘋、藻等物祭祀先师。

②《宵雅》肄三,官其始也:学习《小雅》中的三首诗,使他们入学之初就明白为官之道。宵雅,即小雅。肄,练习。三,指《鹿鸣》《四牡》《皇皇者华》。

③入学鼓箧,孙其业也:击鼓开箧,要他们谦逊谨慎地对待学业。禘,夏天举行的宗庙大祭。

④卜禘:占卜祭祀。

⑤学不躐(liè)等也:教学不超越进度。躐,超越。

　　大学之教也时①,教必有正业,退息必有居。学,不学操缦,不能安弦②;不学博依③,不能安诗;不学杂服④,不能安礼;不兴其艺,不能乐学⑤。故君子之于学也,藏焉,修焉,息焉,游焉⑥。夫然,故安其学而亲其师,乐其友而信其道。是以虽离师辅而不反也。《兑命》曰:"敬孙务时敏,厥修乃来⑦。"其此之谓乎!

【注释】

①大学之教也时:大学的教学,要顺着时序。时,时序。如春秋教礼、乐,冬夏教《诗》《书》。

②不学操缦,不能安弦:不学操弄琴弦,就不能熟练地弹琴。缦,琴弦。

③博依:广泛地比喻。

④杂服:杂事。指洒扫、应对、投壶、盥洗等细碎之事。

⑤不兴其艺,不能乐学:不喜欢学习技艺,就不会乐于学习。

⑥藏焉,修焉,息焉,游焉:心里想着,每天学习着,休息也在学,闲游也在学。

⑦敬孙务时敏,厥修乃来:敬道,谨学,务实,惜时,敏思,其所修学业就会成功。孙,逊。

今之教者,呻其占毕①,多其讯,言及于数②,进而不顾其安③,使人不由其诚,教人不尽其材,其施之也悖,其求之也佛④。夫然,故隐其学而疾其师,苦其难而不知其益也。虽终其业,其去之必速。教之不刑,其此之由乎⑤!

【注释】

①呻其占毕:吟读那些简册。呻,吟。占,通"笘",简册,与"毕"同义。

②多其讯,言及于数:讲解很多,只讲数量。讯,通"谇",告。数,

多,快。

③进而不顾其安:考虑进度而不顾学生能否接受。

④其求之也佛:那些求学的也就不可能顺利。佛。通"拂",违戾,不顺。

⑤教之不刑,其此之由乎:教育不成功,大概就是这个原因吧。刑,成。

大学之法,禁于未发之谓豫①,当其可之谓时②,不陵节而施之谓孙③,相观而善之谓摩④。此四者,教之所由兴也。

【注释】

①禁于未发之谓豫:在不正当的欲望还未发生时就禁止,这就叫防患于未然。豫,防备。

②当其可之谓时:在最合适的时机施教,叫合乎时宜。

③不陵节而施之谓孙:不超越学习阶段施教,叫循序渐进。孙,顺。

④相观而善之谓摩:学生相互观摩,学习他人长处,这就叫作切磋琢磨。

发然后禁,则扞格而不胜①;时过然后学,则勤苦而难成;杂施而不孙,则坏乱而不修;独学而无友,则孤陋而寡闻;燕朋逆其师②;燕辟废其学③。此六者,教之所由废也。

【注释】

①则扞(hàn)格而不胜:学生抵触而难以禁止。扞格,互相抵触。

②燕朋逆其师:与德行不好的朋友交往就会不尊师训。燕,亵也。

③燕辟废其学:宠幸女子小人就会荒废学业。

君子既知教之所由兴,又知教之所由废,然后可以为人师也。故君子之教喻^①也,道而弗牵^②,强而弗抑,开而弗达。道而弗牵则和,强而弗抑则易,开而弗达^③则思。和易以思,可谓善喻矣。

学者有四失,教者必知之。人之学也,或失则多,或失则寡,或失则易,或失则止^①。此四者,心之莫同也。知其心,然后能救其失也。教也者,长善而救其失者也。善歌者,使人继其声;善教者,使人继其志^②。其言也,约而达,微而臧,罕譬而喻^③,可谓继志矣。

君子知至学之难易,而知其美恶^①,然后能博喻^②;能博喻然后能为师;能为师然后能为长;能为长然后能为君。故师也者,所以学为君也。是故择师不可不慎也。《记》曰:"三王四代唯其师^③。"此之谓乎!

①而知其美恶:知道学生资质的好坏。

②然后能博喻:然后才能采取不同的教学方法。博喻,不同的教育方法。

③三王四代唯其师:虞、夏、商、周三王四代无不以择师为重。

凡学之道,严师①为难。师严然后道尊,道尊然后民知敬学。是故君之所不臣于其臣者二②:当其为尸③,则弗臣也;当其为师,则弗臣也。大学之礼,虽诏于天子,无北面④,所以尊师也。

【注释】

①严师:尊敬老师。

②君之所不臣于其臣者二:国君不以对待臣子的态度来对待臣子的情形只有两种。

③当其为尸:当臣子在祭祀时担任尸的时候。

④虽诏于天子,无北面:虽被天子召见,可以免去朝见君王的礼节。

善学者,师逸而功倍,又从而庸之①;不善学者,师勤而功半,又从而怨之。善问者,如攻坚木,先其易者,后其节目,及其久也,相说以解②;不善问者反此。善待问者如撞钟,叩之以小者则小鸣,叩之以大者则大鸣,待其从容,然后尽其声;不善答问者反此。此皆进学之道也③。

【注释】

①又从而庸之:并把功劳归于老师。庸,功。

②相说以解:那些节疤也就脱落分解。说,"脱"。

③此皆进学之道也:这都是增进学问的方法。

　　记问之学,不足以为人师。必也其听语乎^①！力不能问,然后语之^②。语之而不知,虽舍之可也。良冶之子,必学为裘;良弓之子,必学为箕;始驾马者反之,车在马前^③。君子察于此三者,可以有志于学矣。

【注释】

①必也其听语乎:必须要根据学生提出问题加以解答。

②力不能问,然后语之:学生没能力提问,老师讲给他听。

③始驾马者反之,车在马前:刚学驾车的小马把它系在车后,让老马拉车在前面带着它。

　　古之学者:比物丑类^①。鼓无当于五声,五声弗得不和^②;水无当于五色,五色弗得不章^③;学无当于五官,五官弗得不治;师无当于五服,五服弗得不亲^④。

【注释】

①古之学者:比物丑类:古代的学者以同类事物相比。

②鼓无当于五声,五声弗得不和:鼓的声音并不相当于五声中的哪一声,但是演奏时,没有鼓则五声不会和谐。

③五色弗得不章:五色没有水,五色就不鲜明。

④五服弗得不亲:五服没有老师教诲,他们之间感情就不亲密。

　　君子曰:大德不官,大道不器^①,大信不约^②,大时不齐^③。察于此四者,可以有志于学矣。三王之祭川也,皆先河而后海,或源也,或委也④。此之谓务本。

【解读】

《学记》是中国古代的一篇教育论文,是古代中国典章制度专著《礼记》中的一篇,是中国也是世界上最早的专论教育和教学问题的著作。一般认为是战国晚期思孟学派的作品。其文字言简意赅,比喻生动,系统而全面地阐明了教育的目的及作用,教育和教学的制度、原则和方法,教师的地位和作用,教育过程中的师生关系以及同学之间的关系,比较系统和全面地总结和概括了中国先秦时期的教育经验,对今天的教育仍具有借鉴作用。

【点评】

"曾子曰:'君子爱日以学,及时而行,难者弗避,从年四十无艺则无艺矣,五十不以善闻则无闻矣。'""《说苑》曰:晋平公问师旷曰:'吾年七十,欲学,恐已暮矣?'对曰:'暮何不秉烛乎?臣闻少而学者如日之阳,壮而学者如日中之光,老而学者如秉烛之明。秉烛之明,孰与夜行?'公曰:'善哉!'"([宋]李昉等《太平御览·学部·叙学》)

"学者理会文义,只是要先理会难底,遂至于易者亦不能晓。《学记》曰:'善问者如攻坚木,先其易者,后其节目。'所谓'攻瑕,则坚者瑕;攻坚,则瑕者坚',不知道理好处又却多在平易处。"([宋]朱熹《朱子语类》)

"儒家则于人的性情有深切体认,既不忽视现实生活问题,却更照顾到生命深处。"(墨子之所留意者殆不出现实生活问题。《论语》中如'足食、足兵',如'庶矣富之''富矣教之'诸所指示,即见儒家同样不忽于此,而如《乐记》《学记》诸篇更见其于生命深处体认甚勤,照顾甚周,求之墨家绝不可得。)"(梁漱溟《人心与人生》第七章)

"本篇记述学习的功用、方法、目的、效果,而及于教学为师的道理,与《大学》发明所学的道术,相为表里,故甚为宋代理学家所推重,以为《礼记》除《中庸》《大学》之外,唯《学记》《乐记》最近道。按本篇谈亲师敬业,是学者初入学时不可不知的事,比较《大学》所谈深奥的理论,更切于实用。"(王梦鸥《礼记今注今译》第十八)

礼记·乐记(节选)

凡音之起,由人心生也。人心之动,物使之然也。感于物而动,故形于声。声相应,故生变,变成方①,谓之音。比音而乐之②,及干戚、羽旄,谓之乐③。

【注释】

①变成方:声变化形成规律。方,指规律、规则。

②比音而乐之:排比音律成为曲调。

③及干戚、羽旄,谓之乐:加入盾、斧、翟羽和牛尾舞动,就成为了乐。干戚,盾和斧,用于武舞的道具。羽旄,翟羽和牛尾,是用于文舞的道具。

乐者,音之所由生也,其本在人心之感于物也。是故其哀心感者,其声噍以杀①;其乐心感者,其声啴以缓②;其喜心感者,其声发以散;其怒心感者,其声粗以厉;其敬心感者,其声直以廉③;其爱心感者,其声和以柔。六者,非性也,感于物而后动。是故先王慎所以感之者。故礼以道其志④,乐以和其声,政以一其行,刑以防其奸。礼、乐、刑、政,其极一也⑤,所以同民心而出治道也。

【注释】

①其声噍(jiāo)以杀(sāi):发出的声音就焦急而衰弱。噍,焦急。杀,衰弱。

②其声啴(chǎn)以缓:发出的声音宽松舒缓。啴,宽缓。

③其敬心感者,其声直以廉:心中充满恭敬的感觉,声音便正直端方。

④故礼以道其志:因此用礼来引导人们的志向。道,导。

⑤其极一也:最终的目的只有一个。

凡音者,生人心者也。情动于中,故形于声,声成文,谓之音。是故治世之音安以乐,其政和;乱世之音怨以怒,其政乖①;亡国之音哀以思,其民困。声音之道,与政通矣。宫为君,商为臣,角为民,徵为事,羽为物。五者不乱,则无怗懘②之音矣。

【注释】

①其政乖:其政治是紊乱的。乖,背离,紊乱。

②怗懘(zhān chì)不和谐。

子赣①见师乙②而问焉,曰:"赐闻声歌各有宜也。如赐者,宜何歌也?"

师乙曰:"乙,贱工也,何足以问所宜? 请诵其所闻,而吾子自执焉①。宽而静、柔而正者,宜歌颂;广大而静、疏达而信者,宜歌大雅;恭俭而好礼者,宜歌小雅;正直而静、廉而谦者,宜歌风;肆直而慈爱者,宜歌商;温良而能断者,宜歌齐。夫歌者,直己而陈德也②。动己而天地应焉,四时和焉,星辰理焉③,万物育焉。

"故商者,五帝之遗声也,商人识之①,故谓之商;齐者,三代之遗声也,齐人识之,故谓之齐。明乎商之音者,临事而屡断;明乎齐之音者,见利而让。临事而屡断,勇也;见利而让,义也。有勇有义,非歌孰能保此? 故歌者,上如抗,下如队,曲如折,止如槁木②,倨中矩,句中钩,累累乎端如贯珠③。故歌之为言也,长言之也。说之,故言之④;言之不足,故长言之;长言之不足,故嗟叹之;嗟叹之不足,故不知手之舞之,足之蹈之也。"

【注释】

①商人识之:商人记得它。识,记。

②上如抗,下如队,曲如折,止如槁木:向上高亢有力,向下深沉厚重,柔和好像折叠,休止好像枯木折断。

③倨中矩,句中钩,累累乎端如贯珠:平正时符合矩尺,起伏时好似环钩,连绵不断好像一串珍珠。

④说之,故言之:高兴,因此就说话。说,通"悦",高兴。

【解读】

《乐记》是《礼记》的一部分。它对音乐的本质有精辟的论述,肯定音乐是表达感情的艺术,具有朴素的唯物主义思想。它强调音乐与政治、音乐与社会的密切关系,迎合了封建统治阶级维护自身利益的要求。它强调音乐的美感作用,是人的生命和生活不可缺少的一部分,丰富了中华民族的美学宝库。总之,《乐记》作为先秦儒家美学思想的集大成者,对中华民族两千多年来的古典音乐的发展有着深刻的影响,并在世界音乐史上乃至美术史上都占有重要的地位。

节选部分,主要是探讨音乐的起源,音乐与社会政治的关系,还写了子贡问乐。

【点评】

"正义:按郑《目录》云:'名曰《乐记》者,以其记乐之义。此于《别录》属《乐记》。盖十一篇合为一篇,谓有《乐本》,有《乐论》,有《乐施》,有《乐言》,有《乐礼》,有《乐情》,有《乐化》,有《乐象》,有《宾牟贾》,有《师乙》,有《魏文侯》。今虽合,此略有分焉。按《艺文志》云:'黄帝以下至三代,各有当代之乐名。孔子曰:移风易俗,莫善于乐也。周衰礼坏,其乐尤微,以音律为节,又为郑、卫所乱,故无遗法矣。汉兴,制氏以雅乐声律,世为乐官,颇能记其铿锵鼓舞而已,不能言其义理。武帝时,河间献王好博古,与诸生等共采《周官》及诸子云乐事者,以作《乐记》事也。其内史丞王度传之,以授常山王禹。成帝时为谒者数言其义,献二十四卷《乐记》。刘向校书,得《乐记》二十三篇,与禹不同,其道浸以益微。'故刘向所校二十三篇,著于《别录》。"([唐]孔颖达《礼记正义》)

"看《乐记》大段形容得乐之气象,当时许多名物度数,人人晓得,不须说出,故止说乐之理如此其妙。今许多度数都没了,只有许多乐之意思是好,只是没顿放处。又曰:今礼乐之书皆亡,学者但言其义,至于器数,则不复晓,盖失其本矣。"([元]陈澔《礼记集说》引朱熹语)

"孔子甚重乐,但关于乐之普通理论,如乐之起源及其对于人生的关系,孔子亦未言及。荀子《乐论篇》及《礼记·乐记》对此始有详细的讨论。""儒家主张以礼乐治天下,至于政刑,不过所以推行礼乐而已。《乐记》并以礼乐为有形上学的根据。"(冯友兰《中国哲学史》)

"音乐的'乐',儒者解释为快乐的乐。他们的理想:要以'礼'建立人类社会的秩序;同时还要人人习惯于那样有秩序的生活,觉得唯有那种生活才是快乐。而快乐表见于声音动作,即是所谓'乐'(yuè)了。他们说:立于'礼',成于'乐',亦即此意。若使有礼而不乐,或有乐而无礼,则皆未完成其终极的理想。本篇,旧说出于西汉儒者所记;亦有说是先秦公孙尼子写的,流传至东汉,马融始把它编入《礼记》。又或说《乐记》本有二十三篇,编入《礼记》的只有十一篇,但这些传说都未必真确。因为本篇的记载,亦见于《史记·乐书》;而现存于《乐书》中的文字,还比本篇为完整,并且篇中所有的意见虽大体相同,但按其思想背景则不甚一致;故亦可知其非一家之言而出自一人之手。大抵是汉世儒者杂剟先秦旧籍,将有关乐论的记述汇编为一。方其编入《史记》时,原文尚较完好,到了《礼记》则更显得错乱颠倒。"(王梦鸥《礼记今注今译》第十九)

礼记·中庸①

天命之谓性,率性之谓道,修道之谓教②。道也者,不可须臾离也,可离非道也。是故君子戒慎乎其所不睹,恐惧乎其所不闻。莫见乎隐,莫显乎微③,故君子慎其独也。喜怒哀乐之未发,谓之中;发而皆中节,谓之和;中也者,天下之大本也;和也者,天下之达道也④。致中和,天地位焉⑤,万物育焉。

【注释】

①《中庸》原是《礼记》中的一篇,一般认为,《中庸》是孔子的孙子子思(前483—前402)的著作。子思学于曾子,孟子学于子思,所以后世也把子思、孟子学派称作"思孟学派",并尊称子思为"述圣",孟子为"亚圣"。现存《中庸》已经经过秦代儒者修改。此为第一章,是全篇的纲领,提出"天命"和"中和"等概念。中庸,中,折中、调和、不偏不倚、无过无不及。庸,平常、普通,循常规常理而不变。

②天命之谓性,率性之谓道,修道之谓教:上天赋予人的就是本性,遵循本性而行动就是道,把道德修明,并在众人中推广就是教。性,上天赋予人的本性,儒家认为人的自然本性中包含中庸、仁义、孝悌等一整套伦理观念和道德规范。

③莫见乎隐,莫显乎微:没有不能从幽暗之中发现的,没有不能从细微之事中显露出来的。

④天下之达道也:天下普遍通行的行为准则。

⑤天地位焉:天地便各在其位了。

仲尼曰:"君子中庸,小人反中庸,君子之中庸也,君子而时中①;小人之中庸也,小人而无忌惮也②。"

【注释】

此为第二章,提出"时中"的概念。

①君子而时中:君子随时做到合度适中。

②小人而无忌惮也:小人无所顾忌肆意妄为。惮,畏惧。

子曰:"中庸其至矣乎! 民鲜能久矣①!

子曰:"道之不行也,我知之矣:知者过之,愚者不及也。道之不明也,我知之矣:贤者过之,不肖者不及也。人莫不饮食也,鲜能知味也。"

子曰:"道其不行矣夫②!"

【注释】

此为第三、第四、第五章,讲中庸难以把握。

①民鲜能久矣:但人们很少能做到,这种状况已经很久了。

②道其不行矣夫:道大概不能实行了吧。

子曰:"舜其大知也与! 舜好问而好察迩言①,隐恶而扬善,执其两端,用其中于民,其斯以为舜乎②!"

【注释】

此为第六章,讲舜治天下成功的原因。

①舜好问而好察迩言:舜喜欢请教问题,又善于从人们浅近平常的话里分析其含义。迩言,浅近的话。

②执其两端,用其中于民,其斯以为舜乎:根据过与不及两端的情

况,采纳了中庸之道来治理百姓,这就是舜所以成为舜的原因吧。斯,这。

子曰:"人皆曰予知①,驱而纳诸罟擭陷阱之中②,而莫之知辟也③。人皆曰予知,择乎中庸,而不能期月守也。"

【注释】

此为第七章,批评自作聪明的人。

①人皆曰予知:人人都说自己聪明。知,通"智"。

②驱而纳诸罟(gǔ)擭陷阱之中:可是在利益的驱使下落到罗网陷阱之中。纳,落入。诸,之于,兼词。罟,捕兽的网。擭,装有机关的捕兽的木笼。

③而莫之知辟也:却不知道如何躲避。辟,躲避,逃避。

子曰:"回之为人也,择乎中庸,得一善,则拳拳服膺而弗失之矣。"

子曰:"天下国家可均也,爵禄可辞也,白刃可蹈也,中庸不可能也。"

子路问强。子曰:"南方之强与?北方之强与?抑而强与①?宽柔以教,不报无道②,南方之强也,君子居之。衽金革,死而不厌③,北方之强也,而强者居之。故君子和而不流,强哉矫④!中立而不倚,强哉矫!国有道,不变塞焉⑤,强哉矫!国无道,至死不变,强哉矫!"

【注释】

此为第八、第九、第十章,讲颜回谨守中庸,实践中庸之难,讲子路问强。

①抑而强与：或者是你认为的强呢？抑，还是，连词。而，你，代词。

②宽柔以教，不报无道：用宽厚柔和的精神去教育人，人家对我蛮横无理也不报复。无道，指蛮横无理的人。

③衽金革，死而不厌：枕着兵器铠甲睡觉，即使死也在所不惜。衽，卧席，此处为动词，躺卧之意。

④故君子和而不流，强哉矫：所以品德高尚的人和顺而不随波逐流，这才是真强啊。矫，坚强的样子。

⑤不变塞焉：不改变志向。塞，不通，穷困的境遇。

子曰："素隐行怪①，后世有述焉，吾弗为之矣。君子遵道而行，半途而废，吾弗能已矣。君子依乎中庸，遁世不见知而不悔，唯圣者能之。"

【注释】

此为第十一章，讲要不为名所困，持守中庸之道。

①素隐行怪：探寻隐僻的道理，做些怪诞的事情。素，据《汉书》应为"索"，探索，寻求之意。

君子之道费而隐①。夫妇之愚，可以与知焉，及其至也②，虽圣人亦有所不知焉。夫妇之不肖，可以能行焉；及其至也，虽圣人亦有所不能焉。天地之大也，人犹有所憾③。故君子语大，天下莫能载焉；语小，天下莫能破焉④。《诗》云："鸢飞戾天⑤，鱼跃于渊。"言其上下察也⑥。君子之道，造端乎夫妇⑦，及其至也，察乎天地。

此为第十二章,回到第一章"道不可离"。提出"费""隐"两个概念。费,指道德普遍性以及用途的广泛性。隐,指道体的精微性与隐秘性。

①君子之道费而隐:君子之道用途广大而又体系精微。

②及其至也:到了最精微的境界。至,极致,最精微处。

③人犹有所憾:人们对天地仍有不满足的地方。

④语小,天下莫能破焉:君子说到小,就小得连一点儿也分不开。破,分开。

⑤鸢飞戾天:老鹰飞向天空。戾,到达。

⑥言其上下察也:说他上下都看得明白。

⑦造端乎夫妇:从普通男女所知所行的地方开始。

子曰:"道不远人①,人之为道而远人,不可以为道。《诗》云:'伐柯,伐柯,其则不远②。'执柯以伐柯,睨而视之,犹以为远。故君子以人治人,改而止③。忠恕违道不远④,施诸己而不愿,亦勿施于人。君子之道四,丘未能一焉,所求乎子,以事父,未能也;所求乎臣,以事君,未能也;所求乎弟、以事兄,未能也;所求乎朋友,先施之,未能也⑤。庸德之行,庸言之谨⑥;有所不足,不敢不勉,有余不敢尽⑦;言顾行,行顾言,君子胡不慥慥尔⑧?"

【注释】

此为第十三章,道不可须臾离也的基本条件是"道不远人",实行人道,可从忠恕做起。

①道不远人:道是不能离开人的。

②伐柯,伐柯,其则不远:砍削斧柄,砍削斧柄,斧柄的样式就在眼前。

③故君子以人治人,改而止:因此君子根据为人的道理来治理人,只要他改正错误实行道就行。

④忠恕违道不远:忠恕离道也就不远了。违,离。

⑤所求乎朋友先施之,未能也:用我所要求朋友的应该先做到的,我没有能够做到。

⑥庸德之行,庸言之谨:平常的道德实践,平常的言语要求。谨,谨慎。

⑦有余不敢尽:言谈要留有余地,不说过头话。

⑧言顾行,行顾言,君子胡不慥慥(zào zào)尔:言论要符合行为,行为要符合言论,君子怎么能够不忠厚诚实呢?慥慥,忠厚诚实的样子。

　　君子素其位而行,不愿乎其外①。素富贵,行乎富贵;素贫贱,行乎贫贱;素夷狄,行乎夷狄②;素患难行乎患难,君子无入而不自得焉③。在上位不陵下,在下位不援上,正己而不求于人,则无怨。上不怨天,下不尤人。故君子居易以俟命,小人行险以徼幸。子曰:"射有似乎君子,失诸正鹄,反求诸其身④。"

【注释】

此为第十四章,讲儒家的为己之学。

①君子素其位而行,不愿乎其外:君子安于现在的所处的地位去做应做的事情,不生非分之想。素,平素,现在,作动词。愿,羡慕。

②素夷狄,行乎夷狄:处于夷狄的地位,就做夷狄应做的事情。夷,指东方的部族。狄,指西方的部族。夷狄,泛指少数民族。

③君子无入而不自得焉：君子无论处于什么情况下都是安然自得的。

④射有似乎君子，失诸正鹄(gǔ)，反求诸其身：君子立身处世就像射箭一样，射不中靶子，再回过头来寻找自身技艺的问题。正鹄，指箭靶子中心的圆圈。画在布上的叫正，画在皮上的叫鹄。

君子之道，辟如行远必自迩①，辟如登高必自卑。《诗》曰："妻子好合，如鼓瑟琴。兄弟既翕，和乐且耽②。宜尔室家，乐尔妻帑③。"子曰："父母其顺矣乎④！"

【注释】

此为第十五章，讲中庸是平平常常的道理，就在人们的日常生活之中。

①辟如行远必自迩：譬如想走远路，必定要从近处开始。辟，通"譬"。迩，近。

②兄弟既翕，和乐且耽：兄弟关系融洽，和顺又快乐。翕，和顺，融洽。耽，安乐。

③宜尔室家，乐尔妻帑：使你的家庭安定，使你的妻子儿女幸福。宜，安。帑，通"孥"，儿子。

④父母其顺矣乎：父母也就称心如意了。顺，安乐舒畅。

子曰："鬼神之为德，其盛矣乎①！视之而弗见，听之而弗闻，体物而不可遗②。使天下之人，齐明盛服，以承祭祀③。洋洋乎！如在其上，如在其左右④。《诗》曰：'神之格思，不可度思！矧可射思⑤！'夫微之显，诚之不可掩如此夫⑥！"

此为第十六章,借鬼神来说明道德无所不在,另一方面也照应第十二章"君子之道费而隐"。

①鬼神之为德,其盛矣乎:鬼神所做的功德那可真是大得很啊!

②体物而不可遗:体现在万物上无所遗漏。

③齐明盛服,以承祭祀:使天下之人都斋戒静心,穿着庄重整齐的服装来祭祀它。

④洋洋乎!如在其上,如在其左右:它的形象流动充满其间,好像在你头上,好像就在你左右。

⑤神之格思,不可度思!矧可射(yì)思:神的降临,不可测度,怎么能够怠慢不敬呢?矧,况且。射,厌,厌怠不敬。

⑥夫微之显,诚之不可掩如此夫:鬼神从隐微到功德显著,是这样的真实无妄而不可掩盖啊!

子曰:"舜其大孝也与!德为圣人,尊为天子,富有四海之内。宗庙飨之,子孙保之①。故大德,必得其位,必得其禄,必得其名,必得其寿。故天之生物,必因其材而笃焉②。故栽者培之,倾者覆之③。《诗》曰:'嘉乐君子,宪宪令德④!宜民宜人,受禄于天。保佑命之,自天申之⑤!'故大德者必受命。"

【注释】

此为第十七章,讲大德的人必然获得至高无上的权位。

①子孙保之:子孙都保持他的功业。

②必因其材而笃焉:必定根据它们的资质而厚待他们。

③故栽者培之,倾者覆之:因此能成才的得到培养,不能成才的就

遭到淘汰。覆,倾覆,摧败。

④嘉乐君子,宪宪令德:高尚优雅的君子,有光明美好的德行。嘉乐,假乐,假(xiá),意为美善。宪宪,显明兴旺。

⑤自天申之:给他以重大的使命。申,重申。

子曰:"无忧者,其唯文王乎!以王季为父,以武王为子,父作之,子述之①。武王缵大王、王季、文王之绪,壹戎衣而有天下②,身不失天下之显名,尊为天子,富有四海之内。宗庙飨之,子孙保之。武王末受命,周公成文武之德,追王大王、王季,上祀先公以天子之礼。斯礼也,达乎诸侯大夫,及士庶人。父为大夫,子为士,葬以大夫,祭以士。父为士,子为大夫,葬以士,祭以大夫。期之丧③,达乎大夫。三年之丧,达乎天子。父母之丧,无贵贱,一也④。"

【注释】

此为第十八章,讲周代先王、文王、武王、周公讲孝有德。

①父作之,子述之:父亲开创帝王的基业,儿子继承他的事业。

②武王缵(zuǎn)大王、王季、文王之绪,壹戎衣而有天下:武王继承了太王古公亶父、王季、周文王的功业,身着战袍讨伐商纣王一举夺取了天下。缵,继续。

③期(jī)之丧:指一年的守丧之期。

④父母之丧,无贵贱,一也:父母的丧期,无论贵贱,服期都是一样的。

子曰:"武王、周公,其达孝矣乎!夫孝者,善继人之志,善述人之事者也。春秋修其祖庙①,陈其宗器②,设其裳衣,荐其时食。宗庙之礼,所以序昭穆也③;序爵④,所以辨贵贱也;序事⑤,所以辨贤也;旅酬下为上,所以逮贱也⑥;燕毛,所以序齿也⑦。践其位⑧,行其礼,奏其乐,敬其所尊,爱其所亲,事死如事生,事亡如事存,孝之至也。郊社之礼,所以事上帝也;宗庙之礼,所以祀乎其先也。明乎郊社之礼,禘尝之义⑨,治国其如示诸掌乎⑩!"

【注释】

此为第十九章,接上章,讲文王、武王是大孝,突出祭祀礼乐。

①春秋修其祖庙:每逢春秋举行祭祀时修整祖庙。

②陈其宗器:陈列先世所藏之重器,如赤刀、大训、天球、河图之属。

③所以序昭穆也:是用以序列左昭右穆各个辈分的。

④序爵:依照爵位高低排列。

⑤序事:排列宗祝有司的职事。

⑥旅酬下为上,所以逮贱也:众人举杯劝酒时晚辈向长辈敬酒,是用以显示先祖的恩惠下达到地位低贱者的身上。

⑦燕毛,所以序齿也:引宴时,按照年龄大小来排列座次,这样就能使老小长幼秩序井然。燕,同"宴"。

⑧践其位:站在行礼时该站的位子。

⑨明乎郊社之礼,禘尝之义:明白了祭天祭地的礼节和四时举行禘尝诸祭的意义。

⑩治国其如示诸掌乎:治理国家不就像观看手掌上的东西一样吗?

　　哀公问政。子曰:"文武之政,布在方策①。其人存,则其政举;其人亡,则其政息。人道敏政,地道敏树②。夫政也者,蒲卢也③。故为政在人,取人以身④,修身以道,修道以仁。仁者,人也,亲亲为大;义者,宜也⑤,尊贤为大。亲亲之杀,尊贤之等⑥,礼所生也。在下位不获乎上,民不可得而治矣!故君子不可以不修身;思修身,不可以不事亲;思事亲,不可以不知人;思知人,不可以不知天。"

【注释】

这一章,从哀公问政入手,借孔子的回答提出了为政准则——文武之道。

①布在方策:都记载在典籍上。布,陈列。方,书写用的木板。策,书写用的竹简。

②人道敏政,地道敏树:贤人治理国家,政事就能迅速推行;沃土植树,树木就能快速生长。敏,迅速。

③夫政也者,蒲卢也:政事就像芦苇生长一样快速容易。

④取人以身:选拔适当的人在于自身修养。

⑤义者,宜也:义,就是做得适宜。

⑥亲亲之杀(shài),尊贤之等:亲爱亲人有差别,尊重贤人要有等级。杀,等差。

天下之达道五①,所以行之者三,曰:君臣也,父子也,夫妇也,昆弟也,朋友之交也,五者,天下之达道也。知、仁、勇三者,天下之达德也,所以行之者一也②。或生而知之,或学而知之,或困而知之③,及其知之,一也。或安而行之④,或利而行之,或勉强而行之,及其成功,一也。

子曰:"好学近乎知,力行近乎仁,知耻近乎勇。知斯三者,则知所以修身;知所以修身,则知所以治人;知所以治人,则知所以治天下国家矣。"

凡为天下国家有九经①,曰:修身也,尊贤也,亲亲也,敬大臣也,体群臣也②,子庶民也,来百工也,柔远人也③,怀诸侯也④。修身则道立,尊贤则不惑,亲亲则诸父昆弟不怨,敬大臣则不眩⑤,体群臣则士之报礼重。子庶民,则百姓劝。来百工,则财用足。柔远人,则四方归之。怀诸侯则天下畏之。

齐明盛服①,非礼不动,所以修身也;去谗远色,贱货而贵德②，所以劝贤也；尊其位，重其禄③，同其好恶④，所以劝亲亲也；官盛任使⑤，所以劝大臣也；忠信重禄，所以劝士也；时使薄敛⑥，所以劝百姓也；日省月试，既禀称事⑦，所以劝百工也；送往迎来，嘉善而矜不能⑧，所以柔远人也；继绝世，举废国⑨，治乱持危，朝聘以时，厚往而薄来，所以怀诸侯也。

【注释】

这一章强调执政者的修养。

①齐明盛服：斋戒沐浴，使身心洁净，身穿盛装。齐，通"斋"。

②贱货而贵德：看轻财物而重视德行。

③尊其位，重其禄：提高他们的爵位，给予他们丰厚的俸禄。

④同其好恶：与他们爱憎相一致。

⑤官盛任使：官员被人赞美能担当使命。盛，赞美。

⑥时使薄敛：按时服役不误农时，少收赋税。

⑦日省月试，既禀称事：每天省察，每月考核，付给他们薪水粮米与他们的业绩相称。

⑧嘉善而矜不能：嘉奖有善行的人，怜惜能力差的人。

⑨继绝世，举废国：延续绝嗣的家族，复兴废亡的小国。

凡为天下国家有九经，所以行之者一也。凡事豫则立，不豫则废。言前定，则不跲①，事前定，则不困，行前定，则不疚②，道前定，则不穷。

【注释】

这一章强调预见性的问题。

①言前定,则不跲(jiá):说话先有准备就不会语言不畅。跲,绊倒。此处指说话不顺畅。

②行前定,则不疚:行动先有准备就不会后悔。

在下位不获乎上①,民不可得而治矣。获乎上有道:不信乎朋友,不获乎上矣。信乎朋友有道:不顺乎亲,不信乎朋友矣。顺乎亲有道:反诸身不诚②,不顺乎亲矣。诚身有道③:不明乎善,不诚乎身矣。

【注释】

①在下位不获乎上:在下位的人如果得不到在上位的人信任。

②反诸身不诚:反省自己不真诚。诸,之于。

③诚身有道:使自己真诚是有规则的。

诚者,天之道也。诚之者,人之道也①。诚者不勉而中,不思而得②,从容中道,圣人也。诚之者,择善而固执之者也。

【注释】

①诚之者,人之道也:追求真诚是做人的原则。

②不勉而中,不思而得:不用勉强就能做到,不用思考就能拥有。

博学之,审问之①,慎思之,明辨之,笃行之②。有弗学,学之弗能,弗措也③;有弗问,问之弗知,弗措也;有弗思,思之弗得,弗措也;有弗辨,辨之弗明,弗措也;有弗行,行之弗笃,弗措也。人一能之,己百之,人十能之,己千之。果能此道矣，虽愚必明，虽柔必强。

【注释】

以上为第二十章，这是《中庸》的重点。首先从鲁哀公问政入手，借孔子的回答提出了为政准则——文武之道。其次，借上文提出了治理天下的九条原则，讨论了九条原则的重要性，以及如何实现九条原则。再次，由诚引出天道和人道，圣人和凡人的问题。文章首先谈政治问题，其次提到五伦关系，再次讲到预见性问题。

①审问之：审慎地探问。

②笃行之：笃实地履行。

③有弗学，学之弗能，弗措也：要么不学，学了没有学会绝不罢休。弗措，不罢休，不停止。

自诚明，谓之性①。自明诚，谓之教②。诚则明矣，明则诚矣③。

【注释】

此为第二十一章，讲"自诚""自明"。

①自诚明，谓之性：自有真诚而自然明白道理，这叫作天性。"自诚"，指有先天道德禀赋，这不需要经过后天的教育就能觉知。

②自明诚，谓之教：自己弄明白道理后达到真诚，这叫作教育。"自明"是经过后天的教育点拨，才得以明白觉醒，而进行道德修养。

③诚则明矣，明则诚矣：真诚也就会自然明白道理，明白道理后，也就会做到真诚。

唯天下至诚，为能尽其性；能尽其性，则能尽人之性；能尽人之性，则能尽物之性；能尽物之性，则可以赞天地之化育①；可以赞天地之化育,则可以与天地参矣②。

【注释】

此为第二十二章,讲尽性。

①则可以赞天地之化育:就可以帮助天地化育生命。赞,赞助。化育,化生和养育。

②则可以与天地参矣:就可以与天地并列为三了。

其次致曲①。曲能有诚,诚则形②,形则著,著则明,明则动③,动则变,变则化。唯天下至诚为能化。

【注释】

此为第二十三章,上章谈圣人因至诚而尽性,这一章谈一般人怎样尽性。

①其次致曲:一般的人致力于某个善端。其次,次一等的。曲,偏,一个方面。

②诚则形:做到真诚就会表现出来。

③明则动:发扬光大就会感动他人。

至诚之道,可以前知①。国家将兴,必有祯祥②；国家将亡,必有妖孽③。见乎蓍龟,动乎四体④。祸福将至:善,必先知之；不善,必先知之。故至诚如神。

【注释】

此为第二十四章,讲心诚则灵。灵能预知未来吉凶祸福的程度。

①可以前知:预先知道。

②必有祯祥:必定有吉祥的预兆。

③必有妖孽:必定有不祥的反常现象。草木之类称妖,虫豸之类称孽。

④见乎蓍龟,动乎四体:从蓍龟上可以呈现出来,从卦体的互动上可以看出来。体,占卜时的兆象。《诗·卫风·氓》"尔卜尔筮,体无咎言",毛传"体,兆卦之体"。清·顾炎武《日知录》卷一:"凡卦爻二至四,三至五,两体互交,各成一卦,先儒谓之互体。"四体,一个六爻卦由上下两个八经卦和中间连个互卦构成,因此称四体。

诚者自成也,而道自道也①。诚者,物之终始,不诚无物②。是故君子诚之为贵。诚者,非自成己而已也,所以成物也③。成己,仁也;成物,知也。性之德也,合外内之道也,故时措之宜也④。

【注释】

此为第二十五章,强调道德的自我完善。

①诚者自成也,而道自道也:真诚是自我完善的,道是自己运行的。

②诚者,物之终始,不诚无物:真诚是事物的发端和归宿,没有真诚就没有事物。

③诚者,非自成己而已也,所以成物也:真诚并不是自我完善就够了,而是还要完善事物。

④性之德也,合外内之道也,故时措之宜也:仁和智是出于本性的德行,是符合自身与外物的准则,所以适时施行才是合宜的。

故至诚无息,不息则久。久则征,征则悠远①,悠远则博厚,博厚则高明②。博厚,所以载物也;高明,所以覆物也;悠久,所以成物也。博厚配地,高明配天,悠久无疆。

如此者,不见而章,不动而变,无为而成③。

【注释】

①久则征,征则悠远:保持长久就会显露出来,显露出来就会悠久长远。征,征验,显露于外。

②高明:高大光明。

③如此者,不见而章,不动而变,无为而成:达到这样的境界,不表露也会自然明显,不运动也会自然变化,无所作为也会有所成就。

天地之道,可壹言而尽也①。其为物不贰,则其生物不测②。天地之道,博也,厚也,高也,明也,悠也,久也。今夫天,斯昭昭之多③,及其无穷也,日月星辰系焉,万物覆焉。今夫地,一撮土之多,及其广厚,载华岳而不重,振河海而不泄,万物载焉。今夫山,一卷石之多④,及其广大,草木生之,禽兽居之,宝藏兴焉。今夫水,一勺之多,及其不测,鼋鼍⑤蛟龙鱼鳖生焉,货财殖焉。

【注释】

①天地之道,可壹言而尽也:天地的法则,可以用一个"诚"字就概括尽了。壹言,即一字,即"诚"字。

②其为物不贰,则其生物不测:作为天地没有两个,而它生成万物是不可计算的。测,测度。

③斯昭昭之多:它尽是些小小光明闪烁。斯,此。昭昭,光明的样子。

④一卷石之多:它尽是些小小的石头。一卷石,一个拳头大的石头。卷通"拳"。

⑤鼋鼍:鼋,大鳖。鼍,鳄鱼。

《诗》云:"维天之命,于穆不已①!"盖曰天之所以为天也。"于乎不显,文王之德之纯②!"盖曰文王之所以为文也,纯亦不已。

【注释】

①维天之命,于穆不已:天道的运行,多么肃穆啊,永远不会停止。

②于(wū)乎不显,文王之德之纯:啊,多么显赫光明,文王的道德是那样的纯正。于,语气词。不,通"丕",大。显,明显。

以上三节为第二十六章,首先说人,尤其是圣人,其次讲天地,最后引诗颂扬文王,讲真诚,讲道德的真纯。

大哉,圣人之道!洋洋乎①!发育万物,峻极于天②。优优大哉③!礼仪三百,威仪三千,待其人然后行④。故曰:苟不至德,至道不凝焉⑤。故君子尊德性而道问学,致广大而尽精微,极高明而道中庸。温故而知新,敦厚以崇礼⑥。是故居上不骄,为下不倍⑦;国有道,其言足以兴;国无道,其默足以容⑧。《诗》曰:"既明且哲,以保其身。"其此之谓与!

【注释】

此为第二十七章。首先盛赞圣人之道;接着讲圣人之道必须由高尚道德的人来承担,礼仪也必须由高尚道德的人来实行;最后讲智。

①洋洋乎:浩瀚无边啊。

②峻极于天:与天一样崇高。

③优优大哉:充足而宽裕啊。

④待其人然后行:等待有德之人来实行。

⑤苟不至德,至道不凝焉:如果没有崇高的德行,就不能凝聚至高的道。

⑥敦厚以崇礼:敦实笃厚而又崇尚礼仪。

⑦为下不倍:身在低位而不悖逆。倍,通"背"。

⑧其默足以容:他的沉默足以保全自己。容,容身。这里指保全自己。

子曰:"愚而好自用,贱而好自专,生乎今之世,反古之道①。如此者,灾及其身者也。"非天子,不议礼,不制度,不考文②。今天下车同轨,书同文,行同伦③。虽有其位,苟无其德,不敢作礼乐焉;虽有其德,苟无其位,亦不敢作礼乐焉。子曰:"吾说夏礼,杞不足征也④。吾学殷礼,有宋存焉⑤。吾学周礼,今用之,吾从周。"

【注释】

此为第二十八章。接上一章发挥"为下不倍"的意思,反对自以为是,独断专行,谈的还是素位而行的问题。

①反古之道:生于现在却要返回古代的道路上去。

②不考文:不考订规范文字。

③行同伦:伦理道德相同。

④杞不足征也:夏的后裔杞国已不足验证它。

⑤有宋存焉:殷的后裔宋国还残存着它。

王天下有三重焉①,其寡过矣乎!上焉者,虽善无征②,无征不信,不信民弗从;下焉者,虽善不尊③,不尊不信,不信民弗从。

①王天下有三重焉,其寡过矣乎:治理天下能够做好议订礼仪、制订法度、考订文字这三件重大的事,那就很少有过失了吧。

②上焉者,虽善无征:夏商的制度虽好,但没有验证。

③下焉者,虽善不尊:像孔子这样身在下位的人,虽然有美德但没有尊贵的地位。

　　故君子之道,本诸身,征诸庶民,考诸三王而不缪①,建诸天地而不悖②,质诸鬼神而无疑,百世以俟圣人而不惑。质诸鬼神而无疑,知天也;百世以俟圣人而不惑,知人也。是故君子动而世为天下道③,行而世为天下法,言而世为天下则。远之则有望④,近之则不厌。

　　《诗》曰:"在彼无恶,在此无射⑤。庶几夙夜,以永终誉⑥。"君子未有不如此,而蚤有誉于天下者也。

【注释】

此为第二十九章。承接"居上不骄"的意思而发挥。

①考诸三王而不缪:考察夏商周三代的制度就会避免错误。

②建诸天地而不悖:立于天地之间就不会悖逆自然。

③君子动而世为天下道:君子的举动能世世代代为天下的先导。

④远之则有望:距离远的常有仰望之情。

⑤在彼无恶,在此无射:在那里没有人憎恶,在这里没有人厌烦。射,应作"斁",厌弃的意思。

⑥庶几夙夜,以永终誉:差不多要日夜操劳啊,因此永远得到人们的赞誉。

仲尼祖述尧舜,宪章①文武;上律天时,下袭水土②。辟如天地之无不持载,无不覆帱③,辟如四时之错行,如日月之代明④。万物并育而不相害,道并行而不相悖,小德川流,大德敦化⑤,此天地之所以为大也。

【注释】

此为第三十章。首先从人类历史来看孔子,其次从自然界来看孔子,最后,用"万物并育而不相害,道并行而不相悖"来比喻孔子的博大宽容。

①宪章:遵从、效法。

②上律天时,下袭水土:上遵循天时,下符合地理。

③无不覆帱(dào):没有什么不覆盖。帱,覆盖。

④辟如四时之错行,如日月之代明:好像四季的交替变化,如日月的交替照耀。错行,交替变化,流动不息。

⑤小德川流,大德敦化:小的德行如河水一样长流不息,大的德行使万物敦厚淳朴。敦化,以淳朴化被万物。

唯天下至圣,为能聪明睿知,足以有临也①;宽裕温柔,足以有容也②;发强刚毅,足以有执也③;齐庄中正,足以有敬也④;文理密察,足以有别也⑤。溥博渊泉,而时出之⑥。溥博如天,渊泉如渊⑦。见而民莫不敬⑧,言而民莫不信,行而民莫不说。是以声名洋溢乎中国,施及蛮貊⑨,舟车所至,人力所通,天之所覆,地之所载,日月所照,霜露所队⑩,凡有血气者,莫不尊亲⑪,故曰配天。

【注释】

此为第三十一章。讲"至圣"。

①足以有临也：足以君临天下。临，居上临下。

②宽裕温柔，足以有容也：广大宽舒，温和柔顺，足以包容天下。

③发强刚毅，足以有执也：奋发图强，刚健坚毅，足以决断大事。执，决断，固守。

④齐庄中正，足以有敬也：整齐庄重，公平正直，足以敬业。

⑤文理密察，足以有别也：文理清晰，观察缜密，足以分辨是非。

⑥溥博渊泉，而时出之：广博深沉，随时表现于外。溥，周遍。

⑦溥博如天，渊泉如渊：广阔如同天空，深沉如同潭水。

⑧见而民莫不敬：出现在民众面前，人们没有不敬重的。见，同"现"，出现。

⑨施及蛮貊（mò）：传播到边远的少数民族地区。

⑩霜露所队：霜露所降落的地方。队，通"坠"。

⑪莫不尊亲：没有不尊敬他亲爱他。

　　唯天下至诚，为能经纶天下之大经①，立天下之大本②，知天地之化育。夫焉有所倚③？肫肫其仁④！渊渊其渊⑤！浩浩其天⑥！苟不固聪明圣知达天德者，其孰能知之⑦？

【注释】

此为第三十二章。还是讲"至圣"。至圣必须是至诚的。

①为能经纶天下之大经：才能掌握治理天下的大纲。经纶，治理。大经，常道，如五伦。

②大本：根本的德行，如仁义礼智。

③夫焉有所倚：（除了至诚），那还有什么可依靠的呢？

④肫肫（zhūn）其仁：他的仁德是那样的诚恳。

⑤渊渊其渊：他的思想像潭水一样深沉。

⑥浩浩其天：他化育万物的胸襟像蓝天一样广阔。

⑦苟不固聪明圣知达天德者,其孰能知之:如果不是确实具有聪明睿智通达天德的人,又有谁能够知道这个道理呢?固,实在。

《诗》曰:"衣锦尚绹①。"恶其文之著也。故君子之道,闇然而日章②;小人之道,的然而日亡③。君子之道:淡而不厌,简而文,温而理,知远之近④,知风之自,知微之显,可与入德矣⑤。

【注释】

①衣锦尚绹:身穿锦绣衣服,外面再穿一件麻布罩衫。衣,穿。尚,加。绹:用麻布制的罩衣。

②闇然而日章:表面暗淡而日益彰显。

③的(dì)然而日亡:小人之道外表鲜明而日益消亡。的然,鲜明显著的样子。

④知远之近:知道远是由近处开始的。

⑤可与入德矣:可以进入有道德的境界了。

《诗》曰:"潜虽伏矣,亦孔之昭①!"故君子内省不疚,无恶于志②。君子所不可及者③,其唯人之所不见乎!

【注释】

①潜虽伏矣,亦孔之昭:虽然潜伏在水底,但也被看得清清楚楚。孔,很。昭,明白。

②故君子内省不疚,无恶于志:所以君子自我反省没有内疚,也就无愧于心了。志,心。

③君子所不可及者:君子高于人的地方。

《诗》曰："相在尔室,尚不愧于屋漏^①。"故君子不动而敬,不言而信。

【注释】

①相在尔室,尚不愧于屋漏:看你独自在室内的时候,是不是能做到无愧于心。相,注视。不愧于屋漏,指心内光明,不在暗中做坏事,起坏念头。屋漏,指室内西北角。

《诗》曰："奏假无言,时靡有争^①。"是故君子不赏而民劝,不怒而民威于铁钺^②。

【注释】

①奏假无言,时靡有争:祈祷时默默无言,此时不能有争执。奏假,祈祷。

②不怒而民威于铁钺:不用发怒,百姓畏惧甚于斧钺的惩罚。

《诗》曰："不显惟德! 百辟其刑之^①。"是故君子笃恭而天下平。

【注释】

①不显惟德! 百辟(bì)其刑之:大大弘扬天子的德行,诸侯们都会来效法。不显:大显。不,通"丕"。百辟:很多诸侯。刑,通"型",仿效。

《诗》曰："予怀明德,不大声以色^①。"子曰:"声色之于以化民,末也。"

【注释】

①予怀明德,不大声以色:我怀念文王的美德,他从不厉声厉色。

《诗》曰:"德輶如毛^①。"毛犹有伦^②。"上天之载,无声无臭^③。"至矣!

【注释】

①德輶如毛:德行犹如鸿毛。輶(yóu),轻。

②毛犹有伦:鸿毛还是有行迹可比。伦,比。

③上天之载,无声无臭:上天化生万物,既没有声音,也没有气味。

以上为第三十三章。讲君子之道淡简温和,与小人之道不同。君子加强内省,敬事,诚信,无愧于心。具有高尚道德的君子,不用赏赐,不用刑法暴力,民众自然会努力。德治境界潜移默化,和风细雨,无声无臭。

【解读】

《中庸》虽不出自孔子之亲笔,但它却系统而完整地阐发了儒家"中庸"的思想,被认为是一篇极为重要的文章。朱熹在《中庸章句》的开头引用程颐的话,不仅强调《中庸》是"孔门传授心法",而且强调它的思想"其味无穷,皆实学也。善读者玩索而有得焉,则终身用之有不能尽者矣"。

"中"是孔子以前的圣王提出的一种思想,孔子提出了"中庸"的概念,并把"中庸"提高到了"至德"的地位,《中庸》的作者继承和发展了孔子的"中庸之道":一方面,它仍然肯定"中"的方法意义,把智者、贤者"过之",愚者、不肖者"不及"看作是"道之不明""道之不行"的主要原因;另一方面,又把作为价值理念的"中"引到"中和",赋予它本体论的意义,并由此构成了一个源于天道达于人道、"诚致中和"、天人合一的思想体系。《中庸》在道德境界上,既讲"中""中和",也讲"诚",所谓"诚",从字面看是精诚、纯正之义,但《中庸》的作者把它说成是贯通天人的绝对精神。"诚达天道""诚致中和","诚"沟通了天人,"诚"因此也是"中庸"精神的体现。

《中庸》涉及儒家学说的各个方面,对先秦儒家思想的基本内容从总体上做了系统化的阐述。其深刻而精微的思想内容,其作为主体道德的追求,对后世影响很大。它所阐述的一整套政治伦理思想体系,作为一种意识形态,是十分切合中国封建社会的生产关系和政治制度的。

【点评】

"正义曰:案郑《目录》云:'名曰《中庸》者,以其记中和之为用也。庸,用也。孔子之孙子思伋作之,以昭明圣祖之德。此于《别录》属通论。'"([唐]孔颖达《礼记正义》)

"中庸何为而作也?子思子忧道学之失其传而作也。盖自上古圣神继天立极,而道统之传有自来矣。其见于经,则'允执厥中'者,尧之所以授舜也;'人心惟危,道心惟微,惟精惟一,允执厥中'者,舜之所以授禹也。尧之一言,至矣,尽矣!而舜复益之以三言者,则所以明夫尧之一言,必如是而后可庶几也。"([宋]朱熹《中庸章句序》)

"问:'仁与道如何分别?'曰:'道是统言,仁是一事。如道路之道,千枝百派,皆有一路去。故《中庸》分道德曰,'父子、君臣'以下为天下之达道,'智仁勇'为天下之达德。君有君之道,臣有臣之道。德便是个行道底。故为君主于仁,为臣主于敬。仁敬可唤做德,不可唤做道。'""《中庸》说细处,只是谨独,谨言,谨行;大处是武王周公达孝,经纶天下,无不载。小者便是大者之验。须是要谨行,谨言,从细处做起,方能克得如此大。"([宋]朱熹《朱子语类》)

"此书专为'中庸'二字发,开口却不即言中庸,乃就中庸内分出性、道、教三项来,盖不明性、道、教,则不知中庸之源委:知性然后知中庸之所自来,知道然后知中庸之所在,知教然后知中庸之所自全。""《中庸》一书乃是孔门传授心法,此章又是一篇之体要。"([清]陆陇其《四书讲义·困勉录》)

"《中庸》,本为《小戴礼记》中的一篇。《汉书·艺文志·六艺略》有《中庸说》,《隋书·经籍志》有梁武帝《中庸讲义》,可知《中庸》早有单行本。宋儒特别加以提倡。南宋时朱熹把它和《大学》从《礼记》中取出与《论语》《孟子》合而为'四书',复为之章句集注。把全书分为三十三章,每章内容皆加以扼要的阐明,使读者获有系统的观念。按《中庸》一书作者,向来说是孔子孙子思(名伋),见《史记·孔子世家》。后世亦有人对此发生疑问者,然无从举出实据。"(宋天正《中庸今注今译》)

礼记·大学①

大学之道②,在明明德,在亲民,在止于至善③。知止而后有定④,定而后能静,静而后能安,安而后能虑⑤,虑而后能得⑥。物有本末,事有终始,知所先后,则近道矣⑦。

【注释】

①大学的作者,《礼记》并无说明,朱熹认为首章"经"是"孔子之言,而曾子述之","其传十章,则曾子之意,而门人记之"。朱熹认为《大学》大体为曾子思想,但此书可能为曾子后学所写定。曾子(前505—前434)名参,字子舆,孔子著名弟子,春秋末鲁国南武城人。

②大学之道:大学的宗旨。大学,古代天子所设学校,与小学相对而言,教以穷理、正心、修身、治人之道。

③在明明德,在亲民,在止于至善:在于彰明美德,在于使人弃旧更新,在于达到善的最高境界。明明,前一个明,动词,使显明,彰明,后一个明,美好。亲,新。

④知止而后有定:知道要达到的最高境界"至善",而后才能有确定的目标。定,目标、志向。

⑤安而后能虑:心神安定才能思虑精详。

⑥虑而后能得:思虑精详,然后才能有所收获(指达到至善的境界)。

⑦则近道矣:就接近事物发展的规律。

　　古之欲明明德于天下者,先治其国;欲治其国者,先齐其家①;欲齐其家者,先修其身②;欲修其身者,先正其心;欲正其心者,先诚其意;欲诚其意者,先致其知③,致知在格物④。物格而后知至,知至而后意诚,意诚而后心正,心正而后身修,身修而后家齐,家齐而后国治,国治而后天下平。自天子以至于庶人,壹是皆以修身为本⑤。其本乱而末治者否矣⑥;其所厚者薄,而其所薄者厚,未之有也⑦。

【注释】

①齐其家:治理好自己的家庭和家族。

②修其身:修养自身的品性。

③致其知:使自己获得知识。致,求得。

④格物:推究事物的原理。

⑤壹是皆以修身为本:一律以修身为本。

⑥其本乱而末治者否矣:这个根本乱了,其余的要治理好是不可能的。

⑦其所厚者薄,而其所薄者厚,未之有也:那些应该重视的事情忽略了,而那些应该忽略的事情却重视起来,(想达到治国平天下的目的)这是从来没有的事。

　　以上两章是大学的总目。

《康诰》①曰："克明德②。"《大甲》③曰："顾諟天之明命④。"《帝典》⑤曰："克明峻德。"皆自明也⑥。

【注释】

此章引文说"明明德"。

①《康诰》：《尚书·周书》中的一篇。

②克明德：能够弘扬光明的品德。

③《大甲》：《尚书·商书》中的一篇。

④顾諟(shì)天之明命：顾念上天赋予的光明德性。諟，是。

⑤《帝典》：即《尧典》。

⑥皆自明也：都是说要自己弘扬光明的品德。

汤之《盘铭》曰："苟日新，日日新，又日新。"《康诰》曰："作新民①。"《诗》曰："周虽旧邦，其命维新②。"是故君子无所不用其极③。

【注释】

此章引文说"亲民"。

①作新民：激励人们焕发新貌。作，振作。

②周虽旧邦，其命维新：周朝虽然是旧的国家，但却禀受了新的天命。维新：革新。

③是故君子无所不用其极：所以君子无时不追求最完善的道德境界。

《诗》云："邦畿千里，维民所止①。"《诗》云："缗蛮黄鸟，止于丘隅②。"子曰："于止，知其所止，可以人而不如鸟乎③？"

①邦畿千里,维民所止:天子的都城方圆千里,都是老百姓居住的地方。

②缗蛮黄鸟,止于丘隅:绵绵蛮蛮叫着的黄鸟,栖息在山丘的一角。止,栖息。

③于止,知其所止,可以人而不如鸟乎:就居止的地方来说,连黄鸟都知道它该栖息什么地方,何以人还不如鸟呢? 可,何。

《诗》云:"穆穆文王,於缉熙敬止^①!"为人君,止于仁;为人臣,止于敬;为人子,止于孝;为人父,止于慈;与国人交,止于信。

【注释】

①穆穆文王,於(wū)缉熙敬止:深沉端庄、道德高尚的文王,不断发扬他的光明品德,做事始终庄重谨慎。於,叹美词。缉,继续。熙,光明。敬止,恭敬谨慎。

《诗》云:"瞻彼淇澳^①,菉竹猗猗^②。有斐君子^③,如切如磋,如琢如磨。瑟兮僩兮,赫兮喧兮^④。有斐君子,终不可諠兮^⑤!""如切如磋"者,道学也。"如琢如磨"者,自修也。"瑟兮僩兮"者,恂栗也^⑥。"赫兮喧兮"者,威仪也。"有斐君子,终不可諠兮"者,道盛德至善,民之不能忘也。

【注释】

①澳(yù):水边。

②菉竹猗猗:嫩绿的竹子郁郁葱葱。

③有斐君子:有一位文质彬彬的君子。斐,文质彬彬的样子。

④瑟兮僩兮,赫兮喧兮:严谨、宽大,光明显赫。

⑤终不可諠兮:最终不能忘怀。諠,忘记。

⑥恂(xún)栗也:戒惧的样子。

《诗》云:"於戏①,前王不忘!"君子贤其贤而亲其亲,小人乐其乐而利其利,此以没世不忘也②。

【注释】

①於戏:同"呜呼"。

②此以没世不忘也:所以前代君王虽然去世,但人们还是不能忘记他们。

以上四章都是讲"止于至善"。

子曰:"听讼①,吾犹人也。必也使无讼乎②!"无情者不得尽其辞③。大畏民志④,此谓知本。

【注释】

此章释本末。

①听讼:听诉讼,审案。

②必也使无讼乎:一定要让人们不再争执。

③无情者不得尽其辞:(圣人)使隐瞒实情的人不得巧辩。情,实。

④大畏民志:使民心畏服。志,心。

(此谓知本。)

[所谓致知在格物者,言欲致吾之知,在即物而穷其理

也。盖人心之灵莫不有知，而天下之物莫不有理，唯于理有未穷，故其知又不尽也，是以《大学》始教，必使学者即凡于天下之物，莫不因其已知之理而益穷之，以求至乎其极。至于用力之久，而一旦豁然贯通焉，则众物之表里精粗无不到，而吾心之全体大用无不明矣。此谓物格，]此谓知之至也。

【注释】

此章补传释"格物致知"之义。补传反映了朱熹的完整的认识论。这和《大学》本意不同。《大学》强调认识外部事物，朱熹是想焕发内心固有的道德意识。

"此谓知本"，程子说是衍文。"此谓知之至也"，此句之上别有阙文，此只是结语。释"格物致知"之义今已亡，中括号里的文字是朱熹补的，原来没有，加在"此谓之至也"之前补释格物致知之义。

所谓诚其意者，毋自欺也。如恶恶臭，如好好色，此之谓自谦①。故君子必慎其独②也。小人闲居为不善，无所不至，见君子而后厌然，掩其不善，而著其善③。人之视己，如见其肺肝然，则何益矣！此谓诚于中，形于外，故君子必慎其独也。曾子曰："十目所视，十手所指，其严乎④！"富润屋，德润身，心广体胖⑤，故君子必诚其意。

【注释】

此章释诚意。

①此之谓自谦：这样才能使自己心意满足。谦，通"慊（qiè）"，满足。

②慎其独：一个人独处独知时也谨慎、不苟。

③小人闲居为不善，无所不至，见君子而后厌然，掩其不善而著其善：小人平时做坏事，做尽坏事，见到君子便躲躲闪闪，掩盖自己的邪恶，表现为好人。厌然：躲躲闪闪的样子。

④其严乎：这是多么可怕啊。

⑤心广体胖（pàn）：心胸宽广，身体自然安适舒泰。

所谓修身在正其心者，身有所忿懥①，则不得其正；有所恐惧，则不得其正；有所好乐，则不得其正；有所忧患，则不得其正。心不在焉，视而不见，听而不闻，食而不知其味。此谓修身在正其心。

【注释】

此章释正心修身。

①身有所忿懥：心里有愤怒。身，当作"心"。忿懥（zhì），愤怒。

所谓齐其家在修其身者，人之其所亲爱而辟焉①，之其所贱恶而辟焉，之其所畏敬而辟焉，之其所哀矜②而辟焉，之其所敖惰③而辟焉。故好而知其恶，恶而知其美者，天下鲜矣④。故谚有之曰："人莫知其子之恶，莫知其苗之硕⑤。"此谓身不修，不可以齐其家。

【注释】

此章释修身齐家。

①人之其所亲爱而辟焉：人们对于其亲爱的人有种感情和认识的偏差。辟，偏颇，偏向。

②哀矜：同情,怜悯。

③敖惰：通"傲",骄傲。惰,怠慢。

④故好而知其恶,恶而知其美者,天下鲜(xiǎn)矣：因此,喜爱某人的同时又知道那人的缺点,厌恶某人的同时又知道那人的优点,这种人天下很少见了。好,喜好。鲜,少。

⑤人莫知其子之恶,莫知其苗之硕：(由于溺爱)人们不知道孩子的过失；由于贪得,人们看不到自己庄稼的苗壮。硕,大,苗壮。

所谓治国必先齐其家者,其家不可教而能教人者,无之①。故君子不出家而成教于国②。孝者,所以事君也；弟者,所以事长也③；慈者,所以使众也④。《康诰》曰："如保赤子⑤。"心诚求之,虽不中不远矣⑥。未有学养子而后嫁者也。一家仁,一国兴仁；一家让,一国兴让；一人贪戾⑦,一国作乱。其机如此⑧。此谓一言偾事⑨,一人定国。尧舜率天下以仁,而民从之；桀纣率天下以暴,而民从之。其所令反其所好,而民不从⑩。是故君子有诸己而后求诸人⑪,无诸己而后非诸人⑫。所藏乎身不恕⑬,而能喻⑭诸人者,未之有也。故治国在齐其家。

【注释】

此章释齐家治国。

①其家不可教而能教人者,无之：自己的家人都不能教导好,而能够教导别人,这样的人是没有的。

②故君子不出家而成教于国：因此君子不出家门就能完成对整个国家的教育。

③弟者,所以事长也：在家敬爱兄长的道理,也就是在外敬爱尊长

的道理。弟,顺从和尊敬兄长,后来写作"悌"。

④慈者,所以使众也:慈爱子女的道理,也就是对待民众的道理。

⑤如保赤子:爱人民如同爱护婴儿一样。

⑥虽不中不远矣:即使达不到目的,也不会相差太远。中,达到目标。

⑦贪戾:贪婪,暴戾。

⑧其机如此:其作用如此。

⑨此谓一言偾(fèn)事:一句话可以败坏事业。偾,覆败、败坏。

⑩其所令反其所好,而民不从:国君的命令与自己的实际做法相反,老百姓是不会依从的。

⑪是故君子有诸己而后求诸人:因此君子自己能做到(善)然后才要求别人做到。诸,之于。

⑫无诸己而后非诸人:自己不做(坏事)然后才能使别人不做。

⑬所藏乎身不恕:如果自己不讲恕道。恕,推己及人,将心比心。

⑭喻:开导。

《诗》云:"桃之夭夭,其叶蓁蓁。之子于归,宜其家人。"宜其家人,而后可以教国人。《诗》云:"宜兄宜弟。"宜兄宜弟,而后可以教国人。《诗》云:"其仪不忒,正是四国①。"其为父子兄弟足法,而后民法之也。此谓治国在齐其家。

【注释】

①其仪不忒,正是四国:仪容端庄不走样,这四方各国有了模范。忒,差错。正,法,也,则也。

所谓平天下在治其国者,上老老而民兴孝,上长长而民兴弟,上恤孤而民不倍①,是以君子有絜矩之道也②。所恶于上,毋以使下③,所恶于下,毋以事上;所恶于前,毋以先后;所恶于后,毋以从前;所恶于右,毋以交于左④;所恶于左,毋以交于右。此之谓絜矩之道。

【注释】

此章释治国平天下。

①上恤孤而民不倍:在上位的人怜惜孤幼,老百姓也不会背弃这一美德。

②是以君子有絜矩之道也:因此君子有道德上的示范作用。絜,量度。矩,制作方形的工具。絜矩,有严格要求自己的意思。

③所恶于上,毋以使下:在上面所厌恶的东西,就不要施及于下面。

④所恶于右,毋以交于左:在右边讨厌的,就不要交到左边。

《诗》云:"乐只君子,民之父母①。"民之所好好之,民之所恶恶之,此之谓民之父母。《诗》云:"节彼南山,维石岩岩。赫赫师尹,民具尔瞻②。"有国者不可以不慎,辟则为天下僇矣③。《诗》云:"殷之未丧师,克配上帝。仪监于殷,峻命不易④。"道得众则得国,失众则失国。是故君子先慎乎德。有德此有人⑤,有人此有土,有土此有财,有财此有用。德者本也,财者末也。外本内末,争民施夺⑥。是故财聚则民散,财散则民聚。是故言悖而出者,亦悖而入⑦;货悖而入者,亦悖而出⑧。

【注释】

此章引《诗》以结上文。明絜矩之道以与民同欲。接下来讲怎样

158

才能不外本而内末，也是怎样治国平天下。

①乐只君子，民之父母：快乐的君子，是人民的父母。

②节彼南山，维石岩岩。赫赫师尹，民具尔瞻：那高大的南山，岩石巍峨耸立。显赫的尹太师，百姓都看着你。节，高大。岩岩，险峻的样子。师尹，太师尹氏。尹姓是周朝的世卿，祖先尹佚在武王时有功，尹吉甫辅佐宣王有功。此位尹太师因勾结小人，祸乱国政，是诗中谴责的对象。

③辟则为天下僇矣：邪僻就会被天下人诛戮。辟，邪僻。僇，杀戮。

④殷之未丧师，克配上帝。仪监于殷，峻命不易：殷朝没有失去民心的时候，还能在祭祀时配享上帝。应该以殷朝作个鉴戒吧，守住天命不是一件容易的事。师，民众。仪，宜，应该。监，鉴。峻命，大命。

⑤有德此有人：有德才有人。此，乃，才。

⑥外本内末，争民施夺：轻根本重枝末，民众就会互相争斗、抢夺。

⑦是故言悖而出者，亦悖而入：因此说出不正当的话，也会遭到不正当的回复。

⑧货悖而入者，亦悖而出：财货不正当而来，也会不正当地失去。

《康诰》曰："惟命不于常①。"道善则得之，不善则失之矣。《楚书》②曰："楚国无以为宝，惟善以为宝。"舅犯③曰："亡人无以为宝，仁亲以为宝。"《秦誓》④曰："若有一介臣，断断兮无他技，其心休休焉，其如有容焉⑤。人之有技，若己有之；人之彦圣⑥，其心好之，不啻若自其口出，实能容之⑦，以能保我子孙黎民，尚亦有利哉！人之有技，媢嫉以恶之⑧；人之彦圣，而违之俾不通⑨，实不能容，以不能保我子孙黎民，亦曰殆哉！"唯仁人放流之，迸诸四夷，不与同中

159

国⑩。此谓唯仁人为能爱人，能恶人。见贤而不能举，举而不能先，命也⑪；见不善而不能退，退而不能远，过也。好人之所恶，恶人之所好，是谓拂⑫人之性，灾必逮夫身。

【注释】

此章讲以人为宝，是治国平天下的方法。

①惟命不于常：只有天命不常在。

②《楚书》：楚昭王时的史书。

③舅犯：晋文公重耳的舅舅狐偃，字子犯。

④《秦誓》：《尚书·周书》中的一篇。

⑤若有一介臣，断断兮无他技，其心休休焉，其如有容焉：假如有这样一位大臣，忠厚老实而没有什么特别本领，他的心胸宽广，有容人之量。断断，真诚的样子。休休，宽宏大量。

⑥人之彦圣：人家德才兼备。彦，有才德。

⑦不啻若自其口出，实能容之：不只是在口头上说说，而是实实在在的能容纳。

⑧媢(mào)嫉以恶之：嫉妒厌恶人家。

⑨违之俾不通：阻止使君主不知道他的才德。违，阻抑。俾，使。

⑩唯仁人放流之，迸诸四夷，不与同中国：有仁德的人会流放这样的人，驱逐他们到四夷之地，不让他们与自己一同住在中原。

⑪见贤而不能举，举而不能先，命也：发现贤才不能举荐，举荐了不能优先使用，这是轻慢。命，慢，轻慢。

⑫拂：逆，违背。

是故君子有大道①。必忠信以得之，骄泰以失之②。生财有大道，生之者众，食之者寡，为之者疾，用之者舒③，则财恒足矣。仁者以财发身，不仁者以身发财④。未有上好

160

仁而下不好义者也，未有好义其事不终者也⑤，未有府库财非其财者也⑥。孟献子⑦曰："畜马乘，不察于鸡豚⑧；伐冰之家⑨，不畜牛羊；百乘之家⑩，不畜聚敛之臣。与其有聚敛之臣，宁有盗臣。"此谓国不以利为利，以义为利也。长国家而务财用者，必自小人矣⑪。彼为善之，小人之使为国家⑫，灾害并至。虽有善者⑬，亦无如之何矣！此谓国不以利为利，以义为利也。

【注释】

此章讲足国之道，在于务本而节用，不蓄聚敛之臣，也是治国平天下的方法。

①是故君子有大道：因此做国君的人有正道。

②必忠信以得之，骄泰以失之：一定遵循忠诚信义来获得天下，若骄奢放纵，便会失去天下。

③为之者疾，用之者舒：从事生产的人勤快，消费财物的人舒缓。疾，快。舒，缓。

④仁者以财发身，不仁者以身发财：仁爱的人用散财来提高自己的品质，不仁的人不惜以生命来聚敛财物。发，发达。

⑤未有好义其事不终者也：没有喜爱忠义，而做事半途而废的。

⑥未有府库财非其财者也：没有国库里的财物不是属于国君的。

⑦孟献子：鲁国大夫，姓仲孙，名蔑。

⑧畜马乘，不察于鸡豚：蓄有马匹车辆的士大夫之家，就不该再去计较养猪养鸡的小利。畜，养。察，关注。

⑨伐冰之家：开凿冰来供祭祀之用的卿大夫之家。伐，开凿。

⑩百乘之家：拥有一百辆车的人家，指有封地的诸侯王。

⑪长国家而务财用者，必自小人矣：管理国家而想着聚敛财物，一

定是从小人那里学来的。

⑫彼为善之，小人之使为国家：那国君认为这些小人是好人，让他们去处理国家大事。

⑬虽有善者：虽有贤臣。

【解读】

《大学》是中国古代典籍名篇之一，是《礼记》中的一篇，在唐以前并没有引起人们的特别关注。至唐代，韩愈等引用《大学》，开始为人所注目。至宋代，理学创始人程颢、程颐非常重视《大学》，称之为"孔氏之遗书，而初学入德之门也"后来朱熹又在二程的基础上，重新别为次序，分经一章，传十章，并认为格物致之章已缺失，作了著名的补传，重新解释《大学》，使它体现心性之学，使《大学》升华为哲学，从此使理学不仅接续了道统之传，还有了自己的规模和节次。

《大学》的内容，说的简单点，就是古人的教育方针，涉及知和行的两个方面。具体来说有三大纲领：一是"明明德"，就是挖掘发现人的道德和良知良能，属于求知和修身的范畴；二是"亲民"，程颐认为当作"新民"，就是使民众日益提高自身的素质，是求知和修身的具体运用；三是"止于至善"，就是前二者所达到的境界。实现这三个纲领就是八目："致知""格物""诚意""正心""修身""齐家""治国""平天下"；实现三纲八目有七个步骤："知""止""定""静""安""虑""得"。《大学》一书的宗旨，就是要从修身做起，进而治理家庭，进而治理国家，进而治理天下，修身相当于我们今天讲的素质教育，齐家、治国、平天下不就是服务家庭、服务社会吗？我们今天读《大学》，完全可以透过文字上的一些迷雾，去挖掘古今共通的一些道理和规律。

古人学习分小学和大学两个阶段：小学者，养其良心而谨其学业也；大学者，充其知识而措诸事业。所谓大学之道者，谓大人所以为学之理也。朱熹认为大学就是"教之以穷理、正心、修己、治人之道"。

按朱熹的编排，《大学》经文部分一章，朱熹认为是孔子的言论，传文部分十章,朱熹说,前四章统论纲领旨趣,后六章细论条目工夫,是曾子之意而门人记之。

【点评】

"正义曰:案郑《目录》云:'名曰《大学》者,以其记博学,可以为政也。此于《别录》属通论。'此《大学》之篇,论学成之事,能治其国,章明其德于天下,却本明德所由,先从诚意为始。"([唐]孔颖达《礼记正义》)

"子程子曰:'《大学》,孔氏之遗书,而初学入德之门也。'于今可见古人为学次第者,独赖此篇之存,而《论》《孟》次之。学者必由是而学焉,则庶乎其不差矣。"([宋]朱熹《大学章句》题解)

"《大学》之书,古之大学所以教人之法也。盖自天降生民,则既莫不与之以仁义礼智之性矣。然其气质之禀或不能齐,是以不能皆有以知其性之所有而全之也。一有聪明睿智,能尽其性者出于其间,则天必命之,以为亿兆之君师,使之治而教之,以复其性。此伏羲、神农、黄帝、尧、舜,所以继天立极,而司徒之职、典乐之官所由设也。"([宋]朱熹《大学章句》序)

"相传阳明晚年有天泉桥四句教,阳明曾告其门人钱绪山:'无善无恶心之体,有善有恶意之动,知善知恶是良知,为善去恶是格物。'其实此四语,只是在解释《大学》。"(钱穆《现代中国学术论衡·略论中国哲学》)

左传^①·齐鲁长勺之战^②

十年春,齐师伐我。公将战,曹刿^③请见。其乡人曰:"肉食者谋之,又何间焉^④?"刿曰:"肉食者鄙,未能远谋。"乃入见。

问何以战。公曰："衣食所安,弗敢专也,必以分人⑤。"对曰："小惠未徧,民弗从也。"公曰："牺牲玉帛,弗敢加也,必以信⑥。"对曰："小信未孚,神弗福也。"公曰："小大之狱,虽不能察,必以情。"对曰："忠之属也,可以一战⑦。战则请从。"

公与之乘。战于长勺⑧。公将鼓之。刿曰："未可。"齐人三鼓,刿曰："可矣。"齐师败绩。公将驰之。刿曰："未可。"下视其辙,登轼而望之,曰："可矣。"遂逐齐师。

既克,公问其故。对曰："夫战,勇气也。一鼓作气,再而衰,三而竭。彼竭我盈,故克之。夫大国,难测也,惧有伏焉。吾视其辙乱,望其旗靡,故逐之。"

【注释】

①《左传》是《左氏春秋传》的简称,又称《左氏春秋》,是我国第一部完备的编年体史书。《左传》所记载的历史年代大致与《春秋》相当,同起于鲁隐公元年(前722),但《春秋》止于鲁哀公十四年(前481),《左传》的明确纪年止于鲁哀公二十七年(前468),并在全书最后附上了一段鲁悼公四年(前453)三家分晋的史实。《左传》是儒家十三经之一。《左传》的作者,司马迁和班固都认为是左丘明。

②本篇记述了鲁庄公十年(前684)齐、鲁两国交战于长勺,弱小的鲁国战胜强大的齐国的过程。

③曹刿:又名曹沫。春秋时期鲁国大夫,著名军事理论家。

④肉食者谋之,又何间焉:那些吃肉的人在那里谋划,你去参与什么? 间,参与。

⑤衣食所安,弗敢专也,必以分人:衣食这些生活必需品,不敢独自享有,一定要分给别人。专,独享。

⑥牺牲玉帛,弗敢加也,必以信:祭祀用的三牲、玉器、丝织品,不敢夸大其词,祷告一定反映实情。

⑦忠之属也,可以一战:这是忠于职守的一类,可以凭这个打一仗。

⑧长勺:古地名,故址在今山东莱芜东北。

【解读】

齐鲁长勺之战,发生在公元前 684 年,是我国历史上以弱胜强的典型战例之一。文章阐述了进行战争和取胜的条件。首先,在政治上要取信于民:曹刿并不看重鲁庄公对待侍从施舍小恩小惠和祭神的诚实,而非常注重鲁庄公以民情审判大大小小的案件,认为这是对百姓的尊重,凭此可以一战。其次,在战略战术上,要知己知彼,并善于掌握反攻和追击的时机:面对强大的齐军,曹刿沉着应战,不贸然行事,等齐军三鼓之后才出击,打退敌人后,又不贸然追击,而是谨慎观察,"下视其辙,望其旗靡",最后"故逐之"。

文章剪裁得当,文字简练,对话准确生动,处处突出论战这一思想。

【点评】

"'肉食者鄙,未能远谋',骂尽谋国偾事一流人,真千古笑柄。未战考君德,方战养士气,既战察敌情,步步精详,着着奇妙,此乃所谓'远谋'也。左氏推论始末,复备参差错综之观。"(〔清〕吴楚材、吴调侯《古文观止》卷一)

左传·晋公子重耳之亡①

晋公子重耳之及于难②也,晋人伐诸蒲城③。蒲城人欲战。重耳不可,曰:"保君父之命,而享其生禄④,于是乎得

165

人。有人而校，罪莫大焉⑤。吾其奔也。"遂奔狄。从者狐偃、赵衰、颠颉、魏武子、司空季子⑥。狄人伐廧咎如⑦，获其二女叔隗⑧、季隗，纳诸公子。公子取季隗，生伯儵⑨、叔刘，以叔隗妻赵衰，生盾。将适齐，谓季隗曰："待我二十五年，不来而后嫁。"对曰："我二十五年矣，又如是而嫁，则就木焉。请待子。"处狄十二年而行。

【注释】

①本篇选自《左传》鲁僖公二十三年(前637)，记载了晋公子重耳出奔、流亡到回国夺取政权的经过。重耳后来成为晋文公，是春秋时代的一位重要人物。

②及于难：指晋太子申生之难。《左传》记载僖公四年十二月，晋献公听从骊姬的谗言，逼迫太子申生自缢而死，其余二公子重耳、夷吾也同时出奔。

③蒲城：在今山西省，当时重耳的据点。

④保君父之命，而享其生禄：依赖君父的命令，而享有养生的禄邑。保，依赖。

⑤有人而校，罪莫大焉：有了百姓的拥护却去对抗，没有比这罪过更大的了。校，同"较"，对抗。

⑥狐偃、赵衰、颠颉、魏武子、司空季子：狐偃，重耳的舅父，字子犯。赵衰，字子余；魏武子，名犨(chōu)；司空季子，一名胥臣。

⑦廧(qiáng)咎(gāo)如：狄人的一支。

⑧隗(wěi)：廧咎如族的姓。

⑨儵(yóu)：人名。

过卫。卫文公不礼焉。出于五鹿①，乞食于野人，野人与之块,公子怒,欲鞭之。子犯曰:"天赐也。"稽首,受而载之②。

及齐,齐桓公妻之,有马二十乘,公子安之。从者以为不可。将行,谋于桑下。蚕妾在其上,以告姜氏。姜氏杀之①,而谓公子曰:"子有四方之志,其闻之者吾杀之矣。"公子曰:"无之。"姜曰:"行也! 怀与安,实败名②。"公子不可。姜与子犯谋,醉而遣之。醒,以戈逐子犯。

及曹,曹共公闻其骈胁①,欲观其裸。浴,薄而观之②。僖负羁③之妻曰:"吾观晋公子之从者,皆足以相国。若以相,夫子必反其国。反其国,必得志于诸侯。得志于诸侯而诛无礼,曹其首也。子盍蚤自贰焉④?"乃馈盘飧,寘璧焉⑤。公子受飧,反璧。

③僖负羁：曹国大夫。

④子盍蚤自贰焉：你何不早些表示你和曹国的人有所不同呢？盍，何不。蚤，早。贰，不同。

⑤乃馈盘飧，寘璧焉：于是（僖负羁）就向重耳馈赠了一盘食品，里面藏着一块玉璧。

及宋，宋襄公赠之以马二十乘。

及郑，郑文公亦不礼焉①。叔詹②谏曰："臣闻天之所启③，人弗及也。晋公子有三焉，天其或者将建诸，君其礼焉④。男女同姓，其生不蕃。晋公子，姬出也，而至于今⑤，一也。离外之患，而天不靖晋国，殆将启之⑥，二也。有三士足以上人而从之⑦，三也。晋、郑同侪，其过子弟，固将礼焉⑧，况天之所启乎？"弗听。

【注释】

①郑文公亦不礼焉：郑文公也不以礼相待。

②叔詹：郑国大夫。

③臣闻天之所启：我听说上天所赞助的人。启，开导，赞助。

④天其或者将建诸，君其礼焉：上天或许要立他为国君吧，君主还是以礼相待。建，立。诸，之乎。

⑤晋公子，姬出也，而至于今：晋公子是狐姬所生，却能活到今天。晋国是姬姓，晋文公的母亲狐姬也是姬姓，古人认为夫妻同姓，子孙不能蕃盛。

⑥离外之患，而天不靖晋国，殆将启之：晋公子遭陷害流亡在外，而上天却一直不让晋国安定，大约要赞助他了。离，同"罹"，遭遇。殆，庶几。

⑦有三士足以上人而从之：有三个才干都在他之上的人一直跟着他。

⑧晋、郑同侪（chái），其过子弟，固将礼焉：晋国和郑国地位平等，他们的子弟路过本来就应该以礼相待。同侪，同辈，同地位。

及楚，楚子飨之①，曰："公子若反晋国，则何以报不穀②？"对曰："子女玉帛则君有之，羽毛齿革则君地生焉。其波及晋国者，君之余也③，其何以报君？"曰："虽然，何以报我？"对曰："若以君之灵，得反晋国④，晋、楚治兵，遇于中原，其辟君三舍⑤。若不获命，其左执鞭弭、右属櫜鞬，以与君周旋⑥。"子玉⑦请杀之。楚子曰："晋公子广而俭，文而有礼。其从者肃而宽，忠而能力。晋侯无亲，外内恶之⑧。吾闻姬姓，唐叔之后，其后衰者也，其将由晋公子乎⑨？天将兴之，谁能废之？ 违天必有大咎⑩。"乃送诸秦。

【注释】

①楚子飨之：楚成王设享礼款待他。子，是公侯伯子男的子，这时楚国还是子爵。

②则何以报不穀：将以什么来报答我。不穀，楚王自称。

③其波及晋国者，君之余也：波及到晋国的那点东西，已经是君王剩余之物了。

④若以君之灵，得反晋国：如果托您的福，回到晋国。

⑤其辟君三舍：那就后退九十里。辟，同"避"。舍，三十里为一舍。

⑥若不获命，其左执鞭弭、右属櫜（gǎo）鞬（jiàn），以与君周旋：如果得不到君王退兵的命令，那就左手拿着鞭和弓，右边挎着箭袋和弓

囊,同君王较量一番。弭,弓。櫜鞬:装弓箭的口袋。

⑦子玉:楚国令尹成得臣。

⑧晋侯无亲,外内恶之:晋惠公无亲近之人,内外都有人讨厌他。

⑨其后衰者也,其将由晋公子乎:唐叔之后是能持久的,可能将由重耳这一支继承下去。

⑩违天必有大咎:违背天意,必会有大的灾难。

　　秦伯纳女五人,怀嬴与焉①。奉匜沃盥,既而挥之②。怒曰:"秦、晋匹也,何以卑我!"公子惧,降服而囚③。

　　他日,公享之④。子犯曰:"吾不如衰之文也⑤。请使衰从。"公子赋《河水》,公赋《六月》。赵衰曰:"重耳拜赐⑥。"公子降,拜,稽首,公降一级而辞焉⑦。衰曰:"君称所以佐天子者命重耳⑧,重耳敢不拜?"

【注释】

①秦伯纳女五人,怀嬴与焉:秦穆公送给重耳五个女子,怀嬴也在里面。怀嬴,秦穆公之女,曾嫁给晋怀公,怀公自秦逃归后,又作为媵妾给重耳。秦,嬴姓,故称怀嬴。

②奉匜(yí)沃盥(guàn),既而挥之:(怀嬴)捧着盛水器伺候公子盥洗,洗完后重耳挥手让怀嬴离开。

③公子惧,降服而囚:公子害怕,脱去衣服自己把自己拘囚起来向怀嬴谢罪。

④他日,公享之:有一天,秦穆公设宴款待他。

⑤吾不如衰之文也:我不像赵衰长于文辞。

⑥重耳拜赐:重耳拜谢秦穆公赋诗表示的好意。秦穆公诵的《六月》有歌颂尹吉甫辅佐周宣王北伐获胜的诗,诗外之意有秦穆公将帮助重耳的意思,所以赵衰这样说。

⑦公降一级而辞焉:秦穆公走下台阶施礼辞谢。

⑧君称所以佐天子者命重耳:君王用称颂尹吉甫辅佐天子的诗句来教导重耳。

【解读】

《晋公子重耳之亡》选自《左传·鲁僖公二十三年》,记载了晋文公重耳出奔、流亡的经过。同时对当时各诸侯国君主和大臣的政治远见和性格也有所记录,是了解春秋时期的政治、军事、外交等不可多得的史料。

晋公子重耳流亡的经历,实际上也勾画了春秋列国间错综复杂的矛盾和斗争,也揭示了春秋时代诸侯国贵族家庭内部的斗争,真切地刻画了重耳由一个贵公子走向成熟的过程,并且交代了晋国在春秋列国中的地位和影响。

《晋公子重耳之亡》写人物手法多样:注重细节;注重在矛盾斗争中叙写历史人物;善于借旁人的评论间接叙写人物形象;乐于借神秘化的叙述刻画人物形象,人物形象鲜明生动。

重耳作为贵公子,对父亲忠孝,注重礼,有才干,敬重体恤下人,知过能改,宽以待人;但为人骄纵,耽于安乐。

【点评】

"《河水》,逸《诗》。义取河水朝宗于海,海喻秦。公赋《六月》。《六月》,《诗·小雅》,道尹吉甫佐宣王征伐,喻公子还晋,必能匡王国。古者礼会,因古诗以见意,故言赋。《诗》,断章也,其全称《诗》篇者,多取首章之义,他皆放此。"([晋]杜预《春秋左传注·僖公二十三年》)

左传·介之推不言禄①

晋侯赏从亡者,介之推不言禄,禄亦弗及。推曰:"献公之子九人,唯君在矣。惠、怀无亲,外内弃之②。天未绝晋,必将有主。主晋祀者,非君而谁?天实置之,而二三子以为己力,不亦诬乎③?窃人之财,犹谓之盗。况贪天之功以为己力乎?下义其罪,上赏其奸,上下相蒙,难与处矣④!"其母曰:"盍亦求之?以死谁怼⑤?"对曰:"尤而效之,罪又甚焉⑥!且出怨言,不食其食。"其母曰:"亦使知之,若何?"对曰:"言,身之文也⑦。身将隐,焉用文之?是求显也。"其母曰:"能如是乎?与女偕隐。"遂隐而死。晋侯求之,不获,以绵上⑧为之田,曰:"以志吾过,且旌善人⑨。"

【注释】

①《介之推不言禄》出自《左传·鲁僖公二十四年》。介之推是重耳从亡之臣,姓介名推,之是语助词。

②惠、怀无亲,外内弃之:惠公、怀公没有亲近的人,国内国外都抛弃了他们。

③天实置之,而二三子以为己力,不亦诬乎:这实在是上天要立你为君,而他们这些人却以为是自己的力量,这不是欺骗吗?置,立。二三子,指从亡者。

④下义其罪,上赏其奸,上下相蒙,难与处矣:在下的从亡者把有罪的事当作正义,在上的君主奖赏那些搞欺骗的人,上下互相欺蒙,这就难以相处了。

⑤盍亦求之?以死谁怼:何不也去求赏,这样苦苦而死,又能怨

谁？怼,怨恨。

⑥尤而效之,罪又甚焉：明知错误而又去效法,罪行就更重了。尤,过失,这里作动词。

⑦言,身之文也：言语,是人身的文饰。

⑧绵上：在今山西介休南,沁源西北的介山之下。

⑨以志吾过,且旌善人：用来记载我的过失,并表彰好人。旌,表彰。

【解读】

本篇选自《左传》,在晋文公复国之后,颂扬了介之推母子不求禄、不图名的品行。在晋文公逃难过程中,介之推曾追随多年,但当文公返国,奖赏功臣,众臣争名求禄时,介之推却独自超脱于纷争之外,这在当时是高出于一般人之上的。介母三问,意在考验儿子是否坚决,并非指使儿子去追名逐利。作者笔法新奇,值得玩味。

【点评】

"太史公曰：晋文公,古所谓明君也,亡居外十九年,至困约,及即位而行赏,尚忘介子推？况骄主乎？"([汉]司马迁《史记·晋世家》)

"正义曰：在下者以贪天之功为立君之义,是下义其罪也。在上者以立君之勋赏盗天之罪,是上赏其奸也。居下者义其罪,是下欺上也。居上者赏其奸,是上欺下也。如此上下相欺蒙,难可与并居处矣!"([唐]孔颖达《春秋左传正义·僖公二十四年》)

"《左传》晋文公返国,赏从亡者,介之推不言禄,禄亦弗及,推遂与母偕隐而死。晋侯求之不获,以绵上为之田,曰：'以志吾过。'绵上者,西河介休县地也。其事始末只如此。《史记》……虽与《左传》稍异,而大略亦同。至刘向《新序》始云：'子推怨于无爵齿,去而之介山之上,文公待之,不肯出。以谓焚其山宜出,遂不出而焚死。'是后杂传记。"([宋]洪迈《容斋三续笔》)

"此传直起直收，一似平铺顺叙，毫无结构者。然其实起伏照应，丝丝入扣，神明于法，而绝无用法痕迹，是宇宙间极有数文字，勿谓寥寥数语中，不具大观也。'不言禄'三字是一篇纲领，'禄亦弗及'只带说。'推曰'以下，皆发明不言禄意。但自'献公之子九人'至'难与处矣'，皆以他人言禄作衬，议论滔滔不绝，有一泻千里之势，而自己不言禄意，只于言外见得，其笔趣却又浑如蜻蜓点水一般。'其母曰'至'与汝偕隐'几番问答，便移宫换羽，纯用清峭之笔，几于不多著墨，而不言禄意，层层实写得出，又酷类颜鲁公书法，精力直透过纸背数重。前后笔法迥异，正足见谋篇之妙。"（[清]余诚《重订古文释义新编》）

左传·范宣子①（二章）

一

二十四年春，穆叔②如晋。范宣子逆之③，问焉，曰："古人有言曰：'死而不朽'，何谓也？"穆叔未对。宣子曰："昔匄之祖，自虞以上为陶唐氏，在夏为御龙氏，在商为豕韦氏，在周为唐杜氏，晋主夏盟为范氏④，其是之谓乎？"穆叔曰："以豹所闻，此之谓世禄，非不朽也。鲁有先大夫曰臧文仲，既没，其言立。其是之谓乎！豹闻之，大上有立德，其次有立功，其次有立言，虽久不废，此之谓不朽。若夫保姓受氏，以守宗祊⑤，世不绝祀，无国无之，禄之大者，不可谓不朽。"

【注释】

①此文出自《左传·襄公二十四年》。

②穆叔(? —前 537):姬姓,叔孙氏,名豹,谥号曰"穆",故史称叔孙穆子,亦称穆叔,春秋时鲁国大夫。

③范宣子逆之:范宣子迎接他。范宣子,春秋时晋国大臣。范文子之子,士氏,名匄(gài)。晋平公时执掌国政。

④晋主夏盟为范氏:晋现为诸夏盟主,范氏又成为了辅佐。这句是说范氏世代兴盛,是不是能叫不朽?

⑤以守宗祊:来守住自己的宗庙。祊(fāng),庙门。

二

范宣子为政,诸侯之币重,郑人病之①。二月,郑伯②如晋,子产寓书于子西③以告宣子,曰:"子为晋国,四邻诸侯,不闻令德,而闻重币,侨也惑之。侨闻君子长国家者,非无贿之患,而无令名之难④。夫诸侯之贿聚于公室,则诸侯贰⑤。若吾子赖之,则晋国贰。诸侯贰,则晋国坏。晋国贰,则子之家坏。何没没也⑥!将焉用贿?夫令名,德之舆也。德,国家之基也。有基无坏,无亦是务乎⑦!有德则乐,乐则能久。《诗》云:'乐只君子,邦家之基。'有令德也夫!'上帝临女,无贰尔心⑧。'有令名也夫!恕思以明德,则令名载而行之⑨,是以远至迩安⑩。毋宁使人谓子'子实生我',而谓'子浚我以生'乎⑪?象有齿以焚其身⑫,贿也。"宣子说,乃轻币。

【注释】

①诸侯之币重,郑人病之:诸侯向盟主晋国进贡的物品太多,郑国的人很忧虑。币,帛,古代通常用作礼物。

②郑伯:指郑简公。

175

③子产寓书于子西：子产托子西带书信。子产，郑国之卿，姓公孙名侨，一字子美。子西，公孙夏，郑国大夫，当时从郑简公朝晋。

④侨闻君子长国家者，非无贿之患，而无令名之难：我子产听说君子掌管国家政治，不担心没有财物，而是担心难得美好的声誉。贿，财物。

⑤聚于公室，则诸侯贰。若吾子赖之，则晋国贰：集中于晋国的公室，那么诸侯就会有二心；如果你私自占有，那么晋国人民就有二心。赖，取得。

⑥何没没也：怎么这样沉湎执迷呢？

⑦有基无坏，无亦是务乎：有了好的基础，就不会败亡，为什么不这样去做呢？

⑧上帝临女，无贰尔心：上帝监护着你，人民不会对你有二心。

⑨恕思以明德，则令名载而行之：以宽厚的心来推行美德，好的声誉就会到处传播。恕思，心存宽厚之意。

⑩是以远至迩安：因此远的来归顺，近的就安居乐业。迩，近。

⑪而谓"子浚我以生"乎：还是说"您榨取了我们的血汗以养活自己"呢？

⑫象有齿以焚其身：大象因为有珍贵的牙齿而丧身。

【解读】

《范宣子》二章讲了两件事。第一件是讲"三不朽"。鲁国大夫叔孙豹到晋国，晋国大臣范宣子接待他，并向他请教"不朽"的问题。范宣子自认为自己的家族历代为官，家族显赫，应该叫作不朽，不料叔孙豹抛出了一个"立德、立功、立言"的"三不朽"的理论，认为世代公卿只能算作"世禄"，不能算"不朽"，给他泼了一盆冷水。

叔孙豹的这个"三不朽"的学说，后来被引为一种中国人的人生观和社会价值观，即人生的意义在于对社会、对他人做出有益的事业，这样一个人的自然生命因死而朽，但他所建立的德、功、言却可以死而不朽。后来"三不朽"逐渐传播开来,成了许多中国人的人生信仰,被中国历史上的精英和众多有学识的人所信奉。

第二件是讲范宣子轻币。晋国称霸以后,大量征收贡品,加重了古诸侯小国的负担,子产是当时郑国的政治家,他机智地采取了寄书说理的方式,利用晋国想极力保护盟主地位和希望得到美好声誉的心理,阐明了轻币的道理,从而使晋国减轻了对诸侯的剥削,体现了政治家子产的高超智慧。

子产说理时采取对比法,把树立美德和聚敛财物所产生的两种后果比照得鲜明突出。语言精练,用危语、赞语交替说明"重币""轻币"的利害关系,具有很强的说服力。

【点评】

"立德谓创制垂法,博施济众,圣德立于上代,惠泽被于无穷……,立功谓拯厄除难,功济于时……,立言谓言得其要,理足可传……""'乐只君子,邦家之基',有令德也夫:《诗·小雅》言君子乐美其道,为邦家之基,所以济令德。""'上帝临女,无贰尔心',有令名也夫:《诗·大雅》言武王为天所临,不敢怀二心,所以济令名也。"([唐]孔颖达《春秋左传正义》)

左传·叔向诒子产书①

三月②,郑人铸刑书③。

叔向使诒子产书④,曰:"始吾有虞于子,今则已矣⑤。昔先王议事以制,不为刑辟⑥,惧民之有争心也。犹不可禁御,是故闲之以义,纠之以政⑦,行之以礼,守之以信,奉之以仁,制为禄位以劝其从⑧,严断刑罚以威其淫。惧其未也,故海之以忠,耸之以行⑨,教之以务,使之以和,临之以

177

敬,莅之以强,断之以刚。犹求圣哲之上,明察之官⑩,忠信之长,慈惠之师,民于是乎可任使也,而不生祸乱。民知有辟,则不忌于上⑪,并有争心,以征于书,而徼幸以成之,弗可为矣⑫。夏有乱政而作《禹刑》,商有乱政而作《汤刑》,周有乱政而作《九刑》,三辟之兴,皆叔世也⑬。今吾子相郑国,作封洫,立谤政⑭,制参辟,铸刑书⑮,将以靖民,不亦难乎?《诗》曰:'仪式刑文王之德,日靖四方⑯。'又曰:'仪刑文王,万邦作孚⑰。'如是,何辟之有?民知争端矣,将弃礼而征于书⑱。锥刀之末,将尽争之。乱狱滋丰,贿赂并行,终子之世,郑其败乎!肸闻之,国将亡,必多制,其此之谓乎!"

复书曰:"若吾子之言,侨不才,不能及子孙,吾以救世也。既不承命,敢忘大惠⑲?"

士文伯⑳曰:"火见,郑其火乎㉑?火未出而作火以铸刑器,藏争辟焉㉒。火如象之,不火何为㉓?"

【注释】

①此文选自《左传·鲁昭公六年》。叔向,羊舌氏,名肸(xī),字叔向,春秋时晋国大夫。

②三月:鲁昭公六年(前536)三月。

③郑人铸刑书:郑国人将刑法铸在鼎上。

④叔向使诒子产书:叔向派人送给子产一封信。诒,同"贻",赠送。

⑤始吾有虞于子,今则已矣:我开始对您有些担心,现在看来已经晚了。虞,忧虑。

⑥昔先王议事以制,不为刑辟:昔日先王讨论凭祖制,不预作刑

法。辟,法。

⑦是故闲之以义,纠之以政:因此以正义来防止他们犯法,以政令来督查。闲,防止。纠,督查,检举。

⑧制为禄位以劝其从:制定俸禄的多少、地位的高低,来教育他们服从管理。制,制定。劝,勉励,教育。

⑨耸之以行:以行动来使他害怕。耸,惧也。

⑩犹求圣哲之上,明察之官:还求助于圣哲的王公,明察的卿大夫(来教育他们)。上,指王、公。官,卿大夫。

⑪民知有辟,则不忌于上:老百姓知道有现成的法度,就不会害怕上面。

⑫弗可为矣:就不好治理了。

⑬三辟之兴,皆叔世也:三部断罪刑法的出现,都在叔世。叔世:政衰为叔世。

⑭作封洫,立谤政:重新挖沟划定土地边界,让老百姓议政。这都是子产在郑国实行的改革措施。洫,沟。

⑮制参辟,铸刑书:仿照上古三部法律制定刑法,并把它铸在鼎上。参,三。制三法、铸刑书其实是一回事。

⑯仪式刑文王之德,日靖四方:善用法,是文王之德,日日有安定四方之功。仪式刑:服虔释为:仪,善。式,用。刑,法。

⑰仪刑文王,万邦作孚:善于用法的文王,为天下所信服。孚,信。

⑱将弃礼而征于书:将放弃礼的要求而在刑法上钻空子。征,证据。书,法。

⑲敢忘大惠:怎能忘了你的好意?

⑳士文伯:即士匄、士伯瑕,是春秋时期晋国大夫,曾辅佐赵武。他也不支持子产铸刑书。

㉑火见,郑其火乎:火星现,郑国难道也火起来了吗?

㉒火未出而作火以铸刑器,藏争辟焉:火星未出,而烧火铸造刑

器,就已暗藏着争执了。

㉓火如象之,不火何为:火碰到同类(会带来灾难),没有火你(弄个火来)做什么?象,类。古人认为火星未出而用火铸鼎,待火星出现同类相感会招致灾难。

【解读】

《叔向诒子产书》写子产在郑国实行改革,铸造刑鼎,晋国大夫叔向给他写信,阐述铸鼎制法的危害"民知有辟,则不忌于上,并有争心,以征于书,而徼幸以成之,弗可为矣",民知有法,就会钻法律的空子,引发争端,国家就难以治理。制法,是到了衰世的时候不得已的行为,"今吾子相郑国,作封洫,立谤政,制参辟,铸刑书,将以靖民,不亦难乎?"子产的回答非常客气,并且表示这样做也是不得已的行为:"吾以救世也。"

由此也可以看出,叔向、子产的时代,中国社会正在发生深刻的变化,公元前536年是春秋中叶,西周时期小国寡民的时代已经一去不复返了,叔向还站在维护西周礼制的立场,而子产已意识到时代的剧烈变化。

从此文也可以看出周朝时期的执法者,在定罪量刑的过程中,有一定的裁判规范,但并非是有严格规定的成文规则,而更多的是一种社会共同体内自生自发的"社会规范"认可和采用,法是"活法"。子产制鼎是希望用成文法规来告诉民众,加强统治。

【点评】

"正义曰:子产铸刑书,而叔向责之。赵鞅铸刑鼎,而仲尼讥之。如此传文,则刑之轻重,不可使民知也。而李悝作法,萧何造律,颁於天下,悬示兆民,秦、汉以来,莫之能革。以今观之,不可一日而无律也,为当吏不及古,民伪於昔。为是圣人作法,不能经远。古今之政,何以异乎?斯有旨矣。古者分地建国,作邑命家,诸侯则奕世相承,大夫亦子孙不绝,皆知国为我土,众实我民,自有爱吝之心,不生残贼之意。故得设法以待刑,临事而议罪,不须豫以告民,自令常怀怖惧,故仲尼、叔向所以讥其铸刑书也。秦、汉以来,天下为一,长吏以时迁代,其民非复已有。懦弱则为殿负,强猛则为称职。且疆域阔远,户口滋多,大郡竟余千里,上县数以万计。豪横者陵蹈邦邑,桀健者雄张闾里。故汉世酷吏,专任刑诛。或乃肆情好杀,成其不桡之威;违众用已,以表难测之知。至有积骸满阱,流血丹野,郅都被苍鹰之号,延年受屠伯之名。若复信其杀伐,任其纵舍,必将喜怒变常,爱憎改意,不得不作法以齐之,宣众以令之。所犯当条,则断之以律;疑不能决,则谳之上府。故得万民以察,天下以治。圣人制法,非不善也,古不可施於今。今人所作,非能圣也,足以周于用,所谓'观民设教,遭时制宜',谓此道也。"([唐]孔颖达《春秋左传正义》)

左传·子产论政宽猛①

郑子产有疾。谓子大叔②曰:"我死,子必为政。唯有德者能以宽服民,其次莫如猛③。夫火烈,民望而畏之,故鲜死焉;水懦弱,民狎而玩之④,则多死焉,故宽难。"疾数月而卒。

大叔为政,不忍猛而宽。郑国多盗,取人于萑苻之泽⑤。大叔悔之,曰:"吾早从夫子,不及此。"兴徒兵以攻萑苻之盗,尽杀之,盗少止。

仲尼曰:"善哉! 政宽则民慢,慢则纠之以猛。猛则民残⑥,残则施之以宽。宽以济猛,猛以济宽,政是以和⑦。"诗曰:'民亦劳止,汔可小康;惠此中国,以绥四方⑧',施之以宽也。'毋从诡随,以谨无良;式遏寇虐,憯不畏明⑨',纠之以猛也。'柔远能迩,以定我王⑩',平之以和也。又曰:'不竞不絿,不刚不柔,布政优优,百禄是遒⑪。'和之至也。"

及子产卒,仲尼闻之,出涕曰:"古之遗爱⑫也。"

【注释】

①此文见《左传·鲁昭公二十年》。鲁昭公二十年即公元前522年。

②子大(tài)叔:指游吉。郑简公、郑定公时为卿。定公八年(前522)既子产执政。

③其次莫如猛:而德行较差的人治国,就不如用猛政。

④民狎而玩之:民亲近而玩耍。狎,亲近而轻忽。

⑤取人于萑苻之泽:聚集在萑苻泽中。萑苻(Huánfú)之泽:前522年,郑国奴隶汇集于萑苻之泽(今河南中牟北)举行起义。

⑥猛则民残:施行猛政,老百姓受到伤害。

⑦政是以和:政治得以调和。

⑧民亦劳止,汔(qì)可小康;惠此中国,以绥四方:人民也老苦了,庶几能够稍得安康。爱抚国中的人民,来使四方安定诸侯。

⑨毋从诡随,以谨无良;式遏寇虐,憯不畏明:不要纵容诡诈善变的人,谨慎提防他们居心不良。制止掠夺暴虐的行为,怎能不畏惧朗朗青天。诡随,诡诈欺骗。憯,曾,乃。

⑩柔远能迩,以定我王:安抚远处的使之亲近,使我君王得到安定。

⑪不竞不絿(qiú),不刚不柔,布政优优,百禄是遒:既不竞争也不急求,既不太刚也不太柔。施政温和宽厚,千百福禄归王所有。絿,急。优优,温和宽厚。遒,聚。

⑫古之遗爱:子产继承了古人仁爱的遗风。

【解读】

宽猛,是指宽政与猛政,是一种统治之术。子产临死时向他的继承人子大叔传授治国方法时指出,只有德行高尚的人才能对人民施行宽政,次则须用猛政。子大叔没有听从子产的话,运用宽政,结果社会动乱,后来改变措施,对奴隶严厉镇压,才使国家安定下来。宽猛兼用的措施得到了孔子的肯定。

【点评】

"子产不是一味任猛,盖立法严则民不犯,正所以全其生,此中大有作用。太叔始宽而继猛,殊失子产授政之意。观孔子叹美子产,而以宽猛相济立论,则政和,谅非用猛所能致。末以遗爱结之,便有分晓。"([清]吴楚材、吴调侯《古文观止》)

"此篇前案后断,以子产为主,太叔事正与子产为照。善哉一层,极称其言;遗爱一层,并赞其人。一案两断,首尾呼应成章法。子产只说宽猛,夫子却添一'和'字,便说是融洽无渗漏,亦预为'爱'字作地步也。林西仲云:三证总是《大雅·民劳》首章语,则宽猛为一时并到可知。"([清]冯李骅、陆浩《左绣》)

国语^①·邵公谏厉王止谤^②

厉王虐,国人谤王。邵公告曰:"民不堪命矣^③!"王怒,得卫巫,使监谤者,以告,则杀之。国人莫敢言,道路以目^④。

王喜,告邵公曰:"吾能弭谤矣^⑤,乃不敢言。"

邵公曰:"是障之也^⑥。防民之口,甚于防川。川壅而溃,伤人必多^⑦,民亦如之。是故为川者决之使导^⑧,为民者宣⑨之使言。故天子听政，使公卿至于列士献诗，瞽献曲，史献书，师箴，瞍赋，矇诵⑩，百工谏，庶人传语，近臣尽规，亲戚补察⑪，瞽、史教诲，耆、艾修之⑫，而后王斟酌焉，是以事行而不悖。民之有口，犹土之有山川也，财用于是乎出⑬；犹其原隰之有衍沃也⑭，衣食于是乎生。口之宣言也，善败于是乎兴⑮。行善而备败⑯，其所以阜财用、衣食者也⑰。夫民虑之于心而宣之于口，成而行之⑱，胡可壅也？若壅其口，其与能几何⑲？"王不听，于是国莫敢出言。三年，乃流王于彘⑳。

【注释】

①《国语》上起周穆王，下迄周悼公，是分别记载周、鲁、齐、晋、郑、楚、吴、越八国史事的一部历史著作。司马迁曾说"左丘失明，厥有《国语》"(《报任少卿书》)，因此后人曾认为这和《左传》一样，也是左丘明的作品。其实这不过是列国史料汇编，用不着托古坐实某人所作。《国语》以记言为主，写得朴素、简括。

②本篇选自《国语·周语上》，记载邵穆公劝诫周厉王弭谤的主张，指出"防民之口，甚于防川"，语意周详，很有见地。邵公，姬虎，谥号穆公。周厉王的卿士，后辅佐周宣王。厉王，周厉王，前877年至前841年在位。

③民不堪命矣：人民忍受不了你的虐政了。

④道路以目：人民相遇于道路，只是彼此用眼睛看看而已。

⑤吾能弭谤矣：吾能消除谤言了。弭，消除、制止。

⑥是障之也：这是堵住人民的口罢了。障，防水堤，此作动词。

⑦川壅(yōng)而溃，伤人必多：河流壅塞，溃决泛滥，伤人会更多。

⑧是故为川者决之使导：因此治理河道的人排除阻塞使之通畅。

决,排除。导,疏通。

⑨宣:通,开导的意思。

⑩列士献诗,瞽献曲,史献书,师箴,瞍赋,矇诵:一般官员进献讽谏诗,乐瞽献曲,史官献书,乐师进箴言,瞍吟诵,矇朗读。瞽,无目曰瞽。瞍,无眸曰瞍。矇,有眸子而看不见曰矇。

⑪近臣尽规,亲戚补察:左右之臣尽规谏之责,王的亲戚之臣弥补王之过失,监督王之行为。

⑫耆、艾修之:国内元老把瞽、史的教诲加以修治整理。耆、艾,六十岁的人叫作耆,五十岁的人叫作艾。

⑬财用于是乎出:财富、用度从山川生产出来。

⑭犹其原隰之有衍沃也:就像那原、隰有土有水一样。高爽而平坦的土地叫原,低下而潮湿的土地叫隰,低下而平坦的土地叫衍,有河流灌溉的土地叫沃。

⑮口之宣言也,善败于是乎兴:允许众人发表言论,政事好坏于是从这里体现出来。

⑯行善而备败:好的推行,坏的加以防止。

⑰其所以阜财用、衣食者也:这样才能使衣食、财用大大增多。阜,增多。

⑱成而行之:成熟以后才能流露出来。

⑲其与能几何:这有什么帮助呢？与,助。

⑳三年,乃流王于彘(zhì):过了三年,就把厉王放逐到彘去了。彘,在今山西霍州。

【解读】

周厉王统治暴虐,国人对此不满,他就派人监视老百姓,对口出怨言者残酷杀戮。召公及时进谏,告诉他"防民之口,甚于防川"的道理,但他听不进去,继续采取暴虐的政策,压制人们的言论,终于引起人民反抗,被流放到彘。

"前说民谤不可防,则比之山川;后说民谤必宜敬听,则比之山川原隰,凡作两番比喻。后贤务须逐番细读之,真乃精奇无比之文,不得止作老生常诵习而已。"([清]金圣叹《天下才子必读书》卷三)

"谏词只天子听政一段在道理上讲,其余都是在利害上讲,而正意又每与喻意夹写,笔法新警异常。至前后叙次处描写王与国人,以及起伏照应之法,更极精细,最是《国语》道炼文字。"([清]余诚《重订古文释义新编》卷三)

国语·叔向贺贫①

叔向见韩宣子②,宣子忧贫,叔向贺之。宣子曰:"吾有卿之名而无其实,无以从二三子③,吾是以忧。子贺我,何故?"

对曰:"昔栾武子无一卒之田④,其宫不备其宗器,宣其德行,顺其宪则,使越于诸侯⑤。诸侯亲之,戎狄怀之,以正晋国,行刑不疚⑥,以免于难。及桓子⑦,骄泰奢侈,贪欲无艺,略则行志,假贷居贿⑧,宜及于难,而赖武之德以没其身。及怀子,改桓之行⑨,而修武之德,可以免于难,而离桓之罪⑩,以亡于楚。夫郤昭子⑪,其富半公室,其家半三军⑫,恃其富宠,以泰于国。其身尸于朝,其宗灭于绛⑬。不然,夫八郤,五大夫,三卿,其宠大矣,一朝而灭,莫之哀也,唯无德也。

今吾子有栾武子之贫,吾以为能其德矣,是以贺。若不忧德之不建,而患货之不足,将吊不暇,何贺之有?"

宣子拜,稽首焉,曰:"起也将亡,赖子存之,非起也敢专承之,其自桓叔以下,嘉吾子之赐。"

【注释】

①本篇选自《国语·晋语八》。叔向:羊舌氏。名肸(xī),字叔向,春秋时晋大夫。

②韩宣子:韩起。宣子是谥号,春秋时晋国的卿。

③无以从二三子:意思是家里贫穷,没有什么可以和卿大夫交往的。二三子,指晋国的卿大夫。

④昔栾武子无一卒之田:从前栾武子没有一百顷田。栾武子,栾书,武子是谥号,春秋时晋国的上卿。一卒之田,百项田地,这是上大夫的俸禄。上卿的俸禄应有一旅之田五百顷。古时五百为旅,百人为卒。

⑤宣其德行,顺其宪则,使越于诸侯:发扬德行,遵守法律,美名播于诸侯。

⑥以正晋国,行刑不疚:凭此来整肃晋国,执行法度,没有弊端。

⑦桓子:栾黡(yǎn),栾书之子,任下军元帅,春秋时晋大夫。"桓"是谥号。

⑧贪欲无艺,略则行志,假贷居贿:贪得无厌,干犯法律,任意胡为,借贷牟利,囤积财物。艺,限度。略,干犯。

⑨及怀子,改桓之行:传到怀子时,怀子改变了他父亲桓子的行为。怀子,栾盈,栾黡之子,春秋时晋国下卿。怀,谥号。黡死后,其母叔祁与人私通,诬告栾盈将作乱,被驱逐到楚国。后回国,身死族灭。

⑩而离桓之罪:可是他受到他父亲桓子的罪孽的连累。离,通"罹"。

⑪夫郤(xì)昭子:那个郤昭子。郤昭子,郤至,春秋时晋国的卿,因

有军功自傲,和郤锜、郤犨(chōu)控制朝政,被晋厉公派亲信杀死,家族被诛灭。

⑫其家半三军:他家里的佣人抵得过三军的一半。

⑬绛:晋国的国都,今山西翼城东南。

【解读】

《叔向贺贫》,首先提出"宣子忧贫,叔向贺之"这个出人意料的问题,通过对话,叔向举出栾、郤两家的事例,说明贫可贺,富可忧,可贺可忧的关键在于是否有德,继而将宣子和栾武子加以类比,点出可贺的原因,并进一步指出,如果不立德而忧贫,则不但不可贺,反而是可吊的。最后用韩宣子拜服叔向的观点作结。这样以事实为根据,正反结合,把道理讲得清清楚楚,又使人感到亲切自然,很有说服力。

叔向的建议,一方面是为了卿大夫身家性命着想,但另一方面对"骄泰奢侈、贪欲无艺"的行为进行批评,无论是对当时还是如今,都是有深刻的警示作用的。

【点评】

"读柳子厚贺失火,不如先读此。看他写栾家三世,有许多转折,写郤家,却又是一直,极尽人事天道。"([清]金圣叹《天下才子必读书》卷三)

"不先说所以贺之意,直举栾、郤作一榜样,以见贫之可贺与不贫之可忧。贫之可贺,全在有德,有德自不忧贫;后竟说出忧贫之可吊来,可见徒贫原不足贺也。言下,宣子自应汗流浃背。"([清]吴楚材、吴调侯《古文观止》卷三)

国语·王孙圉论楚宝^①

王孙圉聘于晋^②，定公^③飨之。赵简子鸣玉以相^④，问于王孙圉曰："楚之白珩犹在乎^⑤?"对曰："然。"简子曰："其为宝也几何矣^⑥。"

曰："未尝为宝。楚之所宝者，曰观射父，能作训辞^⑦，以行事于诸侯，使无以寡君为口实^⑧。又有左史倚相^⑨，能道训典，以叙百物^⑩，以朝夕献善败于寡君^⑪，使寡君无忘先王之业；又能上下说于鬼神，顺道其欲恶^⑫，使神无有怨痛于楚国。又有薮曰云连徒洲^⑬，金、木、竹、箭之所生也。龟、珠、角、齿、皮、革、羽、毛，所以备赋用以戒不虞者也^⑭。所以共币帛，以宾享于诸侯者也^⑮。若诸侯之好币具，而导之以训辞，有不虞之备，而皇神相之^⑯，寡君其可以免罪于诸侯，而国民保焉。此楚国之宝也。若夫白珩，先王之玩也，何宝之焉？

"圉闻国之宝，六而已。明王圣人能制议百物^⑰，以辅相国家，则宝之；玉足以庇荫嘉谷^⑱，使无水旱之灾，则宝之；龟足以宪臧否^⑲，则宝之；珠足以御火灾，则宝之；金足以御兵乱，则宝之；山林薮泽足以备财用，则宝之。若夫哗嚣之美，楚虽蛮夷，不能宝也^⑳。"

【注释】

①本文选自《国语·楚语下》。

189

②王孙圉（yǔ）聘于晋：王孙圉到晋国访问。王孙圉，春秋末期楚大夫。聘，访问。

③定公：晋国国君，名午，前511年至前475年在位。

④赵简子鸣玉以相：赵简子穿着叮咚作响的佩玉礼服担任傧相。赵简子，赵鞅，又名志父，春秋末期晋国的卿。相，相礼，傧相。

⑤楚之白珩犹在乎：楚国的白珩还在吗？白珩（héng），系在玉佩上部的珩玉。

⑥其为宝也几何矣：它作为宝贝，有多大价值呢？

⑦曰观射父（guàn yì fù），能作训辞：是观射父，他善于辞令。观射父，春秋末期楚国大夫。

⑧使无以寡君为口实：出使诸侯国使人家无法拿我们国君作话柄。

⑨倚相：春秋末期楚国史官。

⑩能道训典，以叙百物：能根据古代典籍，来说明各种事物。

⑪以朝夕献善败于寡君：时时向国君提供前人的成败事例。

⑫又能上下说于鬼神，顺道其欲恶：又能上下博得天地神灵的欢心，顺应他们的好恶之情。说，通"悦"。道，通"导"。

⑬又有薮曰云连徒洲：又有一大泽叫云连徒洲。云连徒洲，即云梦泽，又叫云土、云社。在今湖北监利北。

⑭所以备赋用以戒不虞者也：用来提供兵赋，预防意外事件。戒，防备。不虞：没有料到的患难。

⑮所以共币帛，以宾享于诸侯者也：用来提供礼物衣帛，来招待馈赠诸侯。共，通"供"，供给。享，馈赠。

⑯而皇神相之：又得到天神的保佑。皇，大。相，辅助。

⑰能制议百物：能评判各种事物。

⑱玉足以庇荫嘉谷：玉器能保证好收成。玉，指用于祭祀的玉器。

⑲宪臧否：表明吉凶。

⑳若夫哗嚣之美,楚虽蛮夷,不能宝也:至于那声音喧嚣的美玉,楚国虽然是落后的蛮夷之邦,也不能把它当成宝贝。

【解读】

《王孙圉论楚宝》记叙楚国大夫王孙圉出使晋国,在晋定公为之举行的宴会上,晋国大夫赵简子鸣其佩玉,向王孙圉炫耀,并打听楚国佩玉"白珩"的价值。王孙圉回答:楚之"白珩"未尝为宝,楚之所宝,是辅君治国之贤臣观射父、倚相,是物产丰富的云梦泽,是一切足以使楚国得福利、弭灾祸的龟、珠、角、羽,而不以玩饰之物为宝。王孙圉和赵简子对何者为宝的认识,立足有高低之分,着眼有公私之别。王孙圉在论楚宝时,针锋相对,义正辞严,见解卓越,讥讽之意,溢于言表。

【点评】

"前以贤人为宝,后以地利为宝,俱从国家关系处立论,便令简子哗嚣之美哑然失色,真可谓识宝之人。"([清]过珙《详订古文评注全集》)

"简子意见浅陋,白珩之问,原欲自为炫耀,讵知王孙圉奉使邻国,出言谨慎斟酌,故得他'为宝几何'一语,开口便用'未尝为宝'四字抹煞过了。然后借他一'宝'字,历数楚之所有,由人而物,无不有益于国家,为楚所宝,国威之克壮,君命之不辱,胥于是乎得之矣。'若夫'以下,轻视白珩打转,'未尝为宝'束住,关锁紧严。'圉闻'一段,推开泛论,以明所宝在此不在彼之故。末复以此作结,光明正大之中,字字锋锷相迎,足使简子颜赤汗流。"([清]余诚《重订古文释义新编》)

战国策^①·靖郭君将城薛^②

靖郭君将城薛，客多以谏。靖郭君谓谒者，无为客通^③。齐人有请者曰："臣请三言而已矣！益一言^④，臣请烹。"靖郭君因见之。客趋而进曰："海大鱼。"因反走。君曰："客有于此^⑤。"客曰："鄙臣不敢以死为戏。"君曰："亡，更言之^⑥。"对曰："君不闻大鱼乎？网不能止^⑦，钩不能牵，荡而失水，则蝼蚁得意焉^⑧。今夫齐，亦君之水也。君长有齐阴^⑨，奚以薛为？失齐，虽隆薛之城到于天^⑩，犹之无益也。"君曰："善。"乃辍城薛。

【注释】

①《战国策》，简称《国策》，记载战国时期谋臣策士纵横捭阖的斗争及有关的谋议或辞说。上继春秋，下至战国末年，包括西周、东周、秦、齐、楚、赵、魏、韩、燕、宋、卫、中山等十二策。经刘向校编而成，共三十三篇。刘向（约前77—前6），原名更生，祖籍沛（今江苏沛县），西汉经学家、目录学家，文学家。

②靖郭君，本名田婴，是齐威王的小儿子、齐宣王的异母弟，孟尝君田文的父亲。"靖郭"是封邑，指古薛城，君是封号。将城薛，将要修筑薛地的城墙。

③靖郭君谓谒者，无为客通：靖郭君对主管传达通报的官吏说，不要给进谏的人通报。

④益一言：多说一个字。

⑤客有于此：客人留在此说话。

⑥亡，更言之：不会的，再说说。

⑦网不能止：网不能捕获。止，捕获。

⑧荡而失水,则蝼蚁得意焉:冲上岸,失去了水,则成了蝼蚁的喜爱之物。荡,冲撞。

⑨齐阴:齐国。

⑩虽隆薛之城到于天:即使将薛邑的城墙筑得跟天一样高,又有什么作用呢?

【解读】

靖郭君将要在封地薛地修筑城墙,有门客来劝说他。用鱼离不开水作比,告诉靖郭君不要失去齐国,失去齐国,将失去庇护,筑再高的城墙也没有作用。只要掌握着齐国的权力,就没有哪个国家敢轻易攻打薛地。此文主要讲看问题,办事情,要从大局和整体出发,不能脱离根本。文章写法特别,卖关子,有悬念。

【点评】

"田婴相齐十一年,宣王卒,湣王即位。即位三年,而封田婴于薛。"([汉]司马迁《史记·孟尝君列传》)

"按此见《战国策·齐策一》。隐喻靖郭君必须作齐国的屏藩才能生存,从而讥刺他背叛齐的阴谋。"(詹锳《文心雕龙义证》)

战国策·邹忌①讽齐王②纳谏

邹忌修八尺有余,身貌昳丽③。朝服衣冠,窥镜④,谓其妻曰:"我孰与城北徐公美⑤?"其妻曰:"君美甚,徐公何能及公也!"城北徐公,齐国之美丽者也。忌不自信⑥,而复问其妾曰:"吾孰与徐公美?"妾曰:"徐公何能及君也!"旦日⑦,客从外来,与坐谈,问之客曰:"吾与徐公孰美?"客曰:"徐公不若君之美也!"

明日,徐公来,孰视之⑧,自以为不如;窥镜而自视,又弗如远甚。暮,寝而思之曰:"吾妻之美我者,私我也⑨;妾之美我者,畏我也;客之美我者,欲有求于我也。"

于是入朝见威王曰:"臣诚知不如徐公美,臣之妻私臣,臣之妾畏臣,臣之客欲有求于臣,皆以美于徐公⑩。今齐地方千里,百二十城,宫妇左右,莫不私王;朝廷之臣,莫不畏王;四境之内,莫不有求于王。由此观之,王之蔽甚矣⑪!"王曰:"善。"乃下令:"群臣吏民,能面刺寡人之过者,受上赏⑫;上书谏寡人者,受中赏;能谤议于市朝⑬,闻寡人之耳者,受下赏。"

令初下,群臣进谏,门庭若市。数月之后,时时而间进⑭。期年⑮之后,虽欲言,无可进者。燕、赵、韩、魏闻之,皆朝于齐。此所谓战胜于朝廷⑯。

【注释】

①邹忌:齐国人,善鼓琴,后封成侯。

②齐王:指齐威王,姓田,名婴齐,又作因齐,在位期间,改革政治,使齐国国力逐渐增强。

③身貌昳(yì)丽:仪容光艳美丽。昳丽,光艳美丽。

④窥镜:照镜子。

⑤我孰与城北徐公美:我与城北徐公谁漂亮?

⑥忌不自信:邹忌不相信自己会比徐公漂亮。

⑦旦日:第二天。

⑧孰视之:仔细端详。孰,通"熟",仔细。

⑨吾妻之美我者,私我也:我的妻子认为我漂亮,是偏爱我。美我,认为我美。

⑩皆以美于徐公：都认为我比徐公漂亮。于，比。

⑪王之蔽甚矣：大王您受蒙蔽更深啦。蔽，受蒙蔽。

⑫群臣吏民，能面刺寡人之过者，受上赏：官吏百姓能够当面指摘我的过错，可得上等奖赏。

⑬能谤议于市朝：能在公共场所批评议论我的过失。市朝：市场和朝廷，这里指公共场所。

⑭时时而间进：隔一段时间偶有进谏。间，间或，断断续续地。

⑮期年：满一年。

⑯此所谓战胜于朝廷：在朝廷上战胜别国。意思是内政修明，不必用兵就能使别的国家畏服。

【解读】

本文选自《战国策·齐策》。《邹忌讽齐王纳谏》通过邹忌自己家庭亲友间的事情和切身感受，讽劝齐王纳谏除弊，从而说明国君必须广泛采纳各方面的批评建议，行礼除弊，才可以兴国。

这个故事说明这样一个道理：一个人在受蒙蔽的情况下，是不可能正确认识自己和客观事物的。作为领导，更要时刻保持清醒的头脑，防止被一些表面现象所迷惑；不要偏听偏信，要广泛听取人们的批评意见，对于奉承话要保持警惕，及时发现和改正自己的缺点和错误，不犯或少犯错误。

【点评】

"一段问答埶美，一段暮寝自思，一段入朝自述，一段讽王蔽甚，一段下令受谏，一段进谏渐稀，段段简峭之甚。"（[清]金圣叹《天下才子必读书》）

"邹忌将己之美、徐公之美，细细详堪，正欲于此参出微理。千古臣谄君蔽，兴亡关头，从闺房小语破之，快哉！"（[清]吴楚材、吴调侯《古文观止》）

"此文大有惜墨如金之意。前五段不过是引入讽齐王伏笔，'王曰善'已下，又皆写齐王之能受善。其讽王处，惟在'臣诚知不如徐公美'数语。即此数语中，亦并无讽王纳谏字句，只轻轻说个'王之蔽甚矣'，便住。何等蕴藉，何等简峭！至其通体文法，每一层俱用三叠，变而不变，不变而变，更如武夷九曲，步步引人入胜。"（〔清〕余诚《重订古文释义新编》）

"通篇俱用三叠，凡七层，而文法变换令人不觉，如水上波纹回合荡漾，只一水耳。文章之妙极矣！"（〔清〕王符曾《古文小品咀华》引茅鹿门语）

战国策·齐宣王见颜斶①

齐宣王见颜斶，曰："斶前！"斶亦曰："王前！"宣王不说。左右曰："王，人君也；斶，人臣也。王曰'斶前'，斶亦曰'王前'，可乎？"斶对曰："夫斶前为慕势，王前为趋士。与使斶为慕势，不如使王为趋士。"王忿然作色曰："王者贵乎？士贵乎？"对曰："士贵耳，王者不贵。"王曰："有说乎？"斶曰："有。昔者秦攻齐，令曰：'有敢去柳下季垄五十步而樵采者②，死不赦。'令曰：'有能得齐王头者，封万户侯，赐金千镒。'由是观之，生王之头，曾不若死士之垄也。"宣王默然不悦。

左右皆曰："斶来，斶来！大王据千乘之地，而建千石钟，万石虡③。天下之士，仁义皆来役处；辩知并进，莫不来语；东西南北，莫敢不服。求万物无不备具，而百姓无不亲附。今夫士之高者，乃称匹夫，徒步而处农亩，下则鄙野、监门④、闾里,士之贱也亦甚矣!"

　　斶对曰:"不然。斶闻古大禹之时,诸侯万国。何则?德厚之道,得贵士之力也。故舜起农亩,出于野鄙,而为天子。及汤之时,诸侯三千。当今之世,南面称寡者,乃二十四。由此观之,非得失之策与⑤?稍稍诛灭,灭亡无族之时,欲为监门、闾里,安可得而有乎哉?是故《易传》不云乎:'居上位,未得其实,以喜其为名者,必以骄奢为行。据慢骄奢,则凶必从之⑥。是故无其实而喜其名者削,无德而望其福者约,无功而受其禄者辱,祸必握⑦。'故曰:'矜功不立,虚愿不至⑧。'此皆幸乐其名华而无其实德者也。是以尧有九佐⑨,舜有七友⑩,禹有五丞⑪,汤有三辅⑫,自古及今而能虚成名于天下者,无有。是以君王无羞亟问⑬,不愧下学;是故成其道德而扬功名于后世者,尧、舜、禹、汤、周文王是也。故曰:'无形者,形之君也。无端者,事之本也⑭。'夫上见其原,下通其流,至圣人明学,何不吉之有哉!老子曰:'虽贵,必以贱为本;虽高,必以下为基。是以侯王称孤、寡、不穀,是其贱之本与?'夫孤寡者,人之困贱下位也,而侯王以自谓,岂非下人而尊贵士与?夫尧传舜,舜传禹,周成王任周公旦,而世世称曰明主,是以明乎士之贵也。"

　　宣王曰:"嗟乎!君子焉可侮哉,寡人自取病耳⑮!及今闻君子之言,乃今闻细人之行⑯,愿请受为弟子。且颜先生与寡人游,食必太牢⑰,出必乘车,妻子衣服丽都⑱。"颜斶辞去曰:"夫玉生于山,制则破焉⑲,非弗宝贵矣,然大璞不完。士生乎鄙野,推选则禄焉,非不得尊遂也⑳,然而形神

197

不全。阚愿得归，晚食以当肉，安步以当车，无罪以当贵，清静贞正以自虞㉑。制言者，王也㉒，尽忠直言者阚也。言要道已备矣，愿得赐归，安行而反臣之邑屋。"则再拜而辞去也。

君子曰："阚知足矣，归真反朴，则终身不辱也。"

【注释】

①齐宣王：战国时齐国国君，齐威王之子，田氏，名辟疆。前319年至前301年在位。颜阚(chù)，齐国隐士。

②有敢去柳下季垄五十步而樵采者：有敢到柳下惠坟墓五十步内打柴的人。柳下季，又称柳下惠，即展禽，鲁国贤士，食采邑于"柳下"，"惠"是谥号。垄，坟墓。

③万石虡(jù)：万石重的悬钟柱子。虡，古代悬挂钟、磬架子两旁的柱子。

④监门：看门人。

⑤非得失之策与：这难道不是"得士"和"失士"的政策造成的吗？古诸侯多，由于贵士，故得策；今诸侯因不贵士，故失策，诛灭殆尽，因此渐少。

⑥据慢骄奢，则凶必从之：倨傲骄奢，那么凶就跟着来了。

⑦祸必握：祸必定相随。握，执，紧随不离。

⑧矜功不立，虚愿不至：自夸功劳的人是不能建立功业的，只有想法不做实事是不能实现愿望的。矜，自夸。

⑨尧有九佐：尧有九官。舜为司徒、契为司马、禹为司空、后稷为田畴、倕为工师、伯夷为秩宗、皋陶大理、益掌驱禽。

⑩舜有七友：舜的七位朋友雄陶、方回、续牙、伯阳、东不訾、秦不虚、灵甫。

⑪禹有五丞：禹的五位贤臣佐：益、稷、皋陶、垂、契。

⑫汤有三辅:汤有三位辅佐,传为宜伯、仲伯、咎单。

⑬亟问:屡次问,经常问。亟,频繁。

⑭无形者,形之君也。无端者,事之本也:没有形象和端绪的东西(指才、德),是行事的主宰和根本。

⑮寡人自取病耳:寡人自取羞辱啊。

⑯乃今闻细人之行:我今天才明白不懂得尊重士人乃是小人的行为。

⑰食必太牢:吃饭一定有牛羊豕等肉食。

⑱丽都:华丽。

⑲制则破焉:经过玉匠加工,破璞而取玉。

⑳非不得尊遂也:他的地位、身份并不是不尊贵、显达。遂,达。

㉑清静贞正以自虞:保持清静的生活和纯洁的节操,以此引以为乐。

㉒制言者,王也:发号施令者,是大王您。制言,命令。

【解读】

春秋战国时期有士阶层,一般都是为统治阶级服务的知识分子。本文以高士颜斶为主体,写他与齐宣王及其左右所进行的一场"王与士孰贵"的辩论。颜斶在论辩中,针锋相对,寸步不让,气势凛然,理正辞严,充分显示了寒士蔑视王权、勇于斗争的胆识。作者通过齐王心折,"愿请受为弟子",论证士贵于王,德才重于名位权势,从而突出了士在治国安民中的积极作用和影响,颇具民主意识。文中推崇儒家选贤授能、立功立德的进取思想,也赞赏道家守贞返璞、知足不辱的隐退观点。结尾写颜斶在"尽忠直言"说服齐王尊士、用士的"要道"之后,自己却辞禄归隐,甘受贫贱,向往自由生活,此与一般热衷利禄的俗士大不相同,塑造了一个作者心目中理想的高士形象。

全文运用齐王、左右和颜斶的对白形式,结合各人言辞具体内容,描述其发言时的神色、辞气,将他们的个性、品格及变化中的思想感情,表现得栩栩如生。

【点评】

"起得唐突,收得超忽。后段'形神不全'四字,说尽富贵利达人,良可悲也。战国士气,卑污极矣,得此可以一回狂澜。"([清]吴楚材、吴调侯《古文观止》)

"通篇以'士贵耳''王者不贵'二语作骨。'柳下季垄'一段是'贵''不贵'确据,后一段正写出士之可贵实际来。一结尤淡而有味,愈觉清贵无伦。"([清]唐德宜《古文翼》)

老子[①](节选)

道可道,非常道[②];名可名,非常名[③]。无,名天地之始;有,名万物之母[④]。故常无,欲以观其妙;常有,欲以观其徼[⑤]。此两者,同出而异名,同谓之玄,玄之又玄,众妙之门[⑥]。

【注释】

①老子:即道家经典《老子》。关于《老子》的作者是谁以及它的成书年代的问题,一直是悬而未决的学术问题。现在一般认为,《老子》基本上反映了老子本人的思想,成书于战国前期老子后学之手,比《论语》晚。老子,一说即老聃,姓李名耳,字聃,楚国苦县(今河南鹿邑东)人。生活年代大致和孔子同时而略早,孔子曾向他问礼。老聃曾做过周朝的守藏史(相当于国家图书馆馆长),后来隐居,不知所终。

②道可道,非常道:道可言说,就不是普遍常在的道。第一个道字和第三个道字,是老子哲学上的专有名词,在本章它指构成宇宙的实体与动力。第二个道字,是言说的意思。

③名可名,非常名:道的名字可以称名,就不是普遍常在的名。第一个名字和第三个名字为老子特用术语,是称道之名。语法上属于名词。第二个名字是称谓的意思,作动词使用。

④无,名天地之始;有,名万物之母:无,是天地的本性,有,是万物的根源。"无""有"是指称道的,是表明"道"由无形质落实向有形质的活动过程。

⑤故常无,欲以观其妙;常有,欲以观其徼(jiào):因此常体"无",以观照"道"的奥妙;常体"有",以观照"道"的边际。徼,边界。

⑥此两者,同出而异名,同谓之玄,玄之又玄,众妙之门:此"无"和"有"同一来源而名称不同,从同的方面说,混沌而不分,所以称之为玄,玄而又玄,是一切变化的总门。玄,幽深。

天下皆知美之为美,斯恶已①;皆知善之为善,斯不善已。故有无相生,难易相成,长短相形,高下相盈,音声相和,前后相随②。恒也。是以圣人处无为之事,行不言之教③;万物作而弗始,生而弗有,为而弗恃,功成而弗居④。夫唯弗居,是以不去⑤。

【注释】

①天下皆知美之为美,斯恶已:天下都知道美之所以为美,丑的认识产生了。恶,指丑。

②故有无相生,难易相成,长短相形,高下相盈,音声相和,前后相随:因此有和无相互生成,难和易相互完成,长和短相互形成,高和下相互包含,音和声相互调和,前和后相互随顺,这是永远如此的。

③是以圣人处无为之事,行不言之教:所以有道的人以无为的态度来处理世事,实行不言的教导。圣人,这是道家最高的理想人物,其人格形态不同于儒家。

④万物作而弗始，生而弗有，为而弗恃，功成而弗居：让万物兴起而不加倡导；生养万物而不据为己有；作育万物而不自恃己能；功业成就而不自我夸耀。

⑤夫唯弗居，是以不去：正因为他不自我夸耀，所以他的功绩不会泯灭。

上善若水①。水善利万物而不争，处众人之所恶，故几于道②。居善地，心善渊，与善仁，言善信，政善治，事善能，动善时③。夫唯不争，故无尤④。

【注释】

①上善若水：上善的人好像水一样。

②水善利万物而不争，处众人之所恶，故几于道：水善于滋润万物而不和万物相争，停留在大家所厌恶的地方，所以最接近于道。

③居善地，心善渊，与善仁，言善信，政善治，事善能，动善时：居处善于选择地方，心胸善于保持沉静，待人善于真诚相爱，说法善于遵守信用，为政善于精简处理，处事善于发挥所长，行动善于掌握时机。

④夫唯不争，故无尤：正因为有不争的美德，所以没有怨咎。尤，怨咎。

其安易持，其未兆易谋。其脆易泮，其微易散①。为之于未有，治之于未乱②。合抱之木，生于毫末；九层之台，起于累土③；千里之行，始于足下。民之从事，常于几成而败之。慎终如始，则无败事④。

【注释】

①其安易持，其未兆易谋。其脆易泮，其微易散：局面安稳时容易

持守,事情没有迹象时容易图谋,事物脆弱时容易消解,事物微细时容易散失。

②为之于未有,治之于未乱:要在事情没有发生以前就处理妥当,要在祸乱没有产生以前就早作准备。

③合抱之木,生于毫末;九层之台,起于累土;千里之行,始于足下:合抱的大树,是从细小的萌芽生长起来的;九层的高台,是从一堆泥土建筑起来的;千里的远行,是从脚下举步开始走出来的。

④民之从事,常于几成而败之。慎终如始,则无败事:人们做事情,常在快要成功的时候就失败了。事情要完成的时候也能像开始的时候一样的谨慎,那就不会败事了。

天下莫柔弱于水,而攻坚强莫之能胜,以其无以易之①。弱之胜强,柔之胜刚,天下莫不知,莫能行②。是以圣人云:"受国之垢,是谓社稷主;受国不祥,是为天下王③。"正言若反④。

【注释】

①天下莫柔弱于水,而攻坚强莫之能先胜,其无以易之:世间没有比水更柔弱的,冲击坚强的东西没有什么能胜过它,没有什么能代替它。

②弱之胜强,柔之胜刚,天下莫不知,莫能行:弱胜过强,柔胜过刚,天下没有人不知道,但是没有人能实行。

③是以圣人云:"受国之垢,是谓社稷主;受国不祥,是为天下王。":因此有道德人说:"承担全国的屈辱,才配称国家的君主;承担全国的祸难,才配做天下的君王。"

④正言若反:正面的话好像反话一样。

信言不美,美言不信①。善者不辩,辩者不善②。知者不博,博者不知③。圣人不积。既以为人,己愈有;既以与人,己愈多④。天之道,利而不害;圣人之道,为而不争⑤。

【注释】

①信言不美,美言不信:真实的言辞不华美,华美的言辞不真实。

②善者不辩,辩者不善:行为善良的人不巧辩,巧辩的人不良善。

③知者不博,博者不知:真正了解的人不广博,广博的人不深入了解。

④圣人不积。既以为人,己愈有;既以与人,己愈多:圣人不自私积藏。他尽量帮助别人,自己反而更充足;他尽量给予别人,自己反而更丰富。

⑤天之道,利而不害;圣人之道,为而不争:自然的规律,利物而无害,人间的法则,施为而不争夺。

【解读】

《道德经》里有对宇宙本体的探讨,它认为宇宙的本体是"道"。"道"先于天地万物,是完全自足的、至高无上的,它不依赖任何东西,永远存在。"道"其实"无名",因为一旦有了名字就有了限制,"道"这个名字,只是个代号而已,是为了表述起来方便。"道"不是一个实体,也难以用语言对它加以解释、描述、说明,如果非要用语言来说明它,可以说它是万物之所以如此的东西。

老子认为形而上的"道"是绝对的、永恒的,但是形而下的一切现象都是相对的、变动的。美与丑、善与恶说明一切事物及其称谓、概念与价值判断,都是在对待的关系中产生的,而对待的关系是经常变动着的,因此一切事物及其称谓、概念与价值判断亦不断地在变动中。"有无相生"等则说明一切事物在相反关系中,他们互相对立又互相依赖,互相补充。

老子说"上善若水",他以水喻上德之人。水柔,水停留在卑下的地方,滋润万物而不与相争。水柔,却能以柔克刚,要做君王,必须要"受国之垢""受国不祥",忍耐克制才是强者。

老子要求人们关注祸患的根源。在祸乱发生之前,先作预防,凡事从小成大,由近至远,其基础工作,十分重要,所谓"合抱之木,生于毫末;九层之台,起于累土;千里之行,始于足下"。远大的事情必须要有毅力和耐心去完成,稍有松懈,常会功亏一篑。

老子要求人类要信实、讷言、专精,要"利民而不争"。老子的不争并不消沉,他要人去"为","为"是顺应自然去发挥。人努力得来的成果不必据为己有,要贡献给他人。

【点评】

"老子修道德,其学以自隐无名为务。居周久之,见周之衰,乃遂去。至关,关令尹喜曰:'子将隐矣,强为我著书。'于是老子乃著书上下篇,言道德之意五千余言而去,莫知其所终。"([汉]司马迁《史记·老子韩非列传》)

论语①·侍坐

子路、曾晳、冉有、公西华侍坐②。子曰:"以吾一日长乎尔,毋吾以也③。居则曰④:'不吾知也!'如或知尔,则何以哉⑤?"

子路率尔而对曰⑥:"千乘之国⑦,摄乎大国之间⑧,加之以师旅⑨,因之以饥馑⑩;由也为之,比及三年⑪,可使有勇,且知方⑫也。"

夫子哂之。

"求,尔何如?"对曰:"方六七十,如五六十^⑬,求也为之,比及三年,可使足民。如其礼乐,以俟君子^⑭。"

"赤,尔何如?"对曰:"非曰能之,愿学焉。宗庙之事,如会同,端章甫,愿为小相焉^⑮。"

"点,尔何如?"

鼓瑟希,铿尔,舍瑟而作^⑯。对曰:"异乎三子者之撰^⑰!"

子曰:"何伤乎^⑱?亦各言其志也。"

曰:"莫春者,春服既成。冠者五六人,童子六七人,浴乎沂,风乎舞雩,咏而归^⑲。"

夫子喟然叹曰:"吾与点也!"

三子者出,曾皙后。曾皙曰:"夫三子者之言何如?"

子曰:"亦各言其志也已矣!"

曰:"夫子何哂由也?"

曰:"为国以礼,其言不让,是故哂之。"

"唯求则非邦也与?"

"安见方六七十如五六十而非邦也者?"

"唯赤则非邦也与?"

"宗庙会同,非诸侯而何^⑳?赤也为之小,孰能为之大?"

【注释】

①《论语》:语录体文集,主要记载孔子及其弟子的言行。孔子,名丘,字仲尼,春秋时鲁国陬邑(今山东曲阜东南)人。生于鲁庄公二十

206

夫子哂之。

"求,尔何如?"对曰:"方六七十,如五六十[13],求也为之,比及三年,可使足民。如其礼乐,以俟君子[14]。"

"赤,尔何如?"对曰:"非曰能之,愿学焉。宗庙之事,如会同,端章甫,愿为小相焉[15]。"

"点,尔何如?"

鼓瑟希,铿尔,舍瑟而作[16]。对曰:"异乎三子者之撰[17]!"

子曰:"何伤乎[18]?亦各言其志也。"

曰:"莫春者,春服既成。冠者五六人,童子六七人,浴乎沂,风乎舞雩,咏而归[19]。"

夫子喟然叹曰:"吾与点也!"

三子者出,曾皙后。曾皙曰:"夫三子者之言何如?"

子曰:"亦各言其志也已矣!"

曰:"夫子何哂由也?"

曰:"为国以礼,其言不让,是故哂之。"

"唯求则非邦也与?"

"安见方六七十如五六十而非邦也者?"

"唯赤则非邦也与?"

"宗庙会同,非诸侯而何[20]?赤也为之小,孰能为之大?"

【注释】

①《论语》:语录体文集,主要记载孔子及其弟子的言行。孔子,名丘,字仲尼,春秋时鲁国陬邑(今山东曲阜东南)人。生于鲁庄公二十

三年(前551),死于鲁哀公十六年(前479),是一位伟大的思想家、政治家和教育家,儒家的创始者。

②子路,姓仲名由;曾皙,名点;冉有,姓冉,名求,字子有;公西华,名赤,字子华。这四个人都是孔子的弟子。侍坐,陪侍长者闲坐。

③以吾一日长乎尔,毋吾以也:因为我年纪比你们大一点,你们不要认为这样就不说了。一日,一两天。乎,于,比。尔,你们。

④居则曰:平日说。居,闲居,指平时在家的时候。则,就。

⑤则何以哉:那么你们打算做些什么事情呢? 以,用,做。

⑥子路率尔而对曰:子路急忙回答说。率尔,轻率急忙的样子。尔,助词。

⑦千乘之国:有一千辆兵车的诸侯国,在春秋时是中等国家。春秋时一辆兵车,配甲士三人,步卒七十五人,称一乘。

⑧摄乎大国之间:夹在几个大国之间。摄,夹,迫近。

⑨加之以师旅:有军队来侵略它。加,加到……之上。

⑩因之以饥馑:接下来国内又有饥荒。因,接着。

⑪比及三年:等到三年。比及,到。

⑫知方:知道为人的道理。方,道,指是非准则。

⑬方六七十,如五六十:方圆六七十里或五六十里(的小国)。如,或。

⑭如其礼乐,以俟君子:至于礼乐教化,只好等待着修养更高的君子来推行了。如,至于。俟,等待。

⑮宗庙之事,如会同,端章甫,愿为小相焉:宗庙祭祀,或者诸侯会盟、朝见天子,我穿着礼服,戴着礼帽,愿意做个主持赞礼和司仪的官。会,诸侯会见。同,诸侯共同朝见天子。端,古代用整幅布做的礼服。章甫,古代礼帽,用布制。相,分卿、大夫、士三个等级,小相指士这一级。

⑯鼓瑟希,铿尔,舍瑟而作:弹奏瑟的声音渐渐稀疏,"铿"的一声,

(曾皙)把瑟放下,站起来。瑟,古乐器,二十五弦。作,起。

⑰异乎三子者之撰:我和他们三位的才能不一样啊。撰,才能,指为政的才能。

⑱何伤乎:有什么关系? 伤,妨。

⑲莫春者,春服既成,冠者五六人,童子六七人,浴乎沂,风乎舞雩,咏而归:暮春时节,(天气暖和),穿上春天的衣服,我和五六位成年人,六七个少年,去沂河里洗洗澡,在舞雩台上吹吹风,一路唱着歌走回来。成,定。

⑳非诸侯而何:不是诸侯的大事又是什么。

【解读】

本文选自《论语·先进》。是孔子"因材施教"的范例,记述了孔子和四个学生的一次谈话,以言志为线索,写出了学生们的志向、性格,表达了孔子的态度。

子路是个性急的人,孔子话音刚落,他就抢先发言,并且口气很大,说自己三年就可以治理好"千乘之国"。孔子"哂之"。

冉有、公西华则是在孔子点了名以后,才发表见解的。他们两人所说的都是诸侯邦国之事,本质上和子路所说没有什么差别,只是态度要谦虚谨慎得多,语气要委婉得多。显得平易谦逊,彬彬有礼。

曾皙所说与子路三人完全不同。他既不讲从政,也不讲会盟,而是刻画一个场面,描写一个情景:"莫春者,春服既成,冠者五六人,童子六七人,浴乎沂,风乎舞雩,咏而归。"从富有诗意的情景描写中,曲折地表达了曾皙的理想;显得那样从容不迫,逍遥自在,甚至有点狂放不羁,但却引起了孔子的无限赞叹。曾皙的高明在于他将政治与道德的两种理想熔为一炉,而出之以春风沂水,一片和煦,既可理解为政治上的理想寄托,又可引申为道德上的修养追求,使读者大有仁者见仁、智者见智的思索余地。

《侍坐章》是《论语》中结构完整,形象较为鲜明,文学性较强的一章。蕴藉含蓄,简淡俊逸,是魏晋那种速写式的轶事体小说的滥觞。

【点评】

　　"程子曰:'古之学者,优柔厌饫,有先后之序。如子路、冉有、公西赤言志如此,夫子许之。亦以此自是实事。后之学者好高,如人游心千里之外,然自身却只在此。'又曰:'孔子与点,盖与圣人之志同,便是尧、舜气象也。诚异三子者之撰,特行有不掩焉耳,此所谓狂也。子路等所见者小,子路只为不达为国以礼道理,是以哂之。若达,却便是这气象也。'又曰:'三子皆欲得国而治之,故夫子不取。曾点,狂者也,未必能为圣人之事,而能知夫子之志。故曰"浴乎沂,风乎舞雩,咏而归",言乐而得其所也。孔子之志,在于"老者安之,朋友信之,少者怀之",使万物莫不遂其性。曾点知之,故夫子喟然叹曰:"吾与点也。"'又曰:'曾点、漆雕开,已见大意。'"([宋]朱熹《论语集注》)

　　"读'曾皙言志'一章,曰:'此处正要理会。如子路说:比及三年,可使有勇。冉有云:可使足民。不知如何施设得便如此。曾皙意思固是高远,须是看他如何得如此。若子细体认得这意思分明,令人消得无限利禄鄙吝之心。须如此看,方有意味。"([宋]朱熹《朱子语类》)

论语·正名①

　　子路曰:"卫君待子而为政,子将奚先②?"子曰:"必也正名乎③!"子路曰:"有是哉,子之迂也! 奚其正④?"子曰:"野哉由也! 君子于其所不知,盖阙如也⑤。名不正,则言不顺;言不顺,则事不成;事不成,则礼乐不兴;礼乐不兴,则刑罚不中⑥;刑罚不中,则民无所措手足。故君子名之必可言也,言之必可行也。君子于其言,无所苟而已矣⑦。"

【注释】

①此文选自《论语·子路》,题目为注者所加。

②卫君待子而为政,子将奚先:如果卫君等待先生去治理国政,先生将先做什么? 奚,何,什么。

③必也正名乎:一定要先纠正混乱的名称啊。

④有是哉,子之迂也! 奚其正:先生的迂腐到这种程度了吗? 有什么可纠正的?

⑤野哉由也! 君子于其所不知,盖阙如也:粗鲁啊子由! 君子对其不了解的事情,大概应该避而不谈吧。阙,缺,不说。

⑥则刑罚不中:刑罚不适中。

⑦无所苟而已矣:没有不严肃的地方才算罢了。

【解读】

正名,主要讲要人弄清名分,孔子说这话是有针对性的。春秋末期,礼制遭到破坏,名分混乱,与原有的规定不相符。特别是卫国,因卫灵公宠南子,驱逐世子蒯聩,在立嗣上造成了一系列问题,因此孔子说到治理卫国,首先要正名。但子路不明白,孔子说出了"名不正,则言不顺;言不顺,则事不成;事不成,则礼乐不兴;礼乐不兴,则刑罚不中;刑罚不中,则民无所措手足"的观点。

【点评】

"程子说:'名实相须,一事苟则其余皆苟矣。'胡氏曰:'卫世子蒯聩耻其母南子之淫乱,欲杀之不果而出奔。灵公欲立公子郢,郢辞。公卒,夫人立之,又辞。乃立蒯聩之子辄,以拒蒯聩。夫蒯聩欲杀母,得罪于父,而辄据国以拒父,皆无父之人也,其不可有国也明矣。夫子为政,而以正名为先,必将具其事之本末,告诸天王,请于方伯,命公子郢而立之,则人伦正,天理得,名正言顺而事成矣。夫子告之之详如此,而子路终不喻也,故事辄不去,卒死其难。徒知食焉不避其难之为义,而不知食辄之食为非义也。'"([宋]朱熹《论语集注》)

论语·益者三友①

孔子曰:"益者三友,损者三友②。友直,友谅③,友多闻,益矣。友便辟,友善柔,友便佞,损矣④。"

孔子曰:"益者三乐⑤,损者三乐。乐节礼乐,乐道人之善,乐多贤友,益矣⑥。乐骄乐,乐佚游,乐宴乐,损矣⑦。"

孔子曰:"君子有三戒:少之时,血气未定,戒之在色;及其壮也,血气方刚,戒之在斗;及其老也,血气既衰,戒之在得⑧。"

【注释】

①本文选自《论语·季氏》。

②损者三友:有害的朋友有三种。

③友谅:跟诚信的人交朋友。有,以……为朋友。谅,信。

④友便辟,友善柔,友便佞,损矣:跟逢迎谄媚的人交朋友,跟阿谀奉承的人交朋友,跟花言巧语的人交朋友,就有害处。

⑤益者三乐:有益的爱好有三种。乐,爱好。

⑥乐节礼乐,乐道人之善,乐多贤友,益矣:喜欢以礼乐节制自己,喜欢称赞别人的好处,喜欢多交贤德的朋友,就有益处。

⑦乐骄乐,乐佚游,乐宴乐,损矣:喜欢骄纵作乐,喜欢安逸游乐,喜欢宴饮取乐,就有害处。

⑧戒之在得:应该警惕不要贪求占有。

【解读】

人生不可没有朋友,结交朋友,孔子指出要"友直,友谅,友多闻",才会得到好处;如果"友便辟,友善柔,友便佞",就会有害处,所以交友须慎重。

人生有许多快乐,一味"乐骄乐,乐佚游,乐宴乐"对人生没有好处,而"乐节礼乐,乐道人之善,乐多贤友"则会给自己带来更多的好处。

君子一生要把握住自己,要在不同的年龄阶段培养志气:年轻时不能恋色,壮年时不能好斗,老年时要懂得舍弃。

【点评】

"君子崇人之德,扬人之美,非谄谀也。"(《荀子·不苟篇》)

"是故君子慎其所去就。与君子游,如长日加益而不自知也;与小人游,如履薄冰,每履而下,几何而不陷乎哉?"([汉]戴德《大戴礼记·曾子疾病篇》)

"孔子曰:'居而得贤友,福之次也。'"([汉]徐干《中论·贵验篇》)

"友直,则闻其过。友谅,则进于诚。友多闻,则进于明。便,习熟也。便辟,谓习于威仪而不直。善柔,谓工于媚悦而不谅。便佞,谓习于口语,而无闻见之实。三者损益,正相反也。尹氏曰:'自天子至于庶人,未有不须友以成者。而其损益有如是者,可不谨哉?'"([宋]朱熹《论语集注》)

"圣人同于人者血气也,异于人者志气也。血气有时而衰,志气则无时而衰也。少未定、壮而刚,老而衰者,血气也;戒于色,戒于斗,戒于得者,志气也。君子养其志气,故不为血气所动,是以年弥高而德弥邵也。"([宋]朱熹《论语集注》卷十六引范氏曰)

论语·遇隐士（节选）①

楚狂②接舆，歌而过孔子，曰："凤兮！凤兮！何德之衰？往者不可谏，来者犹可追③。已而，已而！今之从政者殆而④！"孔子下，欲与之言。趋而辟之，不得与之言⑤。

【注释】

①此三章选自《论语·微子》。

②楚狂：楚国的狂人，实指假装疯狂而隐的贤者。接舆：古注以为《论语》所记隐士皆以事名之。如守门人叫作"晨门"，执杖者叫作"丈人"，路过孔子车驾者叫作"接舆"，并非真实名字。

③往者不可谏，来者犹可追：过去的错误不可挽回，未来的事还来得及补救。谏，劝止，挽回。追，补救。

④今之从政者殆而：如今跟着搞政治很危险了。

⑤趋而辟之，不得与之言：他急忙避开，孔子没能跟他说上话。辟，同"避"。

长沮、桀溺耦而耕①，孔子过之，使子路问津②焉。

长沮曰："夫执舆者为谁③？"

子路曰："为孔丘。"

曰："是鲁孔丘与？"

曰："是也。"

曰："是知津矣。"

问于桀溺，桀溺曰："子为谁？"

曰："为仲由。"

曰:"是鲁孔丘之徒与?"

对曰:"然。"

曰:"滔滔者天下皆是也,而谁以易之④?且而与其从辟人之士也⑤,岂若从辟世之士哉⑥?"耰而不辍⑦。

子路行以告。

夫子怃然曰:"鸟兽不可与同群。吾非斯人之徒与而谁与⑧?天下有道,丘不与易也⑨。"

【注释】

①长沮、桀溺耦而耕:长沮、桀溺两个人一起耕地。长沮、桀溺,两个隐者,因在水边耕作,因此称"沮",称"溺"。耦而耕,两人合耕。

②津:渡口。

③夫执舆者为谁:那个执辔驾车的人是谁?

④滔滔者天下皆是也,而谁以易之:天下到处是动乱不安的样子,跟谁来一起改变现状呢?滔滔,形容动乱。

⑤且而与其从辟人之士也:况且,你与其跟随避开恶人的志士。

⑥岂若从辟世之士哉:怎如跟随避开乱世的隐士呢?

⑦耰(yōu)而不辍:用土覆盖种子不停止。耰,覆种。

⑧吾非斯人之徒与而谁与:我不跟世人相处又跟谁相处呢?

⑨丘不与易也:我就不跟他们一起改变现状了。

子路从而后,遇丈人,以杖荷蓧①。

子路问曰:"子见夫子乎?"

丈人曰:"四体不勤,五谷不分②,孰为夫子?"植其杖而芸③。

子路拱而立。

止子路宿，杀鸡为黍而食之，见其二子焉。

明日，子路行以告。

子曰："隐者也。"使子路反见之。至则行矣。

子路反，子曰："不仕无义④。长幼之节⑤，不可废也；君臣之义，如之何其废之？欲洁其身，而乱大伦。君子之仕也，行其义也。道之不行，已知之矣！"

【注释】

①以杖荷蓧（diào）：用拐杖挑着除草用的农具。蓧，古代除草用的农具。

②四体不勤，五谷不分：四肢不劳动，五谷分不清的人。

③植其杖而芸：把拐杖插在地上除起草来。

④不仕无义：不做官是不符合道义的。

⑤长幼之节：长幼之间的礼节不可废弃。

【解读】

此三章都出自《论语·微子》。春秋末年，西周遗制正处于瓦解之际，孔子从他的核心思想"仁"出发，仍然高举着"兴灭国，继绝世，举逸民"（《论语·尧曰》）的理想旗帜，周游宋、卫、陈、蔡、齐等国，不遗余力地宣传自己的救世主张。然而，灭国不可能再兴，绝世不可能复续，天下大势，如洪水滔滔，万牛莫挽。所以知其不可为而为之的孔子所志不遂，处境狼狈。此三章所写内容正是在这个背景下展开的。

楚狂接舆歌而过孔子，讥笑讽刺他不识时务，并隐避而不搭理他。长沮、桀溺借子路问津，一个冷嘲孔丘周游列国一无所获，"是知津矣"；一个热告："滔滔者，天下皆是也，而谁与易之？且而与其从辟人之士，岂若从辟世之士哉"，然后辅之以"耰而不辍"的行动。荷蓧丈人更是直接挖苦打趣孔丘"四体不勤，五谷不分，孰为夫子"，并为子路设宴,让儿子们与子路见面,以示天伦之乐。当孔子叫子路找他时,避而不见,一走了之。

而孔丘的反应是"欲与之言""怃然曰""'隐者也',使子路反见之",虽然痛苦,虽然"道之不行,已知之矣",但仍然不可为而为之:"鸟兽不可与同群。吾非斯人之徒与而与谁与?天下有道,丘不与易也。"

至此,我们看到了《论语》行文的目的:楚狂接舆避世而隐的做法恰好反衬了孔子四处游说以求进用的用世观,长沮、桀溺避世而耕的态度反衬了孔子以天下为己任的积极态度,荷蓧丈人的避乱而保家的行为,反衬了孔子的大义担当。

【点评】

"正义曰:此章记接舆佯狂感切孔子也。'楚狂接舆歌而过孔子'者,接舆,楚人,姓陆名通,字接舆也。昭王时,政令无常,乃被发佯狂,不仕,时人谓之楚狂也。时孔子适楚,与接舆相遇,而接舆行歌从孔子边过,欲感切孔子也。'曰:凤兮凤兮,何德之衰?往者不可谏,来者犹可追。已而,已而,今之从政者殆而'者,此其歌辞也。知孔子有圣德,故比孔子于凤。但凤鸟待圣君乃见,今孔子周行求合诸国,而每不合,是凤德之衰也。谏,止也。言已往所行者,不可复谏止也。自今已来,犹可追而自止。欲劝孔子辟乱隐居也。'已而,已而'者,言世乱已甚,不可复治也。再言之者,伤之深也。殆,危也。言今之从政者皆无德,自将危亡无日,故曰殆而。而皆语辞也。'孔子下,欲与之言'者,下,谓下车。孔子感其言,故下车,欲与语。'趋而辟之,不得与之言'者,趋,谓疾行也。疾行以辟孔子,故孔子不得与之言也。"([魏]何晏注、[宋]邢昺疏《论语注疏》)

"凤有道则见,无道则隐,接舆以比孔子,而讥其不能隐为德衰也。'来者可追'言及今尚可隐去。""怃然,犹怅然,惜其不喻己意也。言所当与同群者,斯人而已,岂可绝人逃世以为洁哉?天下若已平治,则我无用变易之。正为天下无道,故欲以道易之耳。程子曰:'圣人不敢有忘天下之心,故其言如此也。'张子曰:'圣人之仁,不以无道必天下而弃之也。'""范氏曰:'隐者为高,故往而不返。仕者为通,故溺而不止。不与鸟兽同群,则决性命之情以饕富贵,此二者皆惑也。是以依乎中庸者为难,惟圣人不废君臣之义,而必以其正,所以或出或处而终不离于道也。'"([宋]朱熹《论语集注》)

关尹子①·九药(节选)

关尹子曰:勿轻小事,小隙沉舟;勿轻小物,小虫毒身;勿轻小人,小人贼国②。能周小事,然后能成大事;能积小物,然后能成大物;能善小人,然后能契大人③。天既无可必者人,人无能必者事④。惟去事离人,则我在我,惟可即可⑤。未有当繁简可,当戒忍可,当勤惰可⑥。

曰:天地万物,无一物是吾之物。物非我,物不得不应⑦;我非我,我不得不养⑧。虽应物,未尝有物;虽养我,未尝有我。勿曰外物,然后外我⑨;勿曰外形,然后外心⑩。道一而已,不可序进⑪。

曰:谛毫末者,不见天地之大⑫;审小音者,不闻雷霆之声⑬。见大者亦不见小,见迩者亦不见远,闻大者亦不闻小,闻迩者亦不闻远。圣人无所见,故能无不见,无所闻,故能无不闻。

曰:有道交者,有德交者,有事交者。道交者,父子也,出于是非贤愚之外,故久;德交者,则有是非贤愚矣,故或合或离;事交者合则离⑭。

曰:操之以诚,行之以简,待之以恕,应之以默,吾道不穷。

曰:谋之于事,断之于理,作之于人,成之于天。事师于今,理师于古,事同于人,道独于己。

曰:金玉难捐,土石易舍⑮。学道之士,遇微言妙行,慎勿执之,是可为而不可执,若执之者,则腹心之疾,无药可疗。

曰:人不明于急务,而从事于多务他务奇务者,穷困灾厄及之,殊不知道无不在,不可舍此就彼。

曰:天下之理,舍亲就疏,舍本就末,舍贤就愚,舍近就远,可暂而已,久则害生。

【注释】

①《关尹子》:又名《文始经》《关令子》,全名《文始真经》,道家著作。周关令尹(名喜)与老子同时。《汉书》有《关尹子》九篇,而《隋志》不载,则是书亡很久了。今见《关尹子》系南宋徐藏子礼得于永嘉孙定家,书分上、下两卷,共9篇,是唐宋人伪作。《九药》是第九篇。

②勿轻小人,小人贼国:不要轻视小人,小人能毁灭国家。贼,破坏,毁坏。

③能善小人,然后能契大人:能搞好和小人的关系,然后才能投合大人。契,合,切合,投合。

④天既无可必者人,人无能必者事:天道既然无法回避的是人,人不能回避的是事。必,肯定。

⑤惟去事离人,则我在我,惟可即可:只有从当前事物中脱身,与人保持距离,那么我就是我,无可无不可。

⑥未有当繁简可,当戒忍可,当勤惰可:从未有应该繁复的时候可以简化的,应该戒的时候可以不戒的,应该勤奋的时候可以懒惰的。

⑦物非我,物不得不应:物不是我,但万物不得不与我相应。

⑧我非我,我不得不养:我不是真我,但我不得不被万物养育。

⑨勿曰外物,然后外我:不要说物是外在的,然后使自己也置身物外。

⑩勿曰外形,然后外心:不要说形是外在的,然后使心也变成外在的。

⑪道一而已,不可序进:道是一体的,没有内外物我之分,没有先后次序。

⑫谛毫末者,不见天地之大:观察细微事物的人,看不见天地之大。谛,仔细。

⑬审小音者,不闻雷霆之声:专注小音的人,就听不到雷霆的声音。

⑭事交者合则离:有事来交往的,事完后就分道扬镳了。

⑮金玉难捐,土石易舍:金玉难以放手,土石容易舍弃。捐,舍弃,抛弃。

【解读】

先要说明的是此文不属于先秦的文章,放于此是勉强的。因关尹子是周代的,选目时选了它,虽为伪作,却有可取之处,姑妄注之。

《关尹子》九篇,大多仿释氏言语。《九药》大都还是道家的思想。

《九药》谈的是救人之药,药有九种:一曰去事离人,置身是非之外。二曰物我同一,不分差等。三曰不见不闻则无不闻。四曰交往要出于是非贤愚之外。五曰待人接物要做到诚、简、恕、默。六曰谋事断理在人,成事在天。七曰不要执着所谓的微言妙行。八曰要明白急务,不要被别的不重要的事缠绕。九曰懂得取舍。这主要是道家的思想。去执着,则是佛家的思想。

《九药》讲的一些道理可以借鉴,如:不要轻视小事、小物、小人;能周全小事,才能成就大事;注重一方面,就必然忽略另一方面;对事不能执着,行事要简单;任何事物都是互相对立和相辅相成的;论事要客观,不能绝对等。再如,谋事断理在人,成事在天。

文中警句也不少,如"勿轻小事,小隙沉舟;勿轻小物,小虫毒身;勿轻小人,小人贼国""谛毫末者,不见天地之大;审小音者,不闻雷霆之声""金玉难捐,土石易舍"等,都很具哲理意义。

【点评】

"周关令尹喜,盖与老子同时,启老子著书言道德者。案《汉志》有《关尹子》九篇,而《隋》、《唐》及《国史志》皆不著录,意其书亡久矣。徐藏子礼得之于永嘉孙定,首载刘向校定序,篇末有葛洪后序。未知孙定从何传授,殆皆依托也。序亦不类向文。"([宋]陈振孙《直斋书录解题》)

"《关尹子》谈理,间入《庄》、《列》长生,其文则全仿释氏。九篇之中,亡弗然者。世反以释氏掇之。"([明]胡应麟《四部正讹》)

孙子兵法① · 兵势篇

凡战者,以正合②,以奇胜。故善出奇者,无穷如天地,不竭如江河。终而复始,日月是也③;死而复生,四时是也④。声不过五,五声之变,不可胜听也⑤;色不过五,五色之变,不可胜观也;味不过五,五味之变,不可胜尝也;战势不过奇正,奇正之变,不可胜穷也⑥。奇正相生,如循环之无端,孰能穷之哉⑦!

【注释】

①《孙子兵法》又称《孙子》,成书于春秋末期,是我国现存最早、最完整的军事著作。据史书记载,它是我国古代大军事家孙武所著。孙

武字长卿,为春秋末年齐国乐安(今山东广饶)人,其生卒年月不可考,约与孔子同时期,活动于公元前 6 世纪末至前 5 世纪初。孙武出身于齐国军事世家的田氏家族,后离开齐国到了吴国,被伍子胥推荐给吴王,得到重用。

②以正合:以正兵会合交战。

③终而复始,日月是也:终而复始,像日升月落运行一样。

④死而复生,四时是也:去而复来,像四季更替往复无穷一样。

⑤声不过五,五声之变,不可胜听也:声音不过宫、商、角、徵、羽五个音阶,然而用五种音阶变化组合,就能产生出永远也听不完的乐音来。

⑥战势不过奇正,奇正之变,不可胜穷也:战争的态势不过奇正两种,然而奇正变化组合,就能产生出变化无穷的战略战术。

⑦奇正相生,如循环之无端,孰能穷之哉:奇正相互转化,就像循环不断,谁能穷尽它呢?

孙子兵法·虚实篇

夫兵形象水,水之形,避高而趋下①;兵之形,避实而击虚。水因地而制流,兵因敌而制胜②。故兵无常势,水无常形,能因敌变化而取胜者,谓之神。故五行无常胜,四时无常位③,日有短长,月有死生④。

【注释】

①夫兵形象水,水之形,避高而趋下:作战的方式方法就像流水一样,水流动时是避开高处而流向低处。

②水因地而制流,兵因敌而制胜:水根据地势来决定流向,军队根

据敌情来决定制胜的方略。

③故五行无常胜,四时无常位:因此用兵作战就像金、木、水、火、土相生相克,没有哪个常胜;春夏秋冬四季依次更替,没有那个季节固定不变。

④日有短长,月有死生:白天有短有长,月亮有缺有圆,永远处于变化中。

孙子兵法①·军争篇

故三军可夺气,将军可夺心①。是故朝气锐,昼气惰,暮气归②;故善用兵者,避其锐气,击其惰归,此治气者也③。以治待乱④,以静待哗,此治心者也⑤。以近待远,以佚待劳,以饱待饥,此治力者也⑥。无邀正正之旗,勿击堂堂之陈,此治变者也⑦。

故用兵之法,高陵勿向,背丘勿逆⑧,佯北勿从,锐卒勿攻⑨,饵兵勿食,归师勿遏⑩,围师必阙,穷寇勿迫⑪。此用兵之法也。

【注释】

①故三军可夺气,将军可夺心:所以可以使三军的锐气挫伤,可以使将军的决心动摇。

②暮气归:后期士气衰落。归,指气竭。

③此治气者也:这是正确掌握士气的方法。

④以治待乱:以严整来对待敌人的混乱。

⑤此治心者也:这是正确掌握军心的方法。

⑥此治力者也:这是正确掌握军力的方法。

⑦无邀正正之旗,勿击堂堂之陈,此治变者也:不要去迎击旗帜整齐、步武统一的军队,不要去攻击阵容整肃、士气饱满的军队,这是正确掌握军情变化的方法。邀,邀击、截击。陈,通"阵"。

⑧高陵勿向,背丘勿逆:对占领高地的敌军不要仰攻,对背靠丘陵的敌军不要正面迎击。向,从下向上仰攻。逆,迎面进击。

⑨佯北勿从,锐卒勿攻:对假装败退的敌军不要跟踪追击,对锐气强盛的敌人不要去攻击。北,败北。

⑩饵兵勿食,归师勿遏:对敌人的诱兵不要去吃掉它,对退却的敌军不要去拦截。饵,诱饵。遏,阻止,阻拦。

⑪围师必阙,穷寇勿迫:包围敌人一定要留缺口,对已到绝境的敌军不要过分逼迫。阙,通"缺",缺口。

【解读】

《兵势篇》主要是讲奇正的运用。正是常形,奇是变化,是灵活运用,战场千变万化,要出奇才能制胜。

《虚实篇》中孙武指出"兵无常势,水无常形","能因敌变化而取胜者谓之神",这告诉我们,一个善于指挥作战的将领在战场上必须根据敌我双方的具体情况来确定作战的战略战术,这样才能做到"百战不殆",成为战场上的主动者。

《军争篇》中的士气、军心、军力、军容,体现的是一支军队的精神面貌,战争中要学会"治气""治心""治力""治变","避其锐气,击其惰归"才可克敌制胜。

"变"是用兵打仗的精髓。

【点评】

"正者当敌,奇兵从傍击不备也。"(〔魏〕曹操注《孙子兵法·兵势篇》)

"如战国廉颇为赵将,秦使间曰:'秦独畏赵括耳。廉颇易与,且降矣。'会颇军多亡失,数败,坚壁不战;又闻秦反间之言,使括代颇。至,则出军击秦,秦军佯败而走,张二奇兵以劫之。赵军逐胜,追造秦壁,辟坚拒不得入。而秦奇兵二万五千绝赵军后,又五千骑绝赵壁间,赵兵分为二,粮道绝,括卒败。"([宋]何延锡注《孙子兵法·兵势篇》)

"兵之势,因敌乃见;势不在我,故无常势。如水之形,因地乃有;形不在水,故无常形。水因地之下,则可漂石;兵因敌之应,则可变化如神者也。"([唐]杜牧注《孙子兵法·虚实篇》)

"气者,战之所恃也。夫含生禀血,鼓作斗争,虽死不省者,气使然也。故用兵之法,若激其士卒,令上下同怒,则其锋不可当。故敌人新来而气锐,则且以不战挫之,伺其衰倦而后击;故彼之锐气,可以夺也。《尉缭子》谓气实则斗,气夺则走者,此之谓也。"([宋]张预注《孙子兵法·军争篇》)

墨子①·公孟②(节选)

公孟子谓子墨子曰:"君子共己以待,问焉则言,不问焉则止③。譬若钟然,扣则鸣,不扣则不鸣。"子墨子曰:"是言有三物焉④,子乃今知其一身也⑤,又未知其所谓也⑥。若大人行淫暴于国家,进而谏则谓之不逊⑦,因左右而献谏则谓之言议,此君子之所疑惑也⑧。若大人为政,将因于国家之难,譬若机之将发也然⑨,君子之必以谏,然而大人之利⑩。若此者,虽不扣必鸣者也。若大人举不义之异行⑪,虽得大巧之经,可行于军旅之事,欲攻伐无罪之国有之也⑫,君得之,则必用之矣⑬。以广辟土地,著税伪材⑭,出必见辱⑮,所攻者不利,而攻者亦不利,是两不利也。若此者,虽不扣必鸣者也。且子曰:'君子共己以待,问焉则言,不问焉则止,譬若钟然,扣则鸣,不扣则不鸣。'今未有扣子而言,是子之谓不扣而鸣邪? 是子之所谓非君子邪⑯?"

【注释】

①《墨子》:《墨子》一书是墨子及其弟子、后学所著。《汉书·艺文志》著录墨子七十一篇,今仅存五十三篇。墨子,姓墨,名翟,生卒年不可考,大约后于孔子,早于孟子,约在前 468 年至前 376 年,是春秋战国之交的著名思想家之一,墨家学派的创始人。传说原为宋人,后长期住在鲁国,并到过齐、卫、楚等国,曾做过宋国大夫,当过做器具的工匠,他的思想反映了当时小生产者的愿望和要求。

②公孟:源于姬姓,出自春秋时期曾子弟子之一。公孟子高,属于以先祖名号为氏。公孟是儒家代表之一,曾多次与墨子讨论学术、人生问题。

③君子共己以待,问焉则言,不问焉则止:君子抱着自己的手等待,问到他就说,不问他就不说。共,通"拱"。

④是言有三物焉:这话有三种情形。

⑤子乃今知其一身也:您只是知道其中之一罢了。"身"是"耳"误。

⑥又未知其所谓也:又不知道这二者所说的是什么。

⑦若大人行淫暴于国家,进而谏则谓之不逊:如果王公大人在国在家荒淫暴虐,君子前去劝谏,就会说他不恭顺。

⑧因左右而献谏则谓之言议,此君子之所疑惑也:依靠近臣而献上自己的意见,则叫作私下议论,这是君子所疑惑的事情。

⑨将因于国家之难,譬若机之将发也然:国家将因而发生灾难,好像弩机将要发射一样急迫。

⑩然而大人之利:这对王公大人有利。

⑪若大人举不义之异行：如果王公大人做出不义的坏事。

⑫虽得大巧之经，可行于军旅之事，欲攻伐无罪之国有之也：虽然是大巧的兵书，却可以用于行军打仗，能去攻打无罪的国家并占有它。

⑬君得之，则必用之矣：国君得到这样的兵书，就一定要利用它了。

⑭以广辟土地，著税伪材：因为它可以扩充领土，聚集货物、钱财。著，赋。伪，应为"货"。

⑮出必见辱：但出师一定要受辱。

⑯是子之所谓非君子邪：这是你说的非君子的行为吧？

公孟子谓子墨子曰："实为善人，孰不知①？譬若良玉，处而不出，有余糈②。譬若美女，处而不出，人争求之。行而自炫，人莫之取也。今子遍从人而说之，何其劳也?"子墨子曰："今夫世乱，求美女者众，美女虽不出，人多求之。今求善者寡，不强说人，人莫之知也③。且有二生，于此善筮。一行为人筮者④，一处而不出者，行为人筮者与处而不出者，其糈孰多⑤?"公孟子曰："行为人筮者其糈多。"子墨子曰："仁义钧⑥。行说人者，其功善亦多，何故不行说人也!"

【注释】

①实为善人，孰不知：真正行善谁人不知道呢？

②譬若良玉，处而不出，有余糈（xǔ）：好比美玉，隐藏不出仍有异常的光彩。

③不强说人，人莫之知也：不努力去劝说人们，人们就不知道。

④一行为人筮者：一个出去为人占卜。

⑤其糈孰多:哪一个所得的赠粮多?

⑥仁义钧:仁义相同。钧,同"均"。

　　有游于子墨子之门者,子墨子曰:"盍学乎①?"对曰:"吾族人无学者。"子墨子曰:"不然。夫好美者,岂曰吾族人莫之好,故不好哉②?夫欲富贵者,岂曰我族人莫之欲,故不欲哉?好美、欲富贵者,不视人犹强为之③。夫义,天下之大器也,何以视人必强为之④?"

【注释】

①盍学乎:何不学习呢?

②夫好美者,岂曰吾族人莫之好,故不好哉:那爱美的人,难道说我家族中没有人不爱美,因此不爱美吗?

③不视人犹强为之:不看别人行事仍然努力去做。

④夫义,天下之大器也,何以视人必强为之:义,是天下最贵重的宝器,为什么一定要看了他人努力才努力去做呢?

【解读】

　　春秋战国时期,各诸侯国之间攻伐兼并,战争频繁地发生,社会混乱,人民生活痛苦。王公大人"行淫暴于国家""举不义之异行""攻伐无罪之国",公孟子主张"问焉则言,不问焉则止",不主张主动进谏去阻止。这种被动处世的态度,遭到了墨子的批评。

　　同样,对墨子到处去宣传仁义,制止战争,公孟子觉得墨子是"行而自炫,人莫之取也",良玉不出有余糈,美女不出有人求,不必要主动去游说。对此墨子针锋相对,"今夫世乱,求美女者众,美女虽不出,人多求之。今求善者寡,不强说人,人莫之知也",并打比方说:有二个善于占卜的人,一个出去为人占卜,一个待在家里,哪一个得到的赠粮多。公孟子的回答是：出去为人占卜的人得到的赠粮多。通过类比，墨子也因此得出结论"仁义钧，行说人者，其功善亦多，何故不行说人也"，即主张仁义相同，出门向人劝说，他的功绩和益处就多，为什么不去劝说人们呢？有力地驳斥了公孟子袖手旁观、不作为的观点。

有个人来到墨子门下，墨子劝他学习，他回答说："吾族人无学者。"墨子教育他不能这样去看待学习，就像人爱美一样，这是一种天性，并没有人说我的族人不爱美，我就不爱美。也像富贵一样，谁都盼望富贵，也不能说我族人不喜欢富贵，我也不喜欢。爱美、想富贵是天性，不要别人勉强你，你也会爱，也会喜欢。道义是天下人必须学习的公器，还要人勉强你才去学习吗？

这三则对话，体现了墨家这种身处乱世，积极救世，主动作为，"摩顶放踵，利天下而为之"的献身精神。第一则，主张主动进谏，制止王公大人行淫暴于国家，发动不义战争。第二则，主动游说，向天下人宣传仁义，反对专制，反对割据，救民于水火。第三，主张主动学习天下大义，统一思想，寻求拯救乱世的策略和真理。这些也体现了墨子"非攻""兼爱""尚同"的观点。运用比喻，形象生动。

【点评】

"《韩非子·显学》称墨者之葬也，冬日冬服，夏日夏服，桐棺三寸，服丧三月。而此书《公孟》篇：墨子谓公孟曰：'子法周而未法夏也，子之古非古也。'又，公孟谓（子）墨子曰'子以三年之丧（为非），子之三日（当为月）之丧亦非也'云云，然则三月之丧，夏有是制，墨始法之矣。孔子则曰：'吾说夏礼，杞不足征；吾学周礼，今用之，吾从周。'又曰：'周监于二代，郁郁乎文哉，吾从周。'周之礼尚文，又贵贱有法，其事具《周官》《仪礼》《春秋传》，则与《墨》书节用、兼爱、节葬之旨甚异。孔子生于周，故尊周礼而不用夏制。孟子亦周人而宗孔，故于墨非之，势则然焉。"（[清]孙星衍《墨子注后叙》）

"宋翔凤云：'《孟子》公明仪、公明高，曾子弟子。公孟子与墨子问难,皆儒家之言。孟与明通,公孟子即公明子。其人非仪即高,正与墨翟同时。'诒让案:《潜夫论·志氏姓篇》'卫公族有公孟氏'。《左传·定十二年》孔疏谓公孟絷之后,以字为氏。《说苑·修文篇》有公孟子高见颛孙子莫及曾子,此公孟子疑即子高,盖七十子之弟子也。"(孙诒让《墨子间诂》卷十二)

"《公孟》第四十八,此篇多非儒之论,皆墨子与公孟子,旗鼓相当。多与《非儒》复者,间有杂记墨子之言,与非儒无涉者。"(《吕思勉讲国学》)

墨子·公输

公输①盘为楚造云梯②之械,成,将以攻宋。子墨子闻之,起于齐,行十日十夜而至于郢③,见公输盘。

公输盘曰:"夫子何命焉为④?"

子墨子曰:"北方有侮臣,愿藉子杀之⑤。"

公输盘不说。

子墨子曰:"请献十金。"公输盘曰:"吾义固不杀人。"

子墨子起,再拜曰:"请说之。吾从北方,闻子为梯,将以攻宋。宋何罪之有?荆国有余于地,而不足于民,杀所不足,而争所有余,不可谓智⑥。宋无罪而攻之,不可谓仁。知而不争,不可谓忠。争而不得,不可谓强。义不杀少而杀众,不可谓知类⑦。"

公输盘服。

子墨子曰:"然乎不已乎?"公输盘曰:"不可。吾既已言之王矣。"子墨子曰:"胡不见我于王?"

公输盘曰:"诺。"

子墨子见王,曰:"今有人于此,舍其文轩⑧,邻有敝舆,而欲窃之。舍其锦绣,邻有短褐⑨,而欲窃之。舍其粱肉,邻有糠糟,而欲窃之。此为何若人?"

王曰:"必为窃疾矣⑩。"

子墨子曰:"荆之地,方五千里,宋之地,方五百里,此犹文轩之与敝舆也。荆有云梦,犀兕麋鹿满之,江汉之鱼鳖鼋鼍⑪为天下富,宋所为无雉兔狐狸者也⑫,此犹粱肉之与糠糟也。荆有长松、文梓、梗楠、豫章,宋无长木,此犹锦绣之与短褐也。臣以三事之攻宋也,为与此同类,臣见大王之必伤义而不得。"

王曰:"善哉!虽然,公输盘为我为云梯,必取宋。"

于是见公输盘。子墨子解带为城,以牒为械⑬,公输盘九设攻城之机变,子墨子九距之。公输盘之攻械尽,子墨子之守圉有余⑭。

公输盘诎⑮,而曰:"吾知所以距子矣⑯,吾不言。"

子墨子亦曰:"吾知子之所以距我,吾不言。"

楚王问其故,子墨子曰:"公输子之意,不过欲杀臣。杀臣,宋莫能守,可攻也。然臣之弟子禽滑厘等三百人,已持臣守圉之器,在宋城上而待楚寇矣。虽杀臣,不能绝也。"

楚王曰:"善哉!吾请无攻宋矣。"

子墨子归,过宋。天雨,庇其闾中,守闾者不内也⑰。故曰:"治于神者,众人不知其功;争于明者,众人知之⑱。"

【注释】

①公输，名盘，一作般，或作班。鲁国人，也称鲁班，以善制工巧的器械著称。

②云梯：攻城的器械，言其梯高可入云。

③郢：楚国都，在今湖北荆州。

④夫子何命焉为：先生有什么见教？夫子，对墨子的尊称。为，疑问词。

⑤北方有侮臣，愿藉子杀之：北方有个侮辱我的人，想借助你的力量杀掉他。

⑥杀所不足，而争所有余，不可谓智：牺牲已经嫌少的人民而去夺取已感多余的土地是不明智的。

⑦义不杀少而杀众，不可谓知类：从道义上不想杀少数的人而去杀多数的人，不能说是懂得类推。少，指上文欺侮墨子的人。众，指楚宋交战将牺牲的士卒。

⑧舍其文轩：放弃自己有文采的车子。

⑨邻有短褐：邻居有破旧的粗布衣服。短，是"裋（shù）"的假借字，旧布衣服。

⑩必为窃疾矣：一定有嗜好偷东西的毛病。

⑪鼋鼍（yuán tuó）：鼋，比鳖大，俗称癞头鼋。鼍，扬子鳄。

⑫宋所为无雉兔狐狸者也：宋是没有雉鸡野兔狐狸的地方。为，谓。

⑬以牒为械：以小木札为器械。牒，小木札，筷子。

⑭子墨子之守圉有余：墨子防守有余。圉，同"御"。

⑮公输盘诎：公输盘服输了。诎，同"屈"。指技已穷尽。

⑯吾知所以距子矣：我知道怎样对付你了。距，通"拒"。

⑰庇其间中，守间者不内也：想在其里门躲雨，守门的人不让他进去。原因是楚将攻宋，宋的守门者很警惕，怕墨子是间谍，不让他进

去。庇，荫蔽。间，里门。

⑱治于神者，众人不知其功；争于明者，众人知之：像墨子这样致力于消弭战祸于无形的大智大慧，人们往往不知其功；而那些急于表现小智小惠的人，却易于被人们所知道。治，致力。神，指人们不知不觉不可揣测的大智大慧。

【解读】

《公输》这篇文章记载墨子自齐至楚劝阻公输盘和楚王停止攻宋的故事，反映了他的非攻思想和实践精神。

墨子见公输盘，目的是说服他不要为楚王造云梯攻宋。见面后他却不正面提出问题，而是巧设埋伏，掩盖真意，诱使和激发公输盘说出"义不杀人"的话来，这正是墨子阻止楚攻宋的前提，于是墨子一鼓作气，跟踪追击，举出一串攻宋将产生不义的事，揭露公输盘"义不杀人"的虚假，使他无可辩驳，不得不"诎"。

公输盘"诎"，并非心服口服，于是把攻宋的责任推到楚王身上。墨子也知道光说服公输盘是无济于事的，便顺水推舟要公输盘引荐他拜见楚王。

墨子见到楚王，也不正面说明来意，而是讲述一些违反常情的事引诱楚王入局，接着切入正题，提出楚宋两国国力悬殊，王之攻宋，必"伤义而不得"。但楚王利欲熏心，口是心非，自恃有云梯，攻宋必克，仍然打算"必攻宋"。

墨子懂得要打破楚王"必攻宋"的自信，光凭口舌是不行的，还必须和公输盘进行攻守之术的较量，最终"子墨子解带为城，以牒为械，公输盘九设攻城之机变，子墨子九距之。公输盘之攻械尽，子墨子之守圉有余"，以实力说话，最终使公输盘再次屈服。

公输盘老谋深算，当然不肯就此罢休，他说"吾知子之所以距我，吾不言"，话中暗含杀机，墨子早有预料，成竹在胸，"吾知子之所以距我，吾不言"，"楚王问其故，子墨子曰：'公输子之意，不过欲杀臣。杀臣,宋莫能守,可攻也。然臣之弟子禽滑厘等三百人,已持臣守圉之器,在宋城上而待楚寇矣。虽杀臣,不能绝也。'"楚王这才意识到公输盘为楚所造的云梯已经失效,攻之"必伤义而不得",于是表示"吾请无攻宋矣"。墨子止楚攻宋的目的达到了。这是墨子以实力为后盾,以积极行动为基础的非攻思想的胜利。

最后以宋国备战全面而又深入为余波。"守门人不内也"是说闾里之人已动员起来:不让墨子进去避雨,防其为间谍,富有戏剧性,增强了文章的趣味。"治于神者,众人不知其功",盛赞墨子消弭战祸于无形的大智大勇,绾结全文,含义深刻。

【点评】

"兼爱见墨家之仁,非攻见墨家之义。墨子以救乱而言兼爱,即以兼爱而唱非攻,道固然也。""墨子非攻,而未尝不主严守备。其言曰:'凡大国之所以不攻小国者,积委多、城郭修,上下调和,是故大国不耆(嗜)攻之。无积委,城郭不修,上下不调和,是故大国耆攻之。(《节葬下》)故公输盘为楚造云梯之械成,将以攻宋。墨子闻之,自鲁往,裂裳裹足,日夜不休,十日十夜而至于郢,见公输盘而解之。墨子解带为城,以牒为械。公输盘九设攻城之机变,墨子九拒之,公输盘之攻械尽,而墨子之守圉有余。楚于是乃不敢攻宋。(见《公输》篇)今观其《备城门》《备高临》诸篇,虽多不可晓,然亦以见墨子之非攻不专恃口舌,必其有不可攻之具,足以待人之攻,而后攻战之事可免。以视空言和平者,固有间矣。"(钟泰《中国哲学史》第一编第五章)

"先秦诸子早期有墨翟,公输般为攻城之器九,而墨翟九破之。墨翟又能为木鸢飞空,三日不归,则墨翟乃中国当时一大科学家。墨经中所传有关科学之义理,颇有与近代西方科学相似处。然攻城灭国,非中国人文大道之所重,后世遂少公输般、墨翟其人。三国时诸葛亮凿修剑门栈道,又为木牛流马,以利运输。道路交通,古今所重,剑门栈道今犹存在,木牛流马则终废弃。可见中国科学上之发明,有递相

233

传衮,续有进步者。有弃置不理,终成绝响者。"(钱穆《现代中国学术论衡·略论中国科学》)

列子①·女娲补天

　　天地亦物也,物有不足,故昔者女娲氏练五色石以补其阙②;断鳌之足以立四极③。其后共工④氏与颛顼⑤争为帝,怒而触不周之山⑥,折天柱,绝地维;故天倾西北,日月辰星就焉;地不满东南,故百川水潦归焉⑦。

【注释】

　　①列子,姓列,名御寇,东周威烈王时期人。战国时期哲学家、思想家、文学家,道家代表人物。列子著书二十篇,十多万字,在先秦曾有人研习过。经过秦火,刘向整理《列子》时仅为八篇,西汉时仍盛行,西晋遭永嘉之乱,渡江后始残缺。其后经由张湛搜罗整理加以补全,今存八篇。这八篇虽近人怀疑是伪书,但文学价值很高,寓言如《愚公移山》《夸父逐日》等都出自此书,篇篇珠玉,读来妙趣横生,隽永味长,发人深思。

　　②阙:通"缺",缺口。

　　③断鳌之足以立四极:断了巨龟的四足来支撑四极。东泰远、西邠国、南濮铅、北祝栗谓之四极。

　　④共工:古帝王。

　　⑤颛顼:传说中的五帝之一,黄帝的后裔。

　　⑥不周之山:指不周山,在西北之极。

　　⑦故百川水潦归焉:江河之水都流向东南。潦,积水。

【解读】

　　此"女娲补天"载于《列子·汤问》,是殷汤问夏革(棘)四海之外有

234

什么时,夏革举例子说出来的:大小相含,万物不穷,天地之外有大天地,天地亦物,物有不足,天地亦有不足,因此女娲练五色石以补其阙。可见女娲补天的故事在这之前就出现了。《淮南子·览冥训》里也有"女娲补天"的故事,也写"女娲炼五色石以补苍天,断鳌足以立四极",因此,至少在西汉"女娲补天"的故事就存在了。

列子·薛谭学讴①

薛谭学讴于秦青②,未穷青之技,自谓尽之,遂辞归。秦青弗止,饯于郊衢③,抚节悲歌,声振林木,响遏行云。薛谭乃谢求反④,终身不敢言归。秦青顾谓其友曰:"昔韩娥东之齐,匮粮,过雍门⑤,鬻歌假食⑥。既去,而余音绕梁欐⑦,三日不绝,左右以其人弗去⑧。过逆旅,逆旅人辱之⑨。韩娥因曼声哀哭,一里老幼悲愁,垂涕相对,三日不食。遽而追之⑩。娥还,复为曼声长歌,一里老幼喜跃抃舞⑪,弗能自禁,忘向之悲也。乃厚赂发之⑫。故雍门之人,至今善歌哭,放⑬娥之遗声。"

【注释】

①此文出自《列子·汤问》。

②薛谭、秦青:二人都是秦国善歌者。讴,徒歌曰讴。

③饯于郊衢:在郊外路旁设宴饯行。

④薛谭乃谢求反:薛谭于是认错要求重新跟着秦青学习。谢,谢罪,承认错误。反,通"返"。

⑤过雍门:经过齐国城门口。

⑥鬻(yú)歌假食:卖唱换取食物。

⑦梁欐(lì):屋梁。

⑧左右以其人弗去:周围的人认为她没有离开。去,离开。

⑨逆旅人辱之:旅舍的人侮辱她。

⑩遽而追之:急忙去追赶她。

⑪一里老幼喜跃抃(biān)舞:一闾里的人都高兴跳跃鼓掌。抃,鼓掌,表示高兴。

⑫乃厚赂发之:于是送了好多礼物打发她。

⑬放:仿效。

【解读】

薛谭学讴,浅尝辄止,在饯别之时才知道未穷师傅秦青之技,于是自知学艺不精,就再不提离开的事了。秦青之歌,"声振林木,响遏行云",达到了很高的境界,但秦青并不自鸣得意,而是当着薛谭的面,顾其友讲到韩娥歌技的高超,"余音绕梁欐,三日不绝","曼声哀哭,一里老幼悲愁,垂涕相对,三日不食","曼声长歌,一里老幼喜跃抃舞,弗能自禁,忘向之悲",超神入化。暗示薛谭,学无止境,强中更有强中手,切不可稍有成就就骄傲自满。

《薛谭学讴》,描写音乐出神入化,形象生动。

【点评】

"'绕梁'二字,最能得幼眇之意,非其声不绝,而感人之至,常如常时听之者也。"([宋]刘辰翁《列子冲虚真经评点》)

列子·伯牙鼓琴①

伯牙善鼓琴,钟子期善听。伯牙鼓琴,志在高山。钟子期曰:"善哉,峨峨兮②若泰山!"志在流水。钟子期曰:

"善哉,洋洋兮③若江河!"伯牙所念,钟子期必得之④。伯牙游于泰山之阴,卒逢暴雨,止于岩下;心悲,用援琴而鼓之⑤。初为霖雨之操,更造崩山之音⑥。曲每奏,钟子期辄穷其趣⑦。伯牙乃舍琴而叹曰:"善哉,善哉,子之听夫! 志想象犹吾心也⑧。吾于何逃声哉?"

【注释】

①此文出自《列子·汤问》。

②峨峨兮:高大啊。

③洋洋兮:广大无边啊。

④伯牙所念,钟子期必得之:俞伯牙所想,钟子期一定能知道。

⑤用援琴而鼓之:用他所拿的琴演奏。鼓,演奏。

⑥初为霖雨之操,更造崩山之音:首先演奏霖雨之曲,接着又模仿崩山的音乐。操,曲子。

⑦钟子期辄穷其趣:钟子期都能说出其意趣。

⑧子之听夫! 志想象犹吾心也:您听的能力强啊,心里想的情形就是我心里的。

【解读】

伯牙善于弹琴,钟子期善于听琴。伯牙弹琴,"志在高山",钟子期听出"峨峨兮若泰山";伯牙"志在流水",钟子期听出"洋洋兮若江河"。高山流水,知音相遇,心志相通,成为千古美谈。

【点评】

"《霖雨》、《崩山》,皆琴曲名也。志所想象,言子期也,谓其心与己心同也。声出于心,汝既心与己同,宜乎知其声也。于何逃者,言不可隐也。此必古来相传之说,取而入其书,盖言天下之事无精无粗,皆有造于神妙者。"([宋]林希逸《列子鬳斋口义》)

列子·纪昌学射①

甘蝇，古之善射者，彀弓而兽伏鸟下②。弟子名飞卫，学射于甘蝇，而巧过其师。

纪昌者，又学射于飞卫。飞卫曰："尔先学不瞬③，而后可言射矣。"纪昌归，偃卧其妻之机下，以目承牵挺④。二年之后，虽锥末倒眦，而不瞬也⑤。以告飞卫。飞卫曰："未也，必学视而后可。视小如大，视微如著，而后告我。"

昌以牦悬虱于牖⑥，南面而望之。旬日之间，浸大也⑦；三年之后，如车轮焉。以睹余物，皆丘山也⑧。乃以燕角之弧、朔蓬之簳射之⑨，贯虱之心，而悬不绝。

以告飞卫。飞卫高蹈拊膺曰⑩："汝得之矣！"

纪昌既尽卫之术，计天下之敌己者，一人而已，乃谋杀飞卫。相遇于野，二人交射，中路矢锋相触⑪而坠于地，而尘不扬。飞卫之矢先穷。纪昌遗一矢⑫，既发，飞卫以棘刺之端扞之⑬，而无差焉⑭。

于是二子泣而投弓，相拜于途，请为父子。克臂以誓⑮，不得告术于人。

【注释】

①此文出自《列子·汤问》。

②彀（gòu）弓而兽伏鸟下：张弓射箭兽就倒地，鸟就落下。彀，张弓。

③尔先学不瞬：你先学习不眨眼睛。瞬，眼睛转动，眨眼。

④以目承牵挺：眼睛从下向上注视着牵挺。牵挺，古织布机机下

238

之挺。

⑤虽锥末倒眦,而不瞬也:即使是锥子尖端倒垂到眼角,也不会眨一下眼。眦,眼角,眼眶。

⑥昌以牦悬虱于牖:纪昌用牦牛尾巴毛悬着虱子在窗口。

⑦浸大也:渐渐变大。浸,渐渐。

⑧以睹余物,皆丘山也:用这种方法看其他东西,都像山丘一样。

⑨乃以燕角之弧、朔蓬之簳射之:于是用燕地的牛角做的弓,北方出产的蓬竹做的箭干射它。《考工记》:"燕之角,荆之干,此材之美者也。"朔,北方。又有人认为是"荆"字之误。簳,干。

⑩飞卫高蹈拊膺曰:飞卫顿足拍胸说。蹈,顿足踏地。

⑪中路矢锋相触:二人射出的箭在空中相触。

⑫飞卫之矢先穷,纪昌遗一矢:飞卫的箭先用尽,纪昌还剩一箭。遗,留,剩下。

⑬飞卫以棘刺之端扞之:飞卫用棘刺的尖端作箭来抵御它。扞,抵御。

⑭而无差焉:而箭分毫不差地挡了下来。

⑮克臂以誓:刻臂出血而发誓。克,刻,契。

【解读】

纪昌向飞卫学习射箭,飞卫让他先练习眼睛的定力:"不瞬",再练"视小如大,视微如著"的功夫。纪昌自创独特的方法,练定力,就"偃卧其妻之机下,以目承牵挺",两年之后,就"虽锥末倒眦,而不瞬也"。练"视小如大,视微如著","以牦悬虱于牖,南面而望之",三年之后,看虱"如车轮焉",睹物"皆丘山也",这真是师之教有方,徒之学有道。结局是功夫到手,徒弟想胜师傅,幸师傅留有一手,技高一筹,得以全身。于是师徒二人"相拜于途,请为父子。克臂以誓,不得告术于人"。

纪昌学射给人很多感想和启发,当然,最值得我们学习的还是他主动学习,自创妙法,有恒心,有毅力,终于实现了自己梦想的精神。

"牵挺,机下之挺,随足上下者也。锥末虽倒眥而不瞬,孟子所谓不目逃也。亚学,亚,次也,更也,使其更学视也。虱既如车轮,则他物皆如丘山矣。燕角之弧,以燕之角为弓。朔蓬之干,以朔之蓬为干也,此弓矢之精也。视虱如轮而后可射,此精艺之必然,如扁鹊学医,隔墙而见人,尤异矣。此世间所有之事,不精于学者,不可与议也。"([宋]林希逸《列子鬳斋口义》)

"夫虚弓下鸟者,艺之妙也。巧过其师者,通于神也。妙在所习,神在精微也。先学不瞬,精之至也。以目承蹑而不动者,神定之矣。定而未能用,故曰犹未也。"(杨伯峻《列子集释》)

列子·多歧亡羊①

杨子之邻人亡羊,既率其党,又请杨子之竖追之②。杨子曰:"嘻! 亡一羊何追者之众?"邻人曰:"多歧路。"既反,问:"获羊乎?"曰:"亡之矣。"曰:"奚亡之?"曰:"歧路之中又有歧焉,吾不知所之,所以反也。"杨子戚然变容,不言者移时,不笑者竟日③。门人怪之,请曰:"羊,贱畜,又非夫子之有,而损言笑者,何哉④?"杨子不答。

门人不获所命⑤。弟子孟孙阳出,以告心都子。心都子他日与孟孙阳偕入,而问曰:"昔有昆弟⑥三人,游齐鲁之间,同师而学,进仁义之道而归⑦。其父曰:'仁义之道若何?'伯⑧曰:'仁义使我爱身而后名⑨。'仲曰:'仁义使我杀身以成名。'叔曰:'仁义使我身名并全。'彼三术相反⑩,而同出于儒。孰是孰非邪?"

杨子曰:"人有滨河而居者,习于水,勇于泅,操舟鬻渡⑪,利供百口。裹粮就学者成徒⑫,而溺死者几半。本学泅,不学溺,而利害如此。若以为孰是孰非?"心都子嘿然而出⑬。孟孙阳让之曰⑭:"何吾子问之迂,夫子答之僻? 吾惑愈甚⑮。"心都子曰:"大道以多歧亡羊,学者以多方丧生。学非本不同,非本不一,而末异若是⑯。唯归同反一,为亡得丧⑰。子长先生之门,习先生之道,而不达先生之况也⑱,哀哉!"

【注释】

①此文出自《列子·说符》。

②既率其党,又请杨子之竖追之:已经带着他的家人去追赶,又叫人请了杨子家的童仆帮着追赶。党,古代户籍编制单位,五百人为党。这里指家人。竖,童仆。

③杨子戚然变容,不言者移时,不笑者竟日:杨子听了变得很忧伤,过了好久都没说话,整天闷闷不乐。戚然,忧伤的样子。移时,过了些时候。竟日,整天。

④而损言笑者,何哉:而不高兴,是什么原因? 损,减少。

⑤门人不获所命:门人没有听到他的回答。命,教诲。

⑥昆弟:兄弟。

⑦进仁义之道而归:学好了仁义之道回来。进,尽,穷尽。

⑧伯:老大。后文仲指老二。叔指老三。

⑨仁义使我爱身而后名:仁义使我爱惜我的身体而后出名。

⑩彼三术相反:那三个人的学说不同。

⑪操舟鬻渡:操舟卖渡赚钱。鬻,卖。

⑫裹粮就学者成徒:带着粮食来学习的人成群结队。裹,包。徒,

241

众多。

⑬心都子嘿然而出：心都子默默地出来。嘿，同"默"，闭口不说话。

⑭孟孙阳让之曰：孟孙阳责怪他说。让，责怪。

⑮何吾子问之迂，夫子答之僻？吾惑愈甚：怎么你问得这样委婉，而先生答得这样怪呢？我更加糊涂了。

⑯非本不一，而末异若是：不是根本不同，而是学到最后产生了差异才这样的。

⑰为亡得丧：才不会丧失什么。为，是。亡，无。

⑱子长先生之门，习先生之道，而不达先生之况也：您生长在先生的门下，学习先生的道德文章，而听不懂先生说的话。况，譬也，比喻也。

【解读】

杨子的邻居的羊逃跑了，已经有家人等去追寻，还觉得人不够，就又请求杨子的童仆帮助去追寻，结果还是没有追到。为什么呢？因为岔路太多，岔路中间又有岔路，不知道从那条岔路去追，所以这么多人去追，还是追不到。杨子对这事感触很深，很长时间不言不笑，他的学生问他为什么这样，杨子竟然没有回答。杨子没有回答学生的疑问，是因为杨子对歧路亡羊一事感触很深，一时难以对学生解释清楚。接下来写心都子讲了一个故事：三兄弟同时拜一儒学大家为师，学成归来，三人对儒术的领会却完全不同，"伯曰：'仁义使我爱身而后名。'仲曰：'仁义使我杀身以成名。'叔曰：'仁义使我身名并全。'"到底谁是对的谁是错的呢？杨子没有直接回答，于是也讲了一个故事：一群人向一个很有本领的师傅学泅水，最终一半学成，一半溺死，"本学泅，不学溺"，为什么会有这样不同的结果？杨子的学生孟孙阳没听明白，心都子就告诉孟孙阳："大道以多歧亡羊，学者以多方丧生。学非本不同，非本不一，而末异若是。唯归同反一，为亡得丧。"即"大道以多歧亡羊"是用以比喻"学者以多方而丧生"(这个生理解为"性")的。学习的内容本没有什么不同,也不是老师教的不一样,而是求学的人没有把握学习的内容、领会老师的意图,学习方法有问题,丧失了本性,偏离了方向,因此,只有抓住根本的东西,回到本来的地方,专心致志学习,才不会误入歧途。

这个故事告诉人们:做任何事情,都要把握方向、抓住本质,不要被一些表面现象所迷惑。

【点评】

"心都子之问与子贡问夷齐语脉同。歧,路分也。歧路之中又有歧路,谓分而又分也,以喻学术之不一。杨子戚然而不言笑者,有感也。儒,一也,而有三术,即多歧也。'成徒',众也。'成徒'犹曰'成聚'也。因学泅而得溺,喻学子之末流多违其初,失其本真。心都子'嘿然而出',悟其言外之意。'大道',大路也。大道本一,至于多歧则亡羊;至学术同,至于多方,则丧生。此本同而末异也。'归同反一'者,同归于至道,而反于至一之理,则无得无丧矣。'况',情也。未达先生之情,何以习先生之道?此章展转譬喻,以为问答。今禅家答语,亦有此风。况,喻也。"([宋]林希逸《列子鬳斋口义》卷下)

"羊以喻神,守神不失为道也。一失其羊,而奔波歧路,不可得矣。但守其神为无丧无得而为无待也。多方于仁义者亦若是矣。"(杨伯峻《列子集释》卷八)

孟子①·公孙丑章句(三章)

不动心

公孙丑问曰:"夫子加齐之卿相,得行道焉,虽由此霸王不异矣。如此,则动心否乎②?"

孟子曰：“否！我四十不动心③。”

曰：“若是，则夫子过孟贲远矣④。”

曰：“是不难，告子⑤先我不动心。”

曰：“不动心有道乎？”

曰：“有。北宫黝之养勇也，不肤挠，不目逃，思以一豪挫于人，若挞之于市朝⑥。不受于褐宽博⑦，亦不受于万乘之君。视刺万乘之君，若刺褐夫。无严诸侯，恶声至，必反之⑧。孟施舍之所养勇也，曰：‘视不胜犹胜也。量敌而后进，虑胜而后会，是畏三军者也⑨。舍岂能为必胜哉？能无惧而已矣⑩。’孟施舍似曾子，北宫黝似子夏。夫二子之勇，未知其孰贤，然而孟施舍守约也⑪。昔者曾子谓子襄⑫曰：‘子好勇乎？吾尝闻大勇于夫子矣⑬：自反而不缩，虽褐宽博，吾不惴焉⑭；自反而缩，虽千万人，吾往矣⑮。’孟施舍之守气，又不如曾子之守约也⑯。”

曰：“敢问夫子之不动心，与告子之不动心，可得闻与？”

“告子曰：‘不得于言，勿求于心⑰；不得于心，勿求于气⑱。’不得于心，勿求于气，可；不得于言，勿求于心，不可。夫志，气之帅也⑲；气，体之充也⑳。夫志至焉，气次焉㉑。故曰：‘持其志，无暴其气㉒。’”

“既曰‘志至焉，气次焉’，又曰‘持其志无暴其气’者，何也？”

曰：“志壹则动气，气壹则动志也㉓。今夫蹶者趋者，是气也，而反动其心㉔。”

【注释】

①孟子(约前 372—前 289),名轲,字子舆,战国时邹(今山东邹城东南)人。著名的思想家、政治家、教育家。据《史记·孟子荀卿列传》记载,他是子思(孔子孙,名伋)的再传弟子,曾游说齐、宋、滕、魏等国。当时"天下方务合从连横,以攻伐为贤",孟子却说"唐、虞、三代之德",被诸侯认为迂阔、远离实际,不被采纳。因此,孟子"退而与万章之徒序《诗》《书》,述仲尼之意,作《孟子》七篇"。《孟子》一书全面反映孟子的思想,他继承孔子学说,拒杨墨,反纵横,维护和发展儒家学说,对当时和后世影响很大。公孙丑:孟子弟子。

②夫子加齐之卿相,得行道焉,虽由此霸王不异矣。如此,则动心否乎:先生如果做了齐国的卿相,得以推行自己的主张,即使成就了霸王的事业,也是不奇怪的,如果这样,您会(有所恐惧疑惑)而动心吗?加,居。

③否!我四十不动心:不!我从四十岁以后就不动心了。

④则夫子过孟贲远矣:这样看来,老师超过孟贲很远了。孟贲,古代勇士。

⑤告子:名不害,与孟子同时而年长于孟子,曾受教于墨子。

⑥北宫黝之养勇也,不肤挠,不目逃,思以一豪挫于人,若挞之于市朝:北宫黝培养勇气的办法是肌肤被刺,也不颤动发抖,眼睛被戳也不眨一下眼,他认为受到一点挫折,就像在市集上被鞭打了一样。北宫黝,其人不可考。挠,退却。

⑦不受于褐宽博:既不能忍受卑贱的人侮辱。褐宽博,指卑贱者。褐,粗布衣服。宽博,宽大的衣服。

⑧无严诸侯,恶声至,必反之:他不畏惧诸侯王,有人骂他,他一定回击。严,畏惧。

⑨量敌而后进,虑胜而后会,是畏三军者也:如果先估量敌人的力量才前进,考虑到可以取胜才交战,这是害怕敌人的三军。

245

⑩舍岂能为必胜哉？能无惧而已矣：我孟施舍哪能一定取胜呢？只是能做到无所畏惧罢了。

⑪夫二子之勇，未知其孰贤，然而孟施舍守约也：这两个人的勇气，不知道谁更强，然而孟施舍较能抓住关键。约，关键。

⑫子襄：曾子弟子。

⑬吾尝闻大勇于夫子矣：我曾经从先生那里听过什么是大勇。

⑭自反而不缩，虽褐宽博，吾不惴焉：自我反省而发现正义不在我，即使是卑贱的人，我也不去恐吓他。缩，直，正。惴，使他惊惧。

⑮虽千万人，吾往矣：即使面对千军万马，我也勇往直前。

⑯孟施舍之守气，又不如曾子之守约也：孟施舍所守的那股气，又不如曾子所守的抓住了关键。

⑰不得于言，勿求于心：不能从言语上取得胜利，就不必求助于思想。

⑱不得于心，勿求于气：不能从思想上取得胜利，就不能求助于意气。

⑲夫志，气之帅也：思想是意气的主帅。

⑳气，体之充也：意气是充满体内的力量。

㉑夫志至焉，气次焉：思想到哪里，意气就跟到哪里。

㉒持其志，无暴其气：要坚定自己的思想，也不要滥用自己的意气。暴，乱也。

㉓志壹则动气，气壹则动志也：思想专一就会影响到意气，意气专一，就会影响到思想。

㉔今夫蹶者趋者，是气也，而反动其心：比如说跌倒、奔跑，这是下意识地引起意气波动，但也能反过来影响思想。

养　气

"敢问夫子恶乎长①？"

曰："我知言,我善养吾浩然之气②。"

"敢问何谓浩然之气?"

曰："难言也。其为气也,至大至刚,以直养而无害,则塞于天地之间③。其为气也,配义与道④;无是,馁也⑤。是集义所生者,非义袭而取之也⑥。行有不慊于心,则馁矣⑦。我故曰,告子未尝知义,以其外之也⑧。必有事焉而勿正,心勿忘,勿助长也⑨。无若宋人然:宋人有闵⑩其苗之不长而揠之者,芒芒然归⑪。谓其人曰:'今日病矣⑫,予助苗长矣。'其子趋而往视之,苗则槁矣。天下之不助苗长者寡矣。以为无益而舍之者,不耘苗者也⑬;助之长者,揠苗者也。非徒无益,而又害之。"

【注释】

①敢问夫子恶乎长:请问老师长于哪一方面? 恶(wū),疑问代词,哪。

②我知言,我善养吾浩然之气:我知道分析别人的言辞,我善于培养我的浩然之气。

③以直养而无害,则塞于天地之间:用正义去培养它,一点不加害,就会充满天地之间。

④其为气也,配义与道:那种气,必须与义和道配合。

⑤无是,馁也:缺乏它,就没有勇气了。馁,失掉勇气。

⑥是集义所生者,非义袭而取之也:(那种气),是积聚正义的力量所产生的,不是偶然的正义行为所取得的。袭,偶然。

⑦行有不慊(qiàn)于心,则馁矣:做事有愧于心,就失掉勇气了。慊,满意。

⑧以其外之也:因为他把义看作心外之物。

⑨必有事焉而勿正,心勿忘,勿助长也:(浩然之气),一定要培养它不能中止,心里时刻不忘,也不要着意去促它生长。正,中止。

⑩闵:通"悯",担忧。

⑪芒芒然归:非常疲倦地回去。芒芒,疲倦的样子。

⑫今日病矣:今天累坏了。

⑬以为无益而舍之者,不耘苗者也:认为培养无益而放弃的,是不为禾苗除草的人。耘,除草。

知　言

"何谓知言?"

曰:"诐辞知其所蔽,淫辞知其所陷,邪辞知其所离,遁辞知其所穷①。生于其心,害于其政;发于其政,害于其事②。圣人复起,必从吾言矣③。"

【注释】

①诐(bì)辞知其所蔽,淫辞知其所陷,邪辞知其所离,遁辞知其所穷:偏颇的言辞我知道它遮掩了哪些,过分的言辞我知道它失去了什么,邪僻的言辞我知道它避开了什么,躲闪的言辞我知道他理屈词穷在哪。诐,偏陂也。

②生于其心,害于其政;发于其政,害于其事:(言辞的过失),产生于思想认识,危害于政治;把它体现于政令措施,就会危害具体工作。

③圣人复起,必从吾言矣:如果圣人复生,一定会赞同我的话。

【解读】

上面三章选自《孟子·公孙丑上》。讲"不动心",进而讲到"养浩然之气"和"知言"。

所谓"不动心",就是不因处境、待遇等外部条件的变化而改变心态。北宫黝养勇、孟施舍守气、曾子讲正气,通过三者比较得出北宫黝之勇不如孟施舍之守约,"孟施舍之守气,又不如曾子之守约也"。最后指出告子"不动心"之论"不得于言,勿求于心,不可",主张"不得于心,勿求于气","持其志,无暴其气"。志,即心,"持其志,无暴其气",即不动心。要"不动心",要以志统气,思想指导行动,不然"今夫蹶者趋者,是气也,而反动其心"。

要达到"不动心",孟子又继续讲了"知言"和培养"浩然之气"。"知言"是思想认识能力,"浩然之气"尽管是一种正大刚毅的道德情感,仍然是道义原则指导下的日积月累的道德实践成果。知言而不惑,有浩然之气则意志坚定,所以是"不动心"的条件。

【点评】

"德修问:'公孙丑说不动心,是以富贵而动其心?'先生曰:'公孙丑虽不知孟子,必不谓以富贵动其心。但谓霸王事大,恐孟子了这事不得,便谓孟子动心,不知霸王当甚闲事!'因论'知言、养气'。德修谓:'养气为急,知言为缓。'曰:'孟子须先说我知言,然后说我善养吾浩然之气。"([宋]朱熹《朱子语类》)

"如孟子哲学中果有神秘主义,则孟子所谓浩然之气,即个人在最高境界中的精神状态。故曰:其为气也,至大至刚,以直养而无害,则塞于天地之间。至于养此气之方法,孟子云:其为气也,配义与道,无是馁也;是集义所生者,非义袭而取之也。行有不慊于心,则馁矣。我故曰:告子未尝知义,以其外之也。必有事焉。而勿正,心勿忘,勿助长也。此所谓义,大概包括吾人性中所有善'端'。是在内本有,故曰:'告子未尝知义,以其外之也。'此诸善'端'皆倾向于取消人我界限。即将此逐渐推扩,亦勿急躁求速,亦勿停止不进,'集义'既久,则行无'不慊于心',而'塞乎天地之间'之精神状态,可得到矣。至此境界则'居天下之广居,立天下之正位,行天下之大道。得志与民由之,不得志独行其道。富贵不能淫,贫贱不能移,威武不能屈。此之谓大丈

夫。'"（冯友兰《中国哲学史》）

"《孟子》曰：我四十不动心。又曰：我善养吾浩然之气。《孟子》此章，论养心养气工夫，最精最备。欲明养气，当知养勇。勇即气之征也。而养勇之至，亦即可以不动心。故知善养吾浩然之气之与不动心，特所由言之内外异其端，而同归于一诣，非截然为两事也。孟子言养勇，举示两方式。一曰北宫黝之养勇，一曰孟施舍之养勇，而曰：'北宫黝似子夏，孟施舍似曾子。'此由养勇工夫而上达会通于养气养心，再以归趋于人生修养之终极，则曰'孔子之大勇'。所谓浩然之气之与不动心，则皆大勇也。""可见孟子论修养，乃由内以达外。心为主而气为副。故曰：'志至焉，气次焉。'志即心之所至也。故孟子此章，开宗明义，提絜纲领，即曰'我四十不动心'。朱子曰：'孔子四十而不惑，亦不动心之谓。'可见孟子之不动心，非可易企。否则告子亦不动心，养勇者亦可以不动心。然苟深透一层而直探其本原，则不动心由于不惑，由于知言养气，自非大智不能当。我故曰非大智大勇不办也。"（钱穆《庄老通辨·比论孟庄两家论人生修养》）

孟子·告子章句（三章）

鱼我所欲也章

孟子曰："鱼，我所欲也；熊掌，亦我所欲也，二者不可得兼，舍鱼而取熊掌者也。生，亦我所欲也；义，亦我所欲也，二者不可得兼，舍生而取义者也。

"生亦我所欲，所欲有甚于生者，故不为苟得也[①]；死亦我所恶，所恶有甚于死者，故患有所不辟也[②]。

"如使人之所欲莫甚于生，则凡可以得生者，何不用也？使人之所恶莫甚于死者，则凡可以辟患者，何不为也？

由是则生而有不用也，由是则可以辟患而有不为也。是故所欲有甚于生者，所恶有甚于死者，非独贤者有是心也，人皆有之，贤者能勿丧耳③。

"一箪食，一豆羹④，得之则生，弗得则死。呼尔而与之，行道之人弗受⑤；蹴尔而与之，乞人不屑也⑥。万钟则不辨礼义而受之⑦。万钟于我何加焉⑧？为宫室之美、妻妾之奉、所识穷乏者得我与⑨？乡为身死而不受⑩，今为宫室之美为之；乡为身死而不受，今为妻妾之奉为之；乡为身死而不受，今为所识穷乏者得我而为之，是亦不可以已乎⑪？此之谓失其本心⑫。"

【注释】

①所欲有甚于生者，故不为苟得也：如果所喜爱的有比生存更重要的，就不苟且偷生。甚，超过，胜过。

②所恶有甚于死者，故患有所不辟也：如果所厌恶的东西胜过了死亡，就不躲避祸患。辟，通"避"。

③非独贤者有是心也，人皆有之，贤者能勿丧耳：不只是贤德的人有这种心理，人人都有，只是贤德的人没有丧失它罢了。

④一箪（dān）食，一豆羹：一筐饭，一碗汤。箪，盛饭的竹器。豆，古代一种盛食物的器皿，形似高脚盘。

⑤呼尔而与之，行道之人弗受：吆喝一声而给他，连过路的饿人都不愿接受。

⑥蹴（cù）尔而与之，乞人不屑也：用脚踩后再给人，连乞丐都不会接受。蹴：踢。

⑦万钟则不辨礼义而受之：万钟的俸禄如不辨清是否符合礼仪而接受它。钟，容量单位，六斛四斗为一钟。

⑧万钟于我何加焉：万钟的俸禄对我有什么益处。加，益处。

⑨所识穷乏者得我与：所认识的穷人感激我吗？得，同"德"，活用为动词，感激。

⑩乡为身死而不受：从前宁愿去死都不肯接受。乡，通"向"，从前。

⑪是亦不可以已乎：这样的话不是可以罢手吗？

⑫此之谓失其本心：这就叫作失掉了他的本性。

求放心章

孟子曰："仁，人心也；义，人路也①。舍其路而弗由，放其心而不知求②，哀哉！人有鸡犬放，则知求之③；有放心，而不知求。学问之道无他，求其放心而已矣④。"

【注释】

①义，人路也：义，是人所走的路。

②舍其路而弗由，放其心而不知求：放弃那正路不走，丧失其善良的本性而不知道去寻找。由，经过，通过。放其心，放其良心，失其本心。放，丢弃。

③人有鸡犬放，则知求之：人们有鸡犬走丢了，便知道去找回来。

④学问之道无他，求其放心而已矣：学问之道没别的，就是找回那丧失了的善良之心。

舜发于畎亩章

孟子曰："舜发于畎亩之中①，傅说举于版筑之间②，胶鬲举于鱼盐之中③，管夷吾举于士④，孙叔敖举于海⑤，百里奚举于市⑥。故天将降大任于是人也，必先苦其心志，劳其筋骨，饿其体肤，空乏其身⑦，行拂乱其所为⑧，所以动心忍性,曾益其所不能⑨。人恒过,然后能改⑩;困于心,衡于虑,而后作⑪;征于色,发于声,而后喻⑫。入则无法家拂士,出则无敌国外患者,国恒亡⑬。然后知生于忧患而死于安乐也。"

【注释】

①舜发于畎亩之中:舜兴起于田野之中。畎(quǎn),田地,田间。

②傅说举于版筑之间:傅说从筑墙的工人中选拔出来。傅说(yuè),殷相。曾帮助武丁获得殷商中兴;版筑,古代的筑墙方法,用两板相夹,以泥土置其中,用杵夯实。

③胶鬲(gé)举于鱼盐之中:胶鬲从鱼盐的工作中选拔出来。胶鬲,殷周时人,原为纣王的臣子,后为周文王所用。

④管夷吾举于士:管夷吾从狱官手里获释而得到选用。管夷吾,即管仲,春秋时齐国人,曾帮助齐桓公成就帝业;士,掌管刑狱的官。

⑤孙叔敖举于海:孙叔敖从海边选拔上来。孙叔敖,春秋时楚国令尹。

⑥百里奚举于市:百里奚从市集中选拔来。百里奚,春秋时期秦穆公的贤相。

⑦饿其体肤,空乏其身:使他的肠胃受到饥饿,使他的身子感到疲乏。

⑧行拂乱其所为:他每一行为总是不能如意。拂乱,违背扰乱。

⑨所以动心忍性,曾益其所不能:用此来开动他的思维、磨炼他的意志,增长他的才干。曾,通"增"。

⑩人恒过,然后能改:人经常发错,然后才能改正。

⑪困于心,衡于虑,而后作:有问题困扰于心,在心里反复考量成熟,然后才能有所作为。衡,权衡。

⑫征于色,发于声,而后喻:在神情上体现出来,在言语中表达出

来,然后才能使人明白。

⑬入则无法家拂士,出则无敌国外患者,国恒亡:在国内没有遵守法度的大臣和足以辅弼的人士,在国外,没有与之抗衡的国家和外在忧患,这样的国家常常会灭亡。拂士,能够辅佐君主的贤士。拂,通"弼",辅佐。

【解读】

《鱼我所欲也章》选自《孟子·告子上》,题目为编者所加。孟子主张性善,主要表现在《告子》篇。他主张:"恻隐之心,人皆有之;羞恶之心,人皆有之;恭敬之心,人皆有之;是非之心,人皆有之。"这就是"仁义礼智"之端。圣人有,普通人也有,区别在于能不能保持、发扬、充实这种人性固有的美德。这章主要是谈羞恶之心,人所固有。一开始孟子用譬,鱼、熊掌都是我所需要的,熊掌比鱼重要,假如"二者不可兼得",就会舍鱼而取熊掌,这是常理。用这层常理为比,生和义也是我所需要的,假如也"二者不可兼得"就应舍生取义,因为义比生命更重要。

第二段承上一命题说明儒家的生死观。"所欲有甚于生""所恶有甚于死",这里虽未明言什么有甚于生,什么有甚于死,但上文有"舍生取义"之说,读者自然不会误会。生死在人生非常重要的关头,却有更重要的"义"作为取舍的标准,这是从正面陈述"舍生取义"的问题。

第三段,"如使人之所欲莫甚于生,则凡可以得生者,何不用也?使人之所恶莫甚于死者,则凡可以辟患者,何不为也",用假设的方式一正一反地论述上一段的话,说明"所欲有甚于生""所恶有甚于死"的道理,并且指出"非独贤者有是心也,人皆有之,贤者能勿丧耳"。

第四段,用"乞人不屑""行道之人弗受",是在用生和羞恶对比:接受食物能使人生存下来,但是带有羞辱性抛来的食物,甚至踩踏过的食物,乞丐、行道饿得慌的人就是死也不会接受,证明平民乃至乞丐都懂得羞恶之心:"所欲有甚于生""所恶有甚于死者",这是人之共性,那么高官就更应该知道,"为宫室之美、妻妾之奉、所识穷乏者得我"而不辨礼仪而受万钟的俸禄,是很糊涂的,是很荒谬的,这是失其本心,应该"可以已乎"。

这篇文章写法独特,采用对比,逐层深入,层层剥笋,最后点出中心的手法。批判那种见利忘义的行为,"万钟不辨礼义而受之",是不知羞耻,失其本心的行为。

《求放心章》是接着《鱼我所欲也章》而来的,《鱼我所欲也章》最后讲有人丧失本心,本心是恻隐之心、羞恶之心、恭敬之心,这都是善心,是人所固有的,丧失了它,不去寻找那是错误的。鸡狗走失了知道去找回来,善心丧失怎能不去找寻回来呢?学问之道没有别的,就是找回那丧失的善心。这和"大学之道在明明德"如出一辙。

《舜发于畎亩章》出《孟子·告子下》,举例说明讲人在逆境下的修养和奋斗,提出"生于忧患而死于安乐"的著名论断。运用排比,气势磅礴。

孟子·尽心章句(一章)

孔子在陈

万章问曰:"孔子在陈,曰:'盍归乎来! 吾党之士狂简,进取不忘其初①。'孔子在陈,何思鲁之狂士?"

孟子曰:"孔子'不得中道而与之,必也狂狷乎! 狂者进取,狷者有所不为也②'。孔子岂不欲中道哉? 不可必得,故思其次也③。"

"敢问何如斯可谓狂矣④?"

曰:"如琴张、曾皙、牧皮者,孔子之所谓狂矣⑤。"

"何以谓之狂也？"

曰："其志嘐嘐然⑥，曰'古之人，古之人'。夷考其行而不掩焉者也⑦。狂者又不可得，欲得不屑不洁之士而与之，是獧也⑧，是又其次也。孔子曰：'过我门而不入我室，我不憾焉者，其惟乡原乎⑨！乡原，德之贼也⑩。'"

"曰：何如斯可谓之乡原矣？"

"曰：'何以是嘐嘐也？言不顾行，行不顾言，则曰：古之人！古之人！行何为踽踽凉凉⑪？生斯世也，为斯世也，善斯可矣⑫。'阉然媚于世也者，是乡原也⑬。"

万章曰："一乡皆称原人焉，无所往而不为原人，孔子以为德之贼，何哉？"

曰："非之无举也，刺之无刺也⑭；同乎流俗，合乎污世；居之似忠信，行之似廉洁；众皆悦之；自以为是，而不可与入尧舜之道，故曰'德之贼也'。孔子曰：'恶似而非者：恶莠，恐其乱苗也⑮；恶佞，恐其乱义也⑯；恶利口，恐其乱信也⑰；恶郑声，恐其乱乐也⑱；恶紫，恐其乱朱也；恶乡原，恐其乱德也。'君子反经而已矣⑲。经正，则庶民兴；庶民兴，斯无邪慝矣⑳。"

【注释】

①盍归乎来！吾党之士狂简，进取不忘其初：何不回去呢！我那些学生们志大而狂放，积极进取而不忘当初的志向。盍，何不。

②不得中道而与之，必也狂獧乎！狂者进取，獧者有所不为也：找不到那些不偏不倚、合于道义的人相结交，那就只能找狂放的和獧介的了。狂放的勇于进取，獧介之士有所不为。狂，不受拘束，放荡。

③不可必得，故思其次也：不能一定得到，所以只想次一点的了。

④敢问何如斯可谓狂矣：请问怎样的人才能成为狂放的人呢？

⑤如琴张、曾晳、牧皮者，孔子之所谓狂矣：像琴张、曾晳、牧皮这样的人，就是孔子所说的狂人了。据朱熹集注：琴张，名牢，字子张。子桑户死，琴张临其丧而歌，事见《庄子》；曾晳，孔子弟子，季武子死，曾晳倚其门而歌，事见《檀弓》；牧皮，未详。

⑥其志嘐嘐(xiāo)然：他们志大而言夸。

⑦夷考其行而不掩焉者也：可是考察他们的言行，却不能与所说的话相符。夷，句首助词。

⑧欲得不屑不洁之士而与之，是狷(juàn)也：就想得到不屑去做有辱自身之事的人来交往，这种人是狷介之人。狷，狷介。

⑨其惟乡原乎：他是乡里的好好先生吧。乡原，原通"愿"，谨也。

⑩乡原，德之贼也：乡里的好好先生，是德行的损害者。

⑪行何为踽踽凉凉：处事为什么要特立独行。

⑫生斯世也，为斯世也，善斯可矣：生在这个世界上，就要迎合这个世界，让别人都说个好就是了。

⑬阉然媚于世也者，是乡原也：曲意迎合，谄媚世人的就是好好先生。阉，曲意逢迎。

⑭非之无举也，刺之无刺也：想指责他却举不出缺点，想责骂他却找不到由头。

⑮恶似而非者：恶莠，恐其乱苗也：厌恶那些外表相似而实质不同的东西：厌恶狗尾草，怕它会混淆禾苗。

⑯恶佞，恐其乱义也：厌恶歪才，怕它会混淆仁义。

⑰恶利口，恐其乱信也：厌恶夸夸其谈，怕它会混淆诚信。

⑱恶郑声，恐其乱乐也：厌恶郑国的音乐，怕它混淆了雅乐。

⑲君子反经而已矣：君子只是让一切回归正道罢了。经，常道，正道。

⑳经正,则庶民兴;庶民兴,斯无邪慝(tè)矣:路子对了,百姓就会奋发振作,百姓奋发振作,也就没有邪恶了。慝,恶,邪恶。

【解读】

孔子周游天下,本欲推行自己的主张,但处处受阻,在陈绝粮,只好回到鲁国,与狂简之士一起,讲授先王之道。

孔子没有找到合于"中道"的人与之交往,只好退而求其次,找狂简(狂放狷介)之人交往了。狂放者志向远大,勇于进取,因而可以与之推行先王之道;狷介之人有所不为,因而可与他们做一些有益的事情,落实先王之道。只有乡里的那些好好先生(乡愿),他们什么也不干,与尧舜之道格格不入,迎合混乱的世道,逢迎邪恶之人,似是而非,"非之无举也,刺之无刺也;同乎流俗,合乎污世;居之似忠信,行之似廉洁;众皆悦之",莠而乱苗,佞而乱义,口利而乱信,似郑声而乱乐,似紫而乱朱,混淆德行,孔子深恶痛绝之。因此要绝其术,拒其邪恶,让一切回归正道,使百姓振作。

【点评】

"正义曰:此章言士行有科,人有等级,中道为上,狂、猥不合。似是而非,色厉内荏,乡原之恶,圣人所甚。反经身行,民化于己,子率以正,孰敢不正之谓也。万章问曰:孔子在陈至何思鲁之狂士者。万章问曰:孔子在陈国有厄,不遇贤人,上下无有交者,乃叹曰:盍归乎来!言我党之为士,进取于大道而不得其中道者也,亦以不忘其初而思故旧也,故问之孟子,谓孔子在陈国何为而思鲁国之狂士者也。孟子答之曰:孔子不得中正之道者而取与之,必也思其狂、狷者乎?狂者以其但进取于大道而不知退宿于中道,狷者有所不敢为,但守节无所为而应进退者也。孔子岂不欲中道者而与之哉!不可以必得中道之人,故思念其次于中道者为狂、狷者也。"([汉]赵岐注、[宋]孙奭疏《孟子注疏》卷十四)

"尹氏曰：君子取夫狂獧者，盖以狂者志大而可与进道，獧者有所不为，而可与有为也。所恶于乡原，而欲痛绝之者，为其似是而非，惑人之深也。绝之之术无他焉，亦曰反经而已矣。"（［宋］朱熹《孟子集注》）

"狂狷是个有骨肋底人。乡原是个无骨肋底人，东倒西擂，东边去取奉人，西边去周全人，看人眉头眼尾，周遮掩蔽，惟恐伤触了人。'君子反经而已矣。'所谓反经，去其不善，为其善者而已。"（［宋］朱熹《朱子语类》）

庄子①·逍遥游

北冥②有鱼，其名为鲲。鲲之大，不知其几千里也。化而为鸟，其名为鹏。鹏之背，不知其几千里也；怒而飞③，其翼若垂天之云。是鸟也，海运则将徙于南冥④。南冥者，天池也。《齐谐》者，志怪者也。《谐》之言曰："鹏之徙于南冥也，水击三千里，抟扶摇而上者九万里，去以六月息者也⑤。"野马也，尘埃也，生物之以息相吹也⑥。天之苍苍，其正色邪？其远而无所至极邪？其视下也，亦若是则已矣。且夫水之积也不厚，则其负大舟也无力。覆杯水于坳堂之上，则芥为之舟；置杯焉则胶，水浅而舟大也。风之积也不厚，则其负大翼也无力。故九万里，则风斯在下矣，而后乃今培风⑦；背负青天而莫之夭阏者⑧，而后乃今将图南。

蜩与学鸠笑之曰："我决起而飞⑨，抢榆枋而止⑩，时则不至，而控于地而已矣，奚以之九万里而南为⑪？"

适莽苍者⑫，三餐而反，腹犹果然；适百里者，宿舂粮；

适千里者，三月聚粮。之二虫，又何知？

小知不及大知[13]，小年不及大年。奚以知其然也？朝菌不知晦朔，蟪蛄[14]不知春秋，此小年也。楚之南有冥灵[15]者，以五百岁为春，五百岁为秋；上古有大椿者，以八千岁为春，八千岁为秋。而彭祖[16]乃今以久特闻，众人匹之，不亦悲乎！

汤之问棘也是已[17]："穷发之北，有冥海者，天池也。有鱼焉，其广数千里，未有知其修者，其名为鲲。有鸟焉，其名为鹏，背若泰山，翼若垂天之云，抟扶摇羊角[18]而上者九万里，绝云气，负青天，然后图南，且适南冥也。斥鴳笑之曰："彼且奚适也？我腾跃而上，不过数仞而下，翱翔蓬蒿之间，此亦飞之至也。而彼且奚适也？"此小大之辩也。

故夫知效一官，行比一乡，德合一君，而征一国者[19]，其自视也亦若此矣。而宋荣子犹然笑之[20]，且举世而誉之而不加劝，举世而非之而不加沮，定乎内外之分，辩乎荣辱之境，斯已矣[21]。彼其于世，未数数然也[22]。虽然，犹有未树也。夫列子御风而行，泠然善也[23]，旬有五日而反。彼于致福者[24]，未数数然也。此虽免乎行，犹有所待者也。若夫乘天地之正，而御六气之辩，以游无穷者，彼且恶乎待哉[25]！故曰：至人无己，神人无功，圣人无名[26]。

尧让天下于许由，曰："日月出矣，而爝火不息[27]，其于光也，不亦难乎！时雨降矣，而犹浸灌[28]，其于泽也，不亦劳乎！夫子立而天下治，而我犹尸之，吾自视缺然，请致天下。"

许由曰:"子治天下,天下既已治也。而我犹代子,吾将为名乎? 名者,实之宾也㉙。吾将为宾乎? 鹪鹩巢于深林,不过一枝;偃鼠饮河,不过满腹。归休乎君,予无所用天下为! 庖人虽不治庖,尸祝不越樽俎而代之矣㉚。"

肩吾问于连叔曰:"吾闻言于接舆,大而无当,往而不返㉛。吾惊怖其言,犹河汉而无极也;大有径庭㉜,不近人情焉。"连叔曰:"其言谓何哉?"曰:"藐姑射㉝之山,有神人居焉,肌肤若冰雪,淖约若处子㉞。不食五谷,吸风饮露,乘云气,御飞龙,而游乎四海之外。其神凝,使物不疵疠而年谷熟㉟。吾以是狂而不信也。"

连叔曰:"然。瞽者无以与乎文章之观,聋者无以与乎钟鼓之声。岂唯形骸有聋盲哉? 夫知亦有之。是其言也,犹时女也㊱。之人也,之德也,将磅礴万物以为一㊲,世蕲乎乱,孰弊弊焉以天下为事㊳! 之人也,物莫之伤,大浸稽天而不溺㊴,大旱金石流、土山焦而不热。是其尘垢秕糠,将犹陶铸尧舜者也,孰肯以物为事㊵!"宋人资章甫而适诸越㊶,越人断发文身,无所用之。尧治天下之民,平海内之政。往见四子㊷藐姑射之山,汾水之阳,窅然丧其天下焉㊸。

惠子谓庄子曰:"魏王贻我大瓠㊹之种,我树之成,而实五石。以盛水浆,其坚不能自举也。剖之以为瓢,则瓠落无所容。非不呺然㊺大也,吾为其无用而掊㊻之。"庄子曰:"夫子固拙于用大矣㊼。宋人有善为不龟手之药者㊽,世世以洴澼絖为事㊾。客闻之,请买其方百金。聚族而谋曰:'我世世为洴澼絖,不过数金。今一朝而鬻技百金,请与之’。客得之，以说吴王。越有难，吴王使之将，冬，与越人水战，大败越人，裂地而封之。能不龟手，一也，或以封，或不免于洴澼絖，则所用之异也。今子有五石之瓠，何不虑以为大樽[50]而浮乎江湖，而忧其瓠落无所容，则夫子犹有蓬之心也夫[51]！”

惠子谓庄子曰：“吾有大树，人谓之樗[52]。其大本臃肿而不中绳墨，其小枝卷曲而不中规矩。立之涂[53]，匠者不顾。今子之言，大而无用，众所同去也。”庄子曰：“子独不见狸狌[54]乎？卑身而伏，以候敖者[55]；东西跳梁，不避高下；中于机辟[56]，死于罔罟。今夫斄牛[57]，其大若垂天之云。此能为大矣，而不能执鼠。今子有大树，患其无用，何不树之于无何有之乡，广莫之野[58]，彷徨乎无为其侧，逍遥乎寝卧其下。不夭斤斧，物无害者，无所可用，安所困苦哉！”

【注释】

①《庄子》共33篇，分为内、外、杂三个部分。一般认为，内篇是庄子所作。外篇、杂篇出于庄子后学。先秦说理文，最有文学价值的是《庄子》。庄子，名周，战国时期宋国人。曾做过漆园吏。生活贫穷困顿，但却鄙弃荣华富贵、权势名利，力图在乱世中保持独立的人格，追求逍遥无待的精神自由。《庄子》哲学思想源于老子，而又发展了老子的思想。

②北冥：北面的海。冥，同“溟”。南冥，南面的海。

③怒而飞：奋起而飞。

④海运则将徙于南冥：海风动的时候将借助风飞到南方的海上去。运，海浪波动。

⑤抟扶摇而上者九万里，去以六月息者也：能乘着飙风盘旋上升

到几万里的高空,但离开时还是要借助六月的风。抟,环绕,盘旋。扶摇,急剧盘旋而上的暴风。息,气息,这里指风。

⑥野马也,尘埃也,生物之以息相吹也:似野马的林间蒸腾之气,游荡在空中的尘埃,都是生物的气息吹动所致。

⑦而后乃今培风:而后才凭借风力。培,凭借。

⑧莫之夭阏(è)者:没有谁能阻挡它。夭阏,阻碍。

⑨我决(xuè)起而飞:我迅速飞起来。决,迅速。

⑩抢榆枋(fāng)而止:碰到榆枋就停下来。抢,碰到。

⑪奚以之九万里而南为:为什么要飞到几万里的高空才能向南呢? 奚,疑问代词。

⑫适莽苍者:到近郊的林野。

⑬小知不及大知:小智慧的不及大智慧的。

⑭蟪蛄:寒蝉,春生夏死,夏生秋死。

⑮冥灵:溟海灵龟,或说木名。

⑯彭祖:传说中长寿的人,姓篯名铿,曾为尧臣,封于彭城,历虞、夏、商、周,年八百岁。

⑰汤之问棘也是已:殷汤问夏棘也说过这样的事。汤,商汤,棘,夏棘,商汤时贤大夫。

⑱羊角:旋风。

⑲故夫知效一官,行比一乡,德合一君,而征一国者:因此才智可以胜任一官的,行事能联合一乡的,德符合一个君主的,能力能取得一国人信任的人。比,联合。而,通"能"。

⑳而宋荣子犹然笑之:宋荣子嬉笑自得的样子。犹,通"逌",嬉笑自得的样子。

㉑定乎内外之分,辩乎荣辱之境,斯已矣:能认清自己和外物的分际,辨明荣和辱的界限,不过如此如已。

㉒彼其于世,未数数然也:在世间,他没有拼命追求什么。

㉓泠然善也:轻快自得的样子。

㉔彼于致福者:他对于招福的事。

㉕若夫乘天地之正,而御六气之辩,以游无穷者,彼且恶乎待哉:至于顺应天地万物之性,驾驭六气的变化,遨游在无穷无尽的境界中的人,那他还有凭借什么呢。辩,通"变"。恶,疑问代词,什么。

㉖故曰:至人无己,神人无功,圣人无名:因此说,道德修养高尚的至人能够达到忘我的境界;神明之人,顺应自然而无所为,不求立功;圣哲的人不追求立名。

㉗而爝火不息:而小火不息。爝(jué)火,火把,小火。

㉘而犹浸灌:而还灌溉。

㉙实之宾也:实的附属品。宾,附属品。

㉚尸祝不越樽俎而代之矣:尸祝不能超越权限代庖人行事。

㉛往而不返:不着边际。

㉜大有径庭:指接舆所言与人情相去甚远。径,门外小路。庭,庭院之中。

㉝藐姑射(yè):仙山名。

㉞淖约若处子:像处女一样美好。淖约,即"绰约"。

㉟使物不疵疠而年谷熟:使生物不生病使谷物成熟。疵疠(cī lì),疾病。

㊱是其言也,犹时女也:这话说的,就是你啊。时,是。女,通"汝"。

㊲之人也,之德也,将磅礴万物以为一:这人啊,这德啊,足以混万物为一体。磅礴:混同。

㊳世蕲乎乱,孰弊弊焉以天下为事:世人争功求名,纷扰不已,他怎肯忙忙碌碌,疲惫不堪地去管天下的俗事呢? 蕲,同"祈"。求的意思。弊弊焉,忙碌疲惫的样子。

㊴大浸稽天而不溺:大水到了天也不会淹没。大浸,大水。

264

㊵是其尘垢秕糠，将犹陶铸尧舜者也，孰肯以物为事：这个神人身上的尘垢糟粕都将陶铸出尧舜来，他哪里还以外物为事呢？

㊶宋人资章甫而适诸越：宋国人采购帽子到越国去卖。章甫，冠名。

㊷四子：旧注为王倪、啮缺、被衣、许由，庄子认为他们是得道之人。

㊸窅(yǎo)然丧其天下焉：怅然丧失了自己的天下。

㊹大瓠(hù)：大葫芦。

㊺呺(xiāo)然：虚大貌。

㊻掊(pǒu)：击破。

㊼夫子固拙于用大矣：你不善于把事物利用在大处。

㊽宋人有善为不龟手之药者：宋国有个善于制造治皲裂药的人。龟，同“皲”。

㊾世世以洴澼(píng pì)絖(kuàng)为事：世世代代从事漂洗细棉布的工作。洴澼，在水中漂洗。絖，细棉絮。

㊿大樽：一名腰舟，形似酒器。

(51)则夫子犹有蓬之心也夫：你也是个不开窍的人。蓬，蜷曲不直。

(52)樗(chū)：臭椿树，高大质劣，不能作器材。

(53)立之涂：立在路旁。涂。通“途”。

(54)狸狌：黄鼠狼。

(55)敖者：指出游的小动物，如老鼠等。

(56)机辟：捕捉鸟兽的机关。

(57)斄(lí)牛：牦牛。

(58)无何有之乡，广莫之野：什么都没有的地方，广漠的荒野。莫，大。

【解读】

《逍遥游》是《庄子》中的代表作品，列于内篇之首。逍遥的意思是指无所依赖，绝对自由地遨游于永恒的精神世界。

庄子天才卓绝，聪明勤奋，"其学无所不窥"(《史记·老子韩非列传》)，并非生来就无用世之心，他的超脱，一方面"窃钩者诛，窃国者为诸侯"(《胠箧》)的腐败社会使他不屑与之为伍，另一方面，"王公大人不能器之"(《史记·老子韩非列传》)的现实处境又使他无法一展抱负。人世间如此沉浊，他只好追求精神的自由，在幻想的天地里寻求解脱。正是在这样的情况下，他写出了苦闷内心的追求之歌《逍遥游》。

全文可分为三部分，最精彩的在第一部分：从篇首至"圣人无名"。作者不惜笔墨，用大量的寓言、重言铺张渲染鲲鹏形象，描写"决起而飞"的蓬间小雀，讲述"不知晦朔"的短命朝菌，春秋八千的长寿大椿。它们之间虽然有着大小之分，长短之别，但都有所依赖，都是不自由的，不能进入逍遥游的境界。绝对自由难得，那些为世所累，心系功名的"知效一官，行比一乡，德合一君，而征一国者"自不必说，就是"定乎内外之分，辩乎荣辱之境"的宋荣子之流仍是"犹有未树"；列子虽然已经能"御风而行"，胜过宋荣子，但是仍然"犹有所待"依赖于风，算不上逍遥游。怎样才能"无所待"地去做逍遥游呢，文章最后说，必须"乘天地之正，而御六气之辩，以游无穷者"，才能无所待，才算是逍遥游。什么人能达到这样的境界呢？要无我的人才行，即"至人无己，神人无功，圣人无名"，做到任乎自然，顺乎物理，把自己的形体连同思想看作是虚幻的不存在之物，也就无所限制，无所待了。这其实只能在精神的领域才能做到。

尧让天下于许由，是第二部分的开始，许由的回答，"予无所用天下为！"是走向无所待的境界的重要一步，是摆脱羁绊，做到"无己""无功""无名"的开始。藐姑射之山神的塑造，是庄子逍遥游理想的完美体现者，所以庄子赋予她最美的外表和最好的品质，她从不"以物为事"，但是能够"使物不疵疠而年谷熟""磅礴万物以为一"，能够

"大浸稽天而不溺,大旱金石流、土山焦而不热"。在这样无为而逍遥的神人面前,"弊弊焉以天下为事"的尧舜也会自愧不如,"窅然丧其天下"。

第三部分,写惠子与庄子的对话。以"瓠"、"不龟手之药"、无用之"樗"树、跳梁"狸狌"、大笨"斄牛"为例,讨论了有用与无用、小用与大用等问题,得出小用不如大用,无用就是大用。无所可用,才能"不夭斤斧,物无害者","于无何有之乡,广莫之野"自由无碍,逍遥自在,不会陷入困境。

总之,庄子的《逍遥游》借助于一系列的寓言和形象,否定了有所待的自由,创造出了一个无所依凭的绝对自由的境界。

【点评】

"夫逍遥者,明至人之心也。庄生建言人道,而寄指鹏鷃。鹏以营生之路旷,故失适于体外;鷃以在近而笑远,有矜伐于内心。至人乘天正而高兴,游无穷于放浪;物物而不物于物,则遥然不我得,玄感不为,不疾而速,则逍然靡不适。此所谓为逍遥也。"([晋]支遁《逍遥论》)

"庄子者,姓庄,名周,梁国蒙县人也。六国时,为漆园吏,与魏惠王、齐宣王、楚威王同时,齐楚尝聘以为相,不应。时人皆尚游说,庄生独高尚其事,优游自得,依老氏之旨,著书十余万言,以逍遥、自然、无为、齐物而已;大抵皆寓言,归之于理,不可案文责也。"([唐]陆德明《经典释文序录》)

"著书十余万,大抵寓言。人物土地,皆空言无事实,汪洋辟闔,仪态万方,晚周诸子之作,莫能先也。"(鲁迅《汉文学史纲要》)

"《庄子》书中,《逍遥游》很难懂,《齐物论》更难。《庄子》全书几乎篇篇都难懂。一篇到底,一气贯注。其中易懂的,反而不是庄子真笔。但我们不妨把它难懂的各篇拆开来,一段一段当作小品文去读,便都易懂了。《庄子》是一部说理的书,说理文很难文学化,而且尤不宜作小品文。但《庄子》做到了,把说理文来文学化,来小品化,这真是文学中之最高境界。他的秘诀，便在用比兴法来写小品文，再把小品汇合成大篇。《庄子》一书，可说是中国文学中最高的散文。后来的纯文学作品，反而都难与之相比。假如在中国古典文学中，寻其他作品来比较，《论语》可比《诗经》，而境界尤高。《庄子》可比《离骚》，而《离骚》的文学情味，其实也并不比《庄子》高出。"（钱穆《中国文学论丛·中国文学中的散文小品》

"此篇为《庄子》开宗明义第一篇文字，其妙处人人能言之，至其与《孟子》'不动心'章，一鼻孔出气，则人人未之及焉。惟孟子之言严而正，曰集义，曰勿忘、勿助长，示人有入手处；《庄子》之言奇而诡，曰培风，曰游于无穷，曰彼且恶乎待，似未免稍邻于虚，而非虚也。惟道集虚，庄子之学，所以六通四辟，纵横无隔阂者，正得《孟子》'浩然'二字妙用。"（朱文熊《庄子新义》卷一）

庄子·养生主①

吾生也有涯，而知也无涯。以有涯随无涯，殆已②！已而为知者，殆而已矣③！为善无近名，为恶无近刑④，缘督以为经⑤，可以保身，可以全生⑥，可以养亲，可以尽年。

庖丁为文惠君解牛⑦，手之所触，肩之所倚，足之所履，膝之所踦⑧，砉然向然，奏刀騞然，莫不中音⑨。合于《桑林》之舞，乃中《经首》之会⑩。

文惠君曰："嘻，善哉！技盖至此乎⑪？"

庖丁释刀对曰："臣之所好者道也，进乎技矣⑫。始臣之解牛之时，所见无非全牛者。三年之后，未尝见全牛也。方今之时，臣以神遇而不以目视⑬，官知止而神欲行⑭。依乎天理，批大郤，导大窾⑮，因其固然。技经肯綮之未尝⑯，而况大軱⑰乎！良庖岁更刀，割也；族庖⑱月更刀，折也。今臣之刀十九年矣，所解数千牛矣，而刀刃若新发于硎⑲。彼节者有间⑳，而刀刃者无厚。以无厚入有间，恢恢乎其于游刃必有余地矣㉑。是以十九年而刀刃若新发于硎。虽然，每至于族㉒，吾见其难为，怵然为戒㉓，视为止，行为迟，动刀甚微。謋然已解㉔，如土委地。提刀而立，为之四顾，为之踌躇满志，善刀而藏之㉕。"

文惠君曰："善哉！吾闻庖丁之言，得养生焉。"

公文轩见右师而惊曰㉖："是何人也？恶乎介也㉗？天与？其人与？"

曰："天也，非人也。天之生是使独也，人之貌有与也㉘。以是知其天也，非人也。"

泽雉㉙十步一啄，百步一饮，不蕲畜乎樊中㉚。神虽王，不善也㉛。

老聃死，秦失㉜吊之，三号而出。弟子曰："非夫子之友邪？"曰："然。""然则吊焉若此可乎？"曰："然。始也吾以为其人也，而今非也㉝。向吾入而吊焉，有老者哭之，如哭其子；少者哭之，如哭其母。彼其所以会之，必有不蕲言而言，不蕲哭而哭者㉞。是遁天倍情，忘其所受，古者谓之遁天之刑㉟。适来，夫子时也㊱；适去，夫子顺也。安时而处顺，哀乐不能入也，古者谓是帝之县解㊲。"

指穷于为薪，火传也，不知其尽也㊳。

【注释】

①养生主,意思是养生的要领。

②殆已:危险,这里指疲惫不堪,神伤体乏。

③已而为知者,殆而已矣:既然如此还在不停地追求知识,那可真是十分危险的了。

④为善无近名,为恶无近刑:做善事不去贪图名声,做恶事不至于面对刑罚。尽,接近。

⑤缘督以为经:把遵从自然中虚之道作为常法。缘,顺着,遵循。督,中,正道。中医有奇经八脉之说,所谓督脉即身背之中脉,具有总督诸阳经的作用。

⑥可以全生:可以保全天性。生,通"性"。

⑦庖丁为文惠君解牛:庖丁给文惠君解杀牛。庖丁,名丁的庖工。文惠君,梁惠王。

⑧膝之所踦(yǐ):膝所抵住的。踦,支撑,接触。

⑨砉(huā)然向然,奏刀騞(huō)然,莫不中音:都发出(皮肉相离的)砉砉响声,进刀时(发出巨大的)騞騞的声响,没有不合乎音律的。向,通"响"。

⑩合于《桑林》之舞,乃中《经首》之会:合乎《桑林》舞乐的节拍,又合乎《经首》乐曲的节奏。《桑林》,传说中商汤时的乐曲名。《经首》,传说尧时的乐曲名。会,节奏。

⑪技盖至此乎:技艺怎么达到这种地步啊。盖,通"盍",何,怎样。

⑫进乎技矣:已经超过一般的技术了。进,超过。

⑬臣以神遇而不以目视:我只用精神去和牛接触,而不用眼睛去看了。臣,庖丁自称。遇,会合,接触。

⑭官知止而神欲行:视觉停止了,而精神在活动。官,这里指视觉。神欲,精神活动。

⑮依乎天理,批大郤,导大窾(kuǎn):依照牛的生理特点,击入大

270

的缝隙,顺着(骨节间的)空处进刀。郤,空隙。窾,空。

⑯技经肯綮(qìng)之未尝:脉络相连和筋骨相结合的地方都没有遇到过。技,应是"枝",指支脉。经,指经脉。肯,骨间的肉。綮,结合处。

⑰轨(gū):大骨。

⑱族庖:一般的厨师。族,众。

⑲而刀刃若新发于硎:刀刃就像刚从磨刀石上磨出来的一样。发,出。硎,磨刀石。

⑳彼节者有间:牛的骨节间有间隙。

㉑恢恢乎其于游刃必有余地矣:宽宽绰绰的,对于游进的刀刃来说一定有很大的余地的。

㉒每至于族:每到筋骨交错聚结的地方。

㉓怵(chù)然为戒:就谨慎地为之戒备。怵,谨慎。

㉔謋然已解:哗啦啦解体了。

㉕善刀而藏之:把刀擦拭干净收藏起来。善,通"缮",修治,这里是擦拭的意思。

㉖公文轩见右师而惊曰:公文轩见到右师大吃一惊地说。公文轩,相传为宋国人,复姓公文,名轩。右师,官名,其姓名不详,借官名称其人。

㉗恶乎介也:怎么只有一只脚呢。介,可能是"兀",失去一只脚的意思。

㉘人之貌有与也:人的外观完全是上天赋予的。

㉙泽雉:沼泽边的野鸡。

㉚不蕲畜乎樊中:不会祈求蓄养在笼子里。蕲,通"祈"。樊,笼子。

㉛神虽王,不善也:(养在笼子里)精神虽然健旺,但那是很不快意的。王,旺盛。

㉜秦失:秦佚,老聃的朋友。

㉝始也吾以为其人也,而今非也:原来我认为你们是超然物外的人,现在看来并不是这样的。

㉞彼其所以会之,必有不蕲言而言,不蕲哭而哭者:他们之所以会聚到这里,一定有不想说而情不自禁说的,不想哭而情不自禁哭的。

㉟是遁天倍情,忘其所受,古者谓之遁天之刑:这是违背天理违背常情,忘掉了人秉承于自然、受命于天的道理,古人称这是违背自然的过失。遁,违背。

㊱适来,夫子时也:偶然来到世上,你们老师是应运而生。

㊲安时而处顺,哀乐不能入也,古者谓是帝之县解:应运而生,顺天而死,哀乐是不能加入进来的,古时称这为自然解除倒悬之苦。帝,天,万物的主宰。县,通"悬"。

㊳指穷于为薪,火传也,不知其尽也:取光照物的烛薪燃尽了,而火种会留下来,永远不会熄灭。指,通"脂"。

【解读】

这是一篇谈论养生之道的文章。庄子认为,养生之道重在顺应自然,忘却情感,不为外物所滞。

全文分为三部分,第一部分至"可以尽年",是全篇的总纲,指出养生最重要的是做到"缘督以为经",即秉承事物中虚之道,顺应自然的变化与发展。

第二部分讲庖丁解牛。开始是一段惟妙惟肖的解牛描写。作者浓墨重彩,文采斐然地表现庖丁解牛时神情之悠闲,动作之和谐。全身手、肩、足、膝并用,触、倚、踩、抵相互配合,一切都显得那么协调潇洒。"砉然向然,奏刀騞然",声音节奏急缓,轻重有致,起伏相间,声声入耳。"合于《桑林》之舞,乃中《经首》之会","嘻,善哉!技盖至此乎?"文惠君一声赞叹,令人迷醉。接着是庖丁的回答。原来解牛之妙不囿于"技"而是进于"道",求于"道"因而精于"技"。文章用了两种反差鲜明的对比：一为庖丁解牛之初与三年之后的对比，一为庖丁与普通厨工的对比。庖丁解牛之初，所看见的是浑然一牛；三年之后就未尝见全牛了，而是对牛的生理上的天然结构，筋骨相连的间隙，骨节之间的窍穴，皆了如指掌。普通厨工用刀触骨，技术好的厨工用刀割筋肉，庖丁是"臣以神遇而不以目视，官知止而神欲行。依乎天理，批大郤，导大窾，因其固然，技经肯綮之未尝，而况大軱乎"，凭内在精神去体验牛体，顺乎自然，避开筋骨进刀，"恢恢乎其于游刃必有余地矣"，物我同一，达到炉火纯青的地步。这样，方法对头，不仅牛解得快，而且刀子也不受损害，胜过"良庖岁更刀"，更胜过"族庖月更刀"。每至筋骨聚结的地方，"吾见其难为，怵然为戒，视为止，行为迟，动刀甚微。謋然已解，如土委地"，精神上也得到一种享受，"提刀而立，为之四顾，为之踌躇满志，善刀而藏之"。"道"与"技"通，"道"高于"技"，"技"从属于"道"；反之"技"中有"道"，从"技"中可以观"道"。文惠君于是从庖丁的解牛之中悟到了养生之道。

从"公文轩见右师而惊曰"起是第三部分，进一步说明听凭天命，顺应自然，"安时而处顺"的生活态度。

庄子的思想，一是无所依凭，自由自在；一是反对人为，顺其自然。本文字里行间虽是谈论养生，实际是在体现作者的哲学思想和生活旨趣。

【点评】

"夫生以养存，则养生者理之极也。若乃养过其极，以养伤生，非养生之主也。""以刀可养，故知生亦可养。""穷，尽也；为薪，犹前薪也。前薪以指，指尽前薪之理，故火传而不灭；心得纳养之中，故命续而不绝；明夫养生乃生之所以生也。"（［晋］郭象注《庄子》）

"杨时曰：《逍遥游》篇子思所谓无入不自得，《养生主》篇孟子所谓行其所无事。杨慎曰：以此意读庄子，则所谓圆机之士可与之论九流矣。方潜曰：即用即体，而全无体之体也，无体之体，乃所谓主也。"（侯

官严氏《庄子评点》卷一引）

"庄子之修养法，盖亦本于老子。在去小智而得大智，去小我而成大我，去有为而就无为，破除一切世间之物欲，而游于方之外者也。其养生之义，莫善于《养生主》篇庖丁解牛之喻。……此言庖丁之刃游于骨节有间之处，而不与骨节相伤，故游刃能久而不敝。人之养生，亦当如是，游于空虚之境，顺夫自然之理，则物莫之伤也。"（郎擎霄《庄子学案》第六章）

"轮扁之言曰：得之于手而应于心，而口不能言。庄子每欲于口不能言而言之，且极之于不言之言。庖丁解牛之喻，岂非轮扁所不能言之妙乎？余尝谓《孟子》所谓羿与大匠，不能以巧诲人者，亦犹轮扁之说，皆所谓技也进乎道之言也。"（朱文熊《庄子新义》卷一）

庄子·秋水①（节选）

秋水时至，百川灌河。泾流之大，两涘渚崖之间，不辩牛马②。于是焉河伯③欣然自喜，以天下之美为尽在己。顺流而东行，至于北海④，东面而视，不见水端。于是焉河伯始旋其面目⑤，望洋向若而叹曰⑥："野语有之曰：'闻道百，以为莫己若⑦'者，我之谓也。且夫我尝闻少仲尼之闻，而轻伯夷之义者⑧，始吾弗信；今我睹子之难穷也，吾非至于子之门，则殆矣。吾长见笑于大方之家⑨。"

北海若曰："井蛙不可以语于海者，拘于虚也⑩；夏虫不可以语于冰者，笃于时也⑪；曲士⑫不可以语于道者，束于教也⑬。今尔出于崖涘，观于大海，乃知尔丑⑭，尔将可与语大理矣。"

【注释】

①《秋水》选自《庄子》外篇。是《庄子》中最长的一篇,用篇首两字作篇名,中心是讨论人应该怎样去认识外物。这里只是节选了其中的几个片段。

②泾流之大,两涘渚崖之间,不辩牛马:直流的水波很大,从两岸或者从河中沙洲到水边的高岸(隔水望去),分不清是牛是马(形容水涨后河面极宽)。泾,同"径"。涘,水边。渚,水中的小块陆地。崖,高的河岸。辩,同"辨"。

③河伯:传说中的黄河之神。

④北海:河东端北方大海。指东海的北部。

⑤旋其面目:转过脸来。旋,掉转。面目,指面部。

⑥望洋向若而叹曰:仰头面对海神而感叹道。望洋,仰视的样子。若,海神名。

⑦闻道百,以为莫己若:听到的道理很多,认为没有谁比得上自己。若,如,比得上。

⑧且夫我尝闻少仲尼之闻,而轻伯夷之义者:况且我曾经听到孔子懂得的东西太少,伯夷的高义不值得看重的话。少,以……为少。

⑨吾长见笑于大方之家:我将长久地被大方之家耻笑。大方之家,指修养很高、明白道理的人。

⑩拘于虚也:受他所处的地方限制。拘,限制。虚,墟所。

⑪笃于时也:受他所生活的时间限制。笃,固。

⑫曲士:乡曲之士,这里指见识短浅的人。

⑬束于教也:受他教育程度的限制。

⑭乃知尔丑:于是知道了自己的鄙俗、固陋。丑,鄙俗、固陋。

庄子钓于濮水①,楚王使大夫二人往先焉②,曰:"愿以竟内累矣③！"庄子持竿不顾，曰："吾闻楚有神龟，死已三千岁矣。王巾笥而藏之庙堂之上④。此龟者，宁其死为留骨而贵乎⑤？宁其生而曳尾于涂中乎⑥？"二大夫曰："宁生而曳尾涂中。"庄子曰："往矣！吾将曳尾于涂中。"

【注释】

①濮水：水名，在今河南境内。

②楚王使大夫二人往先焉：楚王派两个大夫前往先说明来意。楚王，旧注为楚威王。

③愿以竟内累矣：希望把国内政务交给你来管。累，劳累，这里以"累"字表述委以国事的意思。竟，通"境"，国境。

④王巾笥而藏之庙堂之上：大王用巾饰覆盖，用竹箱装着珍藏在宗庙里。笥：盛物的竹器。巾、笥都作意动。

⑤宁其死为留骨而贵乎：宁愿为留下龟甲，显示尊贵而死呢？留骨，留下龟甲，古代用龟甲占卜。

⑥宁其生而曳尾于涂中乎：还是宁愿拖着尾巴在泥水里活着。涂，泥。

惠子①相梁，庄子往见之。或谓惠子曰："庄子来，欲代子相②。"于是惠子恐，搜于国中三日三夜③。

庄子往见之，曰："南方有鸟，其名鹓鶵④，子知之乎？夫鹓鶵，发于南海而飞于北海，非梧桐不止，非练实不食⑤，非醴⑥泉不饮。于是鸱得腐鼠⑦，鹓鶵过之，仰而视之曰：'吓！'今子欲以子之梁国而吓我邪⑧？"

【注释】

①惠子：即惠施，名家的代表人物。

②欲代子相:是想取代你做宰相。

③搜于国中三日三夜:在国都搜查庄子,搜了三天三夜。

④鹓鶵(yuān chú):凤类之鸟。

⑤非练实不食:不是竹子的果实不吃。

⑥醴:甜酒。

⑦于是鸱得腐鼠:在这个时候猫头鹰捡了只死老鼠。

⑧今子欲以子之梁国而吓我邪:如今你也想用你的梁国来怒叱我吗?

庄子与惠子游于濠梁①之上。

庄子曰:"儵鱼出游从容②,是鱼之乐也。"

惠子曰:"子非鱼,安知鱼之乐?"

庄子曰:"子非我,安知我不知鱼之乐?"

惠子曰:"我非子,固不知子矣;子固非鱼也,子之不知鱼之乐,全矣③!"

庄子曰:"请循其本④。子曰'汝安知鱼乐'云者,既已知吾知之而问我⑤。我知之濠上也。"

【注释】

①濠梁:濠水的桥上。濠,水名,在安徽境内。梁,桥。

②儵(tiáo)鱼出游从容:白儵鱼游得那么悠闲自在。儵,白鱼。

③全矣:完全如此,无须辩驳。

④请循其本:还是让我顺着先前的话来说吧。

⑤子曰"汝安知鱼乐"云者,既已知吾知之而问我。我知之濠上也:你刚才说的"你怎么知道鱼的快乐"的话,就是已经知道了我知道鱼儿的快乐而问我。而我则是在濠水的桥上知道鱼儿快乐的。

277

【解读】

《秋水》中河伯与海若的对话，谈论的是对事物的认识问题。秋日季节性洪水发了，大量洪水从支流汇入黄河，黄河河面变宽，主河道的对岸，河中的沙洲之间，连牛马的形状都不能分辨清楚了，这时河伯"欣然自喜"，自高自大，"以天下之美为尽在己"。等他"顺流而东行，至于北海，东面而视，不见水端"时，才知道海的浩渺、自己的浅薄。于是"始旋其面目"，仰视海神若，进行了一番自我批判。河伯首先认识到以前"闻道百，以为莫己若"的可笑，同时认识到孔子的学问、伯夷的高义也有局限。从前人家否认孔子和伯夷，"始吾弗信"，今日"睹子之难穷"，才算开了眼界，相信以前人说的话了。于是他谦虚地对海神说：我如果不是到了你的门前（看到了你的辽阔），（我就会自我封闭，自高自大），就危险了，"吾长见笑于大方之家"。

最后海若揭示了河伯认识受局限的原因："井蛙不可以语于海"是因为受空间限制，"夏虫不可以语于冰"是受时间的限制。"曲士不可以语于道"是受教育程度的限制。只有充分认识到自己见识短浅的原因，才可以谈论大的道理。这里庄子通过河神和海神的对话，谈论的其实是一个认识具有相对性的问题。

"庄子钓于濮水"，可以看出庄子对当时政治环境的清醒认识，以及他鄙弃功名富贵、追求自由自在的生活态度。用龟的两种存在状态来比当官做相和无拘无束的生活，道理简单明了，很具说服力。

"惠子相梁"，写法幽默风趣。庄子用鹓鶵自比，用鸱枭比惠子，用"腐鼠"比相位和功名利禄，惠子的担心，庄子的鄙薄，追求相位的恶心，美丑清浊立显。运用寓言，庄子把他对待相位的态度也表白得一清二楚。

庄子和惠子"濠梁观鱼"，比喻别有会心。庄子主张顺从天道，而鄙弃"人为"，摒弃人性中那些"伪"的杂质。真正的生活是自然而然的，认为人生应该追求自由。写"鱼之乐"其实是写"人之乐"。

【点评】

"简文入华林园,顾谓左右曰:'会心处,不必在远。翳然林水,便自有濠、濮间想也。觉鸟兽禽鱼,自来亲人。'"([南朝宋]刘义庆《世说新语·言语第二》)

"此篇为庄子极得意文字,故前半反复推衍以明道真,河伯、海若层层之辩论,只得之濠上之一语意耳。何言之? 凡大者自大,小者自小,大亦非大,小亦非小,如我自我,人自人,鱼自鱼也,各安于自然,则各得其乐。惟以小羡大,以大自大,则不安于自然,而非道真矣。以小羡大,则有贵人贱己之心;以大自大,则有贵己贱人之心。形名者,形名此者也。辩论者,辩论此者也,而道之真益灭矣。惟举大小而一空之,则由道之真,仍大者自大,小者自小,大亦非大,小亦非小,而贵贱可知矣。儵鱼有自得之乐,岂河伯无自得之乐? 苟一失道真,则羡人非乐,自大更非乐。羡人必至于自大,大无定形,亦终至羡人而更非乐。"(朱文熊《庄子新义》卷二)

"河伯以其巨大自以为美,然而面对无崖涘、不见水端的北海,便只好望洋兴叹,在无限面前羞愧了。这种无限的美,是'千里之远,不足以举其大;千仞之高,不足以极其深','不为顷久推移,不以多少进退'的。这种展现在无限时空中的美,便是'天地之大美'。""在这个著名的论辩中,惠子是逻辑的胜利者,庄子却是美学的胜利者。当庄子遵循着逻辑论辩时,('子非我,安知我不知鱼之乐?')他被惠子打败了。但庄子立即回到根本的原始直观上:你是已经知道我知道鱼的快乐而故意问我的,我的这种知道是直接得之于濠上的直观。它并不是逻辑的,更不是逻辑议论、理知思辨的对象。"(李泽厚《华夏美学·儒道互补》)

庄子・达生①（节选）

　　仲尼适楚，出于林中，见佝偻者承蜩，犹掇之也②。

　　仲尼曰："子巧乎，有道邪？"

　　曰："我有道也。五六月累丸二而不坠，则失者锱铢③；累三而不坠，则失者十一；累五而不坠，犹掇之也。吾处身也，若厥株拘④；吾执臂也，若槁木之枝⑤。虽天地之大，万物之多，而唯蜩翼之知⑥。吾不反不侧⑦，不以万物易蜩之翼，何为而不得⑧！"

　　孔子顾谓弟子曰："用志不分，乃凝于神。其佝偻丈人之谓乎！"

【注释】

　　①达生：通达生命的意思。达，通达。生，生存、生命。《达生》选自《庄子·外篇》。

　　②见佝偻（gōu lóu）者承蜩，犹掇之也：看见一个驼背老人正用竿子粘蝉，就好像从地上拾取一样。

　　③五六月累丸二而不坠，则失者锱铢：经过五六个月的练习，在竿头上堆叠起两个丸子而不会坠落，失手的情况是很少的。锱铢，很小的重量单位，这里比喻很少。

　　④吾处身也，若厥株拘：我待在那里，就像一个树兜。厥，通"橛"，指断木。株拘，露出地面的根部。

　　⑤吾执臂也，若槁木之枝：我拿竿的手臂，就像晒干的树枝。

　　⑥而唯蜩翼之知：我只知道看着蝉的翅膀。

　　⑦吾不反不侧：我不思前想后、左顾右盼。

⑧不以万物易蜩之翼,何为而不得:不因纷繁的外物而改变对蝉翼的注意,怎么不能成功呢?

颜渊问仲尼曰:"吾尝济乎觞深之渊①,津人操舟若神②。吾问焉,曰:'操舟可学邪?'曰:'可。善游者数能③。若乃夫没人,则未尝见舟而便操之也④。'吾问焉而不吾告,敢问何谓也?"

仲尼曰:"善游者数能,忘水也⑤。若乃夫没人之未尝见舟而便操之也,彼视渊若陵,视舟之覆,犹其车却也⑥。覆却万方陈乎前而不得入其舍,恶往而不暇⑦!以瓦注者巧,以钩注者惮,以黄金注者殙⑧。其巧一也,而有所矜,则重外也⑨。凡外重者内拙⑩。"

【注释】

①吾尝济乎觞深之渊:我曾经在觞深过渡。觞深,宋国境内一条深渊,其状似杯子,因而得名。

②津人操舟若神:摆渡的人驾船的技巧实在神妙。津人,摆渡的人。

③善游者数(shuò)能:善于游泳的人练习数次就能做到。

④若乃夫没人,则未尝见舟而便操之也:若是那会潜水的人,就是没有看见过船也会熟练地驾驶船。没人,潜水的人。

⑤忘水也:忘记自己生活在水里。

⑥视舟之覆,犹其车却也:看见船翻了,就像看见车子倒退一样。

⑦覆却万方陈乎前而不得入其舍,恶(wū)往而不暇:船的覆没和车的倒退以及各种景象展现在他们面前都不能扰乱他们的内心,(他们)到哪里不悠闲自得。万方,万端,各种各样的情况。陈乎前,在眼

前展现。舍,指心中。恶,哪里,疑问词。

⑧以瓦注者巧,以钩注者惮,以黄金注者殙:用瓦器作为赌注的技巧高,用金属带钩作为赌注的心里害怕,用黄金作为赌注的内心慌乱。殙,同"惛",内心迷乱。

⑨其巧一也,而有所矜,则重外也:各种赌注的赌博技巧是一样的,而有所顾惜,就是因为重视外在的东西。

⑩凡外重者内拙:凡是把外物看得过重的人内心世界就笨拙。

孔子观于吕梁,县水三十仞,流沫四十里①,鼋鼍鱼鳖之所不能游也。见一丈夫游之,以为有苦而欲死也②,使弟子并流而拯之③。数百步而出,被发行歌而游于塘下④。

孔子从而问焉,曰:"吾以子为鬼,察子则人也。请问:蹈水有道乎?"

曰:"亡,吾无道。吾始乎故,长乎性,成乎命⑤。与齐俱入,与汩偕出,从水之道而不为私焉,此吾所以蹈之也⑥。"

孔子曰:"何谓始乎故,长乎性,成乎命?"

曰:"吾生于陵而安于陵,故也;长于水而安于水,性也;不知吾所以然而然,命也。"

【注释】

①县水三十仞,流沫四十里:瀑布高悬二三十丈,冲刷而起的水花远达四十里。悬水,瀑布。

②见一丈夫游之,以为有苦而欲死也:只见一男子在那里游泳,孔子以为他是有痛苦而想寻死的。

③使弟子并流而拯之:派弟子顺着水流去拯救他。

282

④被发行歌而游于塘下:披着头发在堤岸下边唱边游。塘,堤岸。

⑤吾始乎故,长乎性,成乎命:我开始于故常,成长顺乎天性,养成在于自然。

⑥与齐俱入,与汨偕出,从水之道而不为私焉,此吾所以蹈之也:我跟漩涡下到水底,跟涌流一同游出水面,顺着水势而不自作主张,这就是我游泳的方法。

【解读】

这三则故事都是选自《庄子·达生》。

"佝偻成蜩"的故事,说明养神的基本方法,就是使神思高度凝聚专一,绝不三心二意。

"津人操舟"的故事,说明善游者忘水,视舟如车,视水如陆,忘乎外物,履险如夷;反之不能忘者,受外物牵系,重外内拙,心惮迷茫。

"悬水行歌",写游泳高手顺其自然生长,安于自然环境,习性成自然的"蹈水之道"。

这三则寓言说明要达生,就要摒弃外欲,心神宁寂,顺其自然生长。这些寓言中的人物都有超常的本领,达到了神的境界,这都与他们顺乎自然,专一精纯、与物无间有关。

【点评】

"此篇大旨,林氏西仲谓发内篇《养生主》所未备,阐出精、气、神三宝妙用,为玄箓开山秘法,诚然诚然。然必谓长生久视之道尽在于此,则又未免误认'弃世'二字也。庄子不云乎,虽不足为而不可不为者,其为不免矣。可知人伦日用,至正至平,原是康庄大道。弃夫世俗之好,则布帛菽粟中,即藐姑射山神人之境。奚必潜行不窒,蹈火不热,行乎万物之上不慄为高哉?况乎潜行不窒,即入水不濡,庄子每借以形贫贱不移;蹈火不热,庄子每借以形富贵不淫。而所谓行乎万物之上不慄,亦借以形不动心之旨而已。其曰'精之又精,反以相天',正以

283

借形吾之心正,则天地之心亦正;吾之气顺,则天地之气亦顺之处。"
(朱文熊《庄子新义》卷二)

"此《达生》诸条,皆教人以能忘也。故曰死生惊惧不入乎胸中,又曰覆却万方不入其舍。何以能此?曰醉曰忘。既已忘矣,乃不以之为重,故若物莫之伤也。盖庄生之论人生修养,有一忘字决。忘之为用,其要在使人能减轻外重。使外物加于我之重量,能减至于近无之境,斯其内心自可得自由之伸舒矣。故曰,外重则内拙。反言之,即外轻则内巧也。外轻故不肯以物为事,内巧故物莫之能伤矣。"(钱穆《庄老通辨·比论孟庄两家论人生修养》)

"此篇言生之来不能却,其去不可止;能遗世则为善养生。亦委心任运之论。"(《吕思勉讲国学》)

庄子·山木①（节选）

庄子行于山中,见大木枝叶盛茂。伐木者止其旁而不取也。问其故,曰:"无所可用。"庄子曰:"此木以不材得终其天年。"夫子出于山,舍于故人之家②。故人喜,命竖子③杀雁而烹之。竖子请曰:"其一能鸣,其一不能鸣,请奚杀④?"主人曰:"杀不能鸣者。"

明日,弟子问于庄子曰:"昨日山中之木,以不材得终其天年;今主人之雁⑤,以不材死。先生将何处?"

庄子笑曰:"周将处乎材与不材之间⑥。材与不材之间,似之而非也,故未免乎累⑦。若夫乘道德而浮游则不然,无誉无訾⑧,一龙一蛇,与时俱化,而无肯专为⑨;一上一下,以和为量⑩,浮游乎万物之祖⑪,物物而不物于物⑫,则

284

胡可得而累邪！此神农、黄帝之法则也。若夫万物之情，人伦之传，则不然⑬。合则离，成则毁⑭；廉则挫，尊则议，有为则亏，贤则谋，不肖则欺⑮，胡可得而必乎哉⑯！悲夫，弟子志之，其唯道德之乡乎⑰！"

【注释】

①《山木》选自《庄子·外篇》。

②舍于故人之家：留宿在朋友家。舍，住宿。

③竖子：童仆。

④请奚杀：请问杀哪一只。奚，疑问代词，哪。

⑤雁：鹅。

⑥周将处夫材与不材之间：我庄周将处于成材与不成材之间。

⑦似之而非也，故未免乎累：好像和于大道而又并非与大道相合，因此仍不免拘束劳累。

⑧无誉无訾：没有赞誉没有诋毁。

⑨而无肯专为：而不愿偏滞于某一方面。

⑩一上一下，以和为量：进取退缩，一切以顺和为度。

⑪浮游乎万物之祖：优游自得地生活在万物的初始状态。

⑫物物而不物于物：役使外物却不被外物所役使。

⑬若夫万物之情，人伦之传，则不然：至于万物的真情，人伦的传递，就不是这样。

⑭合则离，成则毁：有合就有离，有成就有毁。

⑮廉则挫，尊则议，有为则亏，贤则谋，不肖则欺：正直就会碰到挫折，位高就会倾覆，有为就会有亏损，贤能就会有人算计，无能就会遭到欺侮。议，通"俄"，倾覆的意思。

⑯胡可得而必乎哉：怎么能偏滞于某一方面呢？

⑰其唯道德之乡乎:只有归向于大道与正德吧。乡,通"向",归向。

　　庄周游于雕陵之樊①,睹一异鹊自南方来者。翼广七尺,目大运寸②,感周之颡而集于栗林③。庄周曰:"此何鸟哉!翼殷不逝④,目大不睹。"蹇裳躩步,执弹而留之⑤。睹一蝉,方得美荫而忘其身,螳螂执翳而搏之⑥,见得而忘形;异鹊从而利之,见利而忘其真。庄周怵然曰:"噫!物固相累,二类相召也⑦!"捐弹而反走,虞人逐而谇之⑧。

　　庄周反入,三日不庭⑨。蔺且⑩从而问之:"夫子何为顷间甚不庭乎?"庄周曰:"吾守形而忘身,观于浊水而迷于清渊。且吾闻诸夫子曰⑪:'入其俗,从其令。'今吾游于雕陵而忘吾身,异鹊感吾颡,游于栗林而忘真,栗林虞人以吾为戮⑫,吾所以不庭也。"

【注释】

　　①庄周游于雕陵之樊:庄子在一个果园的篱笆边游玩。雕陵,果园名。樊,篱笆。

　　②目大运寸:眼睛大约一寸。运,直径。

　　③感周之颡而集于栗林:碰着庄子的额头而停歇在果树林里。

　　④翼殷不逝:翅膀大而不远飞。殷,大。

　　⑤蹇裳躩(jué)步,执弹而留之:提起衣服快步上前,拿着弹弓静静等待。蹇,通"褰",提起。躩步,快步行走。

　　⑥螳螂执翳而搏之:螳螂用树叶作掩护打算扑蝉。

　　⑦物固相累,二类相召也:世间万物本来就这样互相牵累,两物之间互相招引。

⑧虞人逐而谇之:看园之人追赶我并责骂我。谇,责问。

⑨庄周反入,三日不庭:庄子返回家中,整整三天心情不好。庭,通"逞",快意,称愿的意思。

⑩蔺且:庄子弟子。

⑪且吾闻诸夫子曰:而且我从老师那里听说。

⑫栗林虞人以吾为戮:管理栗林的园丁不理解我又进而侮辱我。戮,侮辱。

【解读】

"庄子行于山中"这个寓言讲山木无用却能保全自己,雁不能鸣叫因而被杀,说明生命的成长很难找到一条万全的途径。只有处于材与不材之间,不偏滞于某一方面,役使外物而不被外物所役,浮游于"万物之祖"与"道德之乡",与时俯仰,才不会为物所累。

"庄周游于雕陵之樊"这则寓言,主要讲螳螂捕蝉、异鹊在后的故事。令人惊心动魄的是,异鹊之后还有庄周"执弹留之",而庄周之后还有虞人监视。"物固相累,二类相召也",动物之间,人和动物之间,人和人之间,互相算计,"见得而忘形""见利而忘其真",往往不知道危险就在后面。庄子因而感到人生的危殆,回家之后,几天都快乐不起来。

【点评】

"不向长安路上行,却教山寺厌逢迎。味无味处求吾乐,材不材间过此生。"([宋]辛弃疾《鹧鸪天·博山寺作》)

"此篇从内篇《人间世》得来,申明虚己之旨,为入世出世之方。顾庄子谓以材全用者屡矣,而此篇故人之雁,则正以不材烹,是盆成括固宜见杀于世,而以愚为藏拙者,尤非所以为全身之道也。材不材之间,又未有立身之处,则莫如举是而空之,而道德之乡尚矣。"(朱文熊《庄子新义》卷二)

287

"此篇言人之处世,材与不材皆足婴患,唯乘道德而游者不然。所谓乘道德者,虚己之谓也。虚己则无计较利害之心。无计较利害之心,则物莫之能累矣。亦《人间世》《德充符》两篇之旨也。"(《吕思勉讲国学》)

荀子①·劝学篇(节选)

君子②曰:学不可以已③。

青,取之于蓝而青于蓝;冰,水为之而寒于水。木直中绳,輮以为轮④,其曲中规⑤。虽有槁暴⑥,不复挺者,輮使之然也。故木受绳则直⑦,金就砺则利⑧,君子博学而日参省乎己,则知明而行无过矣⑨。

故不登高山,不知天之高也;不临深溪,不知地之厚也;不闻先王之遗言,不知学问之大也。干、越、夷、貉之子⑩,生而同声,长而异俗,教使之然也。《诗》曰:"嗟尔君子,无恒安息。靖共尔位,好是正直。神之听之,介尔景福⑪。"神莫大于化道,福莫长于无祸⑫。

吾尝终日而思矣,不如须臾之所学也;吾尝跂⑬而望矣,不如登高之博见也。登高而招,臂非加长也,而见者远;顺风而呼,声非加疾⑭也,而闻者彰⑮。假舆马者,非利足也⑯,而致千里;假舟楫者,非能水也,而绝江河⑰。君子生非异也,善假于物也⑱。

【注释】

①荀子(约前313—前238),名况,战国末期赵国人。著名思想

家、教育家,儒家代表人物之一,时人尊称"荀卿"。西汉时因避汉宣帝刘询的名讳,又称孙卿。现存《荀子》32篇。

②君子:这里指有学问有修养的人。

③学不可以已:学习是不能停止的。

④輮以为轮:经过烘烤使它弯曲制成车轮。輮,用火烤使木、竹弯曲或挺直

⑤其曲中规:它的曲度符合圆规。中,符合。

⑥虽有槁暴:即使再经过火烤日晒。

⑦故木受绳则直:因此木头经墨线比量就可以削直。

⑧金就砺则利:金属之刀斧,经过磨刀石磨就会变锋利。

⑨君子博学而日参省乎己,则知明而行无过矣:君子广泛地学习且每天反省自己,就会智慧明达,行动就不会有过错了。参省乎己:对自己检查、省察。乎,于。

⑩干(hán)、越、夷、貉(mò)之子:干、越,春秋时期两个小国,在今江苏、浙江一带。夷、貉,我国古代东方与北方民族的泛称。

⑪嗟尔君子,无恒安息。靖共尔位,好是正直。神之听之,介尔景福:你们这些君子,不要贪图安逸,要好好地奉守职位,追求正直善良,神明觉察这些,就会给予你们很大的福气。此诗句出自《诗经·小雅·小明》。靖,安,善。共,通"供",奉守。听,察。介,助。景,大。

⑫神莫大于化道,福莫长于无祸:最高智慧没有比通晓自然规律更强大的,福气没有比没祸更长久的。

⑬跂:提起脚后跟。

⑭疾:强,这里指声音洪大。

⑮彰:清楚。

⑯假舆马者,非利足也:借助车马的人,不是脚走得快。

⑰而绝江河:却能横渡江河。绝,横渡。

⑱君子生非异也,善假于物也:君子的本性与一般人没有什么不同,只是善于借助外物罢了。生,通"性",资质,禀赋。

　　积土成山,风雨兴焉;积水成渊,蛟龙生焉①;积善成德,而神明自得,圣心备焉②。故不积跬步③,无以至千里;不积小流,无以成江海。骐骥④一跃,不能十步;驽马十驾,功在不舍⑤。锲而舍之,朽木不折⑥;锲而不舍,金石可镂⑦。蚓无爪牙之利,筋骨之强,上食埃土,下饮黄泉,用心一也。蟹六跪⑧而二螯,非蛇鳝之穴,无可寄托者,用心躁也。

　　是故无冥冥之志者,无昭昭之明⑨;无惛惛之事者,无赫赫之功⑩。行衢道者不至⑪,事两君者不容。目不能两视而明,耳不能两听而聪。螣蛇无足而飞,梧鼠五技而穷⑫。《诗》曰:"尸鸠在桑,其子七兮。淑人君子,其仪一兮。其仪一兮,心如结兮⑬。"故君子结于一也⑭。

　　昔者瓠巴⑮鼓瑟,而流鱼出听;伯牙鼓琴,而六马仰秣⑯。故声无小而不闻,行无隐而不形⑰。玉在山而草木润,渊生珠而崖不枯。为善不积邪,安有不闻者乎⑱!

【注释】

①蛟龙生焉:蛟龙就在那里生长。

②积善成德,而神明自得,圣心备焉:积累善行,形成良好的品德,就会得到最高的智慧,圣人的思想境界也就具备了。神明,指人的智慧。圣心,圣人之心,通明的思想。

③跬(kuǐ)步:古代称跨出一脚称"跬",跨出两脚为"步"。

④骐骥(jì):骏马。

⑤驽马十驾,功在不舍:劣马拉车走十天也能走得很远,它的成功在于不停止。驽马,劣马。十驾,马拉车十天走的路程。

⑥锲而舍之,朽木不折:拿刀刻东西,中途停止,腐朽的木头也不能刻断。锲,刻。

⑦镂:雕刻。

⑧跪:蟹腿。螯:蟹钳。

⑨是故无冥冥之志者,无昭昭之明:没有精诚专一、埋头苦干的思想,就没有显著的成就。冥冥,幽暗昏暗,比喻专心致志;昭昭,明显。

⑩无惛惛之事者,无赫赫之功:不能沉下心来做事,就没有显赫的成就。惛惛,不明白。

⑪行衢道者不至:走交叉错杂的路达不到目的地。

⑫螣蛇无足而飞,梧鼠五技而穷:螣蛇没有脚而能飞,鼫鼠有五种技能却处境窘迫。梧鼠,鼫鼠。据说有五种技能:能飞,但不能上屋;能爬,但不能上树顶;能游,但游不过山涧;能打洞,但洞不能掩身;能走,但走不过别的动物。

⑬尸鸠在桑,其子七兮。淑人君子,其仪一兮。其仪一兮,心如结兮:布谷鸟在桑树上,有七只幼鸟。淑女君子,行为专一,行为专一,意志就会坚定不移。此六句引自《诗经·曹风·鸤鸠》,《毛传》说,布谷鸟养育七只小鸟,喂小鸟时,早晨从上开始,依次往下喂,晚上从下开始,依次往上喂,平均如一,天天如此,这里取其用心专一的意思。仪,仪表,举止。结,凝结,这里是坚定的意思。

⑭故君子结于一也:因此君子归结为专一。

⑮瓠(hù)巴:古代传说中弹奏瑟的人。

⑯仰秣:抬头停食草料。秣,草料。

⑰故声无小而不闻,行无隐而不形:所以声音不会因为小而听不到,行动不会因为隐蔽而看不见。

⑱为善不积邪,安有不闻者乎:做善事不积累恶行,哪有不闻名于

世的呢？

【解读】

《劝学》作为《荀子》的开篇之作，是一篇论述学习的重要意义，劝导人们以正确的目的、态度和方法去学习的散文。文章以朴素的唯物主义为理论基础，旁征博引，娓娓说理，反映了先秦儒家在教育方面的某些正确观点，也体现了作为先秦诸子思想集大成者的荀子文章的艺术风格。原文较长，所选段落体现了《劝学》整个文章的主要内容。

开始提出观点："学不可以已。"一方面是说学习的意义非常重要，所以不能停止；另一方面说明对待学习应该采取的态度和方法，那就是不能停止。

第二段和第三段，论述学习的意义，作者用了一系列比喻，论证了学习的意义在于能够提高自己，改变自己。"青出于蓝""冰寒于水"说明客观事物经过一定的变化过程，可以有所发展，有所提高。"木直中绳，𫐓以为轮""木受绳则直，金就砺则利"，进一步说明客观事物经过人工改造，可以改变原来的状况，同样的道理，"君子博学而日参省乎己，则知明而行无过矣"，学习对改变人的品性也起着决定作用。"故不登高山，不知天之高也；不临深溪，不知地之厚也；不闻先王之遗言，不知学问之大也"。

第四段，论述学习的作用。作者用了五个比喻，论证学习能够弥补不足。先用"吾尝终日而思矣，不如须臾之所学也。吾尝跂而望矣，不如登高之博见也"来说明学习的作用，接着用了四组比喻：用"登高而招""顺风而呼""假舆马""假舟楫"所产生的效果来说明借助外物能弥补自身的不足，进而推断出"君子生非异也，善假于物也"，也就是君子要通过学习来弥补自己的不足的道理。这种"学而后知"的观点，在当时的历史条件下是难能可贵的。

第五段第六段，论述学习的方法和态度，作者用了一系列的比喻来论证学习要逐步积累，要坚持不懈，要专心致志。先从正面设喻：

"积土成山,风雨兴焉;积水成渊,蛟龙生焉",说明学习要积累才能有所成就,人若积德"而神明自得,圣心备焉"。接着从反面设喻,人如若不积,则不能"至千里",不能"成江河"。正反对照,说明"积"与"不积",效果完全不同。人们掌握知识,培养品德的过程,也是一个逐渐积累、逐步发展、由不知到知、由少到多、由量变到质变的过程。接着用"骐骥一跃""驽马十驾""锲而舍之""锲而不舍"产生结果来说明学习贵在坚持不懈的道理:人们学习,如果一曝十寒,时学时辍,再简单的知识也学不会;如果持之以恒,即使是再艰深的知识也可学会。最后用蚯蚓的"用心专一"和螃蟹的"用心躁"进行对比,用"目不能两视而明,耳不能两听而聪。螣蛇无足而飞,梧鼠五技而穷"的例子,用诗中吟唱的"尸鸠"用心哺乳的故事等,来说明学习必须专心致志,心结为一,才能成功。

最后一段用"瓠巴鼓瑟""伯牙鼓琴"来说明积学成德,能"神明自得",学习最终能丰富人的内涵,改变人的气质,提升人的高度。

从所选段落可以看出,荀子善于运用比喻说理,能把抽象的道理讲得具体明白,使读者容易接受。引用《诗》句,加强了文章的说服力。

【点评】

"学者,所以修性也,人性本恶,当去恶而积善,则学不可以已。务学,则必务求师。师者,所以正礼也。礼者,所以正身也。欲修其身,必先正其心,而养心莫善于节欲。荀子因人性恶,故劝之学,实亦内外交相养者也。"(罗焌《诸子学述》中编第一章)

荀子·宥坐(节选)

孔子观于鲁桓公之庙,有敧器^①焉。

孔子问于守庙者曰:"此为何器?"

守庙者曰："此盖为宥坐之器^②。"孔子曰："吾闻宥坐之器者，虚则欹^③，中则正，满则覆。"

孔子顾谓弟子曰："注水焉。"弟子挹水而注之^④。中而正，满而覆，虚而欹，孔子喟然而叹曰："吁！恶有满而不覆者哉^⑤！"

子路曰："敢问持满有道乎^⑥？"

孔子曰："聪明圣知，守之以愚；功被天下，守之以让；勇力抚世，守之以怯^⑦；富有四海，守之以谦：此所谓挹而损之之道也^⑧。"

【注释】

①欹器：一种易于倾斜而不易放平的器皿。

②此盖为宥（yòu）坐之器：这大概是君主放在座位右边用来警戒自己的一种器具。宥，通"右"。

③虚则欹：空的时候就倾斜。

④弟子挹水而注之：弟子就舀水灌到里面。挹，舀。

⑤恶有满而不覆者哉：哪有满而不覆的呢？恶，疑问词，哪。

⑥敢问持满有道乎：请问有什么方法可以保持水满而不覆呢？

⑦勇力抚世，守之以怯：有盖世的勇敢和气力，就要保持怯弱的样子。抚，持。

⑧此所谓挹而损之之道也：这就是克自贬损，不要装得太满的道理。

孔子观于东流之水。

子贡问于孔子曰："君子之所以见大水必观焉者，是何？"

孔子曰："夫水,大遍与诸生而无为也,似德①。其流也埠下,裾拘必循其理,似义②。其洸洸乎不漏尽,似道③。若有决行之,其应佚若声响,其赴百仞之谷不惧④,似勇。主量必平,似法。盈不求概,似正⑤。淖约微达,似察⑥。以出以入,以就鲜絜,似善化⑦。其万折也必东,似志。是故见大水必观焉。

【注释】

①大遍与诸生而无为也,似德:水,普遍养育各种生物却并没有自己的目的,像有德一样。

②其流也埠下,裾拘必循其理,似义:其流向下游,曲折而有规律,像有义一样。埠,通"卑"。裾拘,曲折。

③其洸洸乎不漏(gǔ)尽,似道:水流汹涌没有尽头,像有道一样。漏,通"屈",尽。

④其应佚若声响,其赴百仞之谷不惧:就好像回响声应声而起,它奔赴百丈深渊而无所畏惧。佚,通"呋",疾速。

⑤盈不求概,似正:水盛满了用不着刮平,像平正一样。概,刮平。

⑥淖约微达,似察:柔弱细小无微不至,像明察秋毫。淖,通"绰"。

⑦以出以入,以就鲜絜,似善化:容易进出,(经过水洗),能使物鲜美洁净,就像善于接受教化一样。絜,通"洁"。

孔子南适楚,厄于陈蔡之间,七日不火食,藜羹不糁①,弟子皆有饥色。

子路进而问之曰："由闻之:为善者天报之以福,为不善者天报之以祸,今夫子累德积义怀美,行之日久矣,奚居之隐也②?"

孔子曰："由不识，吾语女。女以知者为必用邪③？王子比干不见剖心乎！女以忠者为必用邪？关龙逄不见刑乎④！女以谏者为必用邪？吴子胥不磔⑤姑苏东门外乎！夫遇与不遇，时也；贤不肖者，材也⑥；君子博学深谋，不遇时者多矣！由是观之，不遇世者众矣，何独丘也哉！且夫芷兰生于深林，非以无人而不芳⑦。君子之学，非为通也，为穷而不困⑧，忧而意不衰也，知祸福终始而心不惑也。夫贤不肖者，材也；为不为者，人也⑨；遇不遇者，时也；死生者，命也。今有其人，不遇其时，虽贤，其能行乎？苟遇其时，何难之有！故君子博学深谋，修身端行，以俟其时⑩。"

【注释】

①藜羹不糁(sǎn)：野菜汤里连米粒都没有。糁，米饭粒儿。

②奚居之隐也：怎么还处于这样穷困的地步。隐，穷困。

③女以知者为必用邪：你以为有才智的人肯定能得到重用吗？知，通"智"。

④关龙逄不见刑乎：那么关龙逄就不会被夏桀所杀了。关龙逄，夏桀的臣子，曾献黄图直谏夏桀，夏桀烧去黄图，以龙逄"妖言犯上"为罪，将他囚禁杀死。

⑤磔：古代酷刑，将肢体分裂。

⑥贤不肖者，材也：贤能和不肖，靠的是资质。

⑦非以无人而不芳：不会因为没人赏识而不散发芳香。

⑧君子之学，非为通也，为穷而不困：君子学习，不是为了通达显赫，而是为了即使处贫穷而不困惑。

⑨为不为者，人也：做不做，在于人自己。

⑩以俟其时：来等待时机。

【解读】

孔子在鲁庙观欹器,想到古代君王用此作为宥坐之器来警示自己"虚则欹,中则正,满则覆",孔子就让学生向欹器注水来证实,果然是"中而正,满而覆,虚而欹",于是孔子感叹说:"吁!恶有满而不覆者哉!"世间之物,自满就倾覆,因此联想到处世做人要掌握好分寸,要学会处中谦让、挹而损之之道。

孔子观东流之江水,体物悟道,因而有感。水尚德,养育万物而又毫不利己;水有正义,处卑而又守规;水似道,汹涌澎湃而又滔滔不尽;水勇敢,舍身赴命而临危不惧;水,公平正直;水,明察秋毫;水,净物如化;水,东流志远。

孔子困于陈蔡,子路有想法:"善者天报之以福,为不善者天报之以祸,今夫子累德积义怀美,行之日久矣,奚居之隐也?"孔子的回答很值得人思考:一是智者忠者未必都能为世所用,他举了比干、关龙逢、伍子胥为例。二是"夫遇与不遇,时也;贤不肖者,材也;君子博学深谋,不遇时者多矣","不遇世者众矣,何独丘也哉"。三是"君子之学,非为通也,为穷而不困,忧而意不衰也,知祸福终始而心不惑也"。四是不管怎样还是要努力去做:"遇不遇者,时也;死生者,命也","故君子博学深谋,修身端行,以俟其时"。由此可以看出孔子虽遭困厄,但积极用世的精神并没有改变。明知不可为而为之,生不逢时,也要像"芝兰生于深林,非以无人而不芳",严格自律,不忘初心。

所选三章,主要涉及的还是教育问题:观物悟道,博学多思,修身用世。

【点评】

"又《家语》'孔子观于东流之水'一段,亦当参观。古今同此水也,然孔子观之而明道体之无息,孟子推之而明为学之有本。今人之凡观于水者,其亦知此乎?此格物致知所当察也。"([宋]真德秀《西

山读书记》）

　　"荀子虽隶儒家,然其书晚出,于诸家之学皆有论难,实兼具杂家之用,以之与《吕览》《淮南》相次并读,可以宗览众家,考见其异同得失也。"(《吕思勉讲国学》论读子之法)

晏子春秋①·景公问善为国家者何如

　　景公②问晏子曰:"莅国治民,善为国家者何如③?"

　　晏子对曰:"举贤以临国,官能以敕民,则其道也④。举贤官能,则民与若矣⑤。"

　　公曰:"虽有贤能,吾庸知乎?"

　　晏子对曰:"贤而隐,庸为贤乎? 吾君亦不务乎是,故不知也⑥。"

　　公曰:"请问求贤。"

　　对曰:"观之以其游,说之以其行⑦,君无以靡曼辩辞定其行,无以毁誉非议定其身⑧,如此,则不为行以扬声,不掩欲以荣君⑨。故通则视其所举,穷则视其所不为,富则视其所分,贫则视其所不取⑩。夫上士,难进而易退也⑪;其次,易进易退也;其下,易进难退也。以此数物者取人,其可乎⑫!"

【注释】

　　①晏子春秋:又称《晏子》。是记载春秋时期齐国政治家晏婴言行的一部历史典籍。晏子(? —前500):名婴,字平仲,一说字仲,谥平,夷维(今山东高密)人,先后相齐灵公、庄公、景公三君,长达半个多世

纪,相景公时间最长。现传《晏子春秋》八篇(卷)二百一十五章。

②景公:齐景公(？—前490),姜姓,名杵臼。庄公异母弟。

③莅国治民,善为国家者何如:统治国家治理百姓,善于搞好国家的人,是怎样的呢？莅国,统治国家。

④官能以救民,则其道也:以能人为官来管理百姓,这就是治国之道。

⑤则民与若矣:老百姓就亲附顺从了。与,亲附。若,顺从。

⑥贤而隐,庸为贤乎？吾君亦不务乎是,故不知也:贤人如果不被发现,怎么算是贤人呢？您也不致力于这方面,所以不知道。庸,哪。

⑦观之以其游,说之以其行:通过他的交游观察他,通过他的行为评价他。

⑧无以靡曼辩辞定其行,无以毁誉非议定其身:不要凭他的华丽雄辩的言辞判定他的行为,也不要凭人们对他的诋毁赞誉或非议确定他的身份。

⑨则不为行以扬声,不掩欲以荣君:他就不会为了着意做作而宣扬自己,也不会掩饰欲望来求荣于君。

⑩故通则视其所举,穷则视其所不为,富则视其所分,贫则视其所不取:所以当他得志时看他举荐的是什么样的人,不得志时看他不做什么事情,富裕的时候看他把财物怎样分配,贫困时看他不求取的是什么东西。

⑪夫上士,难进而易退也:上等的士人不肯轻易进身为官而轻易辞官退隐。

⑫以此数物者取人,其可乎:凭这些事情去选取人才,大概可以了吧。

【解读】

齐景公向晏子请教治国之道。晏子告诉他,要重用贤能。并告诉他选拔贤能的方法:第一,通过观察,看他交些什么样的朋友,看他做些什么事。第二，考察他的经历，或通达，或困窘，或富裕，或贫穷时的所作所为以及他对于当官的兴趣。

【点评】

"婴相（齐）景公，此书著其行事及谏诤之言。昔司马迁读而高之，而莫知其所以为书。或曰：晏子之后为之。唐柳宗元谓：迁之言不然，以为墨子之徒有齐人者为之。墨好俭名世，故墨子之徒尊著其事，以增高为己术者。且其旨多尚同、兼爱、非乐、节用、非厚葬久丧、非儒、明鬼，皆出《墨子》；又往往言墨子闻其道而称之，此甚显白。自向、歆、彪、固皆录之儒家，非是。后宜列之墨家。今从宗元之说云。"（［宋］晁公武《郡斋读书志》卷十一）

晏子春秋·景公问古之莅国者任人如何

景公问晏子曰："古之莅国治民者，其任人何如[1]？"

晏子对曰："地不同生，而任之以一种，责其俱生不可得[2]；人不同能，而任之以一事，不可责遍成[3]。责焉无已，智者有不能给；求焉无餍，天地有不能赡也[4]。故明王之任人，谄谀不迩乎左右，阿党不治乎本朝[5]；任人之长，不强其短；任人之工，不强其拙。此任人之大略也。"

【注释】

①其任人何如：他是怎样任用人才的。

②地不同生，而任之以一种，责其俱生不可得：土地有不同的性能，如都种植一种东西，要求它们正常生长是不可能的。生，通"性"。

③人不同能，而任之以一事，不可责遍成：人各有不同的才能，如果都委任他们做同一件事情，不可能要求他们都能成功。责，求。

300

④责焉无已,智者有不能给;求焉无餍,天地有不能赡也:要求无止境,聪明人也有不能满足要求的时候;求取永不满足,天地也有不能充分供应的时候。给,丰足。餍,满足。

⑤谄谀不迩乎左右,阿党不治乎本朝:谄媚阿谀的人不能近在身旁,结党偏私的人不能在朝廷办事。迩,近。阿,偏私。

【解读】

齐景公向晏子请教古代贤君的用人之道。晏子告诉他,要任人唯贤,不要任用阿谀谄媚、结党营私的小人;即使是贤人,也不能求全责备,而要善于发挥人才的长处。

晏子春秋·晏子使楚(二章)

一

晏子使楚,以晏子短,楚人为小门于大门之侧而延晏子。晏子不入,曰:"使狗国者,从狗门入;今臣使楚,不当从此门入。"傧者①更道从大门入,见楚王。王曰:"齐无人耶?"

晏子对曰:"临淄三百闾②,张袂③成阴,挥汗成雨,比肩继踵而在④,何为无人?"

王曰:"然则子何为使乎?"

晏子对曰:"齐命使,各有所主,其贤者使使贤王,不肖者使使不肖王。婴最不肖⑤,故直使楚矣⑥。"

【注释】

①傧者:接引宾客的人。

②临淄三百闾:临淄城有几千户人家。临淄,齐国国都,在今山东淄博东北。闾:古代以二十家为一闾。

③袂:衣袖。

④比肩继踵而在:肩并肩、脚连脚地大有人在。踵,脚后跟。

⑤不肖:不贤。

⑥故直使楚矣:因此最适宜使楚。直,当。

二

晏子将至楚,楚闻之,谓左右曰:"晏婴,齐之习辞者也①,今方来,吾欲辱之,何以也?"

左右对曰:"为其来也,臣请缚一人,过王而行,王曰:'何为者也?'对曰:'齐人也。'王曰:'何坐②?'曰:'坐盗。'"

晏子至,楚王赐晏子酒,酒酣,吏二缚一人诣王,王曰:"缚者曷为者也③?"对曰:"齐人也,坐盗。"

王视晏子曰:"齐人固善盗乎?"

晏子避席对曰④:"婴闻之,橘生淮南则为橘,生于淮北则为枳,叶徒相似,其实味不同。所以然者何? 水土异也。今民生长于齐不盗,入楚则盗,得无楚之水土使民善盗耶⑤?"

王笑曰:"圣人非所与熙也,寡人反取病焉⑥。"

【注释】

①齐之习辞者也:齐国善于辞令的人。

②何坐:犯了什么罪。坐,犯……罪。

③缚者曷为者也:被绑着的是什么人啊? 曷,何。

④晏子避席对曰:晏子离开座位回答说。避席,古人席地而坐,离

坐起立,表示敬意。

⑤得无楚之水土使民善盗耶:莫非是楚国的水土使人善于盗窃吗?

⑥圣人非所与熙也,寡人反取病焉:对于圣明的人是不能和他开玩笑的,寡人反而自讨没趣。熙,通"嬉",嬉戏。病,羞辱。

【解读】

第一章讲晏子出使楚国,楚人以晏子身材矮小,对他进行侮辱戏弄,晏子机智应对,反击了对方,维护了自己的尊严。

第二章讲晏子出使楚国,楚王佯称捉到一个在楚国为盗贼的齐国人,想以此羞辱晏子和齐国。晏子将计就计,以橘、枳为喻,推出"楚之水土使民善盗"的结论,回驳了楚王,让楚王反受羞辱。

风　赋　　　　　宋　玉①

楚襄王游于兰台之宫,宋玉景差侍②。有风飒然而至,王乃披襟③而当之,曰:"快哉此风! 寡人所与庶人共者邪?"宋玉对曰:"此独大王之风耳,庶人安得而共之!"

王曰:"夫风者,天地之气,溥畅而至④,不择贵贱高下而加焉⑤。今子独以为寡人之风,岂有说乎?"宋玉对曰:"臣闻于师:枳句来巢⑥,空穴来风。其所托者然,则风气殊焉⑦。"

王曰:"夫风,始安生哉⑧?"宋玉对曰:"夫风生于地,起于青蘋之末⑨。侵淫溪谷,盛怒于土囊之口⑩。缘太山之阿⑪,舞于松柏之下,飘忽溯滂,激扬熛怒⑫。耾耾雷声,回穴错迕⑬。蹶石伐木,梢杀林莽⑭。至其将衰也,被丽披离,冲孔动楔^⑮，眴焕粲烂^⑯，离散转移。故其清凉雄风，则飘举升降。乘凌高城，入于深宫。邸华叶而振气^⑰，徘徊于桂椒之间，翱翔于激水之上。将击芙蓉之精，猎蕙草^⑱，离秦蘅^⑲，概新夷，被黄杨^⑳，回穴冲陵，萧条众芳。然后徜徉中庭，北上玉堂^㉑。跻于罗帏，经于洞房，乃得为大王之风也。故其风中人状，直憯凄惏栗^㉒，清凉增欷。清清泠泠，愈病析酲^㉓，发明耳目，宁体便人^㉔。此所谓大王之雄风也。"

王曰："善哉论事！夫庶人之风，岂可闻乎？"宋玉对曰："夫庶人之风，塕然^㉕起于穷巷之间，堀堁^㉖扬尘，勃郁烦冤^㉗，冲孔袭门。动沙堁，吹死灰，骇溷浊，扬腐余，邪薄入瓮牖，至于室庐。故其风中人，状直憞溷郁邑^㉘，殴温致湿，中心惨怛^㉙，生病造热。中唇为胗^㉚，得目为蔑^㉛，啗齰嗽获，死生不卒^㉜。此所谓庶人之雌风也。"

【注释】

①宋玉：屈原之后最重要的辞赋作家。王逸说宋玉是屈原的弟子，还说《九辩》是悯师之作。宋玉的作品，现存十四篇。以《九辩》《高唐赋》《神女赋》《登徒子好色赋》《风赋》等最为著名。

②楚襄王游于兰台之宫，宋玉景差侍：楚顷襄王到兰台宫游览，宋玉、景差陪同。楚襄王：即楚顷襄王，名横，前298年至前263年在位。兰台：楚国宫苑名，旧址在今湖北钟祥。景差：楚国大夫，亦为辞赋作家，其作品不传，或以为《大招》为其所作。

③披襟：张开衣襟。

④溥畅而至：席卷而来。溥，普遍。畅，畅通。

⑤加：犹言施。指吹到身上。

⑥枳句来巢：枳树有权，就会有鸟来筑巢。句，勾，树的丫杈。

⑦其所托者然，则风气殊焉：它所寄托的是这样，那么风也就不同。其实是说地位不同，风就不一样。殊，不同。

⑧夫风始安生哉：这个风是怎样产生的呢？

⑨起于青蘋之末：起于青蘋的末梢。蘋，蕨类植物。

⑩侵淫溪谷，盛怒于土囊之口：逐渐发展到溪谷，在大穴口发作。土囊，大穴。

⑪缘太山之阿：沿着泰山的山凹。

⑫飘忽溯滂（píng pāng），激扬熛（biāo）怒：猛烈作声，疾飞怒吼。溯滂，风击物声。熛，火焰迸飞。

⑬回穴错迕：飘忽不定交错相杂。

⑭蹶石伐木，梢杀林莽：撼石拔木，击杀草木。蹶，撼动。梢杀，击杀。莽，草木深邃之处。

⑮被丽披离，冲孔动楗（jiàn）：四面分散，只能冲击小洞和门闩。楗，门闩。

⑯眴（xuàn）焕粲烂：景象鲜明。风埃逐渐平息后的光景。

⑰邸华叶而振气：触动花叶，散发香气。邸，通"抵"。振，震荡。

⑱猎蕙草：践踏蕙草。

⑲离秦蘅：经历秦蘅。

⑳概新夷，被荑（tí）杨：取得辛夷，加于荑杨之上。荑杨，初生的杨。

㉑玉堂：宫殿的美称。

㉒怵栗：寒冷貌。

㉓析酲：解酒。

㉔发明耳目，宁体便人：使耳目聪明，使身体康宁人健。便，利。

㉕㙍（wěng）然：忽然。

㉖堀堁（jué kè）：尘埃突起貌。

㉗勃郁烦冤：回旋愤怒。形容风扬起尘埃愤怒不平的样子。勃

305

郁,风回旋貌。

㉘状直憞(duì)溷郁邑:状态像恶乱烦浊郁闷。

㉙毆温致湿,中心惨怛(dá):驱赶温湿之气使内心悲惨忧愁。

㉚中唇为胗(zhěn):碰着嘴唇就生唇疮。胗,唇疮。

㉛得目为篾:吹进眼睛眼睛就得病。

㉜啗齰(zé)嗽获,死生不卒(cù):中风呼喊,不死不活。啗,吃。齰,嚼。嗽,吮。获,通"嚄",大声呼唤。生,病愈。卒,同"猝",仓促。

【解读】

《风赋》是一篇以风为描写和议论对象的小赋。全篇用问答体,着意铺叙风的发生过程和各种态势,并对"大王之雄风"与"庶人之雌风"作了细致而鲜明的对比,反映了宫廷生活的豪奢与贫民生活的愁惨,表现了作者对前者的不满和对后者的同情。

此文主要写风,由楚王的问话引出:"夫风,始安生哉?"沟通了作者挥洒才气,健笔写风的道路。"夫风生于地,起于青蘋之末",先写风的发生;"侵淫溪谷,盛怒于土囊之口",次写风的发展;"缘太山之阿,舞于松柏之下",再写风的路线。渐渐地,风势越来越大。"飘忽淜滂,激扬熛怒"以下几句,是写风的高潮,作者分别从风的气势,风的声威,风的力量等处落墨,写得壮美至极。"至其将衰也"以下五句,是写风由大到小的减弱过程,作者分别从风力的分散转移,风后的光景色彩着笔,写得优美之至。以上这部分,把风的发生发展过程写得气势磅礴而又细致有序,给人以如见其状,如历其境之感,同时也为下文着意写雄雌二风蓄足了势。

作者写雄风,仍然着力于动态,但描写角度变化了,重点写它的"飘举升降"的飞行历程:先是"乘凌高城,入于深宫",接着"徘徊"于花间水上,掠过香花香草,花草承接的只是"萧条众芳"的灾难。作者在描写美景时忽然夹上一句"萧条众芳",乍看似不和谐,实则加强对"雄风"的讽意。雄风穿过宫苑,进入殿宇,升越帷帐,经过内室,然后成为

"大王之风","庶人安得而共之"。这风吹入人体,寒冷刺骨,振奋你的精神,能为人治病解酒,使人耳聪目明,身康体健。"大王之雄风",何其健哉!何其快哉!

接着作者又利用楚王的问话过渡,引出"庶人之雌风",这是全文的最后部分,作者将它处处与"雄风"比照:它只是在"穷巷之间","堀堁扬尘",只是在"瓮牖""室庐","冲孔袭门";它只是刮起"沙堁"和"死灰",只是扬起"溷浊"和"腐余";它只是使人"中心惨怛,生病造热",只是使人受风得病,"死生不卒"。"庶人之雌风"何其恶哉,何其悲哉!

《风赋》在赋体散文的发展史上有重要的地位。篇幅较长,描写细致,句式变化多样,反复渲染,开了"铺采摛文"的先河。在思想内容方面也有所创造:一是在状物的同时,注意对社会生活的反映。二是通过对比,表现了自己的思想感情,表达了对"大王雄风"的讽刺和对"庶人雌风"的同情。三是给予赋以讽刺的使命。此外《风赋》对主客问答结构的运用,对完善赋的体制也有积极的影响。

【点评】

"风,阳中之阴,物藉之以发生,亦由之以摧谢。故风之为言,亦多不同。宋玉《风赋》,有大王、庶人之分,虽曰托物以见意,而所以名状乎风者,抑至矣!人君之化,所以谓之风化,而诸侯之政,其是非得失形于诗歌者,亦谓之风。风之名虽同,而所以谓之风者则异,是亦取其有发生、摧谢之别尔。"([宋]吴箕《常谈》)

"古来绘风手,莫如宋玉雌雄之论。荀卿《云赋》造语奇矣,寄托未为深妙。陆务观《跋吴梦予诗》云:'山泽之气为云,降而为雨。勾者伸,秀者实。此云之见于用者也。予尝见旱岁之云,嵯峨突兀,起为奇峰,足以悦人之目,而不见于用,此云之不幸也。'从《风赋》脱胎,虽因袭,而饶意味。"([元]郭翼《雪履斋笔记》)

"命意造语,皆入神境,然却又是眼前、口头掉出,全不艰深费力,允为赋家绝技。"([清]于光华《评注昭明文选》卷三引[明]孙鑛《风赋》

批语）

　　"此赋体似散文，但其刻画风处，有王者、庶人不同，且押脚俱用韵，自是赋体，已开《赤壁》、《秋声》等赋之先；而篇法劈分两扇，前后遥对，局亦本之《周书·秦誓》篇。（［清］于光华《评注昭明文选》卷三引［清］周平园《风赋》批语）

　　"宋玉《风赋》出于《雅》，《登徒子好色赋》出于《风》，二者品居最上。"（［清］刘熙载《艺概·赋概》）

登徒子^①好色赋　　　　宋　玉

　　大夫登徒子侍于楚王，短^②宋玉曰："玉为人体貌闲丽，口多微辞，又性好色，愿王勿与出入后宫。"

　　王以登徒子之言问宋玉。玉曰："体貌闲丽，所受于天也；口多微辞，所学于师也^③；至于好色，臣无有也。"王曰："子不好色，亦有说乎？有说则止，无说则退^④。"玉曰："天下之佳人，莫若楚国；楚国之丽者，莫若臣里^⑤；臣里之美者，莫若臣东家之子^⑥。东家之子，增之一分则太长，减之一分则太短；着粉则太白，施朱则太赤。眉如翠羽^⑦，肌如白雪，腰如束素，齿如含贝^⑧。嫣然一笑，惑阳城，迷下蔡^⑨。然此女登墙窥臣三年，至今未许也。登徒子则不然。其妻蓬头挛耳，龃唇历齿^⑩。旁行踽偻^⑪，又疥且痔。登徒子悦之，使有五子。王孰察之^⑫，谁为好色者矣？"

　　是时，秦章华大夫^⑬在侧，因进而称曰："今夫宋玉盛称邻之女，以为美色，愚乱之邪臣^⑭，自以为守德，谓不如彼矣。且夫南楚穷巷之妾，焉足为大王言乎？若臣之陋，目所曾睹者,未敢云也。"

王曰:"试为寡人说之。"大夫曰:"唯唯。臣少曾远游,周览九土,足历五都。出咸阳,熙邯郸⑮,从容郑、卫、溱、洧之间⑯。是时,向春之末,迎夏之阳。鸧鹒喈喈,群女出桑⑰。此郊之姝⑱,华色含光。体美容冶⑲,不待饰装。臣观其丽者,因称诗曰⑳:'遵大路兮揽子祛,赠以芳华辞甚妙㉑。'于是处子怳若有望而不来,忽若有来而不见㉒。意密体疏,俯仰异观,含喜微笑,窃视流眄㉓。复称诗曰:'寤春风兮发鲜荣,洁斋俟兮惠音声,赠我如此兮不如无生㉔。'因迁延而辞避㉕。盖徒以微辞相感动,精神相依凭㉖。目欲其颜,心顾其义,扬诗守礼㉗,终不过差㉘,故足称㉙也。"

于是楚王称善,宋玉遂不退。

【注释】

①登徒子:登徒为复姓,子是古代对男子的通称和敬称。这是作者虚构的人物。

②短:说人的坏话。

③体貌闲丽,所受于天也;口多微辞,所学于师也:体态文雅,容貌美丽,这是上天所生;经常说些婉转而巧妙的言辞,是从老师那里学来的。

④有说则止,无说则退:有理由说清你就继续做官,没有理由就罢官离开。

⑤臣里:我家乡。里,乡里、家乡。

⑥东家之子:东邻未嫁的女子。

⑦眉如翠羽:眉如翠鸟青色的羽毛。

⑧腰如束素,齿如含贝:腰肢柔美如一束白色生帛,牙齿如口中

含贝。

⑨惑阳城,迷下蔡:美女的微笑足以迷惑阳城、下蔡的贵族公子哥儿。阳城、下蔡,楚国县名,为楚国贵族居住的封邑。

⑩蓬头挛耳,齞(yǎn)唇历齿:头发蓬乱,耳朵卷曲,牙齿露出,稀疏难看。历,稀疏。

⑪旁行踽(jǔ)偻:走路歪斜,弯腰驼背。

⑫王孰察之:大王仔细考察一下。孰,通"熟",仔细。

⑬秦章华大夫:一个祖籍在楚国章华而在秦国做大夫的人,此时正出使楚国。

⑭愚乱之邪臣:我是个昏钝无用的人。章华大夫谦称。

⑮熙邯郸:到邯郸游玩。熙,通"嬉",游玩。邯郸,赵国都会。

⑯从容郑、卫、溱、洧之间:在郑、卫、溱、洧之间闲游逗留。郑、卫都在河南,是古代出美女的地方。溱、洧,是郑国境内的两条河,古代在溱、洧水边常有男女欢会的习俗。

⑰鸧鹒喈喈,群女出桑:黄鹂喈喈,美女们出外采桑。鸧鹒,黄鹂。

⑱姝:美女。

⑲体美容冶:体态美好容貌艳丽。

⑳因称诗曰:于是诵诗说。

㉑遵大路兮揽子祛,赠以芳华辞甚妙:沿着大路走啊牵着你的衣袖;赠给你芬芳的鲜花,说着美妙的情话。祛,衣袖。这是秦章华大夫借用《诗经·郑风·遵大路》的声调和意思,向群女中的"丽者"调情时胡诌的诗句。

㉒处子怳若有望而不来,忽若有来而不见:那些美丽的女子神思恍惚有所期待有不敢近来,忽而走来又不敢大方相见。怳,通"恍"。

㉓意密体疏,俯仰异观,含喜微笑,窃视流眄:情意浓浓,形体疏远,昂首低眉,神态各异,含喜微笑,偷窥流盼。窃视,是暗中看,偷看。流眄,目光斜视游动。

㉔瘄春风兮发鲜荣,洁斋俟兮惠音声,赠我如此兮不如无生:草木在春风中苏醒了,开出了鲜艳的花朵;我穿戴整洁,诚心庄重等待你的佳音;赠我一支《遵大路》啊,使我伤心得不如死去。瘄,苏醒。洁斋,洁净庄重。俟,等待。

㉕因迁延而辞避:于是缓慢地告辞离开。

㉖精神相依凭:精神相慰藉。

㉗扬诗守礼:发扬《诗经》"国风"中好色而不淫的精神,遵守礼仪规范。

㉘过差:过失差错。

㉙足称:值得称赞。

【解读】

从表现形式上看,这是一篇散文赋。全篇仅仅六七百字,但作者却通过一场生动的对话,给读者编织了一则栩栩如生的故事。大夫登徒子心怀叵测,有意中伤宋玉,他罗列了宋玉三大罪状:"体貌闲丽""口多微辞""又性好色",并意味深长地提醒楚王"勿与出入后宫"。当楚王把这一信息传递给宋玉时,宋玉马上意识到登徒子的险恶用心,因此立即驳斥,"体貌闲丽,所受于天也",先天生的,父母给的,何罪之有?"口多微辞,所学于师也",老师教的,后天学的,又有何罪!至于"好色"的问题,宋玉斩钉截铁地说"臣无有也",这样开门见山,揭开矛盾,突出主要问题,有利于故事的发展。

楚王一追问,矛盾因此而起,他以自己的权势威胁宋玉说"有说则止,无说则退"。于是,宋玉紧扣这一说字,讲出了自己曾与东邻处子的艳遇不许和登徒子与丑陋的妻子悦而生子的故事,让楚王从中"孰察"道理,判断是非,反守为攻,反唇相讥,充分表现了宋玉是善于言谈、善于论辩的天才。作者对于东邻之子的描写十分精彩,成了写美的典范。

按说,宋玉讲出了事实真相,楚王可以做出判断了,文章的主题可以完成了，但是作者的描写没有止于此，而是又让在场的秦国章华大夫插嘴说话，使得故事进一步发展。章华说臣"自以为守德，谓不如彼矣"，楚王好奇地追问，章华讲出了自己的一桩更有趣的"艳遇"。他说，他曾经"周览九土，足历五都。出咸阳，熙邯郸，从容郑、卫、溱、洧之间"，曾和出桑群女中的"丽者"发生过一场精神恋爱。互相赠诗、调情，情意密切，"微词相感动，精神相依凭"，双方都有些难分难舍。但是，他虽"目欲其颜"，却"心顾其义"，所以"扬诗守礼，终不过差"。宋玉面对美女窥墙三年而不动，大有"坐怀不乱"的修养功夫；章华大夫虽然"目欲其颜"为其所动，但终能"好色而不淫"，不为美女诱惑而乱礼。但从修养，从境界上说，相比之下，章华大夫终差宋玉一筹。这个故事进一步衬托了宋玉的"不好色"，使整个故事情节也更加波澜起伏了。

要说明的是，这篇赋的中心并不是要辩谁是谁非，谁好色谁不好色，而真正的意旨在于讽谏。刘勰《文心雕龙·谐隐》中说："宋玉赋《好色》，意在微讽，有足观者。"《文选》李善注说"此赋假以为辞，讽于淫者"，宋玉在这篇赋中主要阐述的还是"情"与"淫"的关系，只是说得不够充分。这种写作方法，也为以后的汉赋写作，打开了"劝百而讽一"的缺口，有一定的消极影响。

烘托、夸张、对比，是本文写作的特色。宋玉描写东家之子，先从全国说到"臣里"，再从"臣里"说到"东家之子"，像电影的镜头画面，一步步地引导观众去看特写镜头中的特写人物，去看美中之最。写章华大夫"遇艳"也是如此。这种烘云托月式的表述，收到了很好的艺术效果。在描写人物时除了烘托，还着力夸张，浓墨重彩地写"东家之子"美到"惑阳城，迷下蔡"，这是用夸张的手法写她美丽动人具有极大的诱惑力。东邻之女与登徒子之妻的美丑对比，宋玉的行为与登徒子的行为对比，章华大夫与宋玉的行为对比，互相映衬，深化了主题，扩展了内容，起到了很好的作用。

本文也是一篇写美的典范文章,东邻之女,采桑丽人,形象生动,手法超绝,令人浮想联翩。

【点评】

"宋玉《好色赋》本出寓言,屈宋骚赋言男女之事者多矣,岂可尽以淫辞斥之乎?"([清]朱鹤龄《诗经通义》卷三)

"全带议论,自成一格,分明一篇《战国策》文字。有纵横之气,无排比之迹,长卿文便得此意。"([清]于光华《评注昭明文选》卷四引[清]何焯批语)

"此赋寓意全在首尾,登徒子只是借他为两边陪客耳。邻女虽美,以无德,宋玉终莫之许;采桑之女虽美,以守礼,大夫终不敢犯;登徒子妻虽不美,使有五子,自是正配,未可深非。通篇总见女子不贵有色而贵有德,是为楚王猛下针处。至于体裁,纯用散行,后来欧、苏诸家,多本于此。"([清]于光华《评注昭明文选》卷四引[清]方廷珪批语)

对楚王问①
宋　玉

楚襄王问于宋玉曰:"先生其有遗行与? 何士民众庶不誉之甚也②!"

宋玉对曰:"唯③,然,有之! 愿大王宽其罪,使得毕其辞④。客有歌于郢⑤中者,其始曰《下里》《巴人》⑥,国中属而和者⑦数千人。其为《阳阿》《薤露》⑧,国中属而和者数百人。其为《阳春》《白雪》⑨,国中有属而和者,不过数十人。引商刻羽,杂以流徵⑩,国中属而和者,不过数人而已。是其曲弥高,其和弥寡⑪。

故鸟有凤而鱼有鲲。凤皇上击九千里,绝云霓,负苍天,足乱浮云,翱翔乎杳冥之上⑫。夫蕃篱之鷃,岂能与之料天地之高哉⑬?鲲鱼朝发昆仑之墟⑭,暴鬐于碣石⑮,暮宿于孟诸⑯。夫尺泽之鲵,岂能与之量江海之大哉⑰?故非独鸟有凤而鱼有鲲,士亦有之。夫圣人瑰意琦行⑱,超然独处,世俗之民,又安知臣之所为哉?"

【注释】

①对楚王问:回答楚王的提问。对,回答。

②先生其有遗行与?何士民众庶不誉之甚也:先生有什么不检点的行为吧?怎么有那么多人不说你的好话呢?不誉,不称誉,指人家议论其不是。甚,厉害。

③唯:敬谨答应之辞。

④愿大王宽其罪,使得毕其辞:愿大王宽恕我的罪过,使我能把话说完。其,我,自指。

⑤郢:楚国都城。

⑥《下里》《巴人》:民间俗曲。

⑦属而和者:接续其声音跟着唱的人。属,续。

⑧《阳阿》《薤露》:其歌比《下里》《巴人》要雅。薤,音 xiè。

⑨《阳春》《白雪》:古代楚国雅歌名。

⑩引商刻羽,杂以流徵:引其声使轻劲敏疾而为商音,减低其声而变为羽音,再加上抑扬持续的徵音。商、羽、徵,为古代五音宫商角徵羽之中的三音。刻,削、减之意。流,流动。

⑪是其曲弥高,其和弥寡:这就是说歌曲越是高深,和唱的人就越少。弥,更加。

⑫足乱浮云,翱翔乎杳冥之上:两脚搅乱浮云,翱翔在极高远的天空。杳冥:极高极远之处。杳,高远。冥,深。

⑬夫蕃篱之鷃,岂能与之料天地之高哉:那跳跃在篱笆下的小鷃

雀,岂能和它一样了解天地的高大? 料,计。

⑭墟:山脚。

⑮暴鬐于碣石:在碣石山晒脊背。鬐,鱼背上的脊骨。

⑯暮宿于孟诸:夜晚在孟诸歇息。孟诸,大泽名,故址在河南商丘东北。

⑰夫尺泽之鲵,岂能与之量江海之大哉:那一尺来深水塘里的小鲵,怎能和它谈论江海之大呢? 量,计量。

⑱夫圣人瑰意琦行:圣人的远大志向和美好的操行。瑰,大。琦行,修美之行。

【解读】

这是宋玉以辞赋体写的明志之作。先虚设楚王之问,借楚王之口,将"士民庶众"对自己的不理解作为靶子亮出,然后凭此造成的悬念,引出一番自己的辩答。

宋玉之辩是通过两组比喻来说理的。第一组是歌曲《阳春》《白雪》与《下里》《巴人》的比较。他以楚人善楚曲,一人唱有多人和为例,说明唱和者的多寡,是由于歌曲本身有着文野、深浅、高下、雅俗之分所决定的。《下里》《巴人》为俗曲,属而和者数千人;《阳春》《白雪》为雅曲,属而和者不过数十人,故得出"其曲弥高,其和弥寡"的结论。宋玉认为,曲高和寡,错不在"曲高",只怪和者水平太低,欣赏能力太差,因此,"和寡"实在是衬托了其曲之超凡脱俗。显然,他是以"阳春白雪"自喻,标榜自己的志趣绝俗、行为超群,其所作所为不被那芸芸众生所理解,是不足为怪的。

接下去是凤与鷃,鲲与鲵的比较。宋玉借助庄子《逍遥游》中鲲鹏远翔南冥的意象,极力表现鸟中之凤与蕃篱之鷃、鱼中之鲲与尺泽之鲵的不同志向。凤皇上击九千里,翱翔于杳冥之上;鲲鱼朝发昆仑,午歇东海,暮宿孟诸,搏击之高,漫游之远,是目光短浅的鷃与鲵所不可思议的。它们跳跃于篱间,浮游于尺泽,"岂能与之料天地之高""岂能与之量江海之大哉",两个"岂能与之",以一种极大的蔑视,嘲笑了篱鷃与泽鲵的浅薄,表现出君子不可与小人同日而语的傲岸气概。

"故非独鸟有凤而鱼有鲲,士亦有之",是全文的点睛之笔,点出士中亦有圣洁、卑下之分,正如凤与鷃、鲲与鲵一样,举凡士中杰出之辈,必有"瑰意琦行",必然"超然独处",因此也必然有不为世俗所理解之处,宋玉强调自己就是这样的人,那些世俗之民"安知臣之所为哉"。结尾一句,气度非凡,既是作者对谤者的有力一击,又是充分肯定自我、自命不凡。

刘熙载曾说"用辞赋之骈俪以为文者,起于宋玉《对楚王问》",对问中赋予感情色彩的铺陈夸饰,排偶句法的运用,使文辞华丽,文势跌宕,文气委婉。

另外,《阳春》《白雪》的提出,虽然本意不在论音乐,却触及到了审美鉴赏上的"知音"问题。"阳春白雪""下里巴人",成了文艺作品中雅与俗两类作品的代名词,引起历代文学家、理论家的诸多议论,其概念的发明正始于宋玉。

【点评】

"宋玉含才,颇亦负俗,始造《对问》,以申其志,放怀寥廓,气实使之。"([南朝梁]刘勰《文心雕龙·杂文》)

"此文腴之甚,人亦知;炼之甚,人亦知。却是不知其意思之傲睨,神态之闲畅。凡古人文字,最重随事变笔。如此文,固必当以傲睨、闲畅出之也。"([清]金圣叹《天下才子必读书》)

"惟贤知贤,士民口中如何定得人品?楚王之问,自然失当。宋玉所对,意以为不见誉之故,由于不合于俗;而所以不合之故,又由于俗不能知。三喻中不但高自位置,且把一班俗人伎俩见识,尽情骂杀,岂不快心!"([清]林云铭《古文析义》)

"意想平空而来,绝不下一实笔,而骚情雅思,络绎奔赴,固轶群之材也。夫圣人一段,单笔短掉,不说尽,不说明,尤妙。"([清]吴楚材、

吴调侯《古文观止》）

吕氏春秋①·贵公②

　　昔先圣王之治天下也,必先公,公则天下平矣。平得于公。尝试观于上志,有得天下者众矣,其得之以公,其失之必以偏。凡主之立也,生于公。故《鸿范》曰:"无偏无党,王道荡荡;无偏无颇,遵王之义;无或作好,遵王之道;无或作恶,遵王之路③。"

　　天下非一人之天下也,天下之天下也。阴阳之和,不长一类④;甘露时雨,不私一物⑤;万民之主,不阿一人⑥。伯禽⑦将行,请所以治鲁,周公曰:"利而勿利也⑧。"

　　荆人有遗弓者,而不肯索⑨,曰:"荆人遗之,荆人得之,又何索焉?"孔子闻之曰:"去其'荆'而可矣。"老聃闻之曰:"去其'人'而可矣。"故老聃则至公矣⑩。天地大矣,生而弗子,成而弗有,万物皆被其泽、得其利,而莫知其所由始,此三皇五帝之德也。

　　管仲有病,桓公往问之,曰:"仲父之病矣,渍甚⑪,国人弗讳,寡人将谁属国⑫?"管仲对曰:"昔者臣尽力竭智,犹未足以知之也,今病在于朝夕之中,臣奚能言⑬?"桓公曰:"此大事也,愿仲父之教寡人也。"管仲敬诺,曰:"公谁欲相?"公曰:"鲍叔牙⑭可乎?"管仲对曰:"不可。夷吾善鲍叔牙,

317

鲍叔牙之为人也清廉洁直，视不己若者，不比于人⑮；一闻人之过，终身不忘。""勿已，则隰朋其可乎?""隰朋之为人也：上志而下求，丑不若黄帝，而哀不己若者；其于国也，有不闻也；其于物也，有不知也；其于人也，有不见也⑯。勿已乎，则隰朋可也⑰。"夫相，大官也。处大官者，不欲小察，不欲小智，故曰：大匠不斫，大庖不豆。大勇不斗，大兵不寇⑱。桓公行公去私恶⑲，用管子而为五伯长⑳；行私阿所爱，用竖刁而虫出于户㉑。

人之少也愚，其长也智，故智而用私，不若愚而用公㉒。日醉而饰服，私利而立公㉓，贪戾而求王，舜弗能为㉔。

【注释】

①吕氏春秋：亦称《吕览》。公元前239年，战国末期秦相吕不韦集合门客共同编写，杂家代表著作。吕不韦，阳翟(今河南禹州)人。生年不详，卒于公元前235年(秦始皇十二年)。为秦王嬴政的相国。门下有食客三千。吕不韦与他们各抒所闻，共集成八览、六论、十二纪，共二十万言。《汉书·艺文志》列入杂家。《吕氏春秋》文章大都篇幅不长，而组织严密，运用故事来说理，颇为生动。

②《贵公》是《吕氏春秋·孟春纪》第四篇。

③《鸿范》句：与今本《尚书》有差异。

④阴阳之和，不长一类：阴阳相合，不只生长一类东西。

⑤甘露时雨，不私一物：甘露和及时雨，不独钟爱一物。

⑥万民之主，不阿一人：统治天下的君主，不偏爱一人。

⑦伯禽：周朝初期人，周公的儿子，被封到鲁，成为鲁国的第一位国君。

⑧利而勿利也：给老百姓谋利，而不为自己求利。

⑨荆人有遗弓者,而不肯索:楚国有一个丢失了弓的人,不肯去找回它。

⑩故老聃则至公矣:老聃是达到了公的极点了。

⑪溃甚:沉重得很。溃,(疾病)沉重。

⑫寡人将谁属(zhǔ)国:我将把国家托付给谁管理呢? 属,托付,委托。

⑬臣奚能言:我怎么说得清呢。奚,怎么,疑问词。

⑭鲍叔牙:姒姓,鲍氏,名叔牙,颍上人,春秋时齐国大夫。曾协助齐桓公夺得国君之位。

⑮视不己若者,不比于人;一闻人之过,终身不忘:看到不如自己的人就不和他们亲近;一听说谁的毛病,一生不忘。比,亲近。

⑯隰朋之为人也:上志而下求,丑不若黄帝,而哀不己若者;其于国也,有不闻也;其于物也,有不知也;其于人也,有不见也:隰朋的为人是:记住上世贤人而效法他们,又能不耻下问。以自己比不上黄帝而自愧,又可怜不如自己的人;在处理国家大事上,对一些小事不去过问;对于不是自己职责范围的事,并不求什么都知道;对于一些人,装作看不见,能宽以待人。

⑰勿已乎,则隰朋可也:如不太苛求的话,那隰朋是可以做相的。

⑱大匠不斫,大庖不豆。大勇不斗,大兵不寇:高明的匠人不做砍削之事,高明的厨师不做摆设餐具的小事,大勇之人不亲自上阵厮杀,王者之师不做无道之事。豆,古代餐具。

⑲桓公行公去私恶:齐桓公行公正而不记私仇。

⑳用管子而为五伯长:运用管子就做到了五霸的首领。伯,霸。

㉑行私阿所爱,用竖刁而虫出于户:徇私情偏爱小人,运用竖刁而尸体腐烂,蛆虫从门户爬出。

㉒不若愚而用公:还不如愚笨却能出以公心。

㉓日醉而饰服,私利而立公:天天喝醉还想穿着整齐,利欲熏心还

想出以公道。

㉔贪戾而求王,舜弗能为:贪婪暴戾还想成就王道,这是舜都做不到的。

【解读】

"昔先圣王之治天下也,必先公,公则天下平矣",治国要公。《贵公》首先强调这一点,并引用《尚书·鸿范》里的话,说明一个国家的统治者,要让自己的手下无偏无党,无偏无颇,不结党营私,遵纪守法,不偏好小人,不作恶害人,公正无私。

"阴阳之和,不长一类;甘露时雨,不私一物;万民之主,不阿一人。"天下本来就是天下人的天下,万民之主要公正无私。伯禽曾向周公请问治鲁的方法,周公告之以"利而勿利",即利天下人不利自己,这才是国君的气度,治理的关键。荆人遗弓不肯索,孔子建议把人群的范围扩大,去"荆"字。老子建议去"人"字,把人扩展到天下万物,《贵公》作者认为老子公正到了极点。天地公平,"万物皆被其泽、得其利,而莫知其所由始,此三皇五帝之德也。"大自然是公正的,作为统治者只有效法大自然,才能像三皇五帝一样建立自己的功勋。

管仲荐贤,不以友情害公,指出鲍叔牙太"清廉洁直"不能为相,推荐隰明不拘小节是个相才,是为国家前途着想,公而忘私。齐桓公不计私仇,重用管仲,成为春秋五霸之首;而最后,不听劝告,徇私偏袒,运用竖刁,结果导致身死国败。"人之少也愚,其长也智,故智而用私,不若愚而用公",可见为君做到公平多么重要。

"日醉而饰服,私利而立公,贪戾而求王,舜弗能为。"要做到公,不能糊涂,不能有一丝私利,不能贪婪暴戾。

【点评】

"《吕氏春秋》二十六卷,秦吕不韦撰,后汉高诱注。按《史记·不韦传》云:不韦相秦,招致辨士,厚遇之。使人人著所闻,集论以为八览、六论、十二纪,二十余万言,以为备天地万物古今之事,号曰《吕氏春秋》。暴之咸阳市门,悬千金其上,有能增损一字者,予之,时人无增损者。高诱以为非不能也,畏其势耳。昔《张侯论》为世所贵,崔浩《五经注》,学者尚之。二人之势,犹能使其书传如此,况不韦权位之盛,学者安敢牾其意而有所更易乎?诱之言是也。然十二纪者,本周公书,后儒置于《礼记》,善矣。而目之为'吕令'者,误也。"([宋]晁公武《郡斋读书志》卷十二)

"吕不韦相秦十余年,此时已有必得天下之势,故大集群儒,损益先王之礼,而作此书,名曰《春秋》。将欲为一代兴王之典礼也,故其间亦多有未见与《礼经》合者。其后徙死,始皇并天下,李斯作相,尽废先王之制,而《吕氏春秋》亦无用矣。然其书也,亦当时儒生学士有志者所为,犹能仿佛古制,故记礼者有取焉。"([元]陈澔《礼记集说》)

"《孟春纪》下标目凡四:曰《本生》,言养生之理。曰《重己》,言人当顺性之情,使之不顺者为欲,故必节之。曰《贵公》,曰《去私》,义如其题。盖天下之本在身,春为生长之始,故《孟春》《仲春》《季春》三纪之下,皆论立身行己之道,而《孟春纪》先上本之于性命之精焉。"(《吕思勉讲国学》)

"当时大师讲学,必兼著书,著书必用竹帛。即就经济条件言,亦不易易。又当时著书,亦多集体为之,又有累世为之者。如《论语》一书,即由孔子弟子及其再传弟子等集体记录编纂,直到战国中期后始成书。《墨子》书中如《天志》《尚同》《兼爱》等,各分上、中、下三篇,乃由墨家三派分别撰述。又有《墨经》等,益后出。《庄子》有内篇、外篇、杂篇,非出庄子一人之手,亦非庄子弟子一时所成,犹必有再传三传者加入,如《论语》《墨子》之例。《孟子》七篇亦与其弟子万章、公孙丑之徒讨论集成。然则先秦之讲学团体,同时亦即是著作团体。吕不韦在秦得意,招天下宾客,合撰《吕氏春秋》,此亦时代风气。集体著作,乃当时常事,今乃绝不能尽知当时各书各篇各自撰著者之姓名。

是则当时一学术团体，既不为利，亦不为名，乃共同宣扬一思想与理论为主。此亦中国古代社会，为此后历史文化传统开先河者一特殊现象，值得我们注意。"（钱穆《国史新论》）

吕氏春秋·去私

天无私覆也，地无私载也，日月无私烛①也，四时无私行也，行其德而万物得遂长焉②。

黄帝言曰："声禁重，色禁重，衣禁重，香禁重，味禁重，室禁重。"

尧有子十人，不与其子而授舜；舜有子九人，不与其子而授禹；至公也。

晋平公③问于祁黄羊④曰："南阳无令，其谁可而为之？"祁黄羊对曰："解狐可。"平公曰："解狐非子之仇邪？"对曰："君问可，非问臣之仇也。"平公曰："善。"遂用之。国人称善焉。居有间，平公又问祁黄羊曰："国无尉，其谁可而为之？"对曰："午可。"平公曰："午非子之子邪⑤？"对曰："君问可，非问臣之子也。"平公曰："善。"又遂用之。国人称善焉。孔子闻之曰："善哉！祁黄羊之论也，外举不避仇，内举不避子。"祁黄羊可谓公矣。

墨者有巨子腹䵍⑥，居秦，其子杀人，秦惠王曰："先生之年长矣，非有它子也，寡人已令吏弗诛矣，先生之以此听寡人也。"腹䵍对曰："墨者之法曰：'杀人者死，伤人者刑。'此所以禁杀伤人也。夫禁杀伤人者，天下之大义也。王虽为之赐，而令吏弗诛，腹䵍不可不行墨者之法。"不许惠王，而遂杀之。子,人之所私也,忍所私以行大义,钜子可谓公矣。

庖人调和而弗敢食,故可以为庖也。若使庖人调和而食之,则不可以为庖矣。王伯之君⑦亦然,诛暴而不私,以封天下之贤者,故可以为王伯。若使王伯之君诛暴而私之,则亦不可以为王伯矣。

【注释】

①烛:照耀。

②行其德而万物得遂长焉:他们都是按照自己的本性运作而使万物得以成长。

③晋平公:春秋末年晋国国君,名彪,前557年至前532年在位。

④祁黄羊:晋大夫祁奚,字黄羊。

⑤午非子之子邪:午不是您的儿子吗?

⑥巨子腹䵍(tūn):墨家巨子腹䵍。巨子,先秦时代,墨子学派为了贯彻他们的主张,常结成严密而坚强的团体,其领袖被尊称为巨子;腹䵍,战国时墨家巨子。

⑦王伯之君:王霸之君。春秋时代,周天子为诸侯之国的共主,称"王";力量强大的诸侯纠合各国,尊王攘夷,称"霸"。战国时代,儒家以仁义治理天下为王道,以武力称雄于天下为霸道。王伯之君是指在天下推行王道和霸道的国君。

【解读】

本文是《吕氏春秋·孟春纪》第五篇,和《贵公》可视为姐妹篇。题目"去私"就是全文的中心论点。

第一层,以天地无私立论,说天并不只覆盖一方,地并不只负载一角,日月并不只照临一地,四季并不只运行一处,而是普遍地进行着,因而万物得以成长,这反映了道家的思想。庄子说:"天地虽大,其化均也。"(《天地》)又说:"夫帝王之都,以天地为宗,以道德为主,以无为为常。"(《天道》)这也就是老子所说"人法地,地法天,天法道,道法自然"的意思。

第二层举尧舜之行,证明古代圣君皆"至公"。他们传贤而不传子,不把天下看作自己的家产。

第三层,列举两件历史事实,说明人臣为人处世都应出以公心。一是祁黄羊的"外举不避仇,内举不避子",一是墨家巨子腹䵍的大义灭亲。前者是不计个人恩怨,不顾他人毁誉,一心为国君效忠;后者是不讲个人私情,坚决行墨者之法。作者在叙述这两件事时都穿插了君臣对话,并采取对比和映衬的手法,增强了文章的生动性。

第四层,以庖人调和而不敢食,说明王霸之君当诛暴而不私。这里运用类比推理,前者为宾,后者为主,将文章落实到王霸之业上,说明王霸之君不应把天下当作一己之私,而应将天下与人共之,"以封天下之贤者"。

鼓吹王霸分封,不符合大统一的潮流,但是反对帝王将天下视为私产,任意挥霍,是有积极意义的。

【点评】

"《书》曰'不偏不党,王道荡荡',言至公也。古有行大公者,帝尧是也。贵为天子,富有天下,得舜而传之,不私于其子孙也。去天下若遗屣。于天下犹然,况其细于天下乎?非帝尧孰能行之?孔子曰'巍巍乎!惟天惟大,惟尧则之',《易》曰'无首乎',此盖人君之功也。夫以公与天下,其德大矣,推之于此,刑之于彼,万姓之所载,后世之所则也。彼人臣之公,治官事则不营私家,在公门则不言货利,当公法则不阿亲戚,奉公举贤则不避仇雠,忠于事君,仁而利下,推之以恕道,行之以不党,伊、吕是也,故显名存于今,是之谓公。诗云:'周道如砥,其直如矢。君子所履,小人所视。'此之谓也。夫公生明,偏生暗,端悫生达，诈伪生塞，诚信生神，夸诞生惑。此六者，君子之所慎也，而禹、桀之所以分也。诗云'疾威上帝，其命多僻'，言不公也。"（[汉]刘向《说苑·至公》）

吕氏春秋·察今

上胡不法先王之法①，非不贤也，为其不可得而法。先王之法，经乎上世而来者也，人或益之，人或损之，胡可得而法？虽人弗损益，犹若不可得而法。东夏之命，古今之法，言异而典殊②。故古之命多不通乎今之言者，今之法不合乎古之法者。殊俗之民，有似于此。其所为欲同，其所为异。口惛之命不愉③，若舟车衣冠滋味声色之不同，人以自是，反以相诽④。天下之学者多辩，言利辞倒⑤，不求其实，务以相毁，以胜为故⑥。先王之法，胡可得而法？虽可得，犹若不可法。

凡先王之法，有要于时也⑦。时不与法俱在，法虽今而至，犹若不可法。故择先王之成法，而法其所以为法⑧。先王之所以为法者，何也？先王之所以为法者人也。而己亦人也，故察己则可以知人，察今则可以知古，古今一也，人与我同耳。有道之士，贵以近知远，以今知古，以益所见，知所不见。故审堂下之阴，而知日月之行，阴阳之变；见瓶水之冰，而知天下之寒，鱼鳖之藏也。尝一脟肉，而知一镬之味、一鼎之调⑨。

荆人欲袭宋，使人先表澭水⑩。澭水暴益，荆人弗知，循表而夜涉，溺死者千有余人，军惊而坏都舍⑪。向其先表之时可导也，今水已变而益多矣，荆人尚犹循表而导之，此其所以败也。今世之主，法先王之法也，有似于此。其时已与先王之法亏矣⑫，而曰"此先王之法也"而法之，以此为治，岂不悲哉？

故治国无法则乱，守法而弗变则悖，悖乱不可以持国。世易时移，变法宜矣。譬之若良医，病万变，药亦万变。病变而药不变，向之寿民，今为殇子矣⑬。故凡举事必循法以动，变法者因时而化。若此论则无过务矣。夫不敢议法者，众庶也；以死守者，有司也；因时变法，贤主也。是故有天下七十一圣，其法皆不同，非务相反也，时势异也。故曰良剑期乎断，不期乎镆铘⑭；良马期乎千里，不期乎骥骜。夫成功名者，此先王之千里也。

楚人有涉江者，其剑自舟中坠于水，遽契其舟⑮曰："是吾剑之所从坠。"舟止，从其所契者入水求之。舟已行矣，而剑不行，求剑若此，不亦惑乎？以此故法为其国与此同。时已徙矣，而法不徙。以此为治，岂不难哉！

有过于江上者，见人方引婴儿而欲投之江中，婴儿啼，人问其故。曰："此其父善游。"其父虽善游，其子岂遽善游哉？以此任物⑯，亦必悖矣。荆国之为政，有似于此。

【注释】

①上胡不法先王之法：君上为什么不效法先王的法令。

②东夏之命，古今之法，言异而典殊：夷、夏的话，古今的法令，语言不同，法律各异。东，东夷。命，言。典，法。

③口惽（mín）之命不愉：言语不通，使人不愉快。口惽，口吻。

命,言。

④人以自是,反以相诽:人们都自以为是,而否定他人的不同意见。

⑤言利辞倒:言辞锋利,颠倒是非。

⑥以胜为故:以胜过别人为事。故,事。

⑦凡先王之法,有要于时也:大凡先王的法令,都是切合当时的情况和条件的。要,切要,切合。

⑧故择先王之成法,而法其所以为法:因此要舍弃先王的那些旧有的法令,而效法他制定法令的初衷。

⑨尝一脔(luán)肉,而知一镬之味、一鼎之调:尝一块肉,就知道一大锅肉的味道,一鼎的调味。脔,切成块的肉。

⑩使人先表澭水:派人先在澭水里做了标记。表,标志。澭水,在今山东。

⑪军惊而坏都舍:军队惊叫之声就像城舍崩坏。都舍:城舍。

⑫其时已与先王之法亏矣:它的时间已与先王立法的时间不同了。亏,通"诡",异。

⑬向之寿民,今为殇子矣:过去长寿的人,现在变成短命的了。殇子,未成年而夭折者。

⑭良剑期乎断,不期乎镆铘(mò yé):好剑指望它砍断东西,不希望它就是镆铘宝剑。镆铘,古代利剑名。

⑮遽契其舟:急忙在他的舟上刻下记号。契,同"锲",刻。

⑯以此任物:以此处理事务。

【解读】

本文是《吕氏春秋·慎大览》最后一篇,是全书中十分著名的一篇论文,主要体现了先秦法家的历史进步观。

全文论述"要因时变法",却从反面说起,"先王之法不可法"。为什么"先王之法不可法"呢?作者以此陈述了三点理由:第一,先王之

327

法历代有损益,已非原样;第二,对先王之法解说不一,所谓"言异而典殊",已无法遵循;第三,"时不与法俱在",先王之法已经过时。作者特别强调第三点,并从中进而提出弃先王之陈法而法其所以为法的正面论点,最后得出"世易时移,变法宜矣"的结论,从而阐明"因时变法"的思想,这种思想闪耀着朴素唯物论的光辉,对我们仍然有所启发。

文章在论证过程中有破有立,破立结合,由于辩驳入理,所以立论也就显得坚强有力。

在先秦时代,孔孟儒家主张法先王,倡导儒法合流的荀子主张法后王,法家韩非主张尊今王。本文主要反映了法家的思想,体现了当时新兴地主阶级要求建立大一统封建中央集权国家的朝气蓬勃的精神。但作者认为只有"贤主"才能"因时变法",而"众庶"则是不敢"议法"的,反映了轻视人民群众的观点,是不可取得。

为了说明观点,文章穿插了荆人袭宋、刻舟求剑、引婴投江三个寓言故事,三个故事均能紧扣论题,又能各有侧重,很具说服力。

文章论证精辟,哲理生动。"故察己则可以知人,察今则可以知古""有道之士,贵以近知远,以今知古,以益所见,知所不见",都具有思辨色彩,闪烁着智慧的光芒。其他一些警句,如"故审堂下之阴,而知日月之行,阴阳之变;见瓶水之冰,而知天下之寒,鱼鳖之藏也。尝一脟肉,而知一镬之味、一鼎之调","良剑期乎断,不期乎镆铘;良马期乎千里,不期乎骥骜"等,既形象又精辟,发人深省。

韩非子①·和氏之璧

楚人和氏得玉璞②楚山中,奉而献之厉王。厉王使玉人相之,玉人曰:"石也。"王以和为诳③,而刖④其左足。

及厉王薨⑤,武王即位,和又奉其璞而献之武王。武王使玉人相之，又曰："石也。"王又以和为诳，而刖其右足。

武王薨，文王即位，和乃抱其璞而哭于楚山之下，三日三夜，泣尽而继之以血。王闻之，使人问其故，曰："天下之刖者多矣，子奚哭之悲也⑥?"和曰："吾非悲刖也，悲夫宝玉而题⑦之以石，贞士⑧而名之以诳，此吾所以悲也。"王乃使玉人理⑨其璞而得宝焉，遂命曰"和氏之璧"。

【注释】

①韩非子：书名。战国时期思想家、法家韩非的著作总集。韩非，约生于前280年，卒于前233年。战国末期韩国贵族，是先秦法家最重要的代表人物，也是法家思想的集大成者。与李斯同为荀况的学生。他曾多次上书韩王，渴望韩国国富兵强，但一直不被采纳。于是发奋著书，作《孤愤》《五蠹》《内外储说》《说林》《说难》等十余万言说明治国之道。秦王见而悦之，因发兵攻韩，目的在取韩非。非奉使入秦，韩非到秦国后没有得到重用。李斯虽与韩非是同学，但嫉妒他的才能，于是联合姚贾谗害韩非，秦王轻信谗言，将他下狱。韩非入秦次年被迫服毒自尽，死时仅四十来岁。

②璞：含玉的石头。

③王以和为诳：厉王以为卞和欺骗他。诳，欺骗。

④刖：古代砍掉脚的酷刑。

⑤薨：君主时代称诸侯的死。

⑥子奚哭之悲也：你怎么哭得这样伤心呢？奚，怎么。

⑦题：视为。

⑧贞士：正直的人。

⑨理：治玉。

【解读】

本寓言见于《韩非子·卞和氏》。春秋时期，楚国一个叫作卞和的人在荆山得到一块璞玉。卞和捧着它去见楚厉王，厉王命玉工查看，玉工认为是块普通的石头，厉王大怒，以欺君之罪砍下了卞和的左脚。厉王死了，楚武王即位，卞和又捧着璞玉去见楚武王，武王又命玉工查看，玉工仍然认为是块石头，武王怒，又以欺君之罪砍掉了卞和的右脚。后来武王死了，楚文王即位，卞和抱着璞玉在楚山脚下哭了三天三夜，眼泪流干了，接着又流血。文王得知后派人询问原因，卞和说："我并不是哭我砍去了双脚，而是哭宝玉被当成了石头，忠贞之人当成了欺君之徒，无罪而受刑辱。"于是，文王命人打磨这块璞玉，果真是块稀世之宝，于是命名为和氏璧。

【点评】

"鄙人有得玉璞者，喜其状，以为宝而藏之。以示人，人以为石也，因而弃之。此未始知玉者也。故有符于中，则贵是而同古今；无以听其说，则所从来者远而贵之耳。此和氏之所以泣血于荆山之下矣。"（《淮南子·修务训》）

韩非子·扁鹊见蔡桓公[①]

扁鹊见蔡桓公，立有间。扁鹊曰："君有疾在腠理[②]，不治将恐深。"桓侯曰："寡人无疾。"扁鹊出，桓侯曰："医之好治不病以为功。"

居十日，扁鹊复见曰："君之病在肌肤，不治将益深。"桓侯不应。扁鹊出，桓侯又不悦。

居十日，扁鹊复见曰："君之病在肠胃，不治将益深。"桓侯又不应。扁鹊出，桓侯又不悦。

居十日，扁鹊望桓侯而还走[③]。桓侯故使人问之，扁鹊曰:"疾在腠理,汤熨之所及也④;在肌肤,针石⑤之所及也;在肠胃,火齐⑥之所及也;在骨髓,司命⑦之所属,无奈何也。今在骨髓,臣是以无请也。"

居五日,桓公体痛,使人索扁鹊,已逃秦矣。桓侯遂死。

故良医之治病也,攻之于腠理,此皆争之于小者也⑧。夫事之祸福亦有腠理之地,故曰圣人早从事焉。

【注释】

①本篇节选自《韩非子·喻老》。扁鹊,战国时医学家,姓秦,名越人,渤海郡郑(mào)(今河北任丘北)人,以其医术与黄帝时名医扁鹊相似,故亦以"扁鹊"称之。蔡桓公,即蔡桓侯,名封人,春秋时蔡国(今河南上蔡西南)国君,前714年至前695年在位,比扁鹊早近二百年。此为寓言借用人名说明道理,不必拘泥。

②腠理:皮肤的纹理。

③扁鹊望桓侯而还走:扁鹊远远看见桓侯转身就走。还,通"旋",转身。

④汤熨(yù)之所及也:用药热敷熨帖患处可以达到治疗的效果。汤,通"烫"。熨,熨帖患处。

⑤针石:即针灸。古代以砭石(磨制的尖石或石片)为针,后代改用金属针,合称针石。

⑥火齐(jì):古代清火去热的汤剂。

⑦司命:掌管人的生死之神。

⑧此皆争之于小者也:这都是争取在病的初期进行治疗。

【解读】

《韩非子·喻老》在阐述《老子》第六十三章"图难于其易,为大于其细"这一哲学观点时,讲了扁鹊见蔡桓公的寓言故事。春秋时期蔡桓公讳疾忌医,认为医生"好治不病以为功",不听名医扁鹊的劝告,以致让极易治愈的小病发展为大病,导致身死。它启示人们,要想避免祸患,就应该防微杜渐,如果任其发展,势必酿成大祸,无法挽救。

文章写扁鹊,见蔡桓公后"立有间",就发现了蔡桓公有病,立即告诉蔡桓公"君有疾在腠理,不治将恐深",辨症论治在短时间里完成,并立即告知患者,表现了扁鹊高超的医术和高尚的医德。照常理,桓公应该感谢扁鹊,欣然接受治疗,但是他却断然拒绝,说"寡人无疾",语气生硬,自以为是,拒人于千里之外,还在背地里说扁鹊坏话,表现了他的傲慢、昏庸。接着,用了三个"居十日"揭示了蔡桓公的病情从"腠理"发展到"肌肤"深入到"肠胃"直到"骨髓"的全过程,扁鹊一次次指出疾病之所在,并不厌其烦地警告,蔡桓公刚愎自用,一次次不搭理:"不应""不悦",态度冰冷,神情厌烦,甚至怀着敌意,终至无可救药。当病入骨髓,"故使人问之时",扁鹊已知无能为力,只好望而还走。

最后蔡桓公"体痛"发作,派人索扁鹊时,扁鹊已经逃走了。这说明扁鹊料事如神,对统治者惯于透过迁怒的做法早有戒备。"桓侯遂死",最终证明扁鹊对蔡桓公的病情所作分析判断,与客观实际丝毫不爽。

结尾由此及彼,阐明一切祸患都有其发生、发展即由小到大的渐变到突变的过程,应该及早发现,将它们消灭在萌芽状态,也就是老子"是以圣人终不为大,故能成其大"这一论点的形象化解说,具有朴素的辩证法思想。

【点评】

"使圣人预知微,能使良医得蚤从事,则疾可已,身可活也。人之所病,病疾多;而医之所病,病道少。故病有六不治:骄恣不论于理,一不治也;轻身重财,二不治也;衣食不能适,三不治也;阴阳并,藏气不定,四不治也;形羸不能服药,五不治也;信巫不信医,六不治也。有此一者,则重难治也。"([汉]司马迁《史记·扁鹊仓公列传》)

韩非子·一鸣惊人①

楚庄王②莅政三年,无令发,无政为也。

右司马御座而与王隐③曰:"有鸟止南方之阜④,三年不翅,不飞不鸣,嘿然无声⑤,此为何名?"王曰:"三年不翅,将以长羽翼;不飞不鸣,将以观民则⑥。虽无飞,飞必冲天;虽无鸣,鸣必惊人。子释之,不穀知之矣⑦。"

处半年,乃自听政,所废者十,所起者九,诛大臣五,举处士⑧六,而邦大治。举兵诛齐,败之徐州,胜晋于河雍,合诸侯于宋,遂霸天下。

庄王不为小害善,故有大名;不蚤见示,故有大功。故曰:"大器晚成,大音希声⑨。"

【注释】

①本篇选自《韩非子·喻老》。

②楚庄王(? —前591):别名熊旅,又称荆庄王,楚穆王之子,春秋时期楚国国君,在位23年,春秋五霸之一。

③隐:有所暗指的话。打哑谜。

④阜:土山。

⑤嘿然无声:默不作声。嘿,通"默"。

⑥将以观民则:用这段时间来看看老百姓做些什么。则,作。

⑦子释之,不穀知之矣:您放心吧,我知道他是什么鸟。

⑧处士:隐居的贤人。

⑨大音希声：最大最美的声音是听不到的。"大器晚成，大音希声，大象无形"出自《老子》。

【解读】

楚穆王去世后，他的儿子熊旅继位，这就是历史上的楚庄王。楚庄王莅位三年，什么也不做，日夜为乐，沉浸于声色犬马之中，给人一种不能自拔的庸主感觉。右司马御座知道庄王的意图，与他打哑谜说："有鸟止南方之阜，三年不翅，不飞不鸣，嘿然无声，此为何名？"庄王回答说："三年不翅，将以长羽翼。不飞不鸣，将以观民则。虽无飞，飞必冲天；虽无鸣，鸣必惊人。"事实上楚庄王利用这个机会，暗中观察，搞清朝中大臣情况，以及利害关系，当一切准备停当，半年后他就行动起来了，"所废者十，所起者九，诛大臣五，举处士六，而邦大治。举兵诛齐，败之徐州，胜晋于河雍，合诸侯于宋，遂霸天下"。他利用各派势力，互相牵制，掌控朝廷，任用贤能，消灭反对力量，整治朝政，对外发动战争，参与争霸战争，终于霸有天下。

韩非认为"庄王不为小害善，故有大名；不蚤见示，故有大功"，并引用老子的话评论庄王"大器晚成，大音希声"。

【点评】

"淳于髡者，齐之赘婿也，长不满七尺，滑稽多辩，数使诸侯，未尝屈辱。齐威王时喜隐，好为淫乐长夜之饮，沉湎不治，委政卿大夫。百官荒乱，诸侯并侵，国且危亡，在于旦暮，左右莫敢谏。淳于髡说之以隐曰：'国中有大鸟，止王之庭，三年不蜚又不鸣，王知此鸟何也？'王曰：'此鸟不飞则已，一飞冲天；不鸣则已，一鸣惊人。'于是乃朝诸县令长七十二人，赏一人，诛一人，奋兵而出，诸侯振惊，皆还齐侵地，威行三十六年。"（此"一鸣惊人"之另一版本）（[汉]司马迁《史记·滑稽列传》）

"自梁惠王十四年，即威王元年，至是，则威王之三十八年也。《史记·年表》威王凡三十六年,盖误。今考《史记》所以误者,《滑稽列传》载淳于髡说威王以隐,曰:'国中有大鸟,止王之庭,三年不蜚又不鸣,王知此鸟何也?'王曰:'此鸟不飞则已,一飞冲天。不鸣则已,一鸣惊人。乃奋兵而出,诸侯振惊,还齐侵地,威行三十六年。'《史记》此文当出战国杂说,史公采之,遂误认威王在位三十六年也。不知此文所云三十六年,乃指其威行天下之年,不得以诸侯并伐之年并入计算。虽淳于髡以隐进谏之事或未可尽信,然当时为此说者,固明谓威王在位三十九年,故以不治之三年,加威行之三十六年,而足成其数。今谓威王凡三十八年者,自其即位之明年改称元年计也。"(钱穆《先秦诸子系年》)

谏逐客书 李　斯[①]

　　臣闻吏议逐客,窃以为过矣。昔穆公求士,西取由余[②]于戎,东得百里奚[③]于宛,迎蹇叔[④]于宋,来丕豹[⑤]、公孙支[⑥]于晋。此五子者,不产于秦,而穆公用之,并国二十,遂霸西戎。孝公用商鞅之法,移风易俗,民以殷盛,国以富强,百姓乐用,诸侯亲服,获楚、魏之师,举地千里,至今治强。惠王用张仪[⑦]之计,拔三川[⑧]之地,西并巴蜀,北收上郡[⑨],南取汉中[⑩],包九夷[⑪],制鄢郢[⑫],东据成皋[⑬]之险,割膏腴之壤,遂散六国之从,使之西面事秦,功施到今[⑭]。昭王得范雎[⑮],废穰侯,逐华阳,强公室,杜私门,蚕食诸侯,使秦成帝业。此四君者,皆以客之功。由此观之,客何负于秦哉!向使四君却客而不内[⑯],疏士而不用,是使国无富利之实,而秦无强大之名也。

今陛下致昆山之玉[17]，有随和之宝[18]，垂明月之珠，服太阿[19]之剑，乘纤离[20]之马，建翠凤之旗，树灵鼍之鼓。此数宝者，秦不生一焉，而陛下说之，何也？必秦国之所生然后可，则是夜光之璧不饰朝廷，犀象之器不为玩好，郑、卫之女不充后宫，而骏马駃騠[21]不实外厩，江南金锡不为用，西蜀丹青不为采。所以饰后宫充下陈娱心意说耳目者，必出于秦然后可，则是宛珠[22]之簪，傅玑之珥[23]，阿缟之衣[24]，锦绣之饰不进于前，而随俗雅化佳冶[25]窈窕[26]赵女不立于侧也。夫击瓮叩缶弹筝搏髀[27]，而歌呼呜呜快耳者，真秦之声也；郑卫桑间[28]、《韶虞》[29]、《武象》[30]者，异国之乐也。今弃击瓮叩缶而就郑卫，退弹筝而取《韶虞》，若是者何也？快意当前，适观而已矣。今取人则不然，不问可否，不论曲直，非秦者去，为客者逐。然则是所重者在乎色乐珠玉，而所轻者在乎人民也。此非所以跨海内、制诸侯之术也。

臣闻地广者粟多，国大者人众，兵强者则士勇。是以泰山不让土壤，故能成其大；河海不择细流，故能就其深；王者不却众庶，故能明其德；是以地无四方，民无异国，四时充美，鬼神降福，此五帝三王之所以无敌也。今乃弃黔首以资敌国，却宾客以业诸侯[31]，使天下之士退而不敢西向，裹足不入秦，此所谓藉寇兵而赍盗粮者也[32]。

夫物不产于秦，可宝者多；士不产于秦，而愿忠者众。今逐客以资敌国，损民以益仇，内自虚而外树怨于诸侯，求国无危，不可得也。

【注释】

①李斯:生年不详,卒于前208年,楚国上蔡(今河南上蔡西南)人,秦朝政治家。他是吕不韦的门客,后深受秦始皇信任,由长史累官至丞相。对内他主张巩固中央集权,剥夺宗室大臣特权;对外他主张武力兼并,为统一中国做出了一定贡献。秦始皇死后,李斯被赵高陷害,腰斩于咸阳,夷灭三族。秦传世刻石多出李斯之手,李斯散文以《谏逐客书》最有文采。

②由余:本晋国人,后入戎,戎王命由余使秦,秦穆公见其贤,以计招致,用其谋伐戎,并国十二,开地千里,遂霸西戎,戎为古代西部少数民族的统称。

③百里奚:楚国宛(今河南南阳)人,虞国大夫,晋灭虞,把他作为晋献公女儿(秦穆公夫人)的陪嫁奴隶送给秦国,他逃回家乡,被楚国边民所执。秦穆公闻其贤,以五羖羊皮赎之,与语国事,大悦,授之国政,号曰五羖大夫。

④蹇叔:时寓居于宋,百里奚好友,因其推荐,穆公使人以重金迎致,以为上大夫。

⑤丕豹:晋杀其大夫丕郑,其子豹奔秦,穆公任命他为将。

⑥公孙支:《左传》作公孙枝,岐人,字子桑,游于晋,秦穆公任为大夫。

⑦张仪:魏国人,秦惠王用以为相,用连横之策,游说魏、楚、韩、齐、赵、燕西面而事秦,遂散六国合纵之约。

⑧三川:在河南西北地区,以境内有黄河、洛水、伊水,故称三川,本韩地。

⑨上郡:郡名,战国时,魏文侯置,在今陕西西北部一带。

⑩汉中:郡名,战国楚怀王置,在今陕西南部和湖北西北部。

⑪九夷:泛指楚国境内的少数民族。

⑫鄢郢：指代楚国。鄢，今湖北宜城，曾为楚都。郢，今湖北江陵，楚都。

⑬成皋：又名虎牢关，在今河南荥阳汜水镇西，北临黄河，南萦山阜，形势险固。

⑭功施到今：功绩延伸到现在。

⑮范雎：魏国人，逃亡入秦，说昭王，拜为客卿。范雎曾提出"远交近攻"的策略。

⑯向使四君却客而不内：过去假使四位君王拒绝客卿不接纳他们。内，通"纳"。

⑰昆山之玉：昆仑山下的和田玉。

⑱随和之宝：随侯珠、和氏璧这些宝贝。

⑲太阿：据《越绝书》记载，为干将所铸宝剑之一。

⑳纤离：古骏马名。

㉑駃騠（juétí）：北方所产良马名。

㉒宛珠：楚宛地所产之珠。

㉓傅玑之珥：用玑珠作的耳饰。傅，同"附"。玑，不圆的珠。珥，用珠子或玉石做的耳饰。

㉔阿缟之衣：齐东阿所产的丝织品。

㉕佳冶：美好艳丽。

㉖窈窕：体态优美。

㉗搏髀：手拍大腿打拍子。

㉘郑卫桑间：这里指民间音乐。桑间，卫地，在濮水之滨，以民间音乐盛行著名。

㉙《韶虞》：舜的乐曲。

㉚《武象》：周武王的舞曲名。

㉛却宾客以业诸侯：驱逐宾客而成就各国诸侯之事业。

㉜此所谓藉寇兵而赍（jī）盗粮者也：这就是把武器借给强盗而把

粮食送给偷盗的人。藉,通"借",把武器借给人。赍,送。

【解读】

《谏逐客书》,是李斯上给秦始皇的一篇奏议。事情起因是秦王政元年(前246),韩国派了一个叫郑国的水利专家到秦国来修长达三百余里的灌溉渠,企图以此来消耗秦国的国力,不至于东伐韩,被秦发觉,要杀掉他。郑国说:"臣为韩延数年之命,然渠成,亦秦万世之利也。"秦国终于让他完成了这项工程,然而那些因为客卿入秦而影响到自己权势的秦国贵族,就利用这件事对秦王进行挑拨,说外来的客卿入秦都是别有用心的,应该把他们都赶走。到秦王政十年(前237),秦王接受了他们的意见,下令驱逐所有客卿,李斯也在被逐之列。于是他就写了这篇《谏逐客书》,劝谏秦王不要驱逐客卿。

全文由四段组成。第一段以历史事实说明客卿对秦国做出了巨大贡献,为论证逐客的错误提供论据。起句说:"臣闻吏议逐客,窃以为过矣。"开门见山,单刀直入,一开始就提出总的论点,显得非常鲜明有力。明明是秦王下了逐客令,却把逐客的过错归之于"吏",措辞委婉,讲究讽谏策略。接着进行具体分析,由回顾历史入题,举出四个秦国先君重用客卿而致富变强的事例,说明重用客卿对秦国有利。紧接着,又用多种手法加以论述:先说这四个君王的成就,都靠运用客卿来取得,这是对前面所述的小结。后讲从这样看来,客卿有什么对不起秦国的呢? 这是进一步的引申和反诘。又讲当初如果四个君主拒绝客卿而不收纳他们,疏远有才之士而不用,这就不可能使秦国民富国强。这是从反面假设和推论。

第二段作者转换笔锋,用了许多比喻,写秦王对不是秦国产的物产十分喜爱,对客卿却持另一种态度。此段所设比喻多种多样,意思分为四层。第一层以珠宝等物为喻,设问作结:这些东西一样也不是秦国出产的,而陛下却很喜欢它们,这是为什么呢? 这里只提出问题,不立即作答，但不答自明，显得耐人寻味。第二层以玩好、美女为喻，进行推论：如果一定要秦国出产的东西才能用，那么夜里放光的碧玉、犀牛角和象牙做成的器具、郑国和卫国的美女、駃騠这种珍贵的骏马、江南的金锡、西蜀的绘画原料，秦国都不应当占有和使用了。用来装饰后宫，充当嫔妃，娱乐心意，取悦耳目的，一定要出于秦国的才可以，那么，镶着珍珠的簪子，缀有珠玉的耳环，齐国东阿所产的丝绢做成的衣服，华丽丝绣所作的装饰就不能进前，而按着流行式样打扮得很漂亮的赵国女子就不能站在旁边了。这一层同前一层不同，是从反面说，并分两个小层次重叠错杂出之，把"必秦之所生而后可"的严重危害说得很透辟，更显出非秦国所出的宝物不可或缺。第三层以音乐为喻，进行对比：敲瓦器，弹秦筝，怕打大腿，呜呜呀呀地唱歌，这是秦国的音乐；郑国、卫国的民间音乐，虞舜时的《韶虞》，周武王时的《武象》，都是别国的音乐，现在你抛弃秦国音乐，而用别国的音乐，这是为什么呢？不就是为了痛快于当时，看了舒服罢了。这回答近接上文，远承第一层的设问，可说是对前三层的小结，归纳了秦国对物取舍的标准，为下文转入正题做了很好的铺垫。第四层以人和物作比较，指出对待非秦之人不如对待非秦之物，这样看来，你所看重的只是声色珍宝，所轻视的是人才。这绝不是用来统一天下制服诸侯的方法。这里以统一大业作为出发点，说明重物轻人，驱逐外来人才的错误，推论符合逻辑。立意超卓不凡，具有一种高屋建瓴的气势和撼人心魄的力量。

　　第三段论述驱逐客卿有利于敌国，而不利于秦国。连类设比，运用排比，显得很有力量。最后阐明：地不分南北，人才不论来自哪个诸侯国，这就是五帝三王所以能够无敌于天下的原因。此处以古证今，强调应该不分地域，应广揽人才。下文就落脚到说明逐客的危害，这里不但运用古今对比，还有敌我对比，提出两种做法、两种后果，以此说明逐客对敌人有利，对秦国的统一不利。

　　最后一段收束全文，进一步说明逐客关系到秦国的安危。照应周全,简洁有力,使前后连贯,首尾相连。

本文见识卓越,顺应历史潮流,其政治主张和用人路线,在全球化时代仍有借鉴意义。

《谏逐客书》开了散文辞赋化的风气之先,对后来汉代的散文和辞赋产生了一定的影响。

【点评】

"李斯上秦始皇书论逐客,起句便见实事,最妙。中间论物不出于秦而秦用之,独人才不出于秦而秦不用,反复议论,痛快!深得作文之法,未易以人废言也。"([宋]李涂《文章精义》)

"斯的散文,明洁而严于结构,短小精悍,而气势殊为伟大。"(郑振铎《中国文学史》)

"日本斋藤谦《拙堂文话》卷六称此篇'以二"今"字、二"必"字、一"夫"字斡旋三段,意不觉重复;后柳子厚论钟乳、王锡爵论南人不可为相,盖模仿之,终不能得其奇也'。殊有入处,胜于刘壎《隐居通议》卷一八论此篇之'五用"今"字贯串,七用"不"字也。'斋藤论文,每中肯綮。"(钱锺书《管锥编》)

秦琅琊台^①刻石文　　　　李　斯

维廿六^②年,皇帝作始^③。端平法度,万物之纪^④。以明人事,合同父子^⑤。圣智仁义,显白道理^⑥。东抚东土,以省卒士^⑦。事已大毕,乃临于海。

皇帝之功,勤劳本事。上农除末^⑧,黔首是富。普天之下,抟心揖志^⑨。器械一量^⑩,同书文字。日月所照,舟舆所载。皆终其命,莫不得意。

应时动事，是维皇帝。匡饬异俗⑪，陵水经地⑫。忧恤黔首，朝夕不懈。除疑定法，咸知所辟⑬。方伯分职，诸治轻易。举错必当，莫不如画⑭。

皇帝之明，临察四方。尊卑贵贱，不踰次行。奸邪不容，皆务贞良。细大尽力，莫敢怠荒。远迩辟隐，专务肃庄。端直敦忠，事业有常。

皇帝之德，存定四极。诛乱除害，兴利致福。节事以时，诸产繁殖。黔首安宁，不用兵革。六亲相保，终无寇贼。欢欣奉教，尽知法式。

六合之内，皇帝之土。西涉流沙，南尽北户⑮。东有东海，北过大夏⑯。人迹所至，无不臣者。功盖五帝，泽及牛马。莫不受德，各安其宇。

维秦王兼有天下，立名为皇帝，乃抚东土，至于琅琊。列侯武城侯王离，列侯通武侯王贲，伦侯⑰建成侯赵亥，伦侯昌武侯成，伦侯武信侯冯毋择，丞相隗状，丞相王绾，卿李斯，卿王戊，五大夫赵婴，五大夫杨樛从，与议海上。曰："古之帝者，地不过千里，诸侯各守其封域，或朝或否，相侵暴乱，残伐不止，犹刻金石，以自为纪。古之五帝三王，知教不同，法度不明，假威鬼神，以欺远方，实不称名，故不久长。其身未殁，诸侯倍⑱叛，法令不行。今皇帝并一海内，以为郡县，天下和平。昭明宗庙，体道行德，尊号大成。群臣相与诵皇帝功德，刻于金石，以为表经。"

【注释】

①琅琊台：在山东诸城东南150里。始皇帝二十八年（前219），南

登琅琊山,留三月。召百姓三万户于山下,作琅琊台,立石颂德。

②廿六:始皇帝二十六年,公元前 221 年。

③皇帝作始:皇帝事业开始。作,事业。

④端平法度,万物之纪:端正法律制度,确定万物准则。

⑤以明人事,合同父子:讲明人伦大义,融洽父子亲情关系。

⑥显白道理:讲清(圣智仁义)的道理。

⑦以省卒士:巡视察看军队。

⑧上农除末:重视农业而抑工商。上,同"尚"。末,工商。

⑨抟心揖志:专心一志,即同心合力。抟,古"专"字。揖,通"壹"。

⑩器械一量:器械统一尺度。器,甲胄兜鍪叫器;械,戈矛弓戟叫械。

⑪匡饬异俗:纠正整治社会风俗。匡,纠正。

⑫陵水经地:按照水域划分土地。陵,通"凌",历,超过。经,界,划分。

⑬咸知所辟:都知道自己所要避免的事。辟,同"避"。

⑭画:谋议。

⑮西涉流沙,南尽北户:西边到了居延泽,南边到了北户。流沙,即居延泽,在今内蒙古额济纳旗东北境。北户,汉时为日南郡。

⑯大夏:太原晋阳。

⑰伦侯:爵卑于列侯,无封邑者。

⑱倍:通"背"。

【解读】

此文原是歌颂秦始皇统一天下伟业的石刻之一,文字史上的价值很大。

其文总起讲皇帝巡视东土的目的,向天下人宣扬法令制度,人伦关系和圣智仁义的大道理,安抚百姓,检阅军队,宣示统治措施。接着

343

讲皇帝统治天下的措施和功绩。

"皇帝之功",重视农业,勤劳本事,统一度量衡,天下一统,人民服从。"应时动事",是讲皇帝"匡饬异俗,陵水经地",忧恤民众,勤政不懈,设官分职,管理天下,举措得当。"皇帝之明,临察四方",讲皇帝明察秋毫,社会秩序井然,"尊卑贵贱,不蹸次行""奸邪不容,皆务贞良",大家齐心协力,努力工作,远远近近,看见的看不见的,都严格要求自己,"端直敦忠",事业步入正轨。"皇帝之德,存定四极",皇帝以德治天下,国家安定,各项事业兴旺发达。领土广大,四方臣服,"功盖五帝,泽及牛马。莫不受德,各安其宇"。最后讲这次到琅琊的人物以及刻石立碑的原因。

李斯的文章以《谏逐客书》最具文学价值。这篇文章纯粹是歌功颂德,在内容和形式上并无多少可取之处,之所以选它,主要是因它在书法史上的地位。原刻接近石鼓文,用笔雄浑又秀丽,结体圆转灵活,是小篆的代表作。

【点评】

"此与上刻(《泰山刻石》编者注)皆二十八年所立,而词皆称二十六年者,原并天下之始而言也。""前半是颂秦德,后半是鸣得意。始皇登琅琊而大乐之,故其词铺张尽致。"(《古文辞类纂评注》引李兆洛评)

"铺张功德,有颂无戒,已失三代训诰之旨。""夸今耀古,献媚贡谀,当时之文字如此。"(《古文辞类纂评注》引王文濡评)

用笔法　　　　　　　　李　斯

夫书之微妙,道合自然。篆籀以前,不可得而闻矣[①]。自上古作大篆,颇行于世,但为古远,人多不详。今斯删略繁者,取其合理,参为小篆。凡书,非但裹结流快,终籀[②]笔力轻健。蒙将军恬③《笔经》,犹自简略。斯更修改,望益于用矣。用笔法,先急回,后疾下,鹰望鹏逝④,信之自然,不得重改,如游鱼得水,景山兴云⑤,或卷或舒,乍轻乍重。善思之,此理可见矣。

【注释】

①篆籀以前,不可得而闻矣:篆籀以前,此微妙的笔法无法得到,也无法听见。篆籀,汉字书体,篆文和籀文。篆有大篆小篆;籀,春秋战国时期流传于秦国,今存石鼓文是其代表,亦称大篆。

②籍:藉,借。

③蒙将军恬:即蒙恬(？—前210),姬姓,蒙氏,名恬,祖籍齐国人,秦朝著名将领。因其改良过毛笔,被誉为"笔祖"。

④鹰望鹏逝:像鹰一样飞翔、回旋、观望,看到目标后疾速扑捉,像鹏鸟一样划过长空。

⑤景山兴云:像大山上兴云布雾。景,大。

【解读】

李斯是书法鼻祖,他曾变仓颉籀为小篆,是"小篆之祖"。《书断》卷上《小篆》称其篆书"画如铁石,字若飞动,作楷隶之祖,为不易之法"。

李斯《用笔法》来自北宋朱长文《墨池篇》所载。本文一开始就提出书之微妙要"道合自然"的观点,这是破天荒的书法理论。进而提出"凡书,非但裹结流快,终籍笔力轻健",就将普通的写字提升到了艺术的高度,"笔力轻健",写字要讲究用笔了。"急回,后疾",指出用笔要含蓄肯定,"鹰望鹏逝,信之自然,不得重改,如游鱼得水,景山兴云,或卷或舒,乍轻乍重",从自然万物中悟出用笔的规律,这样,书法的形、势、神、情都具备了。

"昔周宣王时史籀始著大篆十五篇,或与古同,或与古异,世谓之籀书也。及平王东迁,诸侯立政,家殊国异,而文字乖形。秦始皇初兼天下,丞相李斯乃损益之,奏罢不合秦文者。斯作《仓颉篇》,中车府令赵高作《爰历篇》,太史令胡毋敬作《博学篇》,皆取史籀大篆,或颇省改,所谓小篆者。"([晋]卫恒《四体书势》)

山海经①·精卫②填海

又北二百里,曰发鸠之山③,其上多柘木④。有鸟焉,其状如乌,文首⑤、白喙⑥、赤足,名曰精卫,其鸣自詨⑦。是炎帝之少女,名曰女娃,女娃游于东海,溺而不返,故为精卫。常衔西山之木石,以堙⑧于东海。

【注释】

①《山海经》是我国现存最早的地理书,主要记载古代传说中的地理。原题为夏禹、伯益所作,实际上当出于春秋、战国间人之手,秦汉间又有所附益。全书共十八卷,记述海内外山川、道里、部族、物产,多述异物和神奇灵怪,保存了不少我国古代的神话资料。《精卫填海》出自《山海经·北山经》,原题为《发鸠山》。

②精卫:又名誓鸟、冤鸟、志鸟,俗称帝女雀。

③发鸠之山:即发鸠山,旧说在山西长子西。

④柘木:桑树的一种。

⑤文首:头上有花纹。

⑥喙:鸟嘴。

⑦其鸣自詨(xiāo)：她呼着自己的名字"精卫"。詨，呼叫。

⑧堙：填塞。

山海经·夸父逐日①

夸父与日逐走，入日②，渴欲得饮，饮于河、渭。河渭不足，北饮大泽③。未至，道渴而死。弃其杖，化为邓林④。

【注释】

①选自《山海经·海外北经》，原题为《夸父与日逐走》。夸父，人名，又是一个种族的名称。

②入日：太阳入于地平线下。

③大泽：大湖，在雁门山北。

④邓林：地名，在今大别山附近。邓林，即桃林。

山海经·鲧禹治水①

洪水滔天，鲧窃帝之息壤②，以堙洪水，不待帝命。帝令祝融③杀鲧于羽郊④。鲧复生禹。帝乃命禹卒布⑤土以定九州。

【注释】

①选自《山海经·海内经》，原题为《鲧窃息壤》。鲧，人名，禹的父亲。

②息壤：传说中一种神土，自己生长不止，所以被鲧用来堵塞洪水。

③祝融：火神之名。

④羽郊：羽山的近郊。

⑤布：铺陈。

【解读】

《精卫填海》《夸父逐日》《鲧禹治水》反映了古代人民征服自然的愿望，体现了中华民族百折不挠的奋斗精神、追求真理的求实精神，守职敬业的奉献精神。三个故事不乏言外之意，韵外之致。

图书在版编目（CIP）数据

先秦文选读 / 伍恒山主编；余瑞思编著． -- 武汉：
崇文书局，2023.9
　　（中华诗文选读丛书）
　　ISBN 978-7-5403-7435-8

　　Ⅰ．①先… Ⅱ．①伍… ②余… Ⅲ．①古典散文－散
文集－中国－先秦时代 Ⅳ．① I262

　　中国国家版本馆 CIP 数据核字（2023）第 198634 号

出 品 人：韩　敏
选题策划：曾　咏　张　弛
责任编辑：程　欣
封面设计：杨　艳
责任校对：董　颖
责任印刷：李佳超

先秦文选读
XIANQINWEN XUANDU

出版发行：长江出版传媒 崇 文 书 局
地　　址：武汉市雄楚大街 268 号 C 座 11 层
电　　话：(027)87677133　　邮政编码：430070
印　　刷：湖北新华印务有限公司
开　　本：880×1230　　　1/32
印　　张：11.5
字　　数：265 千
版　　次：2023 年 9 月第 1 版
印　　次：2023 年 9 月第 1 次印刷
定　　价：46.00 元
（如发现印装质量问题，影响阅读，由本社负责调换）